궁 안에 잠들어 있는 꽃

태양을 사랑한 달

차혜진 장편소설

3

단글

궁 안에 잠들어 있는 꽃 3

태양을 사랑한 달

초판 1쇄 인쇄 2017년 7월 21일
초판 1쇄 발행 2017년 7월 31일

지은이 차혜진
발행인 오영배
기획 박성인
책임편집 김규영
디자인 기갈
제작 조하늬

펴낸곳 (주)삼양출판사 · 단글
주소 서울시 강북구 도봉로 173
대표 전화 02-980-2112 **팩스** / 02-983-0660
편집부 전화 02-980-2116 **팩스** / 02-983-8201
블로그 blog.naver.com/dan_gul
출판등록 1999년 3월 11일 제9-00046호

ISBN 979-11-283-9272-6 (04810) / 979-11-283-9269-6 (세트)

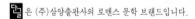 은 (주)삼양출판사의 로맨스 문학 브랜드입니다.

궁 안에 잠들어 있는 꽃

태양을
사랑한
달

차혜진 장편소설

3

달

궁 안에 잠들어 있는 꽃

태양을 사랑한 달

목 차

一花.
나한테 뭐 잘못한 거 없어?

아라는 평소보다 일찍 눈이 떠졌다. 해야 진즉에 떴지만 문밖이 조용한 걸로 보아 아직 기상 시간 전인가 보다. 다시 눈을 감고 오지 않는 잠을 불러들이고 있는데, 무언가가 그녀를 붙잡았다. 깜짝 놀라 시선을 내리니 허리에 둘러진 단단한 두 팔이 보였다.

지금까지 늘 혼자 잠들었기 때문에 누군가와 함께 자는 것이 아직 익숙하지 않았다. 하지만 앞으로도 계속 제하와 함께라면 이제는 슬슬 익숙해져야겠지.

최대한 조심스럽게 그를 떼어 내려 했지만, 정말 잠이 든 건지 의심될 정도로 손에 힘이 들어가 있어 벗어나는 것이 쉽지 않았다. 그렇다고 잠도 다 깼는데 이렇게 멍하니 누워서 시간을 보내는 것은 아까웠다.

어떻게든 벗어나야겠다는 생각에 아라가 다시금 버둥거리는 사이 그녀를 안고 있던 그의 팔이 움찔하고 떨렸다.

꼭 감겨 있던 그의 눈꺼풀이 파르르 떨리는가 싶더니 살짝 떠졌다. 이제 막 잠에서 깨어난 듯 졸음 가득한 두 눈이 그녀를 내려다본다.

"으음…… 왜?"

"나 그만 일어날래요."

그러니까 이 팔 좀 치워 달라며 그녀가 부탁했지만, 제하는 아무런 반응이 없었다. 그저 몽롱한 눈으로 그녀를 바라보고 있는데, 그러길 얼마.

"그냥 더 자."

놓아 주기는커녕 오히려 팔에 힘을 더 주더니 아라를 잡아당겼다. 절대 놓아 주지 않겠다는 듯 제 품에 꼭 넣고는 눈두덩이며 이마며 코며 정신없이 입을 맞추더니, 그 상태로 꼭 끌어안아 버렸다.

아니, 그만 일어나겠다니까?

그를 설득해 보려 했지만 그새 정말 잠이 든 건지 아니면 그냥 무시하는 건지, 그는 아무런 대꾸도 하지 않았다.

할 수 없지. 결국 아라는 벗어나는 것을 포기했다. 그렇다고 다시 잠들기에는 정신이 너무나도 또렷하니, 막간을 이용해 잠이 든 그의 얼굴을 관찰하기 시작했다. 살짝 몸을 틀어 팔을 빼내는 데 성공한 그녀가 조심스럽게 제하의 뺨을 쓰다듬었다. 따뜻하고 부드럽다.

기분이 좋았다. 이래서 그가 틈만 나면 제 얼굴을 만지작거리는 건가, 하고 스스로 납득을 하고 있는데 그의 입가에 작은 호선이 그려졌다. 이윽고 꾹 감겨 있던 그의 눈이 스르륵 다시 떠졌다.

"……뭐하는 거야?"

"그냥 관찰. 당신은 계속 자요."

신경 쓰지 말고 자라고 말하면서도 그녀의 손은 계속해서 그의 얼굴을 더듬고 있었다. 날렵한 턱 선을 지나 다음으로 도착한 곳은 그의 붉은 입술이다. 재빨리 그녀의 손을 잡은 제하가 손바닥에 쪽 하고 입을 맞췄다. 그것이 왠지 모르게 야릇하게 보여 아라는 기분이 이상했다.

"네가 자꾸 날 만지는데 어떻게 자."

투덜대면서도 기분은 좋은지 제하가 설핏 웃었다. 그러길 얼마, 붙잡고 있던 그녀의 팔을 잡아당긴 그가 다른 한 손으로 허리를 받치고는 제 품 안으로 끌어당겼다.

"너 때문에 잠 다 깼잖아."

"잘됐네. 우리 그만 일어날까요."

괜히 늦잠 자다가 김 상궁이 들어오면 어쩌냐는 아라의 말에 제하가 한숨을 푹 내쉬며 그녀를 풀어 주었다. 희한하게도 그는 김 상궁에게 유난히 약했다.

"서약서 때문에 그런가."

"네?"

"이럴 줄 알았으면 진작 없애 버릴 걸 그랬네."

헝클어진 머리를 정리해 주던 제하가 두 손으로 아라의 얼굴을 감쌌다. 한동안 아무 말 없이 그녀를 바라보던 그가 신기한 걸 발견했다는 듯 눈을 크게 떴다.

"어?"

"또 왜요."

"아침이라 그런가 얼굴이 좀 부은 거 같기도……."

"당장 놔요!"

어쩜 이렇게 여자의 마음을 모르는 건지. 아라가 재빨리 그의 손을 쳐 내고는 뒤로 물러났다.

그런 그녀의 반응이 재밌다는 듯 제하가 작게 웃는데, 아라의 눈에는 그것이 너무나도 얄밉기만 했다.

"각방 써요."

"윽."

왜, 계속 웃지? 어디 더 웃어 보시지?

"내가 잘못했어."

각방 이야기가 나오기 무섭게 제하가 꼬리를 내렸다. 이를 본 아라는 싱긋 웃었다. 아무래도 '어명'보다도 더 강력한 주문을 손에 넣은 거 같았다.

* * *

"으음……."

분주한 밖과는 달리 조용한 서하연의 어느 방 안.

방의 주인께서는 해가 중천에 떴음에도 불구하고 여전히 꿈나라에 빠져 있었다. 온 세상을 다 가진 사람처럼 아주 평온한 얼굴로 잠이 들어 있는데, 바로 그때였다.

"아직도 주무시는 겁니까?"

누군가의 다급한 걸음 소리가 복도에 울려 퍼지더니, 곧 문이 벌컥 열리고 한 여인이 방에 들이닥쳤다.

화려하지 않은 차림에 착용한 장신구라고는 남색 노리개가 전부였지만, 그녀에게서는 기품이 넘쳤다.

"당장 일어나세요!"

여인이 버럭 외쳤다. 그러자 이불 속에 얼굴을 파묻고 있던 설화가 인상을 찌푸리더니 슬쩍 고개를 들어 그녀를 쏘아보기 시작한다.

"뭡니까. 왜 남의 방에 함부로……."

"기상 시간이 진즉에 지났는데, 뭐하시는 겁니까? 당장 일어나세요, 당장!"

여인의 목소리가 방 안에 쩌렁쩌렁 울려 퍼졌다. 원래 이곳에서는 목소리를 높이는 것조차 주의해야만 했지만, 더는 참을 수가 없었다.

"말했을 텐데요. 나는 여기 교육받으러 온 게 아니라고요."

시끄럽다며 귀를 막고 있던 설화가 한숨을 내쉬며 다시 드러누웠다. 그러나 그것도 잠시, 목 까지 덮고 있던 이불이 다시금 거둬졌다.

"려화님의 명령입니다. 전하의 부탁으로 이곳에서 지내는 것은 허락했지만, 그 대신 서하연의 규칙을 따라야 한다고요."

그러나 꿈쩍도 안 하는 설화의 태도에 여인이 한숨을 내쉬더니 말을 이었다.

"안 그럼 쫓겨나시게 될 겁니다."

규칙을 따르지 않으면 쫓아내 버리겠다는 말에 설화는 철렁했다. 이를 어쩌면 좋아.

이곳에 있는 사람들이 죄다 공부벌레라는 것과 제약이 많다는 걸 제외하면 서하연은 꽤 지내기 편한 곳이었다. 그런데 쫓겨날지도 모른다니, 상상만 해도 끔찍했다. 이곳의 생활은 그동안 형편에 맞춰 전전했던 객주에서의 생활과는 비교도 되지 않았다.

'다시 그런 곳으로 돌아갈 수는 없지.'

"알았어요. 알았다고요."

결국 마지못해 고개를 끄덕인 설화가 한숨을 내쉬며 자리에서 일어났다. 아무래도 당분간은 말을 듣는 시늉 정도는 해야 할 듯싶었다.

순식간에 채비를 끝낸 그녀가 여자를 따라 방을 나섰다.

'아, 이렇게 살려고 들어온 게 아니었는데.'

서하연에서의 삶은 지나치게 건전하고 계획적이었으며, 하루하루가 충실했다. 허투루 보내는 시간이 없다는 생각이 들 정도로 그들은 하나같이 바빴다.

"따라오세요."

여인의 뒤를 따라 학습장으로 향하는 설화의 걸음이 무겁다. 남은 인생을 편히 살기 위해 이곳에 온 거지, 이렇게 매일 책과의 싸움을 하러 온 것이 아니었는데.

"일단 이것들을 모레까지 읽으세요."

"이걸 다요?"

"네."

책상에 앉기 무섭게 여인이 책 몇 권을 그녀의 앞에 내려놓았다.

그러자 그 두께에 기겁한 설화가 자신은 할 수 없다며 고개를 저었다.

"미쳤어요? 이걸 어떻게……."

"……말을 험하게 하지 말라고 벌써 다섯 번은 말씀드린 거 같습니다만."

여인의 눈썹이 꿈틀거리는 것을 본 설화는 재빨리 입을 다물었다. 말을 해서 통할 상대가 아니었다.

"내일까지 다 읽으세요."

"……."

"시험 볼 겁니다."

여인이 단호하게 말했다. 심지어 그나마 있던 하루까지 줄어들고 말았다.

"싫으면 이곳에서 나가든가요."

협박으로 들리는 그 말에 설화는 오싹했다. 이는 목숨이 달린 문제였다. 평화로운 이곳과 달리 저 문밖에는 구가에서 보낸 자들이 활보하고 있으니, 어쩔 수 없었다. 결국 씩씩대며 책장을 펼친 설화는 종이를 빼곡히 채우고 있는 글자들과 씨름하기 시작했다.

이제야 좀 진정이 된 건가. 방의 구석에 서서 그녀를 감시하고 있던 여인은 슬그머니 자리를 떴다.

아침부터 기운이 쏙 빠져 버렸다. 아주 잠깐 상대했을 뿐인데 벌써 지친다며, 무거운 걸음으로 긴 복도를 지난 그녀가 향한 곳은 서하연 안에서도 가장 깊숙한 곳에 위치한 어느 커다란 방이었다.

"려화님."

"아아, 들어오세요."

방문을 열고 안으로 들어서자 인자한 미소를 짓고 있는 중년의 여인이 보였다. 바로 이곳 서하연의 총수인 려화였다.

"그래요. 그녀의 상태는 좀 어떻습니까?"

뭐 대충 짐작이 가기는 하지만 그래도 입으로 듣고 싶다며 묻자, 서 있던 여인이 고개를 절레절레 저었다.

"최악입니다."

최악이라는 말에 려화가 입을 가리고 작게 웃었다.

"하하. 당신이 그렇게 말할 정도면 정말 최악인가 보군요."

"려화님, 웃으실 일이 아닙니다. 당장 내쫓으셔야 합니다. 그 여자가 서하연의 명예를 더럽히기라도 하면……."

이는 심각한 문제였다. 서하연은 천유국의 간판이나 다름없었다. 한 나라의 자랑스러운 대표 기관인 만큼 모든 이들이 주목하는 장소란 말이다.

"음. 서하연의 기강이 흔들려서는 안 되죠."

그 작은 중얼거림에 여인의 두 눈이 반짝였다. 이참에 그냥 확 내쫓아 버릴 것을 제안했지만, 려화는 작게 미소 지으며 고개를 저었다.

"누구에게나 한 번쯤은 기회를 줘야 한다고 생각합니다."

일단은 조금만 더 두고 보자는 려화의 말에 여인이 마지못해 고개를 끄덕였다.

"미안하지만 조금만 더 수고를 해 주세요."

"알겠습니다."

똑 부러지는 대답과 다르게 여인의 어깨가 툭 떨어졌다. 매일 아침 주설화라는 여인 뒷바라지를 해야 한다니 눈앞이 깜깜했다. 터덜터덜 힘없이 방을 나서는 그녀를 응시하던 려화가 방문이 닫히기 무섭게 한숨을 내쉬었다.

"음…… 그래도 전하께 말씀은 드려야겠군."

려화는 잠시 생각에 잠겼다. 전하께서 그 정체불명의 여인을 서하연에 머물게 해 주면 안 되겠냐고 부탁을 해 왔을 때, 처음에는 절대 안 된다며 거절했다. 하지만 너무나도 끈질긴 부탁에 나중에는 거절할 수가 없었다. 부탁도 부탁이지만, 당시의 여왕은 조금 절박해 보이기까지 했다. 도대체 그 여인의 정체가 뭐지? 그리고 여왕은 무엇으로부터 그녀를 지키려고 하는 걸까?

아무래도 들어야 할 이야기가 많은 거 같았다.

"때마침 슬슬 교육 기간도 되었겠다, 잘됐네."

몇 달에 한 번씩 돌아오는 서하연 합숙 기간이 얼마 남지 않았다. 이를 깨달은 려화가 잘되었다며 싱긋 미소 짓는다. 사실 서하연 합숙 기간이라는 것은 어디까지나 핑계로, 아라는 이 시간을 이용해 마음껏 잠행을 떠나고는 했지만 이번만큼은 말을 맞춰 줄 수 없을 거 같았다.

붓을 들어 올린 려화가 순식간에 서신 한 통을 써 내려갔다. 그리고 그것을 문밖에서 대기 중이던 하인에게 건네주며 신신당부했다.

"이것을 전하께 전해 드리고 와라. 전하가 아니면 중앙군의 대장님께라도."

"네. 알겠습니다."

고개를 끄덕인 하인이 재빠르게 서하연을 벗어났다.

＊　　　＊　　　＊

"이게 말이 됩니까?"

"우리가 기준에 못 미친다니요."

방 안에 모여 있던 이들의 시선이 어느 한 곳을 향했다.

그들을 심각하게 만들어 놓은 것은 다름 아닌 한 장의 종이. 그것은 이번 달 조회에 참석할 수 있는 상위 서른 명의 이름이 적혀 있는 명단이었다. 자신의 이름을 찾기 위해 혈안이 되어 있던 이들의 안색이 어둡다. 벌써 열 번을 들여다봤지만 눈을 씻고 찾아도 저들의 이름은 없었다.

"우리가 속은 겁니다!"

"그래요. 애초에 전하께서는 우리를 조회에 불러들일 생각이 없었던 겁니다!"

"쯧. 괜히 조회 자리를 탐냈다가 총회 자리까지 위협받게 생겼어요."

방 안이 한숨 소리로 가득 찼다. 하긴, 왜 안 그렇겠는가.

불과 어제까지만 해도 귀족들도 조회에 참석할 수 있다는 사실에 잔뜩 들떠 있었는데, 오늘 발표된 명단을 본 그들은 절망에 빠졌다. 물론 서른 명의 이름 중 두 명이 귀족이기는 했지만, 그들은 다른 귀족들과 별 교류가 없는 자들로 무늬만 귀족이었다.

"나랏일을 새파랗게 어린놈들에게 맡길 수는……."

심지어 젊었다. 그들의 기준에서는 머리에 피도 마르지 않은 어린아이나 다름없었다.

"맞습니다. 지금까지 우리가 해 온 일이 있는데."

"게다가 요즘 세대의 젊은 귀족들은 사고방식이 마음에 안 들어요."

"우리 때와 달라도 너무 다르기는 하죠."

현재 총회에 참석하고 있는 그들을 구세대라고 한다면, 이번에 명단에 들어간 자들은 젊고 신세대적 가치관을 갖고 있는 귀족들이었다. 그들은 대립보다 화합을 원했다. 따라서 대신들과도 원만한 관계를 바랐고, 이 때문에 현 귀족들의 눈 밖에 난 것이다.

"그런데 그런 녀석들에게 우리의 자리를 빼앗길 줄이야."

"이제 귀족들의 권위가 바닥으로 떨어지는 건 시간문제입니다."

"어떻게든 말려야 해요!"

이는 심각한 상황이었다. 안 그래도 대신들에게 수적으로 밀리고 있는데, 바로 아래에서는 젊은 것들이 두 눈을 시퍼렇게 뜨고 올라오니.

"어디 그뿐입니까? 오늘은 병사들이 집에 들이닥쳐서는 난리도 아니었습니다!"

"맞아요. 저희 집도 한바탕했습니다."

"저희도요. 곳간의 절반을 가져가다니, 이게 제정신인 겁니까?"

"전하께서 우리에게 이러시면 안 되지요."

게다가 오늘부터 '그것'이 시작된 것이다.

귀족들의 재산 신고 기간이 되어, 병사들이 살림살이를 샅샅이 파악하고 돌아갔기 때문에 그들은 한층 더 예민한 상태였다.

"아니, 그런 거 안 받는 귀족이 어디 있답니까? 다들 아닌 척하면서도 뒤로 받고 그러잖아요."

"그러니까요. 솔직히 뇌물이라고 하니까 안 좋게 들리는 거지, 그냥 작은 성의입니다, 성의. 그것을 이리도 빡빡하게……."

"내 말이 그 말이오. 친구들 사이에 주고받은 선물과 뭐가 다르냔 말입니다."

하나같이 억울하다는 듯 목소리를 높이며 고개를 끄덕였다. 그들은 빼앗긴 재산 때문에 배가 아팠다. 심한 경우에는 실제 소유하고 있는 재산의 절반을 신고했다가 반 이상을 빼앗기기까지 했단다.

도대체 이게 어찌 된 일이란 말인가. 뭔가 이상했다.

분명 국서의 편을 들고 있는 저들은 조사 명단에서 벗어날 수 있을 거라 생각했는데, 빠지기는커녕 보란 듯이 명단에 이름이 올라 있으니.

"어쩐지, 너무 순순히 우리 편을 들어준다 했어요."

그들의 눈이 살벌하게 번뜩였다. 그러다 문득, 그중의 한 명이 갑자기 무언가에 화들짝 놀라며 두 눈을 동그랗게 뜨더니 말했다.

"도대체 국서는 누구의 편이었던 겁니까?"

"……."

순간 방 안에 있던 모두가 침묵했다. 특히나 구가에 충성을 맹세한 이들의 눈동자는 사시나무 떨 듯 정신없었다.

"설마……."

그들의 머릿속에 한 가지 생각이 빠르게 스치고 지나갔다. 아닐 거라며 고개를 저어 보지만, 자꾸만 마음속에서는 지금 생각하고 있는 그것이 맞다고 말하고 있으니.

이내 그들의 얼굴이 창백하게 질렸다. 좀 전까지만 해도 쫑알쫑알 잘도 떠들어 대던 입이 멍하니 벌어져서는 다물어질 생각을 안 했다.

"역시, 구제하는 처음부터 여왕의 사람이었던 겁니다."

결국 그들 중 누군가가 솔직하게 인정했다.

"하지만 왜 귀족이면서 우리를 등지고 여왕의 편을 드는 거죠?"

"뻔하죠, 뭐. 예전부터 구제하는 구제율과 사이가 안 좋지 않았습니까. 지금 제 아비에게 복수하려고 이러는 거예요. 그 건방진 놈이……."

부모님의 이혼, 그리고 이혼 후에 이어진 어머니의 죽음, 거기에 갑작스러운 후계자 교체까지. 이 모든 것을 어찌 원망하지 않겠는가. 이를 구제율의 탓으로 돌리며 복수의 칼날을 갈고 있던 게 틀림없다며 그들은 하나같이 목소리를 높였다.

만약 이 가설이 사실이라면 큰일이다. 저들은 이제 끈 떨어진 신세나 마찬가지였다. 아니, 그 정도에 그치면 다행이게. 만약 구제하가 앙심을 품고 여왕의 편에 섰다면, 오히려 구제율에게 붙어 있는 것이 더 위험할 수 있었다.

"그런데 뭔가 이상하지 않습니까?"

"뭐가 말입니까. 앞뒤가 딱딱 떨어지는구만."

"아니, 구가 역시 조사 대상 1순위에 올라가 있습니다만, 현재 구가의 가주는 구제율이 아닌 구제하가 아닙니까."

"그러고 보니……."

어느 한 명의 말에 귀족들의 표정이 애매하게 일그러졌다. 확실히 이상했다. 현재 제하를 대신해 구제율이 가문을 이끌고 있기는 하지만 그 말대로, 정식 가주는 구제하였다.

"구가를 위기에 몰아넣어 봤자, 구제하는 이득 볼 게 하나 없어요."

"하긴."

도대체 뭐지? 도대체 뭘까? 아무리 생각해도 도무지 그 속내를 알 수가 없었다. 귀족들의 머리로는 이해가 되지 않는 행동이었다. 도대체, 구제하는 무엇을 위해 이런 짓을 벌이고 있는 거지? 하나같이 미궁 속에 빠진 것마냥 고개를 갸웃거리고 있던 그때였다.

"여왕입니다."

누군가의 한 마디에 한숨을 푹푹 내쉬던 이들의 고개가 절로 들려졌다. 그들의 시선이 그 사내에게로 향했다. 수십 개의 눈이 그게 무슨 소리냐며 아우성치고 있다. 이를 본 사내는 무거운 한숨을 토해 내더니 입을 열었다.

이유라고 한다면, 이제 한 가지밖에 남아 있지 않았다. 그건 바로.

"여왕을 진심으로 사랑하는 거예요."

그녀를 위해 자신의 모든 것을 버릴 수 있을 만큼.

* * *

"지금 이게 다 무슨 짓들이냐! 썩 물러가지 못할까!"

집 안 가득 엄청난 고함 소리가 울려 퍼졌다.

구가. 버선발로 뛰쳐나온 구제용은 발을 동동 구르고 있었고, 그 옆에는 구제율이 망했다는 얼굴로 자리에 털썩 주저앉아 있다. 그들은 지금 이 상황이 믿기지 않았다.

갑자기 쳐들어온 병사들 때문에 정신이 없었다.

병사들에 의해 여기저기에서 발견된 뇌물들이 차곡차곡 마당에 쌓여 갔다.

"도대체 이게 무슨 일이야! 제하가 분명 우리는 괜찮을 거라고 했는데……!"

집 안을 이리저리 뛰어다니는 병사들 때문에 제율은 정신이 하나도 없었다. 지금 한창 관리들이 조사를 받고 있다는 건 알고 있었지만, 그 조사 대상에 저들이 포함되어 있을 줄은 상상도 못 했던 것이다. 분명 일전에 제하를 만나러 갔을 때, 그는 아무 말도 하지 않았다. 이런 일이 있을 거라는 언질조차 없었단 말이다. 그저 자신이 다 알아서 할 테니 걱정하지 말라고 했는데!

그 말만 믿고 마음 놓고 있다가 된통 당하게 생겼다.

도대체 어디서부터 잘못되었을까? 제율이 멍하니 생각에 잠겨 있던 그때였다.

"안 된다. 거기는 안 돼! 당장 그 손 치우지 못할까!"

병사들이 어떤 방에 들어서자, 이를 본 제율이 버럭 외쳤다. 그 방은 그의 애장품인 도자기들을 보관하는 곳이었다. 이것만큼은 절대 안 된다며 그가 온몸으로 막아섰지만, 쉰 살을 훌쩍 넘은 노인의 힘으로 병사들을 상대하기란 역부족이었다.

"이놈들아, 이건 안 된다. 이건 안 된단 말이다!"

이러한 과정에서 도자기 몇 개는 와장창하는 소리와 함께 바닥으로 떨어졌고, 그의 마음처럼 산산조각이 나 마당 안을 굴러다녔다.

"네 이놈! 네놈들이 이러고도 무사할 줄 알아? 내 아들이 이 나라의 국서란 말이다, 국서! 신왕이라고!"

제율이 목에 핏대를 세우며 외쳤다. 그러나 그의 말을 듣는 이는 한 명도 없었다. 그도 그럴 것이, 그들은 여왕의 명을 받고 움직이는 사람들이었다. 그런 그들에게 구제율 따위는 아무것도 아니었다.

벌써 몇 집을 거친 덕분인지 병사들의 손놀림은 빠르고 정확했다. 제출된 재산 목록에 포함되지 않거나 신고한 것에서 초과가 된 물건들을 순식간에 찾아내기 시작했다.

곧 마당 한가운데에는 고가의 자기와 온갖 패물들이 수북하게 쌓였다. 마찬가지로 이를 지켜보고 있던 구제용이 두 눈을 희번덕 뜨고는 병사들에게 달려들었다.

"안 돼! 내가 어떻게 모은 건데! 당장 비키지 못해?!"

그러거나 말거나 커다란 수레를 끌고 온 병사들이 마당에 수북하게 쌓여 있는 물건들을 싣기 시작했다.

그 많은 재물의 반은 제율이 귀족들에게서 선물받거나 저렴하게 사들인 도자기들이었고, 나머지는 전부 구제용이 단향에서 수탈해 모은 재물들이었다. 본가에 보관해 두는 게 더 안전할 거 같아 바리바리 싸들고 왔던 건데, 이제 그것들을 다 빼앗기게 생겼으니 이를 어쩌면 좋단 말인가. 어디 물건만 빼앗기만 다행이게. 수령의 착취 사실이 왕의 귀에까지 들어간다면…….

'……지방 수령 자리까지 위험해질 거야. 그것만큼은 안 돼!'

창백하게 질린 제용이 병사에 의해 힘없이 뒤로 물러났다. 안 그래도 조만간 여왕을 찾아가 중앙에 자리 하나 마련해 달라고 부탁할 참이었는데!

일전 우안의 이재학 문제도 그렇고, 여왕께서는 지방에서 일어나는 착취와 만행에 대해서는 단호한 사람이지 않았던가. 출셋길이 막히는 것은 물론, 중앙은커녕 지방에조차 자리를 잡지 못할 것이다. 아직 창창한 이십 대이건만 벌써부터 미래가 보이지 않았다. 모든 것을 잃은 것이나 마찬가지였다. 병사들이 수레를 끌고 나가고, 텅 빈 마당을 넋 놓고 바라보던 제용이 황급히 어딘가로 향했다.

늘 그랬듯 아버지께서 어떻게 해 줄 것이다. 지금 당장 궐에 갈 채비를 하라고 하시겠지. 그리고 구제하에게 지금 이 상황을 알릴 것이다. 그러면 빼앗긴 물건도 다시 돌아올 거고, 위태로운 단향 수령직도 지켜 낼 수 있겠지. 암, 그래. 아무것도 걱정할 필요 없다.

"아버지!!"

구제율이 있는 곳을 향해 달려간 제용이 방 앞에서 우뚝 멈추었다. 텅 빈 방 안에 넋을 놓고 앉아 있는 제율이 보인다. 제용은 잠시 아무런 말도 할 수가 없었다.

마치 제정신이 아닌 사람처럼 멍하니 앉아 있는 것이 왠지 모르게 무섭게 느껴졌기 때문이다. 하긴, 제 목숨보다도 더 끔찍하게 여기는 도자기들을 다 빼앗기고 말았으니.

"윽."

힘없이 문가에 기댄 제용은 자신의 머리를 감싸 쥐었다. 그리고 머리카락을 뜯어 놓을 기세로 잡아당기며 몸부림치기를 얼마, 피가 새어나올 정도로 입술을 깨문 제용이 연신 바닥을 주먹으로 내리쳤다.

"윽…… 구제하…… 구제하!!"

이게 다 그놈 때문이야!

* * *

"유난히 밖이 소란스럽네."

"그러니까요."

제하의 말에 아라가 고개를 끄덕였다. 아까부터 문 밖에선 웅성 거리는 소리가 들려오고 있었다. 구가만 믿고 가만히 있다가 된통 당한 이들이 몰려와 징징대고 있는 것이다. 물론 그들은 왕의 허락 없이 중앙궁에 출입할 수 없으니, 지금쯤 속이 타들어 가고 있겠지.

"쌤통이네."

"내 말이."

"그나저나, 저들이 좀 잠잠해져야 할 텐데……."

"내 말이."

"그래야 부인께서 나랑 놀아 주실 테니 말이야."

"……."

고개를 끄덕이며 그의 말에 맞장구를 쳐 주던 아라의 고개가 어 느 한 곳에서 우뚝 멈추었다. 그녀의 시선이 슬쩍 제하를 향한다. 역시나, 그는 웃고 있다.

"왜 아무런 대답도 하지 않으시는 겁니까?"

"흥."

아라는 재빨리 상소문을 바라봤다. 아까부터 보고 있던 것이 아직 끝나지 않았다. 다행히 이제 두세 개 정도 남았고, 이는 그의 방해만 없다면 순식간에 끝날 양이었다.

"시킨 일은 다 끝냈나요?"

"네."

야무진 대답에 아라는 할 말이 없었다.

자신이 한창 상소문과 씨름하고 있는 사이에 그가 심심하지 않도록 막중한 임무를 안겨 주었다. 원래라면 아라가 검토를 해야 했을, 백성들에게서 들어온 상소문을 제하에게 일임한 것이다. 대부분이 비업무적인 내용이라 가볍게 읽을 수 있다고는 해도 평민의 수가 관리들보다 많다 보니 상소의 양은 아라의 두 배에 달했다.

그런데 지금 그걸 다 읽었다고?

"오전에 드린 상소문을 전부 읽었다고요?"

"네. 제가 원래 하던 일이 그런 거잖습니까."

제하가 싱긋 웃으며 대꾸했다. 그러고 보니 그는 처음 만났을 때도 예서 주민들의 민원을 듣는 일을 했지, 참. 조금 규모가 커졌을 뿐, 생각해 보면 예전에 하던 일과 별반 다를 게 없다는 뜻이었다. 어쩌면 천직일지도 모르겠네.

"나보다 당신이 이 자리에 어울릴지도 모르겠네요."

그녀의 목소리가 조금은 의기소침해졌다. 일단 그는 스스로 안해서 그렇지 막상 하게 되면 잘했다. 또 말 한마디로 사람들을 휘어잡을 수 있으며, 결정적으로 그는 사내이지 않은가.

"내가 사내로 태어났으면⋯⋯ 뭔가가 달라져 있었을까요?"

"뭐가?"

"그냥. 여러 가지 상황들이."

최근에 와서야 모든 것들이 조금씩 제자리를 찾고 있다는 느낌이 들었다. 아라는 문득 궁금했다.

과연 자신이 사내였다면, 지금과 뭐가 달라졌을까?

"달랐겠지."

제하가 고개를 끄덕이며 진지하게 대꾸했다.

"우선 난 이곳에 없었을 테고."

"아, 그것도 그러네요. 왕후를 둬야 하니까."

드디어 마지막 상소! 끝에서 두 번째 상소 정독을 끝낸 아라가 이제 거의 끝났다는 해방감에 활짝 웃자, 이를 지켜보고 있던 제하가 손을 뻗었다. 그러고는 그녀의 턱을 붙잡아 제 쪽으로 끌어당기더니 이내 입술에 진하게 입을 맞추고는 떨어진다.

"그리고 이런 것도 못 했겠지."

덤으로 예쁘게 싱긋 웃기까지. 예쁘다, 예뻐. 내가 예쁘니까 봐주는 거야. 그러니까 앞으로도 그렇게 예쁘시라고요. 이렇게 예쁜데 만약 그가 사내가 아닌 여자였더라면 어땠을까.

"내가 사내였으면, 당신은 아주 예쁜 여자로 태어났을 거예요."

그녀의 말에 그가 미간을 찌푸린다.

"그건 싫은데."

"혹시 알아요? 내가 어떻게든 당신에게 사랑받기 위해 온갖 노력을 다했을지도?"

"아, 그건 좀 좋은 거 같다."

좀 전까지만 해도 생각하는 것조차 싫다 대꾸하던 제하가 곧장 표정이 풀리더니 바보처럼 베실베실 웃기까지 했다. 그런 그의 반응을 즐기고 있던 아라 역시 작게 웃었다.

바로 그때였다.

"전하."

문밖에서 들려오는 김 상궁의 목소리에 제하는 곧장 미간을 찌푸렸다. 이제는 김 상궁까지도 우리를 방해하는구나.

"무시하자."

그가 재빨리 말했다. 최대한 불쌍한 눈빛으로, 우리 그냥 저 부름을 못 들은 거로 하자며 은근슬쩍 꼬시려 했지만.

"안 돼요."

아라는 이를 단호하게 거절했다. 만약 그랬다가 정말 중요한 볼일이라도 있으면 어쩌려고?

"들어와요."

허락이 떨어지기 무섭게 문이 벌컥 열리더니, 무슨 일인지 다급해 보이는 김 상궁이 총총거리며 방 안에 들어섰다.

"전하……."

재빨리 아라의 앞에까지 다가온 그녀가 막 무슨 말을 하려다가 잠시 멈칫했다. 방 안에 들어서기 무섭게 저를 흘겨보고 있는 제하의 시선이 너무나 신경 쓰였던 것이다.

뭐지? 내가 무슨 잘못이라도 했나? 아까부터 왜 저렇게 노려보시는 거야?

"무슨 일인데요."

"아, 다름이 아니라 지금 밖에 귀족분이 와 계시는데……."

더는 들을 필요도 없다며, 김 상궁의 말이 끝나기도 전에 아라는 작게 한숨을 내쉬었다.

"알아서 잘 돌려보내요."

상대하기도 귀찮다는 듯 그녀가 말하자 김 상궁은 잠시 아무런 대꾸도 하지 않았다. 그냥 알 수 없는 표정으로 아라를 바라보기만 할 뿐.

"그런데 그게……."

이내 다시금 용기를 내어 입을 열어 보지만, 이번에는 아라가 책상을 '탕!' 하고 내려치는 것으로 그녀의 말을 싹둑 잘라 버렸다.

"안 만난다고 했습니다."

마치 이를 가는 듯 예민한 목소리로 아라가 말했다. 그들이 찾아온 이유야 뻔하지, 뭐. 몰수한 재산을 돌려 달라며 한바탕 징징거릴 심산이 분명했다. 혹은 이번 한 번만 봐 달라며 싹싹 빌겠지. 그러면서 저들의 요구 사항을 들어줄 때까지 꼼짝 않고 버틸 것이다. 그런 그들에게는 무시로 일관하는 것이 답이었지만, 저렇게 떡하니 버티고 있으니 아무래도 신경 쓰였다.

한숨을 푹 내쉰 그녀가 제하를 바라보며 중얼거렸다.

"차라리 귀찮게 구는 남자가 낫지."

"……잠깐. 그거 지금 나한테 하는 말이야?"

"그럼 또 누가 있겠어요?"

당신만 아니었다면 이따위 상소, 순식간에 정독하고도 남았을 거라며 그녀가 투덜댔다. 자꾸 옆에서 말 시키고 방해하니까 집중을 못 하고 있잖아, 지금!

"크흠. 전하, 저 아직 여기 있습니다."

김 상궁이 괜히 헛기침을 하며 제 존재를 드러냈다. 잠깐이라도 틈을 주면 저들만의 세상으로 빠지는 여왕과 국서 때문에 주위 사람들만 미칠 거 같았다. 아직 자신이 있다는 걸 잊지 말아 달라는 그녀의 노력에 아라가 그제야 제하에게서 시선을 떼고 그녀를 바라봤다.

"돌려보내라니까? 왜, 천하의 김 상궁도 꼼짝 못 하는 상대가 있나?"

국서도 불편해하는 그녀인데 귀족들쯤이야 식은 죽 먹기가 아니냐 묻자, 김 상궁이 가만히 고개를 저었다. 사실은 아까부터 계속하고 싶은 말이 있었는데 자꾸만 제 말을 끊는 여왕 때문에 차마 끝까지 하지 못하고 있었다.

"전하의 손님이 아니라, 신왕의 손님이십니다."

김 상궁의 시선이 아라가 아닌, 그녀의 맞은편에 앉아 있는 제하에게로 향했다. 그러자 제하가 어리둥절한 표정으로 김 상궁을 바라본다. 자신을 찾아온 손님이라니, 도대체 누구?

사실 떠오르는 이가 한둘이 아니었다. 구가만 믿고 설치다 이번에야말로 제대로 화를 입은 귀족들이 수두룩했으니까. 하지만 이렇게 직접 찾아올 만한 사람은 많지 않았다.

"형님이신 구가의 구제용입니다."

"구제용이 왔다고?"

예상치 못한 손님의 정체에 그의 목소리가 높아졌다. 아니, 물론 구제용이 찾아왔다는 것에 놀란 게 아니었다.

"혼자 온 건가?"

"예."

혼자란다. 자신을 만나러 여기까지 혼자 왔단다.

사실 그의 방문 목적은 뻔했다. 저 멀리에서 아직도 '전하!'를 외치고 있는 다른 관리들이 그러하듯, 그 역시 몰수당한 재물을 돌려받기 위해 온 것이 분명했다. 하지만 오늘은 구제율과 함께 온 게 아니라 혼자 찾아왔단다. 늘 아버지 등 뒤에 숨기 바빴던 그가 말이다.

"아, 또 나왔다. 저 못된 표정."

제하의 반응을 유심히 지켜보고 있던 아라가 킥킥거리며 웃었다. 조금 놀리는 듯한 그녀의 말에 제하가 재빨리 헛기침을 하며 표정 관리를 했다. 사실 들뜨지 않는다고 한다면 그건 거짓말. 애초에 그가 이 궐에 들어온 이유는 자신을 배신한 구가에게 복수를 하기 위함이었으니까.

그러나 그 목표는 아라를 선택하게 되면서 서서히 잊혀졌고, 이제 그는 구제율과 구제용이 어떻게 되든 관심이 없었다. 복수와 증오를 잊을 정도로, 그의 머릿속은 한 여인에 대한 생각으로 가득 찼으니까.

"잠깐 가서 보고 올게."

자리에서 일어난 제하가 말했다. 엉망이 되어 있을 그의 모습을 직접 봐야겠다며 가벼운 걸음으로 방을 나서려는데 잠시 멈칫, 그가 아라를 향해 돌아섰다.

"같이 갈까?"

"아뇨."

"혼자 가기 무서운데."

"무섭기는 개뿔."

그냥 함께 가고 싶은 거면서 무섭다느니 말도 안 되는 엄살을 피우고 있는 그에게 아라는 저도 모르게 툭하고 거친 말을 내뱉었다.

"나쁜 말을 쓰네."

약간 엄하게 느껴지는 어른스러운 말투가 아라의 심기를 거슬렸다.

"애 취급 하지 말라고 했죠."

"내 눈엔 한참 애로 보이는걸."

인상을 찌푸린 아라가 날카롭게 대꾸했다. 그깟 비속어 좀 썼다고 타이르는 듯한 그의 태도가 마음에 들지 않았던 것이다. 거기에 일부러 제 속을 긁어 놓기 위한 의도가 듬뿍 담긴 답까지.

"그럼 그 애를 여인으로 보고 있는 당신은 뭔데요?"

"……."

분명 일전에 그가 그러지 않았던가. 더 이상 꼬맹이로 보이지 않는다고, 이제는 제대로 된 여인으로 보여 곤란하다고 말이다.

"역시 변태였던 거야."

"뭐라고?"

제하가 곧장 날카롭게 반응했다.

"꽃놀이 때 다짜고짜 입술을 들이밀 때부터 내가 알아봤지."

한술 더 떠 아라가 그럴 줄 알았다며 고개를 끄덕이기까지 하자, 제하는 기가 막힌다는 얼굴로 그녀를 응시했다.

"그래서, 그때 별로셨습니까?"

"어디 그런 걸 생각할 겨를이 있었나요."

너무 놀라서 당시에는 아무런 생각도 들지 않았다는 그녀의 말에 제하는 속으로 웃었다. 사실 그때는 충동적으로 한 거라 그 역시 아무 생각이 없었기 때문이다. 오죽했으면 그 짧은 입맞춤이 뭐라고, 스스로 화들짝 놀라서는 그녀에게 사과를 했겠는가. 하지만 그때와 지금은 달랐다.

둘 사이의 관계에 큰 변화가 있었다.

"어디 두고 봅시다."

갔다 와서 두고 보자며, 제하가 의미심장한 미소를 지었다.

"다녀와서 내가 아주 제대로 된 입맞춤, 숨 막히게 해 줄 테니까."

"……."

아, 이런. 순간 아라의 머릿속에는 한 가지 생각밖에 들지 않았다.

건드리지 말아야 할 사람을 건드리고 말았구나.

"기왕 변태 소리 듣는 거, 그럴 만한 짓을 하고 듣는 게 낫지 않겠어? 덜 억울하게."

지금이라도 그냥 장난친 거라며 웃어넘길까 고민했지만, 이미 늦었다.

"앞으로 기대할게."

뭘? 잠깐만, 뭘?

"변태라며. 앞으로 참지 않아도 되겠다."

그렇게 말하며 싱긋 웃기까지 하는데, 이를 본 아라는 오싹하고 소름이 돋았다. 그런 그녀의 표정을 본 그가 만족스러운지 씩 웃더니 유유히 방을 나섰다.

* * *

"구제하!"

제용이 기다리고 있다는 방에 들어선 제하는 곧장 인상을 찌푸렸다. 예쁜 부인을 실컷 괴롭혀 주고 와서 그런지 조금 전까지만 해도 기분이 꽤 좋았는데, 저를 기다리고 있는 사내를 보기 무섭게 좋았던 기분이 뚝 떨어졌다.

"그래서, 무슨 일로 온 건데? 그것도 혼자."

한숨을 내쉰 그가 자리에 앉았다. 그러자 좀처럼 분을 삭이지 못하며 벌떡 일어나 있던 제용이 씩씩거리며 자리에 앉았다.

"아, 술이 더 좋았으려나? 지금 속이 말이 아닐 텐데."

차를 홀짝이던 제하가 깐죽거렸다. 그러자 제용이 오만상을 찌푸리며 그를 노려봤다.

"구제하, 너……."

"국서도 있고, 신왕도 있고, 나를 부르는 호칭이 많은데 말이야…… 정말 잡혀가고 싶은가 봐."

자신이 명령만 하면 언제든 잡혀갈 수 있으니 예의를 갖춰 달라는, 제하의 협박 아닌 협박에 제용이 꼬리를 내렸다. 그러나 그에게 예의를 기대하는 것은 무리였다.

"됐고, 당장 내놔."

"뭘?"

무슨 말을 하는 건지 모르겠다며 제하가 고개를 갸우뚱 기울이자, 다시금 열이 확 오른 제용이 탁자를 쾅쾅 내려치며 성을 냈다.

"오늘 아침 병사들이 우리 집에서 빼앗아간 것들! 그게 아니면 가주권이라도 돌려주든가!"

그의 말에도 제하는 꿈쩍을 하지 않았다. 아니, 돌려 달라고 하면 순순히 내놓을 거라고 생각하기라도 한 건가? 그의 안이한 생각이 우습기만 했다.

"패물은 전부 단향에서 네가 부당한 방법으로 갈취한 것들이라는 증거가 나왔어."

"가, 갈취라니. 그건 그냥……."

"아버지의 도자기는 다른 귀족들이 상납했다는 혐의를 받고 있지. 물론 전부 다는 아니겠지만, 정확하게 어떤 건지 몰라서 일단 다 걷어 온 거야. 조사가 끝나면 관련이 없는 물건들은 돌려줄 거고."

"……."

"이의 있어? 더 궁금한 게 있으면 물어봐. 바로 알아봐줄 테니까."

조목조목 따지는 친절한 제하의 설명에 제용은 말문이 막혔다. 다 맞는 말이라 할 말이 없었다. 하지만 지금 중요한 건 갈취라든가 상납이라든가, 그따위 것이 아니었다.

아무리 그동안 사이가 좋지 않았고 배다른 형제라고는 하지만 그래도 가족이었다. 물론 지금까지 그를 가족으로 인정한 적은 없었지만, 그래도 아예 관계없는 사람도 아닌데 한 번쯤은 눈감아 줄 수도 있는 거 아닌가. 꼭 이렇게까지 해야 하느냐 말이다. 어쩜 사람이 이렇게까지 인정머리가 없을 수 있냐며 시원하게 한마디를 해야 할 텐데, 젠장. 입이 열리지 않았다. 지금까지 제하를 달래는 일은 아버지인 구제율이 했지, 제용은 한 번도 그의 비위를 맞추려 노력한 적이 없었기 때문이다.

마음속에는 하고 싶은 말이 한가득 쌓여 있는데 차마 자존심 때문에 입이 열리지 않았다. 이를 눈치챈 제하가 재빨리 말했다.

"그렇게 입 다물고 있을 거면 왜 왔어? 아버지랑 같이 오지."

"……."

"혼자서는 할 수 있는 게 하나도 없잖아, 너는?"

자존심을 박박 긁어 놓는 그의 말에 제용이 파르르 떨었다.

"이게 다 누구 때문인데…… 구제하…… 다 너 때문에……."

지금 이곳이 구가였다면 당장에 주먹이 날아갔겠지만, 궐 안은 구제하의 세상. 문제를 일으켜서는 안 됐다. 그래봤자 다 제 손해였으니까.

"여왕이 시켰냐? 그래, 여왕이 널 이용한 거지? 처음부터 우릴 엿먹이려고……."

"전하 이야기는 하지 말지."

"뭐?"

"내가 성격이 좋아서 다른 건 다 넘어가겠는데."

"……."

"그 사람 건드리는 건 못 참거든."

제하의 살벌한 눈빛을 본 제용의 입이 절로 다물어졌다. 무슨 말은커녕 꼼짝도 할 수가 없었다. 숨을 쉬는 것, 마른침을 삼키는 것조차 조심스럽다.

"그 사람이 내 유일한 약점이자, 전부야."

그러니 한 번만 더 그녀의 이야기를 입에 담았다가는 자신이 가만두지 않겠다며 제하가 노골적인 압박을 가했다.

"나 빼고 다른 그 누구도 그녀를 건드릴 수 없어."

"너……."

제용은 뒤늦게 후회했다. 그의 말대로 아버지와 함께 올걸, 이렇게 혼자 호랑이 굴에 들어오는 게 아니었는데. 하지만 어쩌나. 제 자식보다도 귀중한 도자기를 잃은 충격에 시름시름 앓으며 자리에 누웠는데, 그런 사람을 억지로 끌고 올 수는 없지 않은가.

사실 제용은 이참에 제하를 혼쭐 내줄 생각이었다. 최근 저보다 제하에게 더 많은 관심을 쏟고 있는 아버지에게 자신도 혼자의 힘으로 할 수 있다는 것을 보여 주고 인정받고자 하는 마음에 이렇게 온 것이었는데.

"그래도 도자기는 빨리 돌려받을 수 있게 노력해 볼게."

"……."

"그거라도 팔아서 돈 마련해야지."

혼쭐을 내주기는커녕 제대로 응수도 못 하고 속수무책으로 당하고 있었다.

"잠깐, 돈이라니?"

"형수랑 이혼했다며. 가뜩이나 쓸데없는 증축 공사로 재산도 거의 바닥났을 텐데 그거라도 팔아서 위자료 마련해 줘야지 않겠어?"

긁어 놓는 김에 아주 박박 긁어야지. 제용의 얼굴이 붉으락푸르락하는 걸 보고 있으니 제하는 십 년 묵은 체증이 싹 내려가는 느낌이 들었다. 구제용이 혼자 이곳에 온 것은 제하에게 있어서 아주 좋은 기회였다. 만약 구제율이 이 자리에 있었다면 그가 중간에 끼어들어 형제간의 싸움을 말렸을 테니까.

"그럼 할 말은 다 한 거 같으니 나는 이만 가 볼게."

괜히 시간 낭비하고 싶지 않다며 제하가 자리에서 일어났다. 간단하게 형식적인 인사를 한 후 돌아서려는데, 제용이 그의 등 뒤에 대고 다급히 말했다.

"애초에 내가 설화랑 이혼한 것도 다 너 때문이야! 알아?"

"지금 나한테 화풀이하는 거야?"

제하의 걸음이 멈췄다. 다른 건 그냥 넘어갈 수 있었지만, 아무래도 주설화의 이야기는 민감한 부분이었기 때문에 대꾸를 할 수밖에 없었다.

"물론 예전이야 연인 사이였지. 하지만 지금은 아니야. 난 형수에게 조금도 마음이 없어. 그건 너도 알잖아?"

차분한 목소리에서 그의 진심이 고스란히 느껴졌다.

그러고 보니 예전에도 그랬지. 일부러 자극시키고자 넌지시 말을 꺼냈을 때도 그는 아무런 반응을 보이지 않았었다.

여왕이다. 여왕이 이 녀석을 이렇게 바꾸어 놓은 것이다.

순간 제용의 눈빛이 바뀌었다.

'여왕이 네 약점이라고 했지? 그래, 좋아.'

"너와 설화의 관계가 어디까지나 과거의 이야기라는 건 나도 잘 알고 있어. 그거 때문에 네 탓이라고 한 게 아니야."

"그러면?"

꽤나 흥미로운 이야기에 제하가 관심을 보였다. 자신이 던진 미끼를 덥석 문 그에게 제용은 슬쩍 만족스러운 미소를 지었다.

"설화가 나와 이혼할 수 있게 도와준 게 바로 여왕이라는 건 알고 있어?"

그 말에 제하는 잠시 아무런 반응이 없었다. 그냥 이야기를 흘려 듣기라도 한 사람처럼 미동도 없이 제용을 바라보고 있다. 이윽고 한참만에야 그가 입을 열었다. 그 목소리는 마치 하루 종일 입을 다물고 있다가 이제 막 첫마디를 떼는 사람처럼 꽉 잠겨 있고 칼칼했다.

"지금 그게 무슨 소리야."

옳거니! 제용의 표정이 점차 밝아졌다. 역시나 여왕은 제하에게 비밀로 했던 거군!

입꼬리가 간질간질거렸다. 점점 표정이 굳어 가는 제하를 보고 있자니, 한동안 답답하게 뭉쳐 있던 속이 서서히 풀리는 듯한 느낌이 들었다. 아버지 제용은 말하지 말라고 했지만 어쩌겠는가. 녀석이 재수 없게 나오는걸. 놈 때문에 부인도 잃고, 재산도 잃고, 지위까지 잃게 생겼다. 그는 여기서 더 잃을 게 없었다.

피식 웃은 제용이 입을 열었다.

"전하께서 그동안 주설화와 은밀하게 만나고 계셨는데, 정말 몰랐던 거야?"

"……뭐?"

지금 이게 무슨 소리야.

    *   *   *

목적지인 중앙궁을 지나친 제하가 빠른 걸음으로 궐 안을 가로질렀다. 잠시 뒤, 그가 향한 곳은 중앙궁의 바로 옆에 위치해 있는 중앙군 처소였다. '쾅!' 하는 소리와 함께 문을 열고 들어서자, 안에서 쉬고 있던 병사들이 눈을 찌푸리며 일제히 그를 노려본다. 그러길 얼마.

"시, 신왕?!"

뒤늦게 제하를 알아본 이들이 화들짝 놀라며 인사했다. 그러나 지금 제하의 눈에 그들은 들어오지 않았으니.

"소무휼은."

"대, 대장이라면 안쪽 방에⋯⋯."

위압적인 그의 물음에 병사들이 벌벌 떨며 어느 한 곳을 가리켰다. 그들을 지나친 제하가 처소 안에 있는 작은 방으로 향했다. 예의상 들어가겠다는 말도 없이 문부터 벌컥 여는 그의 태도에 뒤에서 있던 병사들이 아연실색했다.

저들의 대장은 평소에는 온화한 성격이지만, 예의나 규칙을 어기는 사람들에게는 한없이 까칠한데. 큰일이다.

"하아⋯⋯."

역시나. 갑작스러운 방문객의 등장에 무휼은 한숨을 내쉬었다.

"무슨 일 있으셨습니까?"

그가 일단 침착하게 제하에게 용건을 물었다.

"있었지."

"어…… 전하께 혼나셨어요?"

"왜 그렇게 생각하는 건데?"

"기분이 별로 안 좋으신 거 같아서요."

그 말대로, 무휼의 눈에 비친 제하의 상태는 별로 좋아 보이지 않았다. 도대체 무슨 일이 있었던 건지 잔뜩 찌푸린 미간에, 저를 향하고 있는 눈빛은 살벌하게 번뜩이기까지 했다.

"나는 뭐, 매일 혼나는 줄 아나."

"……."

얼결에 고개를 끄덕인 무휼은 '예, 그런 줄 알았습니다.'라는 말을 꿀꺽 삼켰다.

"그럼 정말 왜 오신 겁니까?"

"지금 이 상태로 중앙궁에 갔다가는 아라에게 화낼 거 같아서."

그 말에 무휼은 멈칫했다. 분명 또 쓸데없는 일일 거라고 생각하던 그가 제하의 눈치를 보기 시작했다. 안 좋은 예감이 든 것이다. 할 수 없지. 슬쩍 고개를 비튼 무휼이 저들의 대화를 듣기 위해 귀를 쫑긋거리고 있는 병사들을 향해 손짓했다. 잠시만 자리를 비켜 달라는 뜻이었다.

한창 쉬고 있던 그들에게는 미안하지만, 어쩔 수 없었다. 지금 국서의 상태가 심상치 않았으니까.

곧 텅 빈 처소 안을 둘러보던 무휼이 다시금 화가 나 있는 제하에게로 시선을 옮겼다.

도대체 뭐지? 정말 아라와 대판 싸우기라도 한 건가?

"진정하세요. 흔히들 부부 싸움은 칼로 물 베기라고 하지 않습니까."

"지금 무슨 소리 하는 거야?"

"……."

부부 싸움이라는 말이 나오기 무섭게 제하의 눈빛이 싸늘하게 변했다. 아, 이게 아닌가? 무휼은 재빨리 입을 다물었다. 하긴, 그럴 리가 없지. 아라에게 꼼짝도 못 하는 사람인데, 싸움이 될 리가 없었다. 그녀가 조금이라도 목소리를 높이면 알아서 깨갱하고 물러날 사람이었으니까.

그렇다면 도대체 무엇이 국서의 심기를 불편하게 만들었을까?

"구제용이 왔다 갔어."

"아…… 형님 말씀이신가요."

아, 형제간의 싸움이로구나.

"음. 제가 형제가 없어서 그런 건 잘 모르겠는데……."

대화 상대를 잘못 선택한 거 같다는 무휼의 말에 제하는 아무런 대꾸도 하지 않았다. 그저 자리를 잡고 앉아 한숨만 푹푹 내쉴 뿐. 도대체 무슨 일인지 모르겠지만, 아무래도 마음의 정리가 안 된 모양이었다. 그럼 기다릴 테니 천천히 말하라는 말을 남긴 무휼이 다시금 일에 집중하려던 그때였다.

"주설화."

"……!"

갑작스레 들려온 누군가의 이름에 무휼은 들고 있던 붓을 떨어뜨리고 말았다. 그저 이름 하나 들었을 뿐인데, 그의 반응이 요란했다. 심장이 철렁 내려앉다 못해 쪼그라드는 기분이었다.

"크흠. 주설화요? 그 사람이 왜요?"

재빨리 붓을 집어든 무휼은 검은 자국이 남아 버린 종이를 구기며 말했다. 갑자기 그 여자 이야기는 왜 꺼내는 거냐며 최대한 어색하지 않게 묻는데, 어찌 된 일인지 정작 이야기를 꺼낸 사람은 아무런 반응이 없다.

꿀꺽. 마른침을 삼킨 무휼이 슬쩍 제하를 바라봤다.

"역시."

뒤늦게 제하가 입을 열었다.

천하의 무휼이 지금 제 눈치를 보고 있다. 그렇다는 건 뭔가 켕기는 게 있다는 뜻이다. 게다가 좀 전에 주설화의 이름을 들었을 때 그의 반응.

"너도 알고 있었지? 아라가 형수와 만나고 있었다는 사실을."

"……!"

"다른 사람도 아니고 측근인 네가 모를 리가 없어."

순간 무휼은 얼어붙었다. 정말 딱 큰일 났다는 생각밖에 들지 않았다. 제하의 잦은 방문 때문에 짜증만이 난무하던 머릿속에 경보음이 울려 퍼졌다.

이를 어쩌지? 아니, 도대체 어떻게 알게 된 거지?

"다 알고 온 거니까 바른대로 말해. 사실이야?"

"네, 네?!"

"그 말이 사실이냐고."

화가 난 건지 제하의 목소리가 점점 높아졌다. 그에게서 반드시 대답을 듣고 말 거라는 강한 의지가 느껴지자 무휼은 잠시 망설였다. 확실히, 구제하는 모든 것을 알고 있는 듯한 눈치였다. 도대체 누가 그에게 귀띔을 해 준 건지 모르겠지만, 중요한 건 그게 아니었다. 바로 지금 이 상황을 어떻게 넘겨야 하나, 오직 그 생각뿐.

하지만 그런 고민도 잠깐이었다. 지금 여기서 자신이 솔직하게 말하지 않으면 구제하는 아라에게 찾아가 지금 이 이야기를 그대로 꺼낼 것이다. 그리되면 둘 모두에게 좋지 않은 영향을 줄 게 틀림없었다. 어쩌면 감정적으로 나아가 결국에는 정말 부부 싸움으로까지 번질지도.

그럴 바에는.

"예. 알고 있었습니다."

차라리 사실대로 말하는 게 나을 거 같았다.

무휼이 고개를 끄덕이며 솔직하게 인정하자 씩씩대던 제하가 멈칫했다. 설마설마했는데 그 말이 사실이었다니.

"어떻게 된 거야. 좀 더 자세하게 말해 봐."

일단 흥분을 가라앉힌 제하가 침착하게 물었다. 지금 중요한 건 화를 내는 것이 아닌, 대화였다.

분명 아라라면 뭔가 이유가 있었을 테니까.

"미리 말씀드리지만 전하께서는 아무런 잘못이 없으십니다."

혹시 모를 일을 대비하여 무휼이 재빨리 말했다. 말한다고 그가 알아들을 거라는 보장은 없었지만, 그래도.

"물론 오지랖이랄까? 그런 게 없잖아 있기는 하지만 그래도 전하께서는 아무런 잘못이 없……."

"그야 그렇겠지."

응?

"우리 부인께서 그럴 리가 없으니 말이야."

예상외로 너무나 쉽게 받아들이는 제하의 태도에 무휼은 어리둥절했다. 어떻게 저 모르게 그럴 수가 있느냐며 불같이 화를 낼 줄 알았는데 그렇지 않았다. 그는 오히려 아라를 걱정하고 있었다.

"보아하니 또 형수가 일을 벌인 거 같은데."

그 말대로, 주설화 쪽에서 먼저 접근을 시도한 것이다. 물론 그녀의 목표는 아라가 아닌 제하였지만. 그러니 어찌 보면 그에게도 책임이 있다고 말할 수 있겠다.

진지한 얼굴로 처음부터 끝까지, 알고 있는 사실을 털어놓으라는 그의 말에 무휼이 결국 입을 열었다.

"며칠 전, 주설화가 신왕을 만나겠다고 궐 앞에서 소동을 일으켰습니다."

"뭐?"

시작부터 가관이로구나. 궐 앞에서 소동을 일으켰다는 말에 제하는 순간 간담이 서늘했다. 자신도 모르는 새에 그런 일이 있었다니. 그러고 보니 그녀에게서 온 서신들을 전부 태워 버렸는데, 설마 답장이 오지 않으니 직접 찾아온 건가? 더는 그녀와 엮이지 않으려고 일부러 피했던 건데 오히려 그게 역효과였을 줄이야.

"이를 알게 된 전하께서는 당신을 지키기 위해 그녀를 궐에 불러들인 겁니다."

"궐에는 왜?"

"그야 당연히 요구 사항을 듣기 위해서죠."

설마 아무런 요구도 없이 단순히 궐에 들어간 도련님이 보고 싶다며 궐 앞에서 그 난리를 쳤겠느냐 말에 제하가 작게 고개를 저었다.

"주설화가 요구한 건 신왕의 형님이신 구제용과의 이혼 절차를 신속하게 밟아 달라는 거였습니다. 그리고 전하께서는 이를 들어주기로 했고요."

그 말에 제하가 이제야 알겠다며 고개를 끄덕였다. 그래서 아까 구제용이 이혼 어쩌고 했던 거로구나.

"그런데 듣자 하니 한 번이 아니었다던데?"

"아, 예. 저희도 그렇게 끝나는 줄 알았는데……."

무휼이 잠시 말끝을 흐렸다. 그도 그럴 것이 지금 이 말까지 꺼내야 하나 말아야 하나 매우 고민이 되었기 때문이다. 아무래도 구제하의 아버지인 구제율이 관련되어 있었으니까.

"구가에서 사람을 사주해, 주설화를 살해하려는 움직임이 있었습니다."

"……뭐?"

역시나. 무휼의 말이 끝나기 무섭게 제하의 얼굴이 새하얗게 질렸다. 자신도 모르는 사이에 정말 많은 일들이 있었던 것이다.

"그래서 전하께서 도와주신 것뿐입니다. 이런 일은 그냥 못 넘어가는 성격이거든요."

서약서를 훔쳤던 이야기는 일부러 생략했다. 괜히 그 이야기까지 꺼냈다가는 정말 주설화에 대한 분노가 한계로까지 치달을까 봐.

"이미 다 끝난 일입니다. 그러니 너무 걱정하실 필요 없으세요."

무휼이 싱긋 웃으며 말했다. 기껏 잘 마무리가 되었는데 괜히 발끈해서 다시 불을 붙일 필요는 없지 않느냐 그의 말에 제하가 가만히 고개를 끄덕였다.

"그럼 이제 괜찮은 거야?"

"누구요? 형수님이요?"

"아니, 아라 말이야."

"아."

괜찮으냐는 물음에 당연히, 목숨을 위협받고 있던 주설화의 안부이겠거니 했는데 아니었다. 무휼이 고개를 끄덕이자 그제야 제하의 표정이 서서히 풀리기 시작했다.

이를 본 무휼은 깨달았다. 구제하가 이렇게까지 화가 난 이유는 다른 게 아니었다. 물론 아라가 본인에게 아무런 말도 없이 행동을 했기 때문도 있겠지만, 가장 큰 이유는 그러한 과정에서 혹시라도 아라가 상처를 받지는 않았을까 걱정이 되었기 때문이었다.

"다른 말은 없었어?"

"예?"

"형수가 아라에게 이상한 소리를 하거나 하진 않았냐고."

"특별히 그런 건 없었던 거 같습니다만……."

좀 짜증 나는 여자이기는 했지만, 이상한 소리라고 할 만한 게 있었나? 잠시 당시의 대화를 떠올리기 위해 고민하던 무휼이 제하를 힐끔하고 바라봤다.

"우리 부인은……."

"……."

"너무 착해서 탈이야."

"……아…… 네."

갑자기 부인 칭찬을 늘어놓기 시작한 제하를 바라보던 무휼은 한숨을 내쉬며 다시금 붓을 들어 올렸다. 그래, 말이 통할 리가 없지.

"만약에 말이야."

또 무슨 말을 하려고 이러나. 이야기를 들어주면서도 무휼은 연신 마른침을 삼켰다. 아직 긴장의 끈을 놓아서는 안 됐다.

"나에게 국서의 자격이 없다고 하면, 너는 그래도 내 편을 들어줄 건가?"

"그게 무슨 말씀입니까?"

"말 그대로."

비교적 간단한 답변과 달리, 무휼의 머릿속은 복잡했다. '말 그대로'라는 게 도대체 뭐지?

"국서에게 자격이라는 건 없습니다. 그냥 전하께서 선택하신 것뿐. 신왕께서는 그 선택을 받은 분이신 거고요."

"예를 들어 그렇다고 치면."

"그러니까 예를 들어서 어떤……."

"국서로서 결점이 있다면."

"솔직하게 말씀드리자면 지금도 그다지 완벽하지는……."

무휼이 용기를 내어 말했다. 사실 전 애인이 궐을 찾아온 것부터 문제가 있지 않은가. 게다가 그 여자도 제정신이 아닌 사람인 게 틀림없었다.

"너 너무 솔직하면 제명에 못 산다."

제하가 못마땅하다는 듯 말했다.

"예를 들어 그렇다고 해도 저는 신왕의 편을 들겠습니다."

"왜? 날 그렇게 마음에 들어 했나?"

"아라가 마음에 들어 하니까요."

간단한 답변이었지만, 이보다 더 확실한 이유는 없었다. 그런 무휼의 답변이 만족스러운 건지 연신 인상을 쓰고 있던 제하가 그제야 작게 웃는다.

"이만 가 봐야겠다."

볼일도 끝났겠다, 자신은 이만 가 보겠다며 제하가 자리에서 일어서자 무휼의 표정 역시 점차 밝아진다. 드디어 그에게서 벗어날 수 있게 되었다며 속으로 환호하는데.

"이제 부인 혼내러 가야지."

"잠시만요, 신왕. 전하께서는 아무 잘못 없으시다고요."

자리에서 벌떡 일어난 무휼이 재빨리 제하의 뒤를 쫓았다. 처소의 바로 옆에 있는 중앙궁까지의 거리는 얼마 되지도 않았다. 빠른 걸음으로 작은 쪽문을 지난 그들이 중앙궁의 안으로 들어섰다. 그런데 그때, 제하의 걸음이 우뚝 멈췄다. 저 멀리, 중앙궁의 문 앞을 서성이고 있는 검은 그림자 하나가 보였다.

아라였다. 걱정 가득한 얼굴로 궁의 앞을 왔다 갔다 하고 있는데, 그 모습이 왠지 모르게 불안해 보였다.

"저거, 나 기다리고 있는 거 맞지?"

"그런 거 같습니다만."

제하의 물음에 무휼은 고개를 끄덕이며 대꾸했다. 아닌 척하면서도 뒤돌아서면 저렇게 걱정을 하는 게 아라였다. 슬쩍 제하의 반응을 살피던 무휼이 작게 웃었다. 그러고는 어느샌가부터 그의 팔을 붙잡고 있던 손을 거두었다. 자신은 이만 가 보겠다며 무휼이 꾸벅 인사를 하자, 제하가 고개를 갸웃거리며 그를 돌아본다.

"따라오겠다며."

"이제 그럴 필요가 없을 거 같아서요."

보는 사람이 기분 나쁠 정도로 히죽히죽 웃고 있으면서, 어떻게 화를 내겠다는 건지.

하던 일이 있어 이만 가 봐야 한다며 무휼이 다급히 걸음을 옮겼다. 그런 그의 뒷모습을 바라보던 제하는 작게 혀를 찼다. 무휼의 말대로, 자신이 아라를 어떻게 할 수 있을 리가 없었다. 한숨을 내쉬며 그녀에게로 다가갔다. 그러자 제하를 발견한 아라가 걸음을 우뚝 멈추더니 쪼르르 그에게로 달려왔다.

"괜찮아요?"

"뭐가?"

다짜고짜 괜찮냐고 묻는 아라에 제하는 어리둥절했다.

"형님 만났잖아요."

"아."

그가 구제용과 사이가 별로 좋지 않다는 건 아라도 알고 있었다. 갑자기 찾아왔다니, 별로 좋지 않은 목적이 있는 게 틀림없었다. 그런데 상소를 다 읽을 때까지도 그가 돌아오지 않았다. 시간이 지체되자 걱정이 된 아라는 결국 자리를 박차고 밖에 나와 그를 기다렸던 것이다.

"내가 형님께 잡아먹히기라도 했을까 봐 걱정했어?

"다시 시집가기 귀찮아서요."

"걱정 마. 다시 시집가는 일은 없을 테니까. 그리고 이제는 내가 형님이겨."

퉁명스러운 말과는 다르게 얼굴에 걱정이 가득한 아라를 바라보며 제하가 싱긋 웃었다.

"잘난 부인을 뒀거든."

이미 그녀가 존재 자체만으로도 자신을 지켜 주고 있다며 제하는 아라를 안심시켰다. 그 말대로, 여왕의 남편인 저를 해코지할 수 있는 사람이 몇이나 되겠느냔 말이다. 그의 말에 아라는 그제야 다시 웃기 시작했다. 어쨌든 별일이 아니라서 다행이라며 그의 손을 꼭 붙잡고 궁 안에 들어섰다. 하지만 그것도 잠시.

"그런데 잘난 부인에게 들어야만 하는 이야기가 있는 거 같은데."

갑자기 걸음을 멈춘 제하 때문에 그와 손을 잡고 있던 아라 역시 걸음을 멈춰야 했다. 왜 그러냐며 고개를 들어 그를 바라본다.

"이야기? 뭔데요, 갑자기."

"혹시 말이야……."

순간 아라는 뭔가 안 좋은 예감이 들었다. 자신을 바라보고 있는 제하는 웃고 있었지만, 왠지 모르게 심각해 보였다.

"나한테 뭐 잘못한 거 없어?"

"……."

방에 들어서기 무섭게 그가 물었다. 그러나 이제 막 자리에 앉은 아라는 잠시 아무 말도 하지 않았다.

싱긋 웃으며 자신에게 잘못한 게 없냐는데, 분위기가 이상했다.

마치 그것은 '잘못한 게 있다.'라는 전제하에 묻는 유도신문처럼 들려왔다. 아라는 잠시 고민에 빠졌다. 잘못한 거라. 사실 생각하기에 따라 너무 많아서 구체적으로 뭘 말하는 건지 알 수가 없었다.

"구체적으로 어떤?"

조금이라도 좋으니 언질을 달라는 그녀의 물음에 제하의 표정이 어두워졌다.

"뭐야, 한두 가지가 아닌 거야?"

"윽."

"이거이거, 언제 한번 날을 잡아서 부인과 심도 있는 대화를 나눠야 할 거 같은데."

이런, 그냥 없다고 잡아뗄 걸 그랬나.

부부 사이에 비밀 따위 없다며, 부인이 감추고 있는 모든 비밀을 전부 다 알아내고 말 거라 다짐하는 그를 본 아라는 한숨을 내쉬었다. 이제 와서 후회를 하면 뭐하나, 이미 엎질러진 물인걸. 흔히들 말하지 않는가. 한번 내뱉은 말은 주워 담을 수 없다고.

"잘 생각해 봐."

한결 다정해진 목소리였지만, 아라의 귀에는 그렇게 들리지 않았다. 그녀의 입에서 자신이 원하는 이야기를 듣기 전까지 계속 묻겠다는 그의 의지가 고스란히 느껴져 왔다.

"음……."

"나한테 할 말 없어?"

아라는 고민에 빠졌다. 사실은 그의 말에 단번에 떠오른 게 있었다.

바로 주설화.

하지만 그가 이 일을 알 리가 없었다. 괜히 말했다가 그가 원하는 답이 아니라면? 아무리 말하겠다고 마음먹었다지만, 그래도 중요한 이야기인데 깜짝 발표를 하듯 아무 때나 '펑!' 하고 터트릴 수는 없지 않은가.

"하나 떠오르는 게 있기는 한데……."

잠시 고민하던 아라가 결국 기어들어 가는 목소리로 말했다. 차마 양심상 없다고 거짓말을 할 수가 없었던 것이다.

"있어?"

"네."

고개를 끄덕이며 솔직하게 있다고 했다. 그러자 제하의 눈이 조금 커지더니 입술이 모아진다. 사실 그는 아라가 없다고 해도 뭐라 할 말이 없었다. 아무런 말도 없이 그녀가 알아서 모든 것을 해결하려 했다는 게 조금 못마땅하기는 했지만, 자신을 위해서 그랬다고 생각하면 바닥에 옅게 남아 있던 화마저 순식간에 사라졌다.

"화났어요?"

"아니."

제하가 고개를 저었다. 오히려 화가 난 것보다는 조금 더 기분이 좋았다. 언제 인상을 찌푸렸냐는 듯 작게 웃기까지 하는 그를 본 아라는 오히려 당황했다. 도대체 그가 무슨 생각을 하는지 알 수가 없었다.

"상소는 다 본 거야?"

"네? 아…… 네."

한편, 책상 위에 쌓여 있는 상소를 힐끔거리던 제하가 물었다. 그러자 그의 한없이 다정한 목소리에 놀란 아라가 재빨리 고개를 끄덕였다.

"고생했네."

순간 아라는 굳어 버렸다. 놀랍게도 그는 칭찬을 해 주고 있었다. 당연히 주설화에 대한 이야기를 깨물을 줄 알았는데, 아니었다. 그의 의외의 행동에 그녀의 머릿속이 단번에 뒤죽박죽이 되어 버렸다.

일단 그쪽에서 먼저 물었다는 건, 이미 그 일에 대해 다 알고 있다는 뜻이었다. 그런데 왜 안 물어보는 거지? 왜 화를 내지 않는 건지? 도대체 왜?

"안 물어볼 거예요?"

결국 아라가 먼저 물었다. 물론 지금 이 질문이 스스로 제 무덤을 파는 일일 수도 있었지만, 그냥 이대로 아무 일도 없었다는 듯 넘어가기에는 너무 찝찝했으니까. 안 물어볼 거냐는 그녀의 질문에 제하의 시선이 아라를 향했다. 솔직하게 말했으니 그냥 넘어가 주려고 했던 건데, 오히려 왜 그냥 넘어가냐며 따져 묻고 있으니 웃음이 나왔다.

이러니 뭐라고 할 수가 없지.

"다음에도 그럴 거야?"

타이르는 듯한 그의 말에 아라는 가만히 고개를 저었다. 아니, 절대. 앞으로는 절대 그러지 않을 것이다. 그에게 비밀을 만든다는 게 그리 유쾌한 기분이 아니라는 걸 깨달았다. 게다가 더는 주설화와 만날 일도 없을 테니까.

"그럼 됐어."

잠깐, 그럼 됐다니? 아라는 다시금 혼란스러웠다. 이렇게 쉽게 물러날 사람이 아닌데, 도대체 왜 이러는 거지? 오랜만에 형님을 만나고 오더니 너무 충격을 받았나? 아니면 무슨 일이라도 있었나?

"혹시 어디 아파요?"

갑자기 안 하던 짓을 하는 그가 걱정된 아라가 물었다. 그러자 제하가 한숨을 내쉬며 고개를 저었다.

"조금 전까지 마음이 아팠는데……."

지금이야 아무렇지 않게 말할 수 있지만 제용에게 그 이야기를 들은 순간, 심장이 철렁하고 내려앉는 줄 알았다.

"하지만 이제 괜찮아."

그가 웃으며 말했다. 괜찮다는 말에 아라는 그제야 마음이 놓였다. 형님과의 만남에서 무슨 일이 있었던 건지는 모르겠지만, 그 나름대로 마음고생을 한 모양이었다.

"지금 말고 나중에 다시 물어볼 거야."

"나중에, 언제요?"

그 나중이 언제냐는 질문에 제하가 미처 거기까지는 생각하지 못한 건지, 잠시 말을 얼버무렸다. 이를 본 아라는 일부러 더 그를 곤란하게 할 목적으로 대답을 재촉했다.

"언제? 내일? 다음 달? 내년?"

"음…… 한 50년 후에?"

아니, 잠깐. 내일도 아니고, 다음 달도 아니고 내년도 아닌 50년 후라니.

"그럼 나나 당신이나 꼬부랑 할머니, 할아버지가 되어 있을 텐데?"

"그래, 꼬부랑 할머니, 할아버지가 되었겠지. 그때 가서 마치 별일 아닌 듯, 넌지시 물어볼 거야."

현재 아라의 나이 열일곱. 이제 곧 열여덟을 눈앞에 두고 있기는 하지만 이 정도면 어린 편에 속했다. 그리고 제하의 나이는 올해로 스물둘.

"앞으로 한참 후겠네요."

아라는 지금 이 대화를 50년 후의 어느 날로 미루자는 제하의 제안을 이해하지 못했다.

까마득했다. 그러나 그때쯤이면 그의 말대로, 아무렇지 않게 이이야기를 할 수 있을 거 같았다. 함께 웃고 떠들며 '그때는 그랬지.'라는 느낌으로 가볍게.

"이는 또한 50년 후에도 내 곁에 있을 거라는 약속이기도 한 거야."

"아니, 반대로 말해야죠. 나는 어디 안 가고 여기 있을 테니까."

왕이 궁을 떠나 어디에 가겠느냐는 그녀의 말에 잠시 생각에 잠긴 제하가 고개를 끄덕였다.

"아주 찰싹 달라붙어 있을게."

순간 아라는 오싹했다. 아니, 지금도 충분히 귀찮을 정도로 붙어있는데 여기서 더 붙어 있는다면 도대체 어느 정도인 거야? 괜히 그러겠다고 약속했나, 뒤늦은 후회가 몰려왔다. 그녀가 이런저런 생각에 잠겨 있는 사이, 문득 상소문을 바라보고 있던 제하의 머릿속에 무언가가 반짝하고 떠올랐다.

"그나저나 뭐 잊은 거 없어?"

그의 질문에 아라는 지친 듯 한숨을 내쉬었다. 오늘 따라 왜 자꾸 이런 질문을 하는지 모르겠다.

"50년 후까지 생각해 볼게요."

"안 돼. 이건 지금 당장 생각해 내야 하는 건데."

도대체 무슨 일이냐며 아라가 그를 쏘아봤다. 자꾸 뜸 들이지 말고 빨리 말하라는 그녀의 재촉에 제하가 싱긋 웃으며 답했다.

"다녀와서 제대로 된 입맞춤, 숨 막히게 해 준다고 했잖아."

아, 이런.

그가 무슨 말을 하는 지 알아차린 아라의 얼굴이 단번에 붉어졌다. 제용을 만나러 가기 전, 자신을 변태 취급을 하는 그녀에게 본때를 보여 주겠노라 선전포고를 한 그였다.

"장난이었어요."

"이제 와서? 잔뜩 상처받은 내 마음은 어쩌고."

한 번도 받아 본 적이 없는 변태 취급에 꽤 많은 상처를 받았나 보다. 아라가 뒤늦게 잘못했다며 사과했지만, 그는 들리지 않는다는 듯 무시하며 천천히 다가왔다.

"책임져."

이제 그에게 안겨 있는 것은 익숙했다.

하루 종일 찰싹 달라붙어 있다 못해 밤에는 떨어지면 죽기라도 할 것처럼 꼭 끌어안고 잠이 드는데 아직까지 적응이 안 될 리가 없었다. 몸에서 힘을 뺀 아라가 순순히 그에게 안겼다. 좀 전에 싫다고 거부할 때는 언제고, 막상 이렇게 안겨 있으니 포근하니 좋았다.

이래서 적응이라는 게 무서운 건가 봐.

"그러고 보니까 아까 상소 몇 개를 건성으로 넘긴 거 같은데……."

그래도 사람이 아무것도 해 보지도 않고 포기하면 안 되지. 마지막 시도는 해 봐야겠다는 심정으로 아라는 상소를 핑계 삼았다.

"이따 보시죠. 어차피 밤에 특별히 하시는 일도 없어서 시간도 많을 텐데."

"……어째 말에 가시가 있는 거 같습니다? 나한테 뭐 불만이라도 있어요?"

"불만, 많지. 아주."

제 마음을 몰라 주는 그녀가 야속한 제하는 그녀를 더욱더 힘주어 안았다. 제 품 안에 쏙 들어오는 여인은 확실히 작았지만, 그래도 좋았다. 이렇게 꼭 끌어안고 있으면 마음이 놓이면서 심장까지 따뜻한 온기가 전해져 왔으니까.

최근 들어 자신이 너무 그녀를 몰아세우고 있다는 느낌이 들기는 했지만 그럼 어쩌나, 이렇게 곁에서 보고만 있기가 너무 괴로운걸.

"네가 너무 예뻐서 그래."

그래, 다 네 탓이야.

할 수 없지. 결국 그에게 넘어간 아라는 팔을 뻗어 어깨를 감싸 안았다. 구제하라는 남자가 제 앞에서나 이러지, 누구의 앞에서 또 이러겠느냔 말이야. 고개를 돌린 제하가 입을 맞추기 위해 서서히 고개를 숙였다.

"눈 감아."

그의 낮은 목소리에 아라는 인상을 찌푸렸다.

"명령조로 말하니까 왠지 기분 나쁜데."

원래 하라고 하면 더 하기 싫은 게 사람의 심리이다.

나는 네 말을 듣지 않을 테니 어디 한번 알아서 해 보라는 듯한 그녀의 말에 제하가 멈칫, 최근 들어 툭하면 저를 도발하는 그녀를 빤히 내려다본다. 그러나 그것도 잠시, 그가 대수롭지 않다는 듯 어깨를 으쓱이더니 말했다.

"그럼 뜨고 있든가."

*   *   *

"어…… 절 찾으셨다고 해서 왔는데……."

움찔거리며 방 안의 눈치를 보던 유신이 기어들어 가는 목소리로 말했다.

궐 밖의 감독관 임무를 끝내고 처소로 돌아오니 대장인 무휼이 말하길, 좀 전에 신왕이 자신을 찾아왔단다. 이거이거, 있을 때는 맨날 방해꾼 취급이더니 막상 떨어져 있으니까 또 외로운 모양이구나. 그래, 그래도 함께한 세월이 몇 년인데 당연한 거 아니겠냐며 휴게 시간도 내팽개치고 기쁜 마음에 종종걸음으로 중앙궁까지 달려왔건만.

"너 진짜 싫어."

꼬박 삼 일 만에 만난 제하는 그를 반가워하기는커녕 전보다 더 심하게 방해꾼 취급을 하고 있으니, 어찌 서럽지 않겠는가.

"왜요! 절 만나려고 중앙군 처소에 찾아오셨다는 말, 들었습니다!"

울컥하고 서러움이 몰려온 유신이 버럭 외쳤다.

설마, 부끄러워하는 건가? 그런 건가?!

"그러게. 왜 널 찾아갔던 걸까. 미쳤지, 내가."

유신에게는 미안했지만 제하는 진심으로 안타까워하고 있었다. 늘 함께 다니던 녀석과 떨어져 지내니 잘 지내고 있는지 안부가 궁금한 것은 사실이었다. 만약 그가 오늘 지금 이 순간이 아닌, 조금 이따 저녁에 온다거나 했다면 조금은 반가워했을지도. 하지만 유신은 늘 안 좋은 상황을 골라서 온다는 게 문제였다. 그것이 고의였든 고의가 아니었든 제하는 마음에 들지 않았다.

조금 전의 상황만 해도 그렇다. 갑자기 찾아온 그 때문에 기껏 달아오른 분위기가 마치 찬물을 끼얹은 것처럼 단번에 식어 버리지 않았던가. 그런데 뭘 잘했다고 기세가 등등한데, 정말 하나부터 열까지 제하의 마음에 드는 구석이 없었다.

"어쩜 못 본 사이 달라진 게 하나도 없으십니다."

결국 유신이 투덜댔다. 그래도 조금은 철이 들었거나 자신의 소중함에 대해 느끼고 있거나 그럴 줄 알았는데 전혀 아니었다.

"사람이 갑자기 바뀌면 큰일 나지."

"그야 그 말도 맞지만……."

오히려 예전보다 더하면 더했지, 절대 나아지지 않았다.

"제가 반갑지도 않으세요?"

한껏 불쌍해 보이는 표정을 짓고 있던 유신이 자신은 많이 보고 싶었다며 솔직하게 말하고 있는데, 제하는 그것이 불편했다. 물론 아주 잠깐 녀석의 빈자리가 느껴진 적도 있었던 거 같지만 지금은 아니었다.

"유신한테 쌀쌀맞게 굴지 마요."

옆에서 들려오는 앙칼진 목소리에 제하는 미간을 찌푸렸다. 유신의 편을 들어주는 아라가 너무나 야속했다. 제 앞에서 다른 남자의 편을 들다니. 그러거나 말거나, 아라는 그의 시선을 무시하며 유신에게 물었다.

"그나저나, 요즘 어때요?"

그것이 중앙군에 잘 적응하고 있느냔 질문이 아닌, 시도하의 감시 이야기라는 걸 알아차린 유신은 곧 고개를 끄덕였다.

"별로 특이사항은 없습니다. 사교성도 적당히 좋아 선임들과도 잘 지내고 있고요."

"시건형의 이야기는 하지 않던가요?"

"개인적인 이야기는 잘 하지 않습니다. 특히나 집안 이야기는 더더욱."

종합적으로 따져 봤을 때 딱 평균, 그 이상도 그 이하도 아닌 그냥 그런 사람이라는 평가였다. 확실히, 시도하가 중앙궁에 배속되고서부터 이미 시간이 꽤 지났다. 그동안 그는 다른 중앙군들과 별반 다를 거 없이 행동했고, 특별히 아라의 곁을 맴돈다거나 유난히 그녀에게 주목받기 위해 노력한다거나 하는 움직임 따위 없었다.

문득 아라는 일전에 그가 했던 말을 떠올렸다. 자신을 믿어 달라던 말. 그때 그 말은 진심이었던 걸까? 그렇다면 지금까지 단순한 과민 반응이었단 말인가.

"그래도 혹시 모르니 앞으로도 감시 부탁할게요."

"알겠습니다."

유신이 곧장 알겠다고 대답하자 아라는 작게 웃었다.

예전 같으면 하기 싫다며 약간의 반항을 했을 텐데, 그 사이 중앙
군의 분위기에 잘 녹아든 모양이었다.

*　　　*　　　*

최근 아라는 오전 시간의 대부분을 대전에서 보냈다. 예전에는
조회가 끝난 뒤 방으로 돌아가 상소를 검토하거나 다른 정무를 보
고는 했는데 어느샌가부터 그것들을 대전에서 처리하기 시작했다.
물론 아무나 출입할 수 없는 중앙궁이 그녀에게 더 편했지만, 그곳
에는 방해꾼이 있었기 때문에 오히려 일의 능률이 떨어졌다.

결국 아라는 대전에 남는 것을 선택했다. 말 안 듣기로 유명한
구제하지만, 다른 사람들 앞에서만큼은 자신에게 깎듯이 굴었으니
까. 그러나 집중하는 시간이 길어지며 능률이 오른 반면 안 좋은 점
도 있었으니, 바로 지금처럼 만나고 싶지 않은 사람이 찾아올 수도
있다는 것이다.

"전하."

"……."

오랜만에 보는 영 꺼림칙한 미소. 갑작스러운 시건형의 등장에
상소를 쥐고 있던 아라의 손에 힘이 들어갔다. 그러자 바스락거리
는 소리와 함께 상소의 끄트머리에 구김이 생긴다.

"왜 여기에 계십니까?"

"왜라니……."

아라는 한숨을 삼켰다. 그건 자신이 묻고 싶은 질문이었다. 도대체 숙부께서는 이 시간에 대전에 무슨 일로 온 걸까?

"이것들 좀 보느라고요."

최대한 자연스럽게 미소를 지은 아라가 한창 읽고 있던 상소를 들어 보이며 말했다. 그러자 시건형의 시선이 그녀의 손에 들려 있는 상소문으로 향한다.

"정무는 늘 중앙궁에서 보시기에, 저희들이 꼴 보기 싫어서 그러시는 줄 알았는데⋯⋯."

"뭐, 부정은 안 하겠습니다만."

아라가 곧장 고개를 끄덕이며 인정했다. 그래, 사실은 그들이 꼴 보기 싫어서 중앙궁에서 업무를 봤던 것이다.

"아무래도 일은 일하는 곳에서 하는 게 맞는 거 같아서요."

일을 하는 공간과 생활하는 공간을 분리하는 것이 효율적일 거 같다는 그녀의 말에 시건형은 잠시 아무런 대꾸도 하지 않았다. 그러나 그 침묵도 잠시.

"혹시 신왕과 싸우기라도 하셨습니까?"

질문에 약간의 기대가 섞여 있다.

"그러길 바라는 거 같지만, 안타깝게도 아닙니다."

싸우기는, 오히려 그 반대였다. 너무 사이가 좋은 탓에 일에 집중할 수가 없어 이런 특단의 조치를 취할 수밖에 없었던 것이다.

안 그랬다가는 왕이 국정도 내팽개치고 국서와 놀아나느라 정신이 없다는 소리를 듣게 될지도 몰랐으니까.

"그나저나, 오늘은 무슨 일 때문에 오신 겁니까?"

아라가 물었다. 조회에 참석하지도 않은 숙부가 지금 여기에 와 있다는 건, 자신에게 볼일이 있다는 뜻이었다.

"지금 궐 밖에서 일어나고 있는 일 때문에 귀족들의 불만이 이만저만이 아닙니다."

"지금 궐 밖에서 일어나고 있는 일?"

척하면 척이지. 지금 한창 진행되고 있는 재산 조사와 조회에서의 발언권에 대한 이야기였다.

"귀족들을 적으로 돌려 봤자 좋을 거 하나 없을 텐데요."

"그들이 나를 적으로 여기는 거겠지요."

시건형의 은근한 협박에도 불구하고 아라는 굴하지 않았다. 오히려 그녀가 너무나도 여유롭게 받아치자 시건형이 더 조급해졌다.

"권력층이 그 힘으로 아래에 있는 사람을 억누르는 것은 그리 좋은 방법이 아니라고 알려드린 거 같은데……."

"그렇다고 내 발밑에 있는 사람들의 말에 고분고분 따르는 허수아비가 될 수는 없잖습니까."

아이같이 해맑은 얼굴과는 다르게 입 밖으로 나오고 있는 말은 너무나 단호했다. 반면 시건형의 표정은 와그작 구겨졌다. 제 발밑이라니. 은연중에 그녀는 자신이 저들보다 훨씬 위에 있는 존재라는 것을 강조한 것이다.

"숙부께서도 나를 허수아비라 생각했습니까."

"……차라리 그랬더라면 지금보다는 상황이 더 나았겠죠."

"그래도 조금은 조카로 보고 있다는 말이로군요."

"그야 제가 전하의 유일한 가족이지 않습니까."

귀족들이 들고 일어설지 모른다는 협박이 통하지 않자, 방법을
바꾸기로 마음먹은 시건형이 재빨리 온화한 미소를 지어 보이며 다
정하게 말했다.

"아니죠. 나에게는 신왕이 있으니 더는 유일한 관계라 볼 수는
없지요."

"……."

다정한 미소는 얼마 가지 못했다. 아라의 말에 곧장 시건형의 눈
살이 찌푸려졌다. 평소 제 감정을 잘 숨기던 그가 이렇게까지 노골
적으로 인상을 쓰는 건 드문 일이었지만, 그만큼이나 아라가 제 뜻
대로 통제가 안 된다는 뜻이기도 했다. 그는 아라가 꼬박꼬박 말대
꾸를 하는 것이 영 마음에 들지 않았다.

"조사는 최대한 빨리 끝날 수 있도록 지시하겠습니다. 그리고 귀
족들에게 전해 주세요. 조회 참석 자격을 얻고 싶으면 그만큼 노력
을 하라고."

"……."

"내 할 말은 여기까지입니다."

더는 듣지 않겠다며 거기에서 딱 이야기를 마무리 지어 버리는
데, 여기서 무슨 말을 더 할 수 있겠는가. 결국 백기를 든 시건형은
순순히 물러설 수밖에 없었다.

二花.
고백 아니면 고백인데

아라는 작게 한숨을 내쉬었다.

손가락으로 탁자를 두드리며 간간히 한숨을 내쉬고 있는 걸 보면 누가 봐도 고민거리가 있는 모습이다. 그녀의 부름을 받고 온 무휼과 유신, 그리고 제하는 불안했다.

"갑자기 왜 부른 건데?"

결국 참다못한 무휼이 물었다. 그러자 잠시 망설이던 아라가 새하얀 서신 하나를 꺼내들더니 그들의 앞에 내밀었다.

"서하연의 려화에게서 전갈이 왔어."

"뭐야?"

"곧 서하연 합숙 기간이잖아."

그녀가 엄숙하고 진지한 목소리로 말했다. 마치 그 날이 오고야 말았다는 듯 조금은 우울하고 심각하기까지 한데, 그 말이 끝나기 무섭게 방 안에는 한숨 소리가 가득 찼다.

"벌써 그렇게 됐나?"

"벌써 그렇게 됐지."

"시간 참 빨리 흐르네."

무휼의 중얼거림에 아라는 고개를 끄덕였다. 그 말대로, 벌써 그렇게 되었다. 사실은 '벌써'라는 말보다 '이제야'라는 말이 더 어울리는 상황이기는 했지만. 그도 그럴 것이 올 봄, 예서에서 제하를 만난 것이 마지막 합숙이었다. 그를 만나던 때만 해도 이제 막 꽃이 피기 시작하는 계절이었는데, 어느새 한창 더울 때를 지나 선선한 바람이 불어오는 계절에 들어서고 있으니 기분이 묘했다.

"그럼 간만에 잠행인가?"

특히나 잠행을 좋아하는 무휼이 두 눈을 반짝이며 말했다. 그러나 정말 미안하게도.

"아니, 아니야."

안 그래도 아라가 오늘 그들을 호출한 건 이 때문이었다. 평소에는 서하연 합숙 기간을 이용해 잠행을 떠나고는 했지만, 이번만큼은 예외였다.

"이번에는 정말 서하연에 가야 할 거 같아."

잠행이 없다는 그녀의 말에 무휼이 어깨를 축 늘어뜨렸다. 그에게는 정말 미안한 일이었지만 어쩔 수 없었다.

"할 수 없잖아. 귀족들도 의심하고 있고……."

매번 서하연 합숙이 끝나면 지방 권력층들의 비리가 하나둘 파

헤쳐진다. 언젠가부터 괴담처럼 돌던 이 이야기는 이제 공식이나 다름없었다. 관리들도 이를 알아차리고는 지금 한창 벼르고 있는 중이었다. 그런데 이 시점에서 잠행을 떠나 봐라. 그들에게 반격의 빌미를 제공하는 것이나 다름없었다.

"게다가 려화의 부름도 있으니까."

아라가 서신을 가리키며 말했다. 무슨 일인지 모르겠지만 마침 려화도 서하연에 출석하라고 하니 잘됐다.

"그러니까 내가 없는 동안 궐을 잘 부탁……."

"나도 갈래."

물론 그녀가 없다고 어떻게 될 궐이 아니기는 했지만 지금은 시기가 안 좋았다. 한껏 신료들의 약을 올려 놓은 상태라 부재중에 무슨 일이 생길지 아무도 몰랐다. 때문에 잘 부탁한다는 말을 하려고 했던 건데, 제하가 그녀의 말을 싹둑 잘랐다. 동행하겠다는 그의 말에 아라는 재빨리 무휼을 바라봤다. 그 역시 아라와 같은 생각인 건지, 그녀를 바라보며 고개를 저었다.

안 된다. 절대 안 된다. 어떻게든 막아야만 했다. 그곳에는 여왕이 숨겨 둔 게 있었으니까.

"안 돼요."

"안 됩니다."

"……."

아라와 무휼이 한마음 한뜻이 되어 단호하게 말했다.

따라 가겠다던 제하의 입이 아주 잠깐 다물어졌지만 그것도 잠시, 곧 그가 의심 가득한 눈빛으로 그들을 바라보기 시작했다.

"왜?"

이런, 너무 격하게 반응했나? 뒤늦게 후회를 해 보지만 어쩔 수 없었다. 이를 어쩌면 좋아. 아라는 고민에 빠졌다. 그를 서하연에 데리고 갈 수는 없었다. 그러나 그 성격에 안 된다고 하면 할수록 더욱더 큰 관심을 보일 게 뻔하니 뭔가 그를 납득시킬 만한 좋은 핑계가 필요한데…….

"서하연은 금남의 구역입니다. 여인들만이 출입 가능하기 때문에 신왕께서는 못 가십니다."

무휼이 재빨리 말했다.

생각해 보니 복잡한 핑계를 만들 필요까진 없었다. 그 말대로 '서하연'이라는 곳은 어디까지나 여성을 위한 교육 기관으로, 그곳에 남자는 들어갈 수가 없다는 규칙이 있었으니까.

아라는 안도의 한숨을 내쉬었다. 너무 당황한 탓에 그런 기본적인 것조차 떠올리지 못하고 있었다니.

"그럼 너도 못 들어가겠네?"

여전히 의심의 끈을 놓지 않은 제하가 무휼을 바라보며 물었다. 넘어왔구나. 무휼이 재빨리 고개를 끄덕였다.

"저는 서하연 앞에까지만 호위를 할 수 있습니다. 안에서는 월비가 아라의 곁을 지키고요."

"즉, 서하연 합숙은 너에게 있어서 휴가라는 거군?"

"뭐, 그렇게 생각할 수도…….'

슬쩍 미간을 찌푸린 무휼이 고개를 끄덕였다. 별로 마음에 드는 표현은 아니었지만 뭐, 휴가라고 볼 수 있으려나.

"하지만 보통은 잠행을 가기 때문에 못 쉽니다."

남들 눈에나 휴가지 사실은 출장이나 다름없다며 그가 말했다. 새삼 무휼의 노고를 느낀 제하가 그를 불쌍하다는 눈으로 바라보더니 불쑥 말했다.

"시간 외 수당 달라고 해."

"그랬다가 의심 사면 어쩌려고요."

말이 되는 소리를 하라며 무휼이 작게 투덜댔다. 휴가를 간다고 해 놓고 떠나는 잠행인데 시간 외 수당이니 그런 걸 챙겼다가는 무슨 의심을 사라고.

"그나저나 남자는 안 되는 거구나……."

"……."

"안심이 되면서도 한편으로는 아쉽네."

제하가 풀이 죽은 목소리로 작게 중얼거리자, 아라와 무휼은 안도의 한숨을 내쉬었다. 아, 잘 넘어간 모양이다.

다행이라는 생각과 함께 놀란 가슴을 쓸어내리고 있는데, 그때였다.

"아, 그거 말인데요."

등 뒤에서 시작된 불안한 한마디에 아라는 바짝 긴장했다. 조용히 그들의 이야기를 듣고 있던 유신이 때마침 아주 좋은 소식이 있다며 끼어든 것이다.

"곧 있으면 서하연 개방일이라면서 병사들이 들떠 있던데요?"

그 말에 아라와 무휼은 고개를 떨궜다. 기껏 잘 마무리 지었는데 하필이면 그 이야기를 꺼내다니.

"개방일? 그게 뭔데?"

봐라, 관심을 보이고 있잖아!

"서하연 개방일이라고, 일 년에 한 번 있는 날이에요. 그날만큼은 외부인이 출입할 수 있죠."

쓸데없이 친절하기까지 한 유신의 설명에 제하의 입가에는 다시금 미소가 지어졌다. 그리고 이를 본 아라는 무거운 한숨을 내쉬었다.

"그럼 나도 갈 수 있다는 거네?"

부인과 단 한 순간도 떨어지고 싶지 않다는 그의 마음은 알겠으나, 절대. 절대 그를 데리고 가고 싶지 않았다. 그곳에는 그 여자가 있었으니까. 그러나 이제 와서 안 된다고 했다간 더 큰 의심을 살게 분명했으니, 아라는 난감했다.

그녀가 할 수 있는 거라곤 다 된 밥에 코를 빠뜨린 유신을 노려보는 게 전부였다. 아라가 작은 목소리로 말했다.

"유신이 미움받는 이유를 이제야 알겠어요."

눈치가 없어서 그렇다.

*　　　*　　　*

"정말 갈 거예요? 아니, 난 상관없는데 그냥 확인차."

"……자꾸 확인하는 걸 보니까 좀 수상한데."

아, 이런. 그렇게 티가 났나. 하지만 아라로서는 어쩔 수 없었다. 합숙일은 점점 다가오고 있고 그는 무슨 일이 있어도 따라오겠다며 잔뜩 벼르고 있으니.

"나 몰래 뭐 숨겨둔 거라도 있어?"

"네, 네? 그게 무슨 말이에요?"

깜짝이야. 아라가 저도 모르게 버럭 외쳤다. 누가 봐도 수상한 반응이다. 이를 본 제하의 두 눈이 가늘게 찢어졌다.

"아무나 들어갈 수 없는 곳이라고 했나……."

"……."

"그렇다면 완벽한 밀회 장소라는 뜻인데."

아, 그가 무슨 말을 하려는지 알아차린 아라는 미간을 찌푸렸다.

"혹시 남자라도 숨겨 둔 거야?"

역시나. 이럴 줄 알았지.

무언가를 숨긴 건 사실이지만, 그의 말대로 남자는 아니었다. 오히려 여자다. 그것도 자신이 아닌 그와 관련 있는 여자 말이다.

"서하연은 금남의 구역이라니까요? 여자밖에 없어요."

서하연을 지키는 병사들 역시 특수한 교육을 받은 여인들로 이루어진 집단이었다.

"그럼 꽃밭이라는 거네."

"거기서 꽃밭이 왜 또 등장해요?"

익숙한 단어가 나오자 아라가 곧 바로 날카롭게 반응했다.

"그냥 확인차 묻는 건데, 꽃밭의 의미 아직 모르지?"

"모르겠는데요."

꽃밭에 다른 의미라도 숨어있는 거냐는 물음에 제하는 그럴 줄 알았다며 작게 한숨을 내쉬었다. 이걸 설명해야 하나, 말아야 하나. 그가 난감하다는 얼굴로 잠시 입을 다물었다. 그러나 이미 이야기를 들어 버린 아라는 도대체 꽃밭의 의미가 뭐기에 이러는 거냐며 그를 재촉했고, 결국 그의 입이 열렸다.

"꽃은 종종 아름다운 여인을 비유할 때 사용되는 말이야. 꽃밭은 여자들이 많이 모인 곳을 의미하는 거고, 기방도 포함돼. 그리고 그곳에서 남녀가 하는 일은…… 아, 이 다음도 알려줘야 하는 거야?"

그가 미소를 지으며 묻자 아라는 재빨리 고개를 저었다. 두 손으로 귀를 꼭 막은 채 차라리 듣지 말 걸 그랬다며 후회 막심한 얼굴로 그를 바라본다.

"아니요. 필요 없어요. 다 알아들었어요."

"다행이야. 모른다고 하면 내가 매우 슬플 뻔했는데."

제하가 활짝 웃으며 말했다. 안 그래도 어린 마음을 지닌 그녀이건만, 생각까지 어리다면 자라기를 기다리는 데에 꽤 많은 시간이 필요할 테니까.

"그럼 그때 오라버니가 나한테 한 말이……."

"어때, 이제 유월영에게서 정이 뚝 떨어지지? 그러니까 그딴 놈 잊고 나한테 와."

"그쪽은 뭐 사내 아닌가요?"

"아니지. 난 구제하지. 그리고 네 남편이지."

자신은 이미 유부남이라 상관없다는 별 신빙성 없는 그의 주장에 아라는 기가 막혔지만, 굳이 토를 달거나 하지는 않았다.

"그럼 막 내가 꽃처럼 예뻐 보이겠네?"

"……."

그 대신 예쁜 미소를 지으며 그에게 물었다. 자신은 사랑한다고 하지 않았던가. 그리고 이제는 어린애가 아닌 어엿한 여인으로 보인다고까지 했다. 남자에게 여인은 꽃이라 했으니, 그럼 자신 역시 그에게 꽃이라는 뜻일까.

그녀 나름대로 기대를 하며 물은 질문이었건만, 갑작스러운 아라의 질문에 당황한 기색이 역력한 제하가 뒤늦게 활짝 미소를 지으며 답했다.

"아무리 그래도 사람이 어떻게 꽃으로 보이겠어."

"……."

그래. 물론 그의 말이 사실이기는 했지만 그래도 그렇지. 입을 삐죽 내민 그녀가 작게 투덜거렸다. 빈말이라도 말해 줄 수 있는 거 아니냐며 섭섭한 마음을 드러내길 얼마.

"그나저나 우리는 뭘 하고 있는 걸까요?"

아라가 대뜸 물었다. 주위를 둘러보니 널따란 호수 위에 그들이 타고 있는 배 하나가 덩그러니 떠 있고, 멀찍이 떨어진 곳에서 궁녀들이 이쪽을 주시하고 있다.

"쉬고 있지. 조회도 끝났고 상소도 다 봤으니까."

제하의 적극적인 도움 덕분에 평소보다 일과가 일찍 끝났다. 남은 시간을 어떻게 보내면 좋을까 고민하고 있는데, 그가 오늘은 날이 좋으니 뱃놀이를 하자며 조른 것이다.

"애도 아니고……."

덕분에 현재 이렇게 커다란 호수의 한가운데에 배를 타고 둥둥

떠 있는 상태였다.

"여기에 있으나 방에 있으나, 마주 앉아서 대화를 나누는 건 매한가지인데."

멍하니 하늘을 올려다보던 아라는 미간을 찌푸렸다. 어차피 얼굴 마주 보고 잡담을 나누는 게 전부이거늘, 굳이 이런 햇빛 아래에서 해야겠느냐는 말이었다. 그러자 맞은편에 앉아 가볍게 낮술을 홀짝이던 그가 답했다.

"방에 있으면 저 녀석들이 방해를 할 테니까."

"……."

"이렇게 호수 한가운데에 있으면 아무도 방해 못 하겠지."

그 말에 아라의 시선이 자연스럽게 호숫가로 향했다. 저 멀리서 혹시라도 배가 뒤집힐까, 무슨 일이 생길까, 발을 동동 구르고 있는 궁녀들이 보였다. 하나같이 '전하!'를 외쳐 대며 반갑게 두 손을 흔들고 난리가 났는데, 누가 아라 바라기 아니랄까 봐 아주 신이 났다.

그 엄청난 반응에 아라는 피식 웃었다. 그러면서 그들을 향해 손을 흔들어 주자, 이를 지켜보던 제하가 눈살을 찌푸리며 그 손을 낚아챘다.

"날 봐."

"거참."

"기껏 떨어뜨려 놓았더니 왜 또 저들을 보는 거야."

아라는 한숨을 내쉬었다.

그의 질투는 날이 가면 갈수록 심해졌고, 어느새 아라도 이를 즐기고 있는 지경에 이르렀다. 그래서 더더욱 보란 듯이 그의 앞에서 다른 사람들에게 관심을 보이는 걸지도.

"예뻐서요."

"……."

예뻐서 보고 있었다는 그녀의 말에 제하의 표정이 한층 더 어두워졌다. 그것은 그가 툭하면 그녀에게 하는 말이었다. 설마 이런 식으로 사용될 줄은 몰랐지만. 표정이 좋지 않은 그를 흘겨보던 아라는 한숨 섞인 미소를 지었다.

슬쩍 옆으로 몸을 기울인 그녀가 소매를 걷어 올리더니 그 상태로 차가운 물 속에 손을 풍덩하고 담갔다. 그러자 앞으로의 일을 대충 예상하기라도 한 건지 제하가 불안한 눈으로 그녀를 바라보는데…… 맞아, 네가 지금 생각하는 그거. 아라가 싱긋 웃으며 그를 향해 물을 뿌려 대기 시작했다. 배 위라는 한정된 공간상 그것을 피할 길이 없던 제하는 결국 갑작스러운 물벼락을 맞고 쫄딱 젖는 신세가 되어 버렸다.

"……한번 해 보자는 거지?"

그가 싱긋 웃으며 말했다. 협박이 담긴 그의 말에 아라는 바짝 긴장했다. 이런, 요즘 들어 꽤 만만해 보인다 싶어 선제공격을 시도해 봤는데 역시나 아직은 무리였나 보다.

풍덩 하는 소리와 함께 그가 자신의 손을 호수에 담갔다. 그러고는 슬쩍 고개를 들어 그녀를 바라본다.

"나 쫄딱 젖게 하면 저기 있는 김 상궁과 궁녀들이 가만두지 않을 텐데 괜찮겠어요?"

여인들의 단결을 얕보지 말라며 아라가 호숫가에서 열렬히 손을 흔들고 있는 사람들을 가리켰다. 자신에게는 든든한 지원군이 있으니 어디 한번 물을 끼얹든 뭘 하든 마음대로 해 보라는 그녀의 말에 제하는 잠시 고민에 빠졌다.

그런 그를 바라보며 아라는 만족스런 미소를 지었다. 그럼 그렇지. 저에게 함부로 손을 댈 수 있을 리가 없다.

궐 안 모두가 알고 있는, '구제하는 여왕에게 약하다.'라는 말 때문도 그렇지만 저렇게 아라 바라기 회원들이 떡하니 버티고 있는데 감히…….

"괜찮지 않을까?"

그러나 그녀의 예상과 다르게 제하는 씩 웃고 있었다.

"네 말대로 저들은 지금 저기에 있으니까."

그 말대로 지금 이곳은 커다란 호수의 한가운데였다.

저들이 배를 타고 오든 헤엄을 쳐서 오든, 지금 이곳에서 자신이 무슨 짓을 하더라도 그녀의 지원군들이 오는 데에는 상당한 시간이 필요하다는 뜻이었다. 아라의 머리가 빠르게 돌아갔다. 지금 여기에서 더 해 봤자 자신만 손해였다.

할 수 없지.

재빨리 손에 묻은 물기를 닦아 낸 그녀가 조심스럽게 상체를 숙이더니 그를 향해 손을 뻗었다. 그러고는 여전히 그의 머리카락에 송골송골 맺혀 있는 물방울들을 털어 주며 말했다.

"어이쿠, 꽃에 물을 준다는 게 그만."

"……."

능청스러운 그녀의 말에 제하는 기가 막힌다는 듯 헛웃음을 지어 보였다.

"내가 잘못했어요."

아라가 재빨리 꾸벅 고개를 숙였다. 누가 그랬다. 사과를 하려거든 빠르고 신속하게 하라고. 그리고 그 누군가의 말대로, 벌써 마음이 풀린 건지 제하가 싱긋 웃었다.

"반성이 빨라서 좋아."

글쎄. 반성이 빨라서 좋은 걸까, 아니면 그냥 눈앞에 있는 사람이 좋은 걸까?

*　　*　　*

"도대체 어쩔 생각이야."

"……."

"정말 데리고 갈 거야?"

무휼의 물음에 아라는 한숨을 내쉬며 고개를 들었다. 서하연 잠행일이 가까워지면 가까워질수록 그는 점점 예민해졌다. 이게 다 고집을 피우고 있는 국서 때문이었다.

"한 번쯤 두 사람이 제대로 대화를 나눠 보게 하는 것도 괜찮을지도."

아라가 말했다.

"그냥 이대로 흐지부지되는 건 좀 그렇잖아."

기왕이면 깔끔한 마무리가 좋지 않을까. 그것은 당사자들끼리 풀어야 할 문제였으니 말이다. 만약 구제하가 그녀와 대화를 나누고 싶어 할 경우, 자신에게는 이를 막을 권리가 없었다.

"하지만 네가 말하지 않으면 모르겠지."

그러나 무휼의 생각은 달랐다. 애초에 주설화가 서하연에 있다는 사실 자체를 함구하면 모두가 평화롭다는 뜻이었다.

"국서께서도 별다른 반응이 없는데, 그냥 무시하는 게 어떨까."

"……."

"둘 사이에 무슨 일이 있었던 건지 모르겠지만, 내가 볼 때 그건 사랑이 아니야."

사실 무휼은 신경 쓰이는 게 있었다. 일전에 그가 자신에게 했던 어느 질문이었다.

자신이 무슨 죄를 지었다 하더라도 제 편을 들어 줄 수 있겠느냐는 질문. 눈치 빠른 무휼은 둘 사이에 무슨 문제가 있다는 것을 직감했다. 그러나 그것은 사랑이 아니다. 자신이 하고 있는 것과는 너무나도 달랐으니까.

"하지만 나중에 타인에 의해 알게 되는 것보다는 차라리 내가 직접 솔직하게 다 털어놓는 게 나을 거 같아."

아라가 나지막하게 말했다. 일전에도 몇 번 주설화와의 만남에 대해 털어놓으려 했지만, 미루고 미루다가 결국 말할 기회를 놓쳐 타인에 의해 그 이야기를 듣게 하지 않았던가.

"그러니까 일단 내가 말해 볼게."

만날지 말지는 그의 선택이라며 아라가 말했다.

　　　　　*　　　*　　　*

"그거 아직도 다 못 끝낸 거야?"

"……."

"합숙이 내일모레인데?"

"한동안 바빴잖아. 일도 많았고……."

　한심하다는 듯한 무휼의 핀잔에 아라는 기어들어 가는 목소리로 변명했다. 그러나 성실함의 대명사이기도 한 그에게 이것이 먹힐 리가 없었으니, 그것들은 서하연 합숙에 가기 전 그녀가 미리 끝내야만 하는 과제였다. 지금까지 손도 안 대고 있다가 뒤늦게 몰아서 하려니 힘들 수밖에.

"그러게 미리미리 조금씩 해 뒀으면 됐잖아."

"……."

"한꺼번에 몰아서 하려니까 이렇게 힘든……."

"시끄러워."

　다시금 시작된 그의 잔소리에 그녀가 버럭 외쳤다. 그러고는 힐끔, 제 옆에서 묵묵히 일에 집중하고 있는 제하를 탓했다.

"이게 다 당신 때문이야."

"툭하면 나 때문이래."

　지금도 이렇게 부인의 과제를 열심히 도와주고 있건만. 말도 안 되는 불평에 그는 억울하다는 듯한 목소리로 중얼거렸다. 많고 많은 과제 중에서 아라가 가장 싫어하는 건 필사였다. 책 몇 권을 베껴야만 하는 일로, 그런 그녀를 대신해 제하가 이를 맡은 것이다.

"둘의 필체가 확연히 다른데 려화가 속아 넘어갈 거라고 생각해?"

아라의 경우 동글동글하고 귀여운 느낌이라면 제하의 필체는 힘이 넘치는 느낌이었다. 이 둘을 나란히 놓고 비교하던 무휼의 물음에 아라는 당당히 답했다.

"그래도 노력했다는 건 보여 줘야 할 거 아니야."

"노력이라."

남편이라는 존재를 이런 식으로 써먹다니. 무휼은 제하가 불쌍하다는 생각이 들었다.

"부부는 일심동체라고 했죠, 그렇죠?"

"꼭 필요할 때만 저런다니까."

그녀의 애교에 그는 피식 웃으며 다시금 열심히 붓을 움직이기 시작했다. 간간히 들려오는 경쾌한 책장 넘기는 소리에 아라는 만족스러운 미소를 지었다.

"아, 참. 무휼, 이거."

시선은 여전히 과제에 고정하면서 그녀가 책상 한편에 놓여 있던 명단 하나를 집어 들더니 무휼에게 내밀었다.

"서하연 합숙 때 수행원은 이 정도로 하자."

"……잠깐, 너무 적은 거 아니야?"

명단에 적힌 인원을 확인하던 무휼이 미간을 찌푸리며 물었다. 수행원이라 하기에는 그 숫자가 너무 적었다.

"그냥 간단하게 중앙군만 동원하려고."

아라 역시 많이 양보한 것이었다. 사실 중앙군의 수도 이동시 눈에 띄었기 때문에 그보다 더 적은 인원을 데리고 가고 싶었지만.

"요란하게 갈 필요 없잖아."

"아무리 그래도 그렇지……."

"그냥 조용히 다녀오자."

그녀는 사람들의 이목을 끌며 요란하게 이동하는 것을 별로 좋아하지 않았다. 게다가 서하연은 궐의 바로 근처에 있었으니까.

"그럼 시도하는 어쩔 생각인데? 데리고 갈 거야?"

"음……."

"내 의견이 궁금할지 모르겠지만, 난 반대야."

대놓고 반대를 주장하는 무휼의 말에 아라는 생각에 잠겼다. 그는 아직 시도하를 완벽하게 믿지 않았다. 이는 물론 그녀도 마찬가지였지만, 그래도 더는 시건형과 연관 지어 생각하지 않기로 다짐했으니 앞으로 그의 평가는 어디까지나 공정하게 실력만을 볼 생각이었다.

시도하를 데리고 갈 것이냐, 말 것이냐. 이 문제로 그들이 한창 고민에 빠져 있던 그때였다.

"빼."

"……."

"빼라고."

날카로운 제하의 목소리에 무휼이 곤란하다며 아라를 바라봤다. 둘 사이의 신경전에 끼고 싶지 않으니, 딱 결정을 내려 달라는 눈빛이었다.

결국 잠시 고민하던 그녀가 답했다.

"생각 좀 해 볼게."

"그래. 서하연 합숙이 내일모레니까, 적어도 오늘 저녁까지는 답을 줘야 해."

"알았어."

그럼 볼일도 끝났겠다, 자신은 이만 돌아가 보겠다며 무휼이 자리에서 일어났다. 이따 퇴궐하기 전에 다시 한 번 들르겠다는 말을 남긴 그는 그대로 방을 나섰다.

"난 그 녀석 마음에 안 들어."

"어련하실까요."

"……."

"물론 나도 마음에 안 들어요."

무휼이 방을 나서기 무섭게 제하가 투덜대기 시작했다. 아라는 이를 익숙하게 받아쳤다. 그와 싸워 봤자 저에게 좋을 게 하나 없다는 걸 잘 알고 있었기 때문에.

"걱정 마요. 이제 신료들과의 관계도 어느 정도 안정되었겠다, 성인식만 지나면 시건형이 뭐라 할 구실도 사라질 테니."

아직도 종종 기회를 엿보며 편법을 꾀하는 이들이 있기는 했지만, 실적주의 체제로 바뀌면서 노력하는 사람이 더 늘었다.

"그때 가서는 후계자 문제로 시끄러워질지도 모르는데?"

"그러길 바라는 눈치인데요?"

"티 났나."

암. 부추기지만 않으면 다행이게.

"하여간에, 은근히 밝힌다니까."

"대놓고 밝히는 건 또 싫어하면서."

그의 작은 중얼거림을 무시한 아라는 한숨을 푹 내쉬었다. 남편과의 이러한 작은 실랑이는 좋았지만, 일단 지금은 눈앞에 있는 과제 폭탄이 우선이었다.

＊　　＊　　＊

"전하."

차분한 분위기 속에서 별 문제 없이 조회가 진행되고 있는 도중, 누군가의 부름에 그 공기에 균열이 생기기 시작했다.

"무엇입니까."

고개를 들어 올린 아라가 힐끔, 신료들을 바라봤다. 궁금해 죽겠다는 그의 시선은 아까부터 어느 한 곳에 고정되어 있었다.

"신왕께서는 오늘 결석이신 겁니까?"

그야 늘 찰거머리처럼 달라붙어 다니던 사람이 오늘은 웬일로 자리를 비웠으니, 신경이 쓰일 만도 하겠지. 누군가의 조심스러운 질문에 모든 관리들의 눈이 반짝였다. 이를 지켜보던 아라는 작게 한숨을 내쉬며 고개를 끄덕였다.

"오늘은 몸이 좋지 않은 듯하여, 나오지 말라고 했습니다."

"저런, 신왕께서 많이 편찮으신 겁니까?"

"괜찮으신 건가요?"

"……"

도대체 이 분위기는 뭐지?

평소와 같은 입에 발린 소리나 비위를 맞추기 위한 아부가 아닌, 진심이 담긴 듯한 그들의 걱정 어린 목소리에 아라는 깜짝 놀랐다.

"그렇게나 못마땅해하더니만, 다들 웬일입니까?"

툭하면 어떻게 끌어내릴까, 어떻게 이용할까 궁리하고 최근에 와서는 저들을 배신했네 어쨌네 아주 못돼먹은 사람이라며 흉을 볼 때는 언제고.

"하하. 저희가 언제 신왕을 못마땅해했다고 그러십니까."

"맞습니다. 전하께서 선택하신 분인데요."

그녀의 말에 관리들이 재빨리 말했다. 식은땀을 뻘뻘 흘리면서도 저들은 그런 적이 없노라, 처음부터 신왕을 지지했다 말하는데 참으로 뻔뻔하구나.

"크흠. 물론 처음에는 저희를 너무 적대시하시는 거 같아 불편하기는 했지만……."

처음에는 스스로 악역을 자처한 그의 태도를 지적하는 상소들이 빗발쳤지만, 지금은 얼마 없었다. 이제는 웃으며 서로 안부를 묻고 잡담을 나눌 정도로 친해진 것이다.

"물론 계시면 계시는 대로 눈치가 보이기는 합니다만……."

"그래도 항상 계시던 분이 안 계시니……."

거의 매일을 그렇게 으르렁대더니 그새 정이 든 모양이로구나. 그들을 둘러보던 아라는 흐뭇하게 미소 지었다. 그녀뿐만 아니라 이제는 궐 안 사람들도 그가 이곳에 있는 것을 당연시 여기는 이 분위기가 마음에 들었다.

"그런데 신왕께서는 어디가 어떻게 편찮으신 겁니까?"

"그러게 말입니다. 혹시라도 어디 크게 다치셨다거나……."

다시금 그를 걱정하는 그들의 물음에 아라는 잠시 말을 흐렸다.

"아…… 그러니까……."

난감하다는 듯 그렇게 말을 얼버무리기를 얼마.

"과로랍니다."

그녀가 싱긋 미소 지으며 말했다.

"어의의 말에 따르면 조금 쉬면 된다고 하더군요."

"그것참 다행입니다."

별일이 아니라서 참으로 다행이라며 관리들이 안도했다. 그러자 아라의 양옆에 서 있던 무휼과 월비가 끅끅대며 웃음을 참기 시작하는데.

"웃지 마."

아라가 그들을 쏘아보며 경고했다.

웃지 마라. 어디 웃기만 해 봐.

*   *   *

"아아, 죽을 거 같아."

"……."

조회를 끝내고 방으로 돌아온 아라는 한숨을 내쉬었다. 방문을 열기 무섭게 보란 듯이 방 한가운데에 자리를 깔고 누운 제하가 보였다. 이불을 목까지 끌어 올려 덮고는 머리에 물수건까지 얹은 채 끙끙대고 있는데, 누가 보면 정말 중병에라도 걸린 줄 알겠네.

"왜 여기에서 이러고 있는 건데요."

드러누울 거면 자신의 방에 있든가 침전에 가 있지, 왜 여기서 이러는 거냐는 그녀의 물음에 꼭 감겨 있던 제하의 눈이 장난스러운 빛을 띠며 번쩍 떠졌다.

"보고 좀 양심의 가책을 느끼라고."

"……."

"누구 때문에 이렇게 됐는데."

아라가 별다른 대꾸 없이 조용히 책상으로 향했다. 그러자 턱을 괴고 돌아누워 있던 그의 시선이 그녀를 쫓는다.

"과로 때문에 오늘 하루는 쉰다고 말해 뒀어요. 그러니까 혹시 누가 물어보면……."

혹시 모를 일을 대비하여 미리 말을 맞춰 두자는 아라의 말에 제하가 작게 웃었다.

"과로라. 졸지에 일 열심히 하는 사람이 되어 버렸네."

"……."

"아니, 과로 맞구나."

그러며 저 혼자 고개를 끄덕이는데, 이를 본 아라는 뒤늦게 후회했다. 이런, 이 말을 꺼내는 게 아니었는데.

"밤새 부인의 과제를 대신 해 주느라 진이 빠졌다는 걸 알면 사람들이 날 뭐라고 생각할까?"

"……."

대대적인 망신이 아닐 수 없다며 제하가 투덜거려도 아라는 할 말이 없었다. 그 말대로 그는 그녀의 과제를 대신 해 주느라 이틀

밤을 꼬박 새었고, 결국 이리 몸살에 걸려 아침 해가 뜸과 동시에 지쳐서 풀썩 쓰러지고 말았으니까.

"고작 책 몇 장 필사했다고 몸살에 걸리다니. 남자가 뭐 이리 허약해."

"뭐? 책 몇 장? 무려 여덟 권이었어, 여덟 권! 그것도 전부 이백 쪽이 넘는 책이었다고!"

비난 섞인 그녀의 말에 제하가 발끈해서 외쳤다. 그러나 그것도 잠시, 이제는 목소리 높일 기운조차 없다며 다시금 풀썩 하고 쓰러졌다.

"아아, 분명 부인에게 잡혀 사는 불쌍한 남편이라고 생각할 거야."

"맞으면서."

"뭐, 그건 그렇지만."

씩 웃으며 순순히 인정하는 제하를 본 아라는 작게 웃었다. 어쨌든 그 덕분에 서하연에 제출할 과제도 완벽하게 끝났으니, 확실히 이번에는 고맙다는 말을 백 번을 해도 모자랐다.

"서하연 출발은 언제야?"

"내일 진시요."

"일찍 일어나야겠네."

"……."

아침 일찍 일어날 것을 걱정하고 있는 그는 정말 따라나설 기세였다. 이를 어쩌나, 아라는 생각에 잠겼다. 그러고 보니 아직 남아 있는 문제가 있었다.

"정말 따라올 거예요?"

"첫날은 나도 들어가도 괜찮다며."

"그야 그렇지만……."

그러나 서하연에는 그녀가 숨겨 놓은 주설화가 있었다. 어쩌면 둘이 마주칠지도 모르는 상황. 아니, 주설화라는 여인의 성격상 여왕과 신왕이 방문했다는 사실을 알게 된다면 무슨 수를 써서라도 마주치려 하겠지.

솔직한 심정으로는 둘을 만나게 하고 싶지 않았다. 하지만 언제까지고 피할 수 있는 일도 아니었다. 언젠가 한 번은 마주해야 하는 문제라면…….

'매도 먼저 맞는 게 낫다고.'

"나 당신에게 할 말이 있는데."

"……."

차분하게 가라앉은 그녀의 목소리에 제하가 불안하다는 얼굴로 슬쩍 고개를 들어 올렸다. 역시나 웃음기 하나 없는 진지한 아라의 얼굴을 본 그가 한숨 섞인 미소를 지었다.

"분위기 잡는 걸 보니, 고백 아니면 고백인데."

그 말에 아라는 미간을 찌푸렸다. 고백 아니면 고백이라니?

"그게 무슨 말이에요?"

그녀의 물음에 여전히 이불 위에서 뒹굴거리고 있던 그가 손을 쭉 뻗어 보이더니 검지 하나를 들어 올렸다.

"첫 번째 고백은 사랑 고백."

"저런, 그건 아닌데."

지금 이 상황에서 뜬금없이 무슨 사랑 고백이냐며 아라가 지적하자 실망한 기색이 역력한 제하가 베개에 얼굴을 묻었다.

"그럼 두 번째인가⋯⋯."

"두 번째는 뭔데요."

"보통은 말하기 힘들거나 어려운 이야기, 또는 감추고 있던 어떤 사실을 솔직하게 털어놓는 고백이지."

두 번째 고백의 의미를 들은 아라는 고개를 끄덕였다. 바로 그것이다.

"일전에 우리가 미처 끝내지 못한 이야기가 있었죠."

"끝내지 못한 이야기?"

"나중에 꼬부랑 할머니, 할아버지가 되면 그때 다시 하자고 했던 이야기."

도대체 무슨 말을 하려고 이러나, 아주 잠깐 아라의 이야기를 경청하던 제하의 얼굴에 그림자가 드리워졌다. 그녀가 하려는 말이 무엇인지 깨달은 것이다.

"왜 하필 지금이야. 멀쩡할 때 들어도 별로 유쾌한 이야기는 아닐 거 같은데."

"상태가 안 좋을 때 말해야 화를 내도 덜 낼 거 같아서요."

일부러 노린 것이다. 수백 장에 달하는 서책을 필사하느라 지쳐버린 지금 그의 상태로는 무슨 말을 해도 그렇게 심하게 화를 내거나 하지는 못할 테니까.

깊게 심호흡한 아라는 입을 열었다.

"사실 조금 복잡한 문제가 생겨서."

정확하게 이야기를 하면 구가의 구제율이 주설화의 뒤를 쫓기 시작한 것부터 그녀가 살해 위협을 받고 있다는 이야기까지, 여러 가지가 있었지만 그냥 두루뭉술하게 말했다.

"내가 주설화, 그녀를 숨겨 줬어요."

"……."

아아, 결국 말했구나. 힘겹게 자신이 주설화를 숨겨 줬다는 말을 내뱉은 아라가 힐끔 제하의 눈치를 보기 시작했다. 자, 이제 그는 화를 내려나? 그러나 아라의 말에 제하는 침묵을 지켰다. 사실은 이미 무휼에게 다 들은 이야기라 새삼 놀랄 것도 없었기 때문에.

"서하연에."

아, 이건 듣지 못한 이야기인데.

어딘가에 숨겼다는 말을 들었을 때는 그냥 막연하게 그곳에 어딜까 하는 생각이 잠깐 정도 들었던 거 같지만 별로 궁금하지 않았다. 그런데 설마 그곳이 서하연이었을 줄이야. 내일 그들이 방문하는 곳이 아니던가.

"그래서 날 안 데려가려고 했던 거군."

"그래서, 지금 데리고 가려고 이렇게 말하는 거잖아요?"

생각보다 미미한 제하의 반응에 그의 눈치를 보고 있던 아라는 오히려 당황스러웠다. 그렇게 혼란스러워하고 있는 그녀를 힐끔거리던 제하가 입을 열었다.

"궁금한 게 하나 있는데."

"뭔데요?"

"끝까지 말 안 했으면 내가 몰랐을 텐데, 왜 이야기를 해 주는 거야?"

도대체 아라는 무슨 생각으로 자신에게 이런 이야기를 하고 있는 걸까. 제하는 새삼 불안했다. 옛 연인과의 재회 따위 불편해하는 것이 보통이거늘, 지금 그녀의 태도는 오히려 그것을 더 부추기고 있는 것처럼 보였으니까.

"계속해서 비밀을 만들었다가는 말하지 않는 게 습관이 될 거 같아서요."

"생각보다 예쁜 이유네."

그녀가 내놓은 답은 간단했다. 무언가를 감추는 것에 익숙해지고 싶지 않았기 때문이다.

"어떻게 할래요. 한번 만나 볼래요?"

"……."

제대로 만나서 이야기를 나눠 보겠느냐는 아라의 제안에 제하는 잠시 망설였다. 오랜 연인과의 재회이건만 망설이는 시간이 너무나도 길었다. 그것이 아라의 눈치를 보고 있기 때문인지. 아니면 정말 옛 연인을 만나는 것이 꺼려지기 때문인지 알 수 없었지만.

잠시 뒤, 멍하니 아라를 응시하던 제하가 나직하게 답했다.

"만나 볼게."

그래, 마지막으로 한 번은 만나 봐야겠다.

"제대로 대화를 나눠 봐야 할 거 같아."

그리고 제대로 이야기를 나눠야겠다.

"신경 써 줘서 고마워."

이렇게 자신을 신경 써 줘서 고맙다며 그가 말하자 조용히 그의 대답을 기다리고 있던 아라가 싱긋 웃으며 고개를 끄덕였다.

"그래요. 그럼 내일 같이 가요."

그러면서 그녀가 손을 뻗자, 짐짓 심각한 분위기를 풍기고 있던 제하가 슬쩍 고개를 들더니 그녀의 손을 잡았다. 그가 가만히 손가락으로 그녀의 손등을 쓸었다. 그러자 그것이 간지러운지 아라가 움찔하고 떠는데, 이를 본 제하는 그제야 설핏 웃었다. 만나겠다고 결심하기는 했는데 기분이 이상했다. 굳이 좋다, 나쁘다, 둘 중에서 하나를 고르라고 한다면 나빴다. 그것도 아주 안 좋았다.

그녀와 만나는 것을 아라에게 보여 주고 싶지 않았기 때문도 있었지만, 어쩔 수 없기도 했다.

"아무래도 제대로 매듭을 지어야 할 때인 거 같아."

그가 작은 목소리로 말했다.

"……계속해서 피하기만 한다고 될 일도 아니니까."

그렇게 저 혼자 멍하니 중얼거리던 그가 무거운 한숨을 푹 내쉬더니 언제 침울해 있었냐는 듯 아라를 바라보며 씩 웃고는 머리를 쓰다듬었다.

"다 컸네. 내 생각도 해 주고."

"원래 이만큼 컸는데 몰랐나 봐요."

그의 손을 매정하게 쳐 낸 아라가 이불을 끌어당겨 제하의 머리 끝까지 덮어씌웠다.

"그러니까 내일 벌떡 일어나려면 오늘은 푹 쉬어요."

"네, 네. 알겠습니다."

말 잘 듣는 아이마냥 대답하며 두 눈을 꼭 감는데, 이러고 있으니까 꼭…….

"엄마랑 아들 같네."

"뭐야?"

"아프면 이렇게 잠이 들 때까지 곁에 있어 주잖아요."

웃음기 섞인 그녀의 말에 제하가 바스락대더니 결국 눈을 떴다. 그러나 돌아눕거나 하지 않고 그 상태로 멍하니 누워 천장을 바라보고 있기를 얼마.

"네 어머니께서 그러셨어?"

"그럼 당신 어머니께서는 안 그러셨어요?"

자식이 아플 때 부모가 걱정하는 건 당연한 거 아니냐는 그녀의 물음에 제하가 잠시 대답을 망설였다. 잠시 뒤 그가 이불을 다시 끌어올렸다.

"세상 모든 어머니들이 자신의 아이를 사랑하는 건 아니야."

왠지 모르게 우울하게 들려오는 그의 목소리에 아라는 잠시 할 말을 잃었다. 눈치 없게 건드려서는 안 되는 부분을 건드린 것만 같았다.

잠이 든 건지 다시금 두 눈을 감고 쌔근쌔근 숨을 내뱉고 있는 그가 보였다. 힐끔거리며 그의 상태를 살피던 아라가 조심스럽게 그의 이마에 손을 얹었다.

"푹 쉬고 훌훌 털고 일어나요."

"……."

"그럼 내가 지칠 때까지 놀아줄 테니까."

조용한 방 안에 그녀의 목소리가 나직하게 울려 퍼졌다. 몇 번이고 베개에 얼굴을 파묻은 탓에 잔뜩 헝클어진 그의 앞머리를 쓸어 넘겨 준 그녀가 만족스러운 미소를 지으며 자리에서 일어나 책상을 향하려는데.

"아."

분명 잠이 들었다고 생각했던 제하의 두 눈이 떠지더니, 그가 벌떡 일어났다. 그러고는 정말 심각한 얼굴로 말했다.

"잠이 안 와."

"……."

"그러니까 지금 놀아 줘."

그의 요구에 아라는 잠시 동안 말없이 그를 흘겨봤다. 이윽고 그녀가 다시금 그의 이마에 손을 얹더니 온 힘을 실어 그를 도로 눕혔다.

"일해야 하니까 입 다물고 얌전히 자요."

"잠깐, 아픈 아들을 걱정하는 엄마 놀이는 그새 때려치운 거야?"

분명 제 입으로 그렇게 말했으면서 어쩜 이렇게 매몰차게 굴 수가 있느냐며 그가 투덜대자 아라가 외쳤다.

"엄마 지금 바빠요!"

그녀의 말에 제하가 작게 웃었다.

"그래, 엄마들은 늘 바쁘더라."

*　　*　　*

"나 궁금한 거 있어요."

"뭔데?"

아라가 맞은편에 앉아 상소를 붙들고 있는 제하를 힐끔거리며 물었다. 안 자겠다는 그와의 실랑이 끝에 결국 그녀가 백기를 들었다. 알아서 하라며 방치하는 심정으로 내버려 뒀더니, 결국 기어이 맞은편에 앉아 일을 돕고 있는 것이다.

"당신이 별로 안 좋아할 수도 있는 질문인데."

"그런데 왜 묻는 거야, 괴롭히는 거야?"

다 알면서 묻는 건 또 무엇이냐며 제하가 투덜대자 아라는 손을 뻗어 그의 이마를 짚었다. 평소 손이 차가운 탓도 있지만 살짝 열이 있는 것이 느껴졌다.

"제정신이 아닌 상태에서 묻는다면 솔직하게 대답할까 싶어서요."

"뭐야, 그게."

과로니 몸살이니 놀리는 식으로 말하기는 했지만 확실히 그의 상태는 좋지 않았다.

"난 언제나 솔직했다고."

"그 여자의 어떤 점이 좋았어요?"

갑작스러운 그녀의 물음에 그가 움찔 떨었다.

"……."

"솔직하신 분께서 어째 말씀이 없으시네."

어디 한번 솔직하게 답해 보라는 그녀의 말에 입을 꾹 다물고 있던 제하가 갑자기 자신의 머리를 감싸 쥐었다.

"으윽. 갑자기 머리가 너무 아프……."

"머리가 아프면 여기서 이러고 있지 말고, 침전으로 가든가."

당장 나가라며 문을 가리키는 그녀의 매정함에 끙끙대며 혼신의 연기를 펼치던 제하가 슬쩍 고개를 돌려 아라의 눈치를 보기 시작했다. 이내 그가 피식 웃는다.

"뭐야, 지금 질투하는 거야?"

"그렇다고 하면 어쩌게요."

놀리기라도 하려고?

"만약 그렇다면 기뻐서 금방 나을 수 있을 거 같아."

"그럼 그런 거로 해요."

당신이 빨리 나을 수만 있다면 뭐든 못 하겠느냐는 그녀의 말에 제하가 감동한 듯 두 눈을 반짝였지만, 사실 아라는 귀찮은 게 싫었다.

가서 쉬라고 해도 말도 안 듣고 꿋꿋이 코앞에서 자신의 상태가 좋지 않음을 호소하는 게 너무 귀찮았다.

"나도 뭐 하나만 묻자. 유월영 같은 놈의 어디가 좋았던 거야?"

"아, 그건 묻지 마요."

저도 질 수만은 없다며 제하가 기습적으로 물었지만, 사실 그것은 전부터 많이 들어 온 질문이라 그런지 그녀를 당황하게 만들기에는 부족했다.

게다가.

"안 그래도 내 첫사랑에 대한 환상이 무너지고 있어서 스스로 자괴감에 빠지고 있으니."

최근 들어 유월영에게 실망한 게 많은 아라는 첫사랑이니 뭐니,

다 때려치우고 싶은 심정이었다. 그러자 제하가 진지한 얼굴로 고개를 끄덕였다.

"그래. 보는 눈이 없기는 하더라."

"보는 눈이 없어서 당신을 선택했나 보네요."

유월영을 향해 날린 화살이 다시 그에게 돌아왔다. 결국 스스로를 공격한 꼴이 된 것이다.

"다행이네. 보는 눈이 없어서."

그러나 순순히 인정하는 제하의 반응에 아라는 고개를 갸웃거리며 다시금 그의 이마에 손을 얹었다. 그리고 심각한 얼굴로 모든 신경을 손끝에 집중해 그의 열을 재기 시작했다.

"보통은 기분 나빠해야 할 텐데 기뻐하는 걸 보니 정말 많이 아픈가 봐요."

진짜 방으로 가서 쉬지 않아도 되겠느냔 그녀의 물음에 그가 고개를 젓는다. 하여간에 고집 하나는 알아줘야 한다니까?

"나는 하급 귀족이고, 부인께선 이 나라의 하늘과도 같으신 여왕인데."

"자기 비하까지? 상태가 심각한데."

하늘과도 같은 여왕이라는 걸 인지하고 있기는 하는구나. 하도 제멋대로 굴기에 모르는 줄 알았지.

"……원래라면 손에 닿지도 않았을 사람인데."

"……."

"그런데 지금은 바로 눈앞에 있네."

그 말대로, 하급 귀족은 국시를 통해 관직을 얻지 않는 이상 이렇게 여왕과 마주앉아 대화를 나눌 수 있는 기회가 거의 없었다.

"그런데 지금은 그 손에 닿지 않을 사람을 손바닥 위에 올려놓고 마음대로 하고 있잖아요."

"그럴 리가."

아라의 말에 그가 고개를 저었다. 그녀의 말에 동의할 수 없다는 듯.

"늘 내 마음대로 안 되는걸."

"난 지금도 충분히 당신에게 휘둘리고 있다고 생각하는데."

"허참, 휘둘리고 있는 건 나지."

그들의 입장 차이는 좀처럼 좁혀질 생각을 안 했다. 서로 한 치의 양보도 없는 상황.

이러다 한바탕 부부싸움으로 번지는 건 아닐까 싶을 정도로 팽팽하게 대립하기를 얼마, 안 그래도 불안하던 그의 고개가 크게 아래로 떨어졌다 다시 들어 올려졌다.

"……지금 졸리죠."

"아니."

"쓸데없이 고집 피우지 말고."

"멀쩡한데."

"안 내쫓을 테니까 솔직하게 말해 봐요."

"죽을 거 같아."

절대 아니라고 바락바락 우길 때는 언제고, 곧바로 죽을 거 같다며 낮은 책상 위에 엎드린 그가 얼굴을 묻었다.

"나 내쫓지 마."

"왠지 말이 좀 슬프게 들려오네요."

"나 버리지 말라고."

"침전에 가서 편하게 자라고 했을 뿐인데?"

자신을 버리지 말아 달라는 그의 목소리에는 절박함이 묻어 있었다. 상태가 예사롭지 않은데.

"널 만나려고 지금까지 불행했나 봐."

"제정신이 아닌 게 확실하네."

"적절하게 대꾸 좀 해 줘. 잠 안 오게."

"아니면 제정신이 아닌 척을 하는 건가?"

대화의 흐름이 이상하게 튀는 걸로 봐서는 잠꼬대 같기는 한데, 그러다가도 제대로 대꾸하는 걸 보면 정신이 있는 것 같기도 하니 아라는 난감했다. 가뜩이나 귀찮은 남자가 몇 배는 더 귀찮게 진화하고 말았다.

"지금까지는 불행했어요?"

"그다지 즐거운 삶은 아니었지."

"나도 그래요."

자신의 삶 역시 그렇게 행복하지만은 않았다며 그녀가 대답했다.

"그래도 무휼이랑 월비랑 오라버니가 있었기 때문에 버틸 수 있었어요."

최근에서야 궐 안의 분위기가 안정되었지만, 불과 몇 달 전까지만 해도 아라는 위태로운 길을 걷고 있는 느낌이었다. 그저 제 욕심 채우기 바쁜 귀족들과 대신들의 진흙탕 싸움 속에서, 어떻게든 중

립적인 의견을 고수하겠다며 맞서기보다는 피하느라 바빴던 그 날의 자신은 스스로가 생각해도 한심했다.

"나도 그래."

초점을 잃은 눈으로 꼿꼿이 상소를 쏘아보고 있던 그가 대뜸 말했다.

"그 사람은 나한테 그런 존재였어."

"그럼 꽤 소중한 사람이었겠네요."

아라에게 월비와 무휼이 소중한 사람이듯 그에게 있어서도 그녀가 그들과 같은 존재라고 하니, 이해는 가면서도 솔직히 기분이 좋지만은 않았다.

"아까 물었지. 그 사람의 어떤 점을 좋아했냐고."

"어물쩍 넘어갈 줄 알았는데 제대로 답해 줄 생각인가 보죠?"

중간에 갑자기 말을 바꾸기에 눈치껏 그냥 묻을 생각이었던 아라가 의외라며 두 눈을 크게 뜨고 그를 내려다봤다. 그러자 엎드려 있던 그가 슬쩍 고개를 돌리더니 살포시 눈웃음을 치는데, 두 눈에 졸음이 가득했다.

어떡해. 정말 제정신이 아닌가 봐.

"네 말대로 내가 지금 제정신이 아닌 거 같아서."

오죽하면 스스로 인정할 정도일까.

"음……."

"솔직하게 말해도 삐치거나 하지 않을게요."

"못 믿겠는데."

"부부 사이에 믿음이 없어서야 쓰나."

그 어떤 뒤끝도 없을 거라며 아라가 큰소리쳤다. 그러자 부부 사이라는 말이 듣기 좋았던 건지 눈에서 힘을 푼 그가 말했다.

"특별히 그녀의 무언가를 좋아했던 건 아니야."

"그러면?"

"우리는 함께 힘든 시간을 보냈어."

맞다. 아주 어렸을 때부터 알고 지낸 사이라고 했지, 참.

"서로 많은 걸 공유하다 보니 나중엔 서로가 서로에게 없어서는 안 되는 존재가 되어 버렸지. 그뿐이야."

"……"

"그래서 벗어날 수가 없었어."

그의 대답에 아라는 미간을 찌푸렸다. 사랑이라는 거창한 감정에 대한 이유치고는 도통 알아들을 수 없는 말뿐이었다. 게다가 조금도 반짝거리거나 달콤하지 않았다.

"생각보다 별로 재미없는 답변인데."

"재미없는 소리를 해서 미안하네."

아무래도 안 되겠다 싶어 그녀가 질문을 바꿨다.

"다음 질문. 다음 질문."

"질문이 또 있는 거야?"

"제정신이 아닌 틈을 타 묻고 싶었던 건 다 물어보려고요."

"누구 덕분에 이제 반 정도는 제정신이야."

질문을 많이 받아서 잠이 깰 지경이라며, 그가 은근히 이제 그만해 줬으면 좋겠다는 눈치를 주기 시작했다. 그러나 이에 굴복할 아라가 아니었으니. 그녀가 일부러 보란 듯이 두 손을 모아 꽃받침까지 하며 물었다.

"나는 어떤 점이 좋아요?"

"뭐?"

"나의 어떤 점에 끌렸느냐고요."

"⋯⋯그건 제정신인 상태에서도 답하기가 힘든 질문인데."

"반쯤 제정신이 아니라는 것을 감안하며 들어줄 테니 어디 한번 읊어 봐요."

설령 말실수를 하더라도 잠꼬대를 했다고 생각하고 알아서 유연하게 넘어가 줄 테니 일단 한번 말해 보라는 그녀의 말에, 제하가 손을 뻗더니 아라의 머리카락을 매만졌다.

"음. 일단 예쁘고⋯⋯."

"하여간에 남자들이란."

예쁘다는 말에 얼굴이 붉게 달아오른 아라는 괜히 투덜거렸다. 졸려 죽겠다는 얼굴로 씨익 웃으며 말하는 그의 모습이 심장을 마구 두드려 댔다.

"또⋯⋯ 강한 척하는 모습이라든가, 툭하면 어린애처럼 삐친다는 거, 조금만 다가가도 깜짝 놀라면서 겁을 먹는다는 거, 당황하면 괜히 큰 목소리로 얼버무리려 하는 거랑⋯⋯."

"⋯⋯."

"일하기 싫다고 궁시렁대면서도 억지로 해 내는 고집이라든가, 못 하면서 할 수 있다고 큰소리치는 점도 꽤 좋아해. 또⋯⋯."

"잠깐. 잠깐. 잠깐."

생각보다 구체적인 그의 말에 당황한 아라는 재빨리 그의 입을

막았다. 가만히 듣고 있으니 저게 장점인지 단점인지 구별하기도
어려웠다.

"칭찬인지 욕인지 모르겠네."

말은 그렇게 하면서도 아라는 기분이 좋았다. 좀 전의 주설화가
왜 좋았느냐는 질문에 대한 답변과는 확실하게 무언가가 달랐으니
까. 반짝거리거나 달콤함은 여전히 느껴지지 않았지만, 평소 그가
자신을 똑바로 지켜보고 있다는 것만은 확실하게 와 닿았다.

"더 물어볼 거 있어?"

며칠 동안 자지 못한 것이 뒤늦게 무리가 온 건지 눈꺼풀이 끔뻑
끔뻑, 고개가 끄덕끄덕거리는데, 언제 풀썩하고 쓰러질지 몰라 보
고 있는 아라만 불안했다.

아무래도 안 되겠구나.

"그냥 자요. 맨정신일 때 다시 물어봐 줄 테니까."

"……내쫓을 거야?"

"아픈 남편을 내쫓을 정도로 매정한 부인은 아니라서."

"그럼 조금만 잘게."

그 말이 끝나기 무섭게 그가 기다렸다는 듯 책상 위로 쓰러졌다.
엎드린 상태에서 잠이 들어 버린 그에게 아라는 편하게 누워서 자
라고 하고 싶었지만, 이미 제대로 된 의사소통은 무리인 듯했고 혼
자의 힘으로 그를 옮기는 것 역시 불가능해 보였다.

"나중에 어깨 결린다고 징징대기만 해 봐요. 그땐 내쫓을 테니
까."

＊　　＊　　＊

"아무래도 힘들 때 곁에 있어 준 사람은 평생 가도 잊을 수 없겠지?"

"뭐?"

아라가 상소를 다 볼 때까지도 제하는 일어나지 못했다. 조금만 눈을 감겠다고 했지만 아주 잠에 푹 빠진 것이다. 차마 그를 깨울 수가 없던 아라는 결국 그를 내버려 두고 슬쩍 방을 빠져나왔다. 그리고 바로 옆에 있는 중앙군의 처소에 들러 무휼을 찾았다. 다짜고짜 찾아와서는 알아들을 수 없는 질문을 하는데, 그런 그녀의 말을 건성으로 흘려듣고 있던 무휼의 미간이 단번에 좁혀졌다.

"그게 무슨 소리야?"

그가 날카롭게 물었다. 고민이나 상담할 게 있을 때마다 저를 찾아오는 부부가 너무나도 귀찮았다.

지금 남의 사랑 고민을 들어주고 있을 때가 아닌데.

"신왕에게 다 말했어. 주설화를 숨겨 주고 있었다는 것과 그녀가 지금 서하연에 있다는 것까지, 전부 다."

"어…… 음. 그렇구나."

"생각보다 별로 안 놀라더라고."

아라가 신기하다는 식으로 말하자 그녀의 눈치를 보고 있던 무휼은 마른침을 꿀꺽 삼켰다. 당연히 안 놀라겠지. 이미 자신이 모두 이야기했으니 말이야. 하지만 아라가 이 사실을 알았다가는 자신을 가만둘 리가 없었다. 아무래도 입을 꾹 다무는 편이 나을 듯싶었다.

"그리고 주설화의 어떤 점을 좋아했느냐 물어봤어."

"오. 용감한데?"

"지금 놀리는 거야?"

"그럴 리가. 그래서 뭐래?"

안 그래도 그 때문에 온 것이다.

답을 듣기는 했는데 정확히 무슨 뜻인지 알아들을 수가 없었다. 이에 아라는 제하를 깨워서라도 물어볼까 했지만, 이내 그 생각을 접었다. 그리고 본인의 연애를 제외한 나머지는 다 잘하는 무휼에게 조언을 얻고자 했다.

"많은 걸 공유하다 보니까 결국엔 서로가 서로에게 없어서는 안 되는 존재가 되어 버렸대."

"음…… 그만큼 서로에 대해 잘 알고 있다는 뜻인가."

"……여기서 말하는 공유란 뭘 뜻하는 걸까?"

"그래, 결국 신경 쓰이는 게 그거였구나."

무휼이 웃음을 터트렸다. 어쩐지 오늘따라 말이 많다 싶었는데, 지금까지의 기나긴 서론이 전부 좀 전의 그 질문 하나를 위한 것이었다.

"뭐, 여러 가지가 있겠지."

"예를 들면?"

아라의 물음에 턱을 괸 채 잠시 생각에 잠겨 있던 무휼이 입을 열었다.

"음…… 안 좋은 추억이나 기억, 또는 과거, 아니면 상처나 미래……. 뭐 대충 그런 것들 아닐까?"

간단하게 떠올릴 수 있는 건 이 정도가 있다며 줄줄이 나열하는 그의 말을 아라는 조용히 경청했다. 그러자 무휼이 잠시 멈칫하더니.

"아."

한 가지를 더 추가했다.

"아니면 같은 비밀을 공유하고 있다거나."

三花.
드디어 만났다

"오늘따라 너무 예쁘다."

"……."

"일하는 모습도 어쩜 이렇게 멋있을까?"

앞에서 들려오는 찬양 아닌 찬양에 아라는 작게 한숨을 내쉬었다. 평소 같았으면 상대를 쏘아보며 그 입 좀 다물라 한 소리 했겠지만, 지금은 그럴 수가 없었다.

지금 고개를 들어서는 안 됐다. 눈을 마주쳐서도 안 됐다.

"참 다행이지 않아?"

"……."

아라가 아무런 대꾸도 하지 않았지만 제하는 지치지도 않는지 꿋꿋이 저 혼자 떠드는 것을 멈추지 않았다.

"보통 첫사랑은 안 이루어진다고 하잖아."

"……."

"그런 걸 보면, 내가 널 만나려고 첫사랑을 이미 했나 봐."

아, 진짜.

"도대체 왜 이러는 거예요."

졌다, 졌어. 결국 참다못한 아라가 고개를 들어 올렸다.

더는 버틸 수가 없었다. 바로 코앞에 자리를 잡고 앉아 팔에 닭살이 돋게 만들 법한 말들을 쏟아내는데 무시할 수가 있어야지, 원. 그간 못 잔 잠을 푹 자고 일어나 한층 더 기운 넘치는 제하와는 반대로, 아라는 점점 더 그를 상대하기가 벅찼다.

"용건이 뭔데 이러느냐고요."

결국 아라가 백기를 들며 항복을 선언하자 생글생글 웃는 얼굴로 그녀를 괴롭히고 있던 제하가 싱긋 웃더니 말했다.

"밖에 나가자."

"네?"

"나가면 안 돼?"

"안 돼요."

아라는 단호히 고개를 저었다. 안 그래도 내일부터 서하연 합숙이라 한 사흘 정도 궐을 비우게 될 텐데.

안 된다는 그녀의 말이 끝나기 무섭게 잔뜩 들떠 있던 제하의 어깨가 축 늘어졌다.

"예전에는 둘이서 밖에도 나가고 그랬는데……."

"그때는 지금이랑 상황이 많이 달랐잖아요."

국혼을 올리고 얼마 지나지 않았을 때의 이야기였다. 당시의 아라는 제하에게 자신의 정체를 들키지 않기 위해 필사적이었다.

"하지만 지금은 한창 조심해야 할 때라고요."

"왜?"

그의 물음에 아라는 그새 잊었느냐며 그를 똑바로 바라봤다.

"성인식이 얼마 남지 않았으니까요."

"아."

얼마 전까지만 해도 밖에만 나가면 후끈 달아오르는 더운 여름 날씨였는데, 어느새 선선한 바람이 불어오더니 날이 꽤 쌀쌀해졌다. 계절이 변함에 따라 시간은 흘러갔고, 드디어 언제 오나 오매불망하던 아라의 탄신일이 얼마 남지 않았다. 탄신일이 다가온다는 것은 곧 성인식 역시 가까워지고 있다는 뜻이기도 했다.

"드디어 하는 거야?"

좀 전까지만 해도 밖에 나가자며 툴툴대던 제하의 두 눈이 부담스러울 정도로 반짝였다. 잔뜩 들뜬 그가 물었다.

"……앞에 붙은 '드디어'라는 표현이 조금 거슬리는데, 이건 내 기분 탓이겠죠?"

"무슨 의도로 묻는 건지 대충 예상이 가지만 아마 기분 탓이 맞을 거야."

"내 성인식인데 왜 그쪽이 더 기뻐 보이는 걸까요? 아, 물론 이것도 내 기분 탓이겠죠?"

"아니, 그건 제대로 본 게 맞아. 기쁘니까."

솔직하게 기쁘다고 답하는 그의 말에 아라는 움찔하고 떨었다.

당연히 아니라는 답변이 돌아오겠지 예상하고 있었는데 이렇게 인정하니 오히려 당황스러웠던 것이다.

"이제 단순히 너만의 문제가 아니잖아?"

"……"

"설마 나랑 약속한 거 잊은 건 아니겠지?"

제하가 싱긋 웃으며 말하자 순간 아라는 불안이 몰려왔다. 그러고 보니 성인식을 핑곗거리로 사용한 적이 몇 번인가 있었지.

"즐거운 마음으로 함께 기다리자."

아니, 절대 즐거운 마음으로 기다릴 수만은 없을 거 같은데. 해맑게 미소 짓고 있는 제하를 바라보던 아라가 두 손으로 제 얼굴을 감싸더니 이내 고개를 풀썩 떨어뜨렸다.

"시간을 되돌리고 싶어."

할 수만 있다면, 그와의 미래에 대해 진지하게 의논하던 그때 그 순간으로 돌아갈 수 있게 해 달라는 이루어지지 않을 소망을 간절하게 빌어 보며.

"그런데 성인식이랑 잠행은 무슨 상관이 있는 거야?"

조용히 생각에 잠겨 있던 제하가 물었다. 생각해 보니 둘 사이엔 무슨 연관이 있나 싶었다.

"혹시라도 나쁜 마음을 품고 있는 사람이 있을지도 모르잖아요."

마지막의 마지막까지 신중하고 조심하자는 게 무휼의 뜻이었다. 안 그래도 최근 그 문제 때문에 한창 예민한 상태인데, 만약 이 시점에서 몰래 궐 밖에 나갔다가 들켜 봐라.

"잔소리를 폭탄으로 들을 거야, 분명."

몰래가 아니라 잠시 나갔다 오겠다며 통보를 해도 무휼과 김 상궁이 이를 허락할 리가 없었다. 김 상궁의 경우에는 나가려거든 저를 밟고 가라며 난리를 칠지도 몰랐다.

"게다가 내일부터 있을 서하연 합숙 준비로 다들 바빠요."

그러니 오늘 하루는 얌전히 있자는 그녀의 말에 풀이 죽은 제하는 작게 고개를 끄덕였다. 그 대신 성인식이 끝나면 하루 정도 시간을 내어 전처럼 둘이 손 꼭 잡고 나가 정신없이 놀자는 말에, 그의 입가에는 다시 호선이 그려졌다.

* * *

"어디에 가십니까?"

등 뒤에서 들려오는 익숙한 목소리에 아라의 걸음이 뚝 멈췄다. 슬쩍 돌아보니 역시나, 한때 그녀의 골칫거리 중 하나였던 시도하의 모습이 보였다.

"잠시 대전에 볼일이 있어서."

"하지만 무휼 대장님께서 오늘 하루 전하를 찾아뵙겠다는 사람들을 전부 돌려보내라……."

"숙부님을 만나러 가는 겁니다."

숙부, 시건형을 만나러 가는 길이라는 말에 시도하의 표정이 애매하게 굳었다. 얼굴에 아직 완연한 미소가 지어져 있기는 했지만, 그것이 자연스럽지 않고 조금 어색했다.

한참 만에 그가 작은 목소리로 조심스럽게 물었다.

"그럼…… 더 조심해야 하는 거 아닙니까?"

그의 물음에 아라가 멈칫했다.

지금 이 상황은 조금 이상했다. 아무리 피가 섞이지 않았다고 해도 그는 시건형의 양자였다. 애초에 시건형이 시도하를 궐에 보낸 것은 아라를 감시하기 위함이었을 텐데 도리어 그는 그녀를 걱정하고 있으니.

"걱정 마요. 당신의 아버님께서는 날 싫어해도, 보는 눈이 많은 궐 안에서 어떻게 할 사람은 아니니까."

"……예."

그가 작은 목소리로 답했다. 그러나 그 목소리에는 여전히 불안이 녹아들어 있었다. 문득 그와 이런 대화를 나누고 있다는 게 신기해진 아라가 작게 웃었다.

"정 걱정되면 동행하든가요."

"그래도 괜찮습니까? 일전에 싫어하신다고……."

"나는 별로 안 좋아하는데……."

그렇게 말하던 아라가 힐끔 제 뒤를 돌아봤다. 김 상궁과 다른 궁녀들이 반짝이는 눈으로 시도하를 바라보고 있었으니, 사랑에 목이 마른 그녀들을 위한 작은 배려였다. 마치 자신을 잡아먹을 듯한 기세로 뚫어져라 바라보는 그들의 시선에 도하가 움찔하고 떨었지만 그것도 잠시.

"그럼 동행하겠습니다."

함께 가겠다는 말에 궁녀들이 작은 목소리로 꺄아꺄아 난리가 났다. 그들의 외침을 들은 아라는 작게 웃으며 걸음을 재촉했다.

"그나저나, 오늘 근무는 끝나지 않았던가요?"

"제 근무 일정도 파악하고 계시는 겁니까?"

"야간 근무자 명단을 확인해 두는 것도 내 일이니까요."

아라가 대답했다. 매일 전날 밤에 중앙군의 근무 일정과 군사들의 배치 변화 등을 파악해 두는 건 그녀의 일과 중 하나였다. 그러고 보니 전날 무휼이 전해 준 근무 기록에 시도하, 그는 분명 오늘오전 근무에 배정되어 있었던 거 같은데 왜 아직도 궐에 있는 거지?

"보통은 한시라도 빨리 퇴궐하고 싶어 하는데."

"……."

"무슨 볼일이라도 남아 있나요?"

"아뇨. 그냥 좀……."

아라의 물음에 도하가 대답하기 곤란하다는 듯 어색하게 미소지으며 대답을 얼버무렸다. 척하면 척이지. 좀 전의 시건형에 대한반응도 그렇고…….

"집이 불편한가요."

"네?"

지극히 개인적인 질문에 도하가 놀랐다.

"방금 질문은 왕이 신하에게 하는 질문이 아니라, 사촌에게 묻는질문이었어요."

아무리 양자라고는 해도 그는 숙부의 아들이니, 둘의 관계는 사촌이었다. 그러니 편히 답해 보라는 그녀의 말에 잠시 망설이던 도하가 조심스럽게 대답했다.

"아무래도 조금…… 눈치가 보이기는 합니다."

이제 막 대전 안으로 들어서며 아라가 고개를 끄덕였다. 당연히 그럴 것이다.

"그럴 거예요. 후계자가 없는 것도 아닌데 양자로 들어가게 되었으니."

심지어 그 정식 후계자는 아직 어린아이가 아니던가. 숙모의 입장에서 볼 때, 어느 날 갑자기 생긴 장성한 아들은 경계의 대상일 수밖에 없었다.

"나만 있었으면 되었을 텐데……."

멈칫. 바로 옆에서 들려오는 나지막한 중얼거림에 순간적으로 아라는 숨을 멈추었다. 때마침 바람이 불어와 집중해서 듣지 않으면 제대로 들리지 않을 정도로 작은 목소리였지만, 그녀의 귀에는 확실하게 들려왔다.

'그 녀석만 없었다면 그 양반도 나한테만 매달렸을 텐데…….'

텅 빈 듯 공허하지만 그러면서도 날카로운 눈 때문인지 지금 이곳에 있는 사람처럼 느껴지지 않았다. 이를 본 아라는 오싹한 오한이 들었다. 그러고 보니 예전에도 이런 느낌을 받은 적이 있었던 거 같은데. 말없이 그를 바라보고 있던 아라가 손을 뻗더니 그의 한쪽 뺨에 가만히 가져다 대었다. 갑작스러운 접촉에 그가 흠칫하고 놀랐다.

"조심해요."

어색하게 웃고 있는 그를 응시하던 아라가 입을 열었다.

"이렇게 예쁜 얼굴로 나쁜 생각은 안 했으면 좋겠네요."

"……."

"사촌 동생이 오라버니에게 드리는 충고입니다."

그녀의 말에 아무런 대꾸도 못 하고 있던 도하가 얼결에 고개를 끄덕였다. 이를 본 아라가 만족스러운 미소를 짓더니 손을 떼고 계단을 올라갔다.

"여기까지 데려다줬으면 충분합니다. 그러니 이만 퇴궐하세요."

"······예. 전하."

꾸벅 인사를 올린 도하가 순순히 물러났다. 이를 지켜보고 서 있던 아라가 돌아서자 대전의 앞을 지키고 있던 병사들이 문을 열어 주었다.

안으로 들어서기 무섭게 펼쳐진 기나긴 복도를 지나던 아라는 그제야 꾹 참고 있던 숨을 토해냈다.

뭘까. 도대체 뭘까.

'왠지 모르게 무서워.'

"정말 너무 잘생기지 않으셨어요?"

"가까이에서 보니까 심장이 막 쿵쾅쿵쾅 뛰는데······ 어우."

신이 난 궁녀들이 저들끼리 맞장구를 치며 시도하를 가까이에서 본 감상을 늘어놓기 바빴지만, 아라는 거기에 어울리지 못했다. 그녀는 시도하가 어려웠다. 겉모습은 궁녀들의 말대로 반짝반짝 빛이 나지만 그 속은 너무나도 새까매서 아무것도 보이지 않았다.

안쪽의 문이 열리고, 평소 조회와 총회가 이루어지는 넓은 공간이 모습을 드러냈다. 그 텅 빈 공간에 홀로 서 있는 남자의 뒷모습이 보이자 아라는 크게 심호흡했다.

"오랜만에 뵙습니다, 전하."

"오랜만이네요. 숙부."

아라가 안으로 들어서기 무섭게 기척을 느끼고 돌아선 시건형이 그녀에게 인사를 올렸다. 정말 오랜만이었다. 대부분의 귀족들이 조회에 참석할 권리를 잃게 되면서 시건형 역시 그 대상에 포함되어 조회에서 퇴출당했으니, 이제 그와 만나는 건 한 달에 한 번 있는 총회가 전부였다.

이렇게 개인적으로 알현을 청하는 것을 제외하고는.

"그동안 잘 지냈습니까."

"예, 뭐. 저는 잘 지냈습니다."

아라가 그의 앞을 유유히 지나 용상에 올랐다. 그러자 그녀를 올려다보고 있던 시건형이 고개를 갸웃거리더니 말했다.

"전하께서는 안 본 새 더 성장하신 거 같군요."

"그래요? 별 차이 못 느끼겠는데."

얼마 전까지만 해도 '꼬맹이'라는 말을 들었기 때문일까. 그렇게 눈에 띄는 성장을 했다는 생각은 하지 못했는데.

"그래서."

슬쩍 제 옆에 서 있던 김 상궁과 신장을 비교해 보던 아라가 고개를 갸웃거리며 자리를 잡고 앉았다.

"이번에는 무슨 일로 오셨습니까."

그녀의 물음에 시건형이 고개를 들어 올렸다.

"일전에 말씀드린 그 일 때문에 왔습니다."

"뭐, 척 보니 그럴 거 같더군요."

아직도 포기를 안 한 건지, 시건형은 신료들 사이에서 이루어지고 있는 재산 조사에 큰 불만을 품고 있는 듯했다.

"이제라도 바로잡으실 생각은 없으신 겁니까."

"난 지금 최선을 다해 바로잡고 있는 건데요."

아라가 재빨리 대꾸했다. 법을 어기고 잘못을 한 건 그쪽이고 오히려 일을 바로잡고 있는 건 그녀였다. 이에 시건형은 잠시 입을 다물었다.

"사람은 누구나 실수를 하기 마련이죠."

"실수는 의도치 않게 발생하는 것. 계획적인 실수는 없답니다."

실수라고 포장하기에는 너무나도 치밀하고 계획적이었다. 그리고 가만히 내버려두면 또다시 반복하고 말겠지. 이를 막기 위해서는 어쩔 수 없었다.

"정녕 귀족들에게서 등을 돌리시겠다는 겁니까?"

"어디 귀족들에게서만 돌렸나요. 대신들에게서도 돌렸는걸요."

"……."

"그런데 어째 징징대는 건 귀족들뿐이네요."

대신들은 가만히 있는데 귀족들만 난리라는 말에 시건형은 찍소리도 못 했다. 그래, 이게 문제였다. 여왕이 귀족들에게만 모질 게 굴면 뭐라 큰소리칠 수 있을 텐데 양쪽 모두를 괴롭히고 있으니 눈치가 보여 목소리를 높이기 애매한 것이다.

"……분명 왕위에 오르실 때, 전하께서는 양측의 신료들 모두에게 손을 내미는 어진 왕이 되고 싶다고 하셨습니다. 그런데……."

"손을 내밀었는데 잡지는 않고 기어오르려고 하니, 돌아설 수밖에요."

"……."

말이 통하지 않자 시건형은 답답함에 주먹을 꽉 움켜쥐었다. 손을 펼치고 있는 아라와는 반대였다.

아라는 한숨을 내쉬며 용상에 등을 기댔다.

"……어찌 보면 좋은 기회인 거 같군요."

"네?"

갑자기 그게 무슨 소리냐는 시건형의 물음에 잠시 생각에 잠겨 있던 아라가 해맑게 미소를 지었다.

"우리 예전에는 꽤 사이가 좋았던 거 같은데, 어떻습니까."

그녀가 펼치고 있던 손을 내밀었다.

"이만 화해할까요?"

"……예?!"

이제 그만 화해를 할 생각이 없느냔 아라의 뜬금없는 말에 놀란 시건형이 저도 모르게 소리를 빽 지르며 되물었다. 무슨 그런 말도 안 되는 소리를 하는 거냐며 휘둥그레진 눈으로 그녀를 바라봤지만, 아라는 진심이었다.

"그간 서로 물어뜯고 으르렁대던 건 전부 다 잊고, 화해를 하는 게 어떻겠느냔 말입니다."

"……지금 그게 진심이십니까?"

"진심입니다."

아라가 고개를 크게 끄덕였다.

"애초에 이 싸움은 숙부께서 나와 대립하기 시작하면서 벌어진 일이 아닙니까."

"……."

"괜히 우리 때문에 주변의 사람들이 피해를 보고 있어요."

물론 최근 들어 하나씩 고쳐 나가고 있기는 했지만, 이게 또 언제 사소한 일을 계기로 난장판이 될지 모르는 일이었다. 그러니 아예 문제의 씨앗을 제거하자는 게 아라의 생각이었다. 하지만 그녀의 말을 경청하고 있던 시건형은 이내 기가 막힌다는 듯 헛웃음을 지었다.

도대체 이 여왕께서는 또 무슨 꿍꿍이인 거지?

"……이제껏 아무 말씀 없으시다 갑자기 왜 그러시는 겁니까?"

도대체 원하는 게 무엇이냐는 그의 물음에 아라는 그때까지도 어색하게 뻗고 있던 손을 조심스레 거두었다. 그러나 그녀의 입가에 걸린 미소만큼은 무너지지 않고 여전히 환하게 빛났다.

"글쎄요, 나도 잘은 모르겠지만……."

자신도 왜 이런 심경의 변화가 생겼는지 모르겠지만, 그래도 짐작 가는 게 하나 있다며 아라가 말을 이었다.

"사랑에 빠지면 세상이 아름답게 보인다고 하더군요."

사랑에 빠져서 그렇단다. 누군가를 사랑하게 되면, 그 사람이 살고 있는 세상마저 아름답게 보이기 시작한단다.

얼마 전까지만 해도 그녀에게 이 세상은 아주 차가운 곳이었다. 언제 등을 돌릴지 모르는 이들의 눈초리로 따끔따끔한 고통스러운 곳이라고 생각했는데, 지금은 아니었다.

"……그런 안일한 생각이 전하를 더욱 위험하게 만드는 겁니다."

그러나 시건형은 아라의 의견에 동의하지 않았다. 잠시라도 긴장을 늦췄다가는 언제 제 목에 칼이 들어올지 모르는 곳이 바로 이 궐이었으니까.

"내 곁에는 언제든 위험에 처하면 바로 달려와 줄 사람들이 있답니다."

"……."

"난 이제 혼자가 아니에요, 숙부."

똑 부러지는 그녀의 대답에 시건형이 그대로 자리에 굳었다. 이를 본 아라는 다시금 용기를 내어 그에게 손을 내밀었다.

"어쩌면 이번이 내가 숙부님께 드리는 마지막 기회일지도 몰라요."

"……."

"지금은 그냥 이 손을 잡으면 되지만, 다음번에는 숙부께서 직접 손을 내미셔야 할 겁니다."

그러니 진지하게 생각하고 현명한 판단을 내리라는 마지막 경고.

"숙부께서는 나랑 계속 이 상태로 지내고 싶으신가요?"

유일한 혈육끼리 왕좌를 두고 싸워야만 하느냐는 아라의 물음에 시건형은 아무런 대꾸도 하지 않았다. 그러나 그것도 잠시.

"기껏 제안을 해 주신 건 참 감사합니다만."

잠시 망설이던 시건형의 눈빛이 다시금 번뜩였다.

"사내가 한번 시작한 일은 끝을 봐야 하지 않겠습니까."

즉, 거절이었다. 그녀가 원하는 답변은 아니었지만 확실히 시건형다운 답변이기는 했다. 때문에 아라는 그렇게 크게 아쉬워하지 않았다. 그냥 조금 서운할 뿐이다. 그녀는 노력했다. 그 노력이 제대로 결실을 맺지 못했을 뿐.

아라는 지금이라도 당장 중앙궁에 떼어 놓고 온 제하에게 달려가 안기고 싶었다. 제하라면 오늘 자신이 열심히 노력했다는 것을 알아줄 텐데. 꼭 끌어안아주며 수고했다고 활짝 웃어줄 텐데.

"할 수 없군요."

두 번째로 내민 손 역시 거두어졌다.

"혹시 나중에라도 화해를 하고 싶으면 언제든 찾아오세요."

"……만약 제가 칼을 빼 들고 오면 어쩌시려고요."

그렇게 부주의해서 되겠느냐며 잔소리를 늘어놓는 것이 꼭 매사에 걱정이 가득한 김 상궁을 보는 듯했다.

"막아 낼 겁니다."

"……."

단호하고 진지한 아라의 말에 시건형은 눈살을 찌푸렸다.

아, 또다. 저 눈. 보는 이를 위협하면서도 신기하게도 계속해서 우러러 보게 만드는 왕의 눈.

"……그럼 제가 진짜 화해를 하자고 찾아오면요?"

"받아 줘야죠. 기왕이면 후자이길 바라겠습니다."

너무나도 천진난만한 답변에 시건형은 헛웃음을 지었다. 세상이 아직 아름다운 곳이라고 믿고 있는 순수한 아이 같은 사고방식.

"제가 만약 화해를 빌미로 찾아와 전하가 방심한 사이에 칼을 꽂으면 어쩌실 겁니까?"

그러나 세상은 그렇게 만만하고 상냥하지만은 않다며 시건형이 끝까지 토를 달았다.

"숙부께서는 정말 내 등에 칼을 꽂고 싶은가 봅니다."

"아니, 그건 어디까지나 단순히 예시일 뿐……."

"하지만 조심하세요."

그녀의 경고에 시건형이 눈을 치켜떴다. 이를 본 아라의 입가에는 여유로운 미소가 지어졌다.

"내 뒤에는 항상 그 사람이 있으니까."

"……."

"그림자처럼 따라붙어서 가끔은 곤란할 정도로."

오히려 귀찮은 정도라며 아라가 한숨 섞인 목소리로 작게 중얼거리자, 이를 듣고 있던 시건형이 고개를 끄덕였다.

"예, 뭐…… 빈틈없이 따라다니기는 하더군요."

"그러니까 조심하세요."

살금살금 뒤로 접근했다가는 구제하에게 콱 물려 버릴지도 모른다는 뜻이었다.

"참고로 양옆에는 무휼과 월비가 있으니, 그쪽도 각별히 주의하시길."

"……."

"덤비려거든 정정당당하게 앞으로 오라는 말씀입니다."

뒤에서 쓸데없는 공작이나 술수 같은 것을 부리지 말고.

"아, 물론 화해를 하자고 찾아온다면 더 좋고요."

벌써 몇 번째인지 모를 그녀의 화해 선언이 이제는 익숙해진 건지, 시건형도 처음보다는 덜 놀라워했다.

"죄송하지만, 저는 전하의 손을 잡을 생각이 없습니다."

"그 말은 기어이 피를 보겠다는 뜻인가요?"

"······칼을 빼 든 이상, 누군가의 피는 봐야겠죠."

그게 과연 누가 될지는 모르겠지만.

쓸쓸한 미소를 짓던 시건형이 제 볼일은 이제 끝났으니 이만 가보겠다며 꾸벅 인사를 하고는 돌아섰다. 아라가 말없이 그런 그의 뒷모습을 지켜보길 얼마.

"조심하세요. 숙부님."

"예?"

"너무 위만 올려다보고 있다가는 주위의 무언가를 놓칠 수가 있으니."

그러나 시건형은 아라의 경고를 못 알아듣겠다는 얼굴로 고개를 까딱이고는 재빨리 대전을 빠져나갔다. 도망치듯 그곳을 벗어난 그는 자신을 알아보고 인사하는 관리들을 무시하고 무작정 걷기만 했다. 걸음을 멈춘 그가 슬쩍 대전이 있는 곳을 바라보며 작게 중얼거렸다.

"······흥. 새파랗게 어린 것이 어른스러운 척을 하고 있어."

'이만 화해할까요?'

좀 전 아라의 말이 머릿속에서 떠나질 않았다. 꾸밈없는 미소를 지으며 손을 내미는 그 모습을 본 순간, 어렸을 때 해맑게 웃으며 저에게 안아 달라 조르던 작은 아이의 모습이 떠올랐다.

"딱 요만하던 때가 있었는데······."

어느새 저렇게 컸을까.

"……."

잠시 혼란스러워 보이던 그는 쓸데없는 생각을 떨쳐 내기 위해 재빨리 고개를 저었다. 그리고 무언가를 다짐하듯 스스로에게 말했다.

"아니야. 나는 틀리지 않았어."

　　　*　　　*　　　*

"나 좀 안아줘 봐요."

"……부탁하는 사람의 태도가 너무 당당하지 않아?"

"……."

"게다가 장소가 좀 의미심장한데."

침상에 누워 그를 향해 두 팔을 활짝 펼치고 있는 아라를 못마땅한 눈으로 내려다보고 있던 제하가 짐짓 심각하게 중얼거렸다.

"……혹시 함정?"

유혹에 넘어가 저 손을 잡았다가는 발로 뻥하고 차이는 거 아니냐는 그의 물음에 아라는 됐다며 손을 거두었다.

"오늘만 해도 두 번째 거절이네요."

"잠깐, 두 번째?"

두 번째? 그럼 또 다른 누군가에게도 지금과 같은 말을 했다는 건가?

"……사람이 안 하던 짓을 하면 죽는다던데."

"……."

"안 돼. 성인식이 코앞이야. 난 아직 너랑 하고 싶은 거 다 못 했어."

"지금 그게 걱정이에요?"

갑자기 왜 이야기가 이렇게 흘러가는지 모르겠지만, 아라는 그가 제시한 '지금 네가 죽어서는 안 되는 이유'라는 것이 별로 마음에 들지 않았다.

"그놈의 성인식, 너무 기대하고 있는 거 아니에요?"

어째 당사자보다도 더 성인식을 기대하는 눈치라는 아라의 말에 제하가 조금의 망설임도 없이 고개를 끄덕였다.

"당연하지."

"……."

"좋아하니까 당연한 거잖아."

나른하게 입매를 끌어 올리며 웃은 그가 이불 속을 비집고 들어와 그녀의 옆에 누웠다.

"꼬맹이 취급 받는 거 싫어하면서 갑자기 웬 어리광?"

어쩔 수 없이 안아 준다는 말투와는 다르게 제하는 싱긋하고 웃으며 아라를 감싸 안았다.

"역시 나랑 떨어져 있으려니까 불안해서 그래?"

"아니거든요."

서하연 합숙 기간 동안 혼자 지내는 게 불안해서 그러느냐는 그의 물음에 아라는 미간을 찌푸리며 고개를 저었다.

"불안한 건 당신 아니에요?"

그녀의 물음에 제하는 잠시 생각에 잠겼다.

"그러네. 불안한 건 나인가 봐."

그가 씨익 웃으며 솔직하게 인정했다. 이를 본 아라가 꼼지락대며 제하에게 바짝 달라붙었다. 그의 가슴팍에 가만히 머리를 기댄 그녀가 작은 목소리로 중얼거렸다.

"오늘 내가 꽤 노력했는데."

"응?"

"그게 잘 안 풀렸어요."

시건형과의 일을 구체적으로 말했다가는 그가 걱정할 게 뻔했으니, 아라는 대충 두루뭉술하게 오늘 있었던 일을 털어놓았다.

"수고했어."

아, 역시나.

그의 품에 얼굴을 묻고 있던 아라가 예상했던 대로의 답변이라며 작게 웃었다.

"다음번엔 더 잘될 거야."

토닥토닥. 등 뒤에서 느껴지는 규칙적인 약한 두드림이라든가, 머리를 감싸 안은 커다란 손이라든가, 졸음 가득한 그의 목소리 등이 그녀를 안심시켰다.

"그러니까 오늘은 일단 푹 자자."

제하의 말에 아라는 고개를 끄덕이며 눈을 감았다.

아, 아침이 느리게 찾아왔으면 좋겠다.

*　　*　　*

"너무 헤벌쭉 웃지도 마요. 보기 흉하니까."

"안 그래."

아라의 말에 제하가 곧장 답했다. 아주 야무진 대답이었지만 아라는 성에 차지 않는 듯, 다시 한 번 그를 향해 고개를 돌렸다.

"자꾸 힐끔힐끔 쳐다보지도 말고요."

"안 그런다고."

아무리 아라에게 꼼짝 못 하는 제하였지만 사실 그도 이제 슬슬 한계였다.

"도대체 왜 그러는 거야?"

결국 그가 작은 목소리로 물었다.

뭘 하자는 건지 모르겠지만 오늘따라 아라의 상태가 이상했다. 궐을 나설 때부터 지금 이렇게 서하연의 문 앞에 도착해서까지, 알 수 없는 잔소리를 늘어놓고 있었다. 도대체 하고 싶은 말이 뭐냐며, 차라리 단도직입적으로 말해 달라는 제하의 요청에 눈앞의 커다란 문을 바라보던 아라가 슬쩍 그를 흘겨보더니 말했다.

"나만 보라고요."

"……."

"이래도 못 알아듣겠어요?"

아라는 지금 매우 심기가 불편했다. 지금 그들의 앞에는 서하연이라는 작은 세계가 기다리고 있었다. 그곳은 여인들을 위한 교육 기관으로, 즉.

"저 문 너머에는 온통 여자들밖에 없으니 정신 바짝 차리라는 뜻입니다."

저 안은 꽃밭이라는 뜻이다.

아라의 옆에 서 있던 월비가 그것도 못 알아듣느냐며 단도직입적으로 말했다. 그러자 멍하니 아라를 응시하고 있던 제하가 슬쩍 제 뒤에 서 있던 무휼을 돌아봤다.

"……왜 갑자기 저를 보시는 겁니까?"

갑자기 왜 그런 부담스러운 눈으로 저를 바라보는 거냐며 무휼이 날카롭게 대꾸했다.

"봤지? 질투하는 거."

"근무 중에 사소한 잡담은 금지되어 있습니다만."

평소의 일상적인 호위가 아닌, 공식적인 일정을 소화하는 중이다 보니 그의 반응은 평소보다 더 딱딱했다.

"부러워하기는."

무휼이 사람들의 눈을 피해 눈치를 줬지만 이를 알아들을 제하가 아니었다. 할 수 없지.

말이 통하지 않는다고 판단한 그가 싱긋 미소 지었다.

"예. 전하께서는 참으로 사랑스러운 분이십니다."

그의 대답에 생글생글 웃고 있던 제하의 얼굴이 단번에 굳어졌다.

"고개 돌려. 저쪽 보고 있어."

살벌한 그의 말투에 무휼이 작게 웃더니 다시금 무표정으로 돌아가 각을 잡고 섰다. 진즉에 제 말을 듣지 그랬느냐며.

"그나저나 대체 문이 몇 개야? 좀 전에도 하나 지나지 않았나?"

"저기, 신왕. 아까부터 신경 쓰이던 게 있습니다만."

갑작스러운 월비의 말에 제하가 놀란 듯 두 눈을 크게 뜨고 그녀를 바라봤다.

"아까부터 신경 쓰이던 게 있었다니, 그대의 성격에 용케 그것을 참고 있었군."

"그야 보는 눈이 많으니까요."

즉, 보는 눈만 없었다면 그를 또 어떤 방법으로 압박했을지 모른다는 일종의 협박이나 다름없었다.

"그래서 드리는 말씀입니다만."

분명 보는 눈이 신경 쓰인다고 했으면서 살벌한 눈으로 제하를 응시하던 월비가 낮은 목소리로 협박하듯 말했다.

"이곳은 저희끼리 있는 중앙궁과 달리 보는 눈이 많으니, 전하께 예의 갖추는 것을 잊지 않으셨으면 좋겠습니다."

월비의 지적에 잠시 그녀를 흘겨보던 제하가 한숨을 푹 내쉬었다. 그러고는 다시금 아라를 향해 고개를 돌려 물었다.

"도대체 문이 몇 개나 있는 겁니까? 좀 전에도 하나 지나쳐 온 거 같아서 드리는 말씀입니다."

제하가 미간을 잔뜩 찌푸린 채 '이제 됐냐?'라는 눈빛으로 월비를 돌아보자, 그녀가 만족스러운 미소를 지으며 고개를 끄덕였다.

"두 개 있어요. 좀 전에 지나쳐 온 건 바깥쪽 문, 눈앞에 있는 건 안쪽 문."

아라가 답했다. 아무리 여인들로만 이루어진 서하연이라고 해도 사내들의 도움이 필요한 경우가 반드시 있었으니, 예를 들면 보안 문제가 그러했다. 때문에 서하연은 바깥쪽 문과 안쪽 문 사이를 사병들이 빙 둘러가며 지키고 있었다.

"오래 기다리게 해서 죄송합니다, 전하."

잠시 뒤, 굳게 닫혀 있던 문이 열리고 한 여인이 밖으로 나왔다.

"그럼 이제 서하연의 개문을 시작하겠습니다!"

여인의 외침과 동시에 문의 양옆을 지키고 서 있던 남복 차림의 여인이 차례로 길을 내주며 문을 활짝 열었다. 마침내 서하연으로 들어서는 마지막 문이 열린 것이다.

"……세상에."

문이 열리기 무섭게 눈앞에 펼쳐진 광경에 아라는 식겁했다. 한창 꽃이 지는 계절이건만 온실에 있는 꽃이란 꽃은 전부 갖고 온 건지 길 위에 꽃잎을 잔뜩 뿌려 놓았는데, 정말 걷고 싶지 않았다.

"요란한 환영이네. 매번 이래?"

"려화의 취향이에요."

제하의 물음에 아라는 한숨을 푹 내쉬며 답했다. 그러자 눈앞에 펼쳐진 꽃길을 바라보고 있던 제하가 작게 중얼거렸다.

"꽃길만 걸으라는 건가."

가는 길 사뿐히 즈려밟고 가라는 의도는 잘 알겠지만, 생화를 뿌려 놓으니 차마 밟을 수가 있어야지. 그렇게 아라가 걸음을 떼기를 망설이길 얼마.

"꽃길을 걷는 기분이 그리 좋지만은 않네요. 문드러지는 꽃들을 보니 죄악감이 들어."

"마음씨도 고와라."

멍하니 눈앞에 드리워진 꽃길을 바라보며 제하와 아라가 서로 말을 주고받고 있는데, 등 뒤에서 헛기침을 하는 소리가 들려왔다.

"빨리 들어가세요. 여기 두 분만 있는 거 아니거든요?"

참다못한 무휼이 짜증을 냈다. 맨 앞에 선 그들이 문 앞에 멈춰서 있으니, 뒤따르던 병사들까지도 꼼짝을 못 하고 막혀 있는 상황.

"무휼."

아라와의 둘만의 시간을 방해받은 제하가 그의 이름을 불렀다. 가시가 뾰족뾰족 돋아 있는 걸로 보아 그리 좋은 소리는 못 듣겠다고 판단한 무휼은 마른침을 삼켰다.

"이곳에는 보는 이들이 많으니, 나나 전하께 예의를 갖추는 것을 잊지 말도록."

제하의 눈이 말하고 있었다. 너나 잘해, 이놈아.

"갑시다, 부인."

"그거 아닙니다."

제하가 아라에게 손을 내밀며 말하자 좀 전에 한 방 먹은 무휼이 바로 지적했다.

"가시죠, 전하. 이제 됐느냐."

"오래 못 가겠지만, 대충 맞는 듯합니다."

"대충 한번 맞아 볼래?"

계속해서 자신에게 시비를 걸고 있는 무휼을 흘겨보던 제하가 한번 붙어 보자는 거냐며 묻자 무휼이 싱긋 웃었다.

"하하. 제가 검술 스승이라는 걸 잊으신 모양이군요. 대련 시간을 기대하겠습니다."

서로 검을 들고 진심을 다해 부딪쳐 보자는 그 협박과도 같은 말에 제하가 인상을 찌푸렸다. 그렇게 둘이 으르렁대며 싸우길 얼마.

"둘 다 그만. 지금 어느 안전이라고 싸움질입니까."

"……."

아라의 날카로운 일침이 그들 사이를 갈라놓았다.

"죄송합니다. 전하."

"송구합니다. 전하."

그렇다. 그녀가 갑이었다.

*   *   *

"그 이야기 들으셨습니까?"

한껏 들뜬 여인이 종종걸음으로 방에 들어왔다. 그러자 방 안에 앉아 중얼거리며 책을 암기하던 여인들이 하나둘 관심을 보였다.

"무슨 일인데 그리 호들갑이십니까?"

"아, 지금 서하연에……."

"오늘이 개문일이고, 전하께서 방문하셨다는 건 이미 들어 알고 있습니다만."

"그래도 무휼 님께서 함께 오셨다는 건 모두 처음 듣는 이야기일 걸요?"

무휼의 이름이 나오기 무섭게 잠잠하던 여인들이 하나같이 두 눈을 빛내며 고개를 들어 올렸다. 몇몇 여인은 자리를 박차고 일어나기까지 했다.

"세상에, 무휼 님께서요?"

"그게 정말입니까?"

"제가 직접 보고 오는 길입니다."

그만큼이나 그들에게 무휼의 방문은 믿을 수 없는 일이었다. 그도 그럴 것이.

"서하연 합숙 때마다 늘 밖에서 배웅하시던 분이⋯⋯."

"그러니까 말입니다. 늘 담벼락 너머나 문틈으로 바라보는 게 전부였는데!"

지금까지 무휼은 서하연의 내부에까지 들어온 적이 몇 번 없었다. 이는 그럴 필요가 없었기 때문이기도 했지만, 여자들만의 세상에 적응 못 하는 그의 성격 탓이기도 했다. 그런 그가 이번에는 서하연의 문턱을 넘었다고 하니, 이는 곧 사건이었다.

"아아, 그게 이번에는 마침 개문일이기도 하니 신왕께서도 함께 오셨다고 합니다."

"네?! 국서께서요?"

"네. 그래서 두 분을 호위하기 위해 중앙군이⋯⋯."

신이 난 여인들이 까까거리며 이야기를 나누고 있는데, 그때였다.

"뭐라고요?!"

갑자기 '탕!' 하는 둔탁한 소리가 방 안에 울려 퍼졌다. 깜짝 놀란 여인들의 시선이 어느 한 곳을 향했다. 구석쯤에 수많은 책들로 둘러싸여 있던 한 여인이 보인다.

"그, 그게 사실입니까?"

한층 더 파리해진 설화가 비틀거리며 다가와 그들에게 물었다.

"예, 예. 지금 두 분께선 려화 님을 뵈러 가셨습니다."

또 다른 여인이 고개를 끄덕이는 것을 본 설화의 얼굴에 묘한 미소가 떠올랐다. 그녀는 반쯤 정신 줄을 놓은 것 같은 표정이었다. 잠시 멍하니 서 있던 그녀가 다짜고짜 문을 향해 달리기 시작했다.

"멈추세요!"

등 뒤에서 들려오는 고압적인 목소리에 설화는 문가에 다다르지도 못하고 제자리에 멈춰 섰다.

"잠시만, 아주 잠시만 다녀오겠습니다. 제가 꼭 그분들을 만나봬야 해서……."

"지금 여기에 있는 모두가 전하를 뵙고 싶어 합니다."

"……."

"그러나 오늘 일정이 끝나기 전까지 자리에서 벗어날 수 없다는 거, 알고 있겠죠."

"하지만……."

"그러니 앉으세요."

강압적인 여인의 목소리에 걸음을 멈춘 설화가 파르르 떨었다. 바로 앞에 있는 여인의 눈치를 보던 그녀가 다시 제자리로 돌아가 자리에 앉았다.

입술을 꾹 깨물고는 부들부들 떨리는 손으로 다시금 책을 집어 들었지만, 그 글자들이 눈에 들어올 리가 없었다.

혹시나 이곳을 벗어날 기회가 있지는 않을까 싶어 힐끔, 눈치를 보던 설화가 속으로 외쳤다.

'이 기회를 놓칠 수는 없어. 여기서 나가야 해! 제하를 만나야 한다고!'

*　　*　　*

"꺄아, 무휼 님, 무휼 님!"

"……무휼, 인기가 많네."

제하가 소란스러운 주변을 둘러보며 말했다.

려화와의 단독 면담이 있다며 아라가 잠시 자리를 비우고 난 뒤 려화의 처소 앞에서 그녀를 기다리고 있는데, 새벽 수업이 끝난 건지 여인들의 외침 소리가 문밖에서 들려왔다. 연신 무휼의 이름을 연호하고 있는 여인들의 반응에 놀란 제하가 작게 중얼거리자, 그의 옆에 굳은 표정으로 서 있던 무휼이 입을 열었다.

"전하께 이를 겁니다. 자꾸 힐끔힐끔거렸다고."

그의 말이 끝나기 무섭게 제하가 움찔하고 떨었다.

"내 나름의 칭찬이었어. 수많은 여인들에게 사랑받고 있다니."

"많으면 뭐합니까."

보통의 사내라면 여인들에게 인기가 많다는 것을 자랑스러워할 텐데, 무휼은 그러지 않았다.

"정작 제가 원하는 사람은 그렇지 않은데."

아무리 수많은 여인들이 저를 좋아해 주면 뭐하나. 정작 지금 그가 바라보고 있는 여인은 저를 돌아보지를 않는데.

"저런, 미안."

이를 알아들은 제하가 재빨리 사과했다.

"내가 요즘 너무 행복해서 눈치가 없어졌나 봐."

"걱정 마세요. 눈치가 없어진 게 아니라, 원래부터 갖고 계시지 않으셨으니까."

"……전하께선 왜 이리 안 나오시나. 내가 이리 구박을 당하고 있는데."

아라가 나오면 넌 죽었다는 말을 우회적으로 한 제하가 그를 흘겨봤다. 그러나 사실 꼭 무휼 때문이 아니더라도 그는 지금 불안했다. 이렇게 잠시도 눈에 보이지 않으면 불안한데, 최소 이틀이라는 시간을 그녀 없이 어찌 버텨야 하나 벌써부터 눈앞이 깜깜했다.

좀 얌전히 기다리라는 무휼의 충고에도 불구하고 제하가 잠시도 쉬지 않고 왔다 갔다를 반복했다. 바로 그때였다.

"제하!"

서하연에 울려 퍼지는 자신의 이름에 제하는 우뚝 멈춰 섰다.

아, 이 목소리. 소리가 들리는 곳을 향해 고개를 돌리니 한 여인이 치맛자락을 휘날리며 달려오는 것이 보였다.

그녀를 알아본 제하의 표정이 굳었다.

참 이상하지. 그녀와는 아라보다도 더 훨씬 오래전부터 알고 지낸 사이였다. 한때 사랑했던 사람이기까지 했다. 저 입에서 제 이름이 불린 것만 해도 수천, 아니, 수만 번. 그러나 기분이 이상했다.

'그러고 보니, 내가 우리 꼬맹이에게 이름으로 불린 적이 있었나?'

문득 그런 생각이 들며, 그의 시선은 다시금 아라가 들어간 처소의 문으로 향했다. 그렇게 굳게 닫혀 있는 문을 바라보고 있는데.

"드디어 만났다!"

제하를 향해 달려온 설화가 활짝 웃으며 외쳤다.

그제야 문에 고정되어 있던 제하의 시선이 설화를 향했다. 바로 코앞에 옛 연인이 눈부신 미소를 지으며 서 있었다. 언젠가 그가 너무나도 그리워했던 정인이었다.

그런데 참 이상하지.

몇 년 만에 재회한 옛 정인이 눈앞에 서 있건만, 그럼에도 불구하고 제하는 헤어진 지 이제 겨우 일각밖에 지나지 않은 꼬맹이가 더 보고 싶었다.

그러니까 빨리 나와.

*   *   *

"밖에 뭐 중요한 거라도 놓고 오셨습니까?"

"……."

"자꾸 신경 쓰시네요."

그야 신경 쓸 수밖에.

바로 앞에서 들려오는 도도한 목소리에 연신 등 뒤의 문을 힐끔거리던 아라가 재빨리 자세를 고쳤다.

바로 앞에는 4, 50대로 추정되는 여인이 자리에 앉아 있었다. 그녀는 바로 아라의 두 번째 스승이자 이 서하연을 총괄하고 있는 수장, 려화였다. 어깨 위로 단정히 빗어 내린 머리라든가 찻잔을 들어 올리는 움직임 하나하나가 우아하고 기품이 넘쳐, 부드러운 인상에도 불구하고 오히려 위압감이 장난 아니었다.

"밖에 두고 온 아이가 있어서요."

"아이라……."

외로움을 잘 타는 아이를 밖에 두고 와 그것이 신경 쓰인다는 말에, 려화가 작게 웃었다. 아라의 입에서 나온 '아이'라는 표현도 그렇지만 이렇게 편하게 미소 짓고 있는 그녀를 보고 있자니 흐뭇했기 때문이다.

"얼굴이 더 좋아지셨습니다."

"예뻐졌다고요?"

"음. 혈색이 좋아진 거 가지고 예뻐졌다고 하지는 않지요."

"……."

잔뜩 기대를 품은 그녀의 물음에 려화가 싱긋 웃더니 단호하게 답했다. 자신은 거짓을 말하지 않겠다고 맹세를 한 몸이라며, 아주 진지하게. 아라가 입술을 삐죽 내밀며 툴툴대자 려화가 피식 웃더니 따뜻한 시선으로 그녀를 바라봤다.

"예뻐지고 싶으십니까?"

"모든 여인들의 바람이 아닐까 싶은데요."

"여왕에게 화려한 외관은 필요 없다고 말씀하셨던 분이 누구셨더라……."

"……."

"밖에 두고 온 그 '아이' 때문입니까?"

머리를 갸우뚱 기울인 려화가 힐끔, 아라의 어깨 너머를 응시했다. 물론 그렇게 뚫어져라 본다고 해서 문 너머에 있을 제하가 보일 리 없었지만.

"그렇게 작기만 하던 아이가, 사랑이라니."

"꼭 어머니처럼 말씀하시네요."

"제 나이 이제 쉰여섯입니다. 려화의 자리에 앉지 않고 시집을 갔다면, 충분히 슬하에 전하 또래의 자식이 있었겠지요."

때문에 더 정이 간다며 려화가 웃으며 답했다. 그러나 그 인자함으로 무장한 미소도 잠시, 금세 얼굴을 굳힌 그녀의 눈빛이 진지해졌다.

"이번 합숙 기간에 전하를 부른 이유에 대해서는…… 이미 알고 계시겠죠?"

"네. 어렴풋이 예상은 했어요."

아라가 고개를 끄덕이며 답했다. 평소와 달리 이번만큼은 꼭 서하연에 오라는 려화의 서신을 받았을 때부터 어느 정도 눈치를 채고 있었다.

"부탁을 들어줘서 고마워요, 려화."

"그게 아주 이례적인 일이라는 것도 알고 계시겠죠?"

"네."

서하연은 독립된 기관이었다. 이곳만의 독자적인 규율이 따로 있어, 오죽하면 아주아주 작은, 나라 속의 또 다른 나라라고 불릴 정도였다. 웬만해선 문턱 한 번 넘기 힘든 이 서하연에 왕의 부탁으로 입학을 한 학생이 있다는 것이 사람들에게 알려질 경우, 이는 아주 큰 문제로 번질 수도 있는 일이었다.

"게다가 그 상대가 국서의 전 애인이라니."

목숨을 위협받지만 않았더라면 그런 부탁을 들어주지도 않았을 거라는 려화의 말에 아라는 아무런 대꾸 없이 고개를 끄덕였다.

"그동안 많은 학생을 봐 왔지만, 그 사람은 아니에요."

"그런가요."

"공부는 물론 매사에 게으르고 사치스럽다고요. 오로지 외모에만 관심을 보이면서 동기들에게도 안 좋은 영향을 끼치고 있다고⋯⋯."

"저런⋯⋯."

"사정이 딱한 건 알고 있지만, 만약 이대로 계속해서 벌점이 쌓인다면 서하연의 규칙대로 퇴학을 시킬 수밖에 없다는 거, 직접 말씀드리고 싶었습니다."

"⋯⋯."

"죄송합니다. 전하."

"아니요. 저야말로 죄송하죠."

아라가 재빨리 고개를 저었다. 사실 사과를 해야 하는 건 려화가 아닌 그녀였다.

"제가 무리하게 부탁드렸는걸요."

주설화를 서하연에 보내기로 결심한 건 물론 감시 목적도 있었지만, 그래도 이곳에서 지내면 그녀가 조금 달라지지 않을까 해서였는데.

"사람은 그렇게 쉽게 바뀌지 않나 봐요."

조금 우울한 미소를 지어 보이던 아라가 말했다. 그러자 려화가 침울해하고 있는 그녀의 손을 가만히 잡아 주었다.

"전하께서는 분명 기회를 줬습니다. 이 기회를 잡거나 버리는 건 어디까지나 그 사람의 몫."

"⋯⋯."

"그러니 전하께서 그것을 안타까워하실 필요는 없으십니다."

다정한 그녀의 말에 아라는 그제야 웃으며 고개를 끄덕였다. 그렇다고 마음이 아주 편해지지는 않았지만, 누군가가 그렇게 말을 해 주니 조금이나마 마음의 짐을 던 느낌이었다.

"그러고 보니, 이렇게 계속 저를 상대하고 계셔도 괜찮으신 겁니까?"

"네?"

그게 무슨 소리냐는 그녀의 물음에 려화가 슬쩍 문을 가리켰다.

"밖에서 기다리고 있는 아이가 나쁜 여자와 마주치기라도 하면 어쩌려고……."

"아아."

곧바로 그 말을 알아들은 아라는 고개를 끄덕였다. 그러더니 걱정할 거 없다며 태연히 대답했다.

"사실은 일부러 이렇게 시간을 끌고 있는 거예요."

둘이 만날 수 있게. 충분히 대화를 나눌 수 있게.

"어쩌면 벌써 만나고 있을지도 모르겠네요."

*   *   *

"제하!"

아라의 예상대로.

자신의 머리가 흐트러지고 있다는 것조차 인지하지 못할 정도로 엄청난 기세로 달려온 설화가 제하의 앞에 섰다.

지금 이곳은 려화의 처소가 있는 별채의 마당. 웬만한 사람들은 출입이 불가능한 곳이다 보니 주변에 사람이 없다는 게 그나마 다행이었다. 도대체 이곳에 어떻게 들어온 건지는 몰라도, 국서의 이름을 아무렇지 않게 부르는 것을 다른 이들이 봤다가는 좋지 않은 소문이 퍼질지도 몰랐으니까.

"드디어, 드디어 날 만나러 와 줬구나!"

그의 팔을 덥석 잡은 그녀가 벅차오르는 감정을 주체하지 못하고 감격해서 큰 소리로 외쳤다.

제하가 슬쩍 미간을 찌푸리더니 고개를 돌려 제 옆에 서 있는 무휼과 월비를 힐끔거렸다. 잠시 떨어져 있으라는 부탁을 눈치챈 무휼이 고개를 끄덕이며 설화를 노려보고 있는 월비를 붙잡아 뒤로 몇 걸음 물러났다.

그제야 한숨을 푹 내쉰 제하가 싱긋 웃으며 돌아섰다.

"오랜만이네요, 형수."

제하를 만났다는 사실에 활짝 펴졌던 설화의 얼굴이 '형수'라는 말에 곧장 어두워졌다. 그러나 그것도 잠시, 다시금 미소를 만들어 낸 그녀가 제하에게 매달리듯 다가섰다.

"계속 서신을 보냈는데 답이 없기에 걱정했어……. 전하께서 중간에 다 가로채신 게 분명해. 그렇게 안 봤는데……."

"아니, 그게 아니……."

"내가 널 만나고 싶다고 하니까, 전하께서 날 이런 곳에 집어넣은 거 있지? 그뿐만이 아니야. 저기 있는 월미인가 월비인가 하는 여자가 날 협박해서……."

설화가 저 멀리 무휼과 함께 떨어져 있는 월비를 가리키며 말했다. 이곳까지 오는 내내 가마 안에서 정말 무서웠다며 징징댔지만 제하는 꿈쩍도 하지 않았다. 그의 냉랭한 반응에 안 되겠다 싶은 설화가 이제는 눈물을 글썽이기까지 했다.

"듣자 하니 저 여자, 전하의 오랜 친우라던데 전하께서 지시하신 게 틀림없어. 내가 네 옆에 있는 게 보기 싫어서 그런 거라고. 우리가 어떤 사이인데……."

여왕이 겉으론 순해 보여도 사실 속은 그렇지 않다며 작게 한숨을 내쉰 설화는 힐끔 제하의 눈치를 봤다.

"나 좀 여기에서 나가게 해 주면 안 돼? 응? 제하야, 제발. 나 여기 너무 싫어."

최근 여왕과 신왕의 사이가 각별하다는 건 들려오는 소문에 의해 그녀도 잘 알고 있었다. 하지만 그 소문은 다 거짓일 것이다. 분명 제하가 속고 있는 거야! 그 조그마한 꼬맹이가 순진한 척하는 연기에 모두가 다 속고 있는 거라고!

"여왕에게 속아서는 안 돼. 그 사람은 널 이용하려고……."

"그게 아니야."

"으, 응?"

잠자코 그녀의 이야기를 듣고 있던 제하가 딱 잘라 아니라고 말하자, 그의 팔에 매달려 눈물을 퐁퐁 쏟아내던 설화가 멈칫했다.

"네가 나에게 서신을 보낸 것도 알고 있었고, 궐에 찾아온 것도 다 들었어. 그리고 전하께서 널 이곳에 숨겨 줬다는 것도 다 알고 있었어."

"……."

"그래서 오늘 따라온 거야."

잠시 혼란스러워 보이던 설화의 눈빛에 다시금 생기가 돌았다. 지금 제하가 하는 말을 못 알아들은 건지 아니면 알아듣고 싶지 않은 건지는 모르겠지만, 마지막 말 하나만큼은 머릿속에 확실하게 들어왔다.

"역시, 날 만나러 온……."

"그래. 확실하게 정리를 해야겠다고 생각했으니까."

"……뭐?"

"마지막 인사를 서신으로 했다간 네가 납득 안 할 거 아니야."

"마, 마지막이라니, 그게 무슨 소리야?"

당황한 설화의 목소리가 떨렸다. 여전히 자신을 붙잡고 있는 그녀의 손을 뚫어져라 응시하던 제하가 조심스레 그 손을 떼어냈다. 순식간에 갈 곳을 잃은 손이 허공에 머물기를 잠깐, 곧 힘없이 아래로 떨어졌다.

"제하, 지금 무슨 소리를 하는 거야?"

"말 그대로."

고개를 든 제하는 다시 한 번 아라가 있는 처소의 문을 힐끔거렸다. 되도록 그녀가 나오기 전에 모든 것을 마무리 짓고 싶었다.

"그동안 피하기만 하면 다 해결될 줄 알았는데, 내 착각이었어."

"……."

"그러니까 이번 기회에 확실하게 말할게."

"제하……."

"과거에 너에게 마음을 품었던 건 사실이야. 하지만 지금은 아니야. 네가 형님과의 혼인을 선택했을 때부터 넌 그냥 나에게 형수일 뿐이야."

"아니야. 구제용과는 이혼을……."

"그래. 그러니까 앞으로 넌 나에게 '전형수님'이 되는 거겠지."

더는 가족조차 아니라는 제하의 말에 설화가 충격에 빠진 듯 멍하니 그를 바라보고 섰다. 그가 자신을 이리 대한다는 것이 믿기지 않았다. 한동안 정신 나간 사람마냥 그를 바라보고 있던 그녀가 잠시 뒤 깊은 한숨을 내쉬더니 고개를 들었다. 그러고는 굳은 입매를 늘리며 힘겹게 미소 지었다.

"그래, 다 이해해. 널 이해할 수 있는 사람은 나뿐이라는 거, 너도 알잖아. 그렇지?"

"……."

"괜찮아. 우리가 떨어져 있던 시간이 너무 길어서 그래. 다시 옛날처럼 함께 지내다 보면 금방 예전으로 돌아갈 수 있어."

어색한 미소를 지으며 제하의 곁으로 달라붙은 설화가 다시금 그의 손을 잡았다. 그러나 여전히 싸늘한 그의 반응에 설화가 파르르 떨었다.

"네가 어떻게 나한테 이래? 내가…… 내가 왜 이혼을 했는데? 이게 다 널 위해서……."

"아니지."

"뭐?"

성질을 죽이는 것을 때려치운 건지, 설화가 버럭 화를 내기 시작하자 더는 못 들어 주겠다며 제하가 성큼성큼 그녀에게 다가갔다.

자신의 머리를 쓸어 넘기며 작게 한숨 짓던 그가 고개를 약간 숙이더니 그녀의 귓가에 나지막하게 속삭이듯 말했다.

"넌 그냥 형님이 쓸모가 없어져서 버린 거잖아."

"……."

"구제용이 나에게 가주권을 빼앗겼으니까."

정곡을 찌르는 그 말에 설화는 더 이상 아무런 대꾸도 할 수가 없었다. 아니라고 무슨 변명을 대야 했지만, 머릿속이 실타래가 엉킨 것처럼 복잡하게 꼬여 버렸다.

어떻게든 여왕에게서 제하를 돌려받아야 했다. 그리고 어쩌면 지금 이것이 마지막 기회였다.

무슨 말이라도 해야 했다. 그러나 필사적이다 보니 머릿속은 온갖 쓸모없는 생각들로 가득했고, 마음만 앞서 꾹 다물어진 입술 새로 끅끅대는 소리가 나오는 게 전부였다. 그런 그녀를 말없이 바라보던 제하가 먼저 입을 열었다.

"미안. 각자 사정이라는 게 있는 건데 내가 말이 심했네."

"제하야!"

그의 사과에 설화의 얼굴이 다시금 밝아졌지만.

"마지막은 좋게 끝내고 싶었어."

이내 다시금 나락으로 떨어진 것처럼 어두워졌다. 그를 잃게 될지도 모른다는 불안은 곧 공포로 바뀌었다.

"형님과 이혼을 했으니, 이제 완벽한 타인이야."

그런 그녀와 달리 제하는 속이 시원해 보였다. 그에게는 조금의 미련도 남아 있지 않았다.

"아, 위자료를 받게 되었다고 들었어. 그런데 지금 형님이 재산을 거의 몰수당해서 빈털터리 신세라……."

현재 구가의 가주는 제하였기 때문에 집안의 재산은 모두 그의 것이었다. 따라서 구제용이 갖고 있는 개인 자산은 제하가 갖고 있는 것과 비교하면 새 발의 피도 안 됐다. 어디 그뿐인가. 그나마 단향에서 거둬들인 뇌물과 비리 자금마저 얼마 전에 관리들을 상대로 벌어졌던 심사에 걸리는 바람에 두 동강이 난 상태였다.

"그래도 너무 걱정하지 마. 옛정이 있으니 어느 정도는 내가 마련해 줄게. 그거라면 얼마든지 새롭게 시작할 수 있을 거야."

"잠깐. 제하……."

"너도 이제 네 인생을 살아야지."

마지막 동아줄인 양 자신을 꼭 붙잡고 있는 설화의 손을 한 번 꼭 잡아 준 제하가 천천히 그 손을 내려놓았다.

"그동안 고마웠어."

"……."

"그럼 안녕."

제하가 환하게 미소 지으며 인사했다. 말이나 분위기에서 지금 이것이 정말 마지막이라는 것이 고스란히 느껴졌다. 아무런 대꾸가 없는 설화를 바라보던 그가 밝은 표정으로 돌아섰다. 제하는 지금 속이 뻥하고 뚫린 것처럼 후련했다. 그렇게 돌아선 제하가 저 멀리에 떨어져 있는 무휼과 월비를 향해 걸어가는데.

"……여왕도 그 사실을 알고 있어?"

"……."

"알고서도 널 사랑한대?"

등 뒤에서 들려오는 설화의 목소리에 제하의 걸음이 다시 우뚝 멈췄다. 후련해 보이던 그의 표정이 순식간에 싸늘하게 얼어붙었다. 걸음을 멈춘 그가 뒤를 돌아보자, 설화는 그럴 줄 알았다며, 입꼬리를 슬쩍 올려 비릿한 미소를 지었다.

"말해 봐, 제하. 여왕은 알고 있어?"

계속되는 재촉에 무겁게 닫혀 있던 제하의 입이 서서히 열렸다. 이윽고 꾹 참고 있던 숨을 단번에 토해 내듯 그가 꽉 막힌 목소리로 답했다.

"……몰라."

그의 답변에 설화의 입가에는 더더욱 큰 호선이 그려졌다. 그럴 줄 알았지!

"그래서, 계속해서 말 안 할 생각이야?"

"……."

"그런다고 네 죄가 없어지는 건 아니잖아, 안 그래?"

좀 전과는 완벽하게 반대가 된 상황.

세상이 다 끝났다는 듯 절망에 빠져 있던 사람이라고는 생각이 안 될 만큼 비열한 미소로 무장한 설화가 멈춰 서 있는 제하를 향해 한 걸음, 한 걸음 다가갔다.

"직접 말하는 게 힘들다면 내가 대신 말해 줄까?"

제하와의 모자란 신장 차이를 좁히기 위해 발끝을 들어 올린 그녀가 유혹을 하듯 나긋나긋한 목소리로 그의 귓가에 속삭이듯 말했다.

"넌 죄인이야, 평생 속죄하면서 살아야지."

"……."

"누구 때문에 네 어머니가 돌아가셨는지 벌써 잊은 거야?"

순간 제하는 심장이 '쿵' 하고 떨어지는 것을 느꼈다. 정신이 아찔했다. 이는 옛 연인이 싱긋 웃으며 그에게 다가왔기 때문이 아니었다. 유혹을 하듯 귓가를 간지럽히고 있는 숨결로 인한 설렘 따위도 아니었다.

말 때문이다. 좀 전에 그녀가 내뱉은 말이 날카로운 검이 되어 그의 심장에 박혔다.

"그래, 제하."

이러한 제하의 굳은 표정을 본 설화가 만족스러운 미소를 지으며 그에게서 멀어졌다.

"전하께서 이 사실을 아시게 되면 너에게 얼마나 실망할까?"

그녀의 마음이 급해졌다. 어떻게든 제하의 마음을 붙잡아야 했다. 그러기 위해선 일단 여왕에게로 향한 그의 마음을 흔들어 놓아야 했다.

"여왕은 널 믿지 못할 거야."

"……."

"혈육인 숙부까지 적으로 돌린 사람이라고. 자리를 지키기 위해 가족도 경계하는 마당에, 타인인 너를 완벽하게 믿을 수 있을까?"

"……."

"안 그래?"

설화의 입꼬리가 슬쩍 휘어졌다. 절대 그렇지 않을 거라며 반박하면 어쩌나 걱정했는데, 다행히 제하는 아무런 대꾸도 하지 못했다. 자, 이제 슬슬 마무리다.

"넌 또 금방 버림받을 거야."

은근한 협박에도 제하는 여전히 꿈쩍을 안 했다. 도대체 그가 무슨 생각을 하는지 모르겠다며 내심 고개를 갸웃거리던 설화가 다시금 그에게 손을 내밀었다.

"내가 말했잖아."

그러나 제하는 말없이 그 손을 바라보고 있을 뿐, 그것을 잡거나 하지는 않았다.

"이 세상에 널 이해할 수 있는 건 나밖에 없다고."

그의 눈치를 보던 설화가 다시금 부드러운 목소리로 말했다.

"너한테는 나밖에 없어."

'네가 이래도 나에게서 벗어날 수 있을 거 같아?'라는 듯한 그녀의 말투에 제하는 그제야 깊은 한숨을 내쉬었다.

머리가 지끈거렸다. 아, 또다. 머릿속에서 울려 퍼지는 여인의 높은 음색. 그리고 그와는 대조적으로 무겁게 목을 조이는 이 답답함. 말로써 사람을 속박할 수 있다면 바로 이런 경우가 아닐까? 마치 말 한 마디, 한 마디가 기다란 뱀이 된 것처럼 스멀스멀 기어 나와 목을 조르는 느낌. 불과 몇 년 전, 아니, 몇 달 전까지만 해도 그 말이라는 것에 꿈쩍도 못 하던 때가 있었다. 하지만 지금은 아니었다.

'사랑해요.'

제하가 작게 웃었다. 순간 머릿속에 아라의 얼굴이 떠올랐다. 억지로 조르고 졸라, 결국 잔뜩 얼굴을 붉히며 사랑 고백을 하던 안타까우면서도 사랑스러운 그녀의 모습이.

깊게 숨을 들이쉰 제하가 한참만에야 입을 열었다.

"그때 네가 그랬지."

"응……?"

"앞으로도 쭉, 나는 다른 사람들에게 사랑받지 못할 거라고."

"……"

생각보다 차분한 그의 목소리에 설화는 단번에 미간을 찌푸렸다. 그가 왜 웃는 건지는 모르겠지만, 지금 이 상황이 그리 좋지 않다는 건 알 수 있었다.

"그러니까 절대 다른 사람을 사랑하면 안 된다고."

아주 오래전부터 지겹게 들어 온 그 말은 잊을 만하면 꿈속에까지 나타나 그를 괴롭혔다. 하지만 언제부터인가 그 목소리가 들리지 않게 되었다.

"나도 그런 줄 알았는데, 아니더라고."

"뭐?"

조금의 망설임조차 없는 제하의 눈빛에 설화는 잠시 넋이 나간 것처럼 그를 바라보았다. 그러길 얼마, 그녀가 강하게 고개를 저었다.

"아, 아니야. 제하, 네가 지금 뭔가 착각을 하고 있는 거야. 너는 절대……."

"아니야. 네가 틀렸어."

"……"

"날 사랑해 주는 사람이 있어."

'사랑'이라는 말에 설화는 입술을 꾹 깨물었다. 어찌나 꽉 깨물었는지, 입술 새로 비릿한 피가 배어나고 있었지만 정작 본인은 자각이 없는 눈치였다. 그러거나 말거나, 그 상대가 누군지는 말하지 않아도 알고 있을 거라며 제하가 고갯짓으로 아라가 있는 처소를 가리켰다. 이 천유국에서 여왕과 국서의 사랑 이야기를 모르는 사람이 있을까?

이는 설화 역시 마찬가지였다. 다만 그건 말도 안 되는 헛소문일 뿐이라고 철석같이 믿고 있을 뿐.

"그리고 나도 그 여자를 사랑하고 있어."

너무나도 눈부신 그의 미소에 그녀의 마지막 미소가 무너져 내렸다. 싸늘한 반응에 주위의 공기가 단번에 얼어붙었다.

"여왕이 그 사실을 알면 널 받아 주지 않을 거야."

"그럴지도."

"결국엔 네 어머니처럼 널 버릴 거라고."

"……."

"지금까지 네가 사랑한 사람들이 다 그랬던 것처럼."

독기가 가득 찬 설화는 더 이상 예뻐 보이지 않았다. 그녀는 그에 대해 너무나도 잘 알고 있었고, 이는 약점도 포함해서였다. 정곡을 찌르는 그 말에 제하는 두 눈을 감았다. 마른침을 삼킨 그가 천천히 눈을 뜨며 그녀를 바라보더니 고개를 끄덕였다.

"그래, 미움을 받게 된다면 어쩔 수 없지. 그건 내가 감당해야 하는 거니까."

"……."

"하지만 난 도망치지 않을 거야."

제하가 결의에 가득 찬 목소리로 말했다.

"미움받고 버림받더라도 용서를 구할 거야. 그녀가 날 용서해 줄 때까지."

그의 굳은 결심에는 설화가 파고들 틈이 없었다.

안 된다. 이렇게 끝 날 수는 없어!

눈앞에 서 있는 건 분명 제하가 맞았지만, 지금까지 그녀가 알고 있던 구제하와는 전혀 다른 사람이었다. 더 이상 그는 죄책감에 시달리는 속이 텅 빈 인형이 아니었다.

더는 어떻게 해야 할지 알 수 없어 혼란스러워 보이는 설화를 향해 제하가 싱긋 미소 지었다.

"그래도 고마워."

갑작스러운 그의 감사 인사에 당황한 설화가 고개를 들었다. 그러자 제하가 힘없이 떨어져 있던 그녀의 손을 다시 잡으며 말했다.

"네가 곁에 있어 준 덕분에 그 시절의 내가 버틸 수 있었으니까."

"……제하야!"

"많이 좋아했어. 하지만 사랑은 아니야. 이제는 확실하게 알 거 같아."

제하의 표정이 점차 밝아졌다.

"원망했던 적도 있기는 하지만, 지금은 아니야. 너도 이제 행복해졌으면 좋겠어."

누군가를 원망하고 미워할 시간에 사랑하는 사람을 사랑하리라. 그러니 그녀 역시 자신만의 행복을 찾으면 좋겠다고 생각했다. 진심으로.

"이제 각자의 길을 가자."

"……."

"잘 살아."

마지막 인사를 남긴 제하가 천천히 그녀에게서 손을 뗐다. 맞잡았던 그의 손이 풀어지며 설화의 손이 허공에 홀로 남게 되었다.

눈부신 미소를 짓고 있던 제하는 더는 조금의 미련도 남아 있지 않다는 듯 그녀에게서 등을 돌렸다. 그가 저 멀리에 떨어져 있는 무휼과 월비를 향해 걸어갔다. 등 뒤에서 그를 바라보고 있던 설화가 으드득 소리를 내며 이를 갈았다.

'이렇게 끝나면 안 돼. 안 된다고!'

"제하, 잠깐만!"

황급히 손을 뻗은 그녀가 점점 자신에게서 멀어져 가는 제하를 붙잡기 위해 안간힘을 썼다. 그러나 그 손은 그에게 닿기도 전에 어떠한 장벽에 가로막혔다.

"이봐요."

슬슬 자신이 나서야겠다고 판단한 무휼이 재빨리 달려오려다 멈칫했다. 그보다도 한발 빠르게 제하와 설화의 사이에 끼어든 이가 있었으니.

"이 이상 신왕께 접근하는 건 허락하지 않겠습니다."

바로 월비였다.

월비의 등장에 설화는 바로 움츠러들었다. 일전에 그녀에게 한 번 당한 적이 있어 그녀가 만만치 않은 상대라는 걸 너무나도 잘 알고 있으니까. 하지만 그렇다고 제하를 그냥 보낼 수도 없었다. 어쩌면 지금이 마지막이 될지도 모르는데, 이것저것 따질 때가 아니었다.

"이렇게 끝날 수는 없어! 안 된다고!"

결국 그녀는 이성을 잃었다. 가면을 벗어던진 그녀는 지금 자신이 무슨 말, 어떤 행동을 하고 있는지조차 인식하지 못할 정도로 눈에 보이는 게 없었다. 자신을 노려보고 있는 월비의 강한 눈초리에 움츠러들기는커녕, 어디 한번 해 보자며 마찬가지로 그녀를 노려보던 설화가 손을 번쩍 들어 올렸다. 허공에 들린 손이 빠르게 내려와, 눈앞의 여인을 내치려던 바로 그때였다.

"찾았습니다!"

"저기 있습니다! 빨리요, 빨리!"

갑자기 울려 퍼지는 사람들의 목소리에 이성을 잃고 날뛰려던 설화는 정신이 번쩍 들었다. 소리가 들려온 곳을 향해 고개를 돌리니, 처소를 둘러싼 낮은 담장에 나 있는 문이 벌컥 열렸다. 그와 동시에 남복 차림의 여인들이 우르르 들어와 순식간에 설화의 주변을 둘러쌌다.

"붙잡으세요."

누군가의 외침에 여인들이 재빠르게 달려들자, 설화는 발악했다.

"이, 이게 무슨 짓입니까!"

순식간에 그녀는 양팔을 붙잡혀 꼼짝도 할 수가 없었다. 이것 놓으라며 버둥대 봤지만 여인들이 무슨 힘이 이렇게 센 건지 꿈쩍을 안 했다.

"당장 놓지 못해!"

"시끄럽습니다."

설화의 외침에 무리 중 대장으로 추정되는 날카로운 인상의 여인이 앞으로 걸어 나왔다.

"그렇게나 경고를 드렸는데, 또 멋대로 서하연의 규칙을 어기셨더군요."

"내가 언제요!"

"서하연에서 규율은 절대적입니다. 이건 편입 당시에 설명을 드렸을 텐데요?"

"그놈의 규율, 규율……. 제발 날 가만히 내버려 두라고, 좀!"

규율 같은 소리는 이제 지긋지긋하다며 그녀가 짜증을 내자, 여인이 이를 무시하며 들고 있던 작은 필첩을 펼쳤다.

"한 번 수업을 빠질 때마다 벌점 1점. 나머지 공부를 빠지는 건 2점입니다. 그런데 오늘은 이 둘 다 빠지셨으니 벌점 3점. 거기에 려화의 처소에 함부로 침입하셨으니 벌점 5점이 추가되어 도합 8점의 벌점을 부여하겠습니다."

"그러니 이제 그만 정신 차리세요. 벌써 벌점이 48점이나 쌓였다고요!"

다른 여인들 역시 이제는 지친다며 버럭 외쳤다. 단기간에 이렇게까지 벌점이 쌓인 경우는 처음이라며 한숨을 푹 내쉬는데, 가만히 그들의 이야기를 듣고 있던 월비가 끼어들었다.

"잠깐, 벌점 48점?"

그녀의 목소리에서 설화의 자존심을 긁어 놓기에 충분한 비웃음이 느껴졌다.

"그럼 앞으로 2점만 더 있으면 서하연 퇴출이겠네요?"

서하연의 규칙이라면 월비 역시 잘 알고 있었다.

규율을 절대시하는 이곳에서는 사소한 것에도 벌점을 매겨, 이 것이 50점이 쌓이면 강제 퇴출을 당했다. 하지만 이곳에 들어오기 위해 피눈물을 흘리며 고생한 만큼 입학 후에 규율을 어기는 어리 석은 짓을 하는 사람은 드물었고, 퇴출은 더더욱 없었다.

월비는 싱긋 미소 지었다. 이 꼴도 보기 싫은 여우가 눈물을 흘리 며 매몰차게 문밖으로 내쳐지는 것을 상상만 해도 기분이 좋았다.

"축하드립니다. 어쩌면 서하연 역사상 첫 퇴출 사례가 될지도 모 르겠군요."

"흥. 퇴출이라고?"

그러나 퇴출이라는 말에도 설화는 조금도 물러서거나 두려워하 지 않았다. 뭐가 그렇게 당당한지 그녀의 표정에는 여전히 오만함 이 가득했다.

"내가 퇴출 같은 걸 당할 거 같아?"

월비에게 바짝 다가간 설화가 낮은 목소리로 작게 말했다.

"전하께서 왜 날 이곳에 집어넣었는데. 벌점이고 뭐고, 내가 이곳 에서 나가면……."

그녀에게는 확신이 있었다. 여왕이 자신을 그냥 내버려 둘 리가 없다. 그도 그럴 것이 자신은 여왕의 너무나도 큰 비밀을 알고 있으 니까.

그러나 그 믿음은 얼마 가지 못했으니.

"다들 시끄럽습니다."

낭랑하게 울려 퍼지는 목소리에 모두의 시선이 어느 한 곳을 향했다. 언제부터 나와 있던 건지 모를 아라가 멀뚱히 서서 그들을 바라보고 있었다. 그녀의 등장에 제하의 표정이 단번에 밝아졌다. 그리고 자신을 마주할 때와는 너무나도 다른 그의 반응에 설화의 표정이 험상궂게 구겨졌다.

"월비, 무슨 일인가요?"

잠시 상황을 살피던 아라가 월비에게 물었다. 지금 이게 다 무슨 소동이냐는 그녀의 물음에 월비가 간단하게 답했다.

"별일 아닙니다. 그냥 여기에 있는 불량 학생 한 명이 퇴출 위기에 놓여, 그것에 대해 걱정하고 있었을 뿐입니다."

"오랜만에 뵙습니다. 전하."

설화의 목소리가 당당했다. 차라리 잘 되었다. 만약 여왕이 제대로 한마디 해 준다면, 더는 이 서하연도 자신을 어찌하지 못할 테니까.

"전하, 사람들이 저를 이곳에서 퇴출시키려 안달입니다. 전하께서는 그것을 원치 않으실 텐데……."

하지만.

"아니요."

"……네?"

"벌점이 쌓이면 당연히 서하연의 규칙대로 퇴출되는 게 맞습니다."

너무나도 단호한 그녀의 답변에 설화의 표정이 금방 굳어졌다. 지금 뭐라고? 지금 여왕이 뭐라고 한 거야?

"잠시만요. 지금 퇴출이라고 하셨습니까, 전하? 저를요?"

"그래요."

정말 자신을 퇴출시킬 생각이냐는 설화의 물음에 아라가 다시 한 번 고개를 끄덕였다. 일말의 망설임조차 느껴지지 않는 그녀의 확답에 설화는 당황했다.

뭐지? 도대체 뭐야? 왜 저렇게 당당한 건데? 분명 약점을 잡히고 있다는 걸 알고 있을 텐데…….

"이러시는 게 어디 있습니까."

"……."

"저는 전하의 비밀을 알고 있습니다. 뭐하면 지금 이 자리에서 폭로를 할 수도…….."

이제는 이판사판이었다. 사람들이 다 보는 앞에서 본격적으로 여왕을 협박하기까지 하는 걸 보니, 그녀는 이미 실성을 한 듯했다.

"비밀?"

"전하의 비밀이라니? 어떤 비밀?"

비밀이라는 말에 주위가 술렁이기 시작했다. 월비는 지금이라도 당장 설화에게 달려들 듯한 기세였고, 무휼은 그런 그녀를 막느라 진땀을 빼고 있다.

"그래요, 비밀!"

좀 전의 제하와 마찬가지로 미동조차 않는 아라를 응시하고 있던 설화가 입꼬리를 비스듬히 올리며 웃었다.

"전하께서 세상 사람들에게 꽁꽁 숨겨 오셨던 바로 그거 말입니다!"

"……."

"어떻게……."

서하연에서는 드문 소란에 어느새 수많은 사람들이 주위를 둘러싸고 있었고, 군중들이 형성되자 그들을 힐끔거리던 설화가 보란 듯이 큰 목소리로 외쳤다.

"……지금 이 자리에서 말해 볼까요?"

더 이상 잃을 게 없는 그녀의 독기 서린 눈이 말하고 있었다.

'어차피 내가 갖지 못한다면, 너도 못 가져.'

비밀이라는 말에 주위가 금세 소란스러워졌다.

굳은 얼굴의 여왕과 그런 여왕을 똑바로 응시하고 있는 간 큰 여인. 이들의 대립을 지켜보고 있던 사람들이 바짝 긴장했다.

"지금 말하고 있는 그 '비밀'이라는 게……."

한참만의 침묵 끝에 아라가 입을 열었다. 천천히 계단을 밟으며 아래로 내려온 그녀가 설화의 바로 앞에 멈춰 서더니 물었다.

"혹시 서약서를 말하는 건가요?"

단도직입적인 물음에 설화는 인상을 찌푸렸다. 뭔가가 이상했다. 약점이라고 생각되지 않을 정도로 여왕의 태도는 여유로웠다. 꿀꺽. 일이 제 뜻대로 흘러가지 않고 있다는 것을 깨달은 그녀가 마른침을 삼켰다.

생각했던 것보다 상황이 더 심각했다. 여왕의 약점은 그녀에게 있어서 거의 유일한 무기이자 희망이었다.

그런데 지금, 그 최후의 수단이라는 것이 위태로웠다.

'지금 이 상황에서 여왕의 약점이 효력을 잃게 된다면 이제 난 정말…….'

이를 바드득 갈던 설화가 아라를 노려봤다.

"그, 그래요. 서약서! 제가 그 서약서의 내용을 신료들에게 발설하면 전하께서도 곤란해질……."

"그러든가요."

"……네, 네?"

역시나 뭔가가 이상했다. 너무나도 당당한 여왕의 태도에 설마설마했는데 발설을 하든 말든 상관이 없다니, 도대체 뭐지?

혼란스러워 보이는 설화의 얼굴을 빤히 들여다보던 아라는 싱긋 웃었다. 이상하게도 기분이 좋았다. 기쁜 것은 아니고 조금 통쾌했다. 지금쯤 머릿속이 복잡하겠지. 분명 엄청난 약점이라고 제 목숨줄인 마냥 꼭 움켜쥐고 있었을 텐데 더는 그것이 소용없어졌으니.

"이제 내 손엔 서약서가 없거든요."

"예? 그게 무슨……."

"불태워 버렸어요."

화롯불에 화르륵하고 말이다. 때문에 설화가 고위 대신들에게 그 서약서의 존재를 고발한다고 해도 더는 증거가 남아 있지 않았기 때문에 어떻게 할 수가 없었다.

"태워…… 버리셨다고요? 그걸요?"

"그래요."

이제는 남아 있지 않다는 아라의 말에 설화의 두 눈이 커졌다.

서약서를 태우다니. 정말 좋지 않았다. 그렇다면 거기에 적혀 있던 둘의 약속은? 1년 후, 다시 각자의 길을 떠나기로 했던 약속은 어떻게 되는 거지?

"어, 어째서요? 왜 그걸 태우신 건데요?"

왜긴 왜겠는가.

"이제 더는 필요가 없어졌으니까요."

그렇다. 이제 더는 그것이 필요가 없었기 때문에 처분한 것뿐이다. 필요가 없어서 버렸다는 아라의 말에 설화가 힐끔 제하를 돌아봤다. 이렇게 눈앞에 자신이 서 있는데도 그의 시선은 계속해서 아라를 향하고 있었다. 이를 본 설화는 울컥했다. 속에서 화가 치밀어 올랐다.

더는 자신이 끼어들 틈이 없는 것이다.

"그만 데리고 가세요."

"전하!!"

아라의 말에 설화의 양옆에 서 있던 사람들이 그녀의 팔을 강하게 옭아맸다. 그제야 오싹한 공포를 느낀 설화가 버럭 외쳤다. 하지만 아라는 조금도 동요하지 않았다.

"앞으로 벌점 2점만 더 있으면 퇴출이라고 하니, 각별히 주의하도록 하세요."

"……."

"내가 봐줄 수 있는 건 여기까지이니."

벼랑 끝에 내몰려 있는 것과 다를 게 없다는 아라의 경고에 설화는 마른침을 삼켰다. 궐 밖에는 그녀의 목숨을 노리고 있는 자들이 도사리고 있었다. 아라의 말은, 그래도 이곳에 있으면 그나마 목숨이라도 부지할 수 있을 테니 알아서 조심하라는 경고였다.

"잠깐, 잠시만요! 이것 좀 봐 봐요!"

"시끄럽습니다. 빨리 오세요!"

"전하! 제하!"

정말 요란한 퇴장이 아닐 수 없었다. 거의 발악을 하듯 아라와 제하를 불러 대던 설화는 그렇게 사람들에게 붙잡힌 채 꼴사납게 퇴장했다. 한숨을 내쉬며 그 모습을 지켜보고 있던 아라는 자신에게로 다가오고 있는 제하를 발견하고는 희미하게 미소 지으며 물었다.

"아, 내가 또 눈치 없게 너무 빨리 나왔나요?"

"아니."

그래도 나름대로 대화 좀 나누라고 천천히 나온 건데 조금 더 기다렸다가 나올 걸 그랬느냐는 아라의 물음에 제하가 고개를 가로저었다.

"너무 늦게 나온 거야."

오히려 좀 더 빨리 나오지 않고 뭘 했느냐는 그의 투덜거림에 아라는 싱긋 웃었다. 그렇게 그를 향해 다가가려는데, 여전히 제하의 앞을 막고 서 있던 월비가 홱 그를 돌아보더니 지적했다.

"또, 또. 말씀 주의해 주세요."

"……너야말로 정말 주위 사람들 시선을 의식하고 있는 거 맞아?"

제하가 월비를 노려보며 말했다. 주위 눈치를 보는 것치고는 너무 스스럼없이 구는 거 아닌가? 너무한 거 아니야? 그렇게 한껏 그녀를 흘겨보던 제하가 문득 무언가를 떠올렸다.

"그러고 보니까, 좀 전에는 날 지켜 준 건가?"

설화와의 대치 상황에서 설마 월비가 갑자기 뛰어들 줄은 몰랐는데. 너무나도 당당해 보이던 그 작은 뒷모습을 떠올린 제하는 웃음을 터트렸다.

"생각보다 나 꽤 좋아하나 봐."

"못 미더워서 그랬습니다, 못 미더워서!"

결국 참지 못한 월비가 버럭 외쳤다. 이렇게 공개적인 장소에서 옛 연인에게 맞는 꼴사나운 모습을 보였다가는 괜히 아라에게 폐만 된다며 그녀가 투덜댔다. 그러나 제하는 변명과도 같은 그녀의 말을 믿지 않았다.

"나도 너희들 다 좋아해. 특히나 여기 계시는 전하는 더 좋아하고."

"으윽. 갑자기 왜 그러시는 겁니까?"

뜬금없는 고백 아닌 고백에 월비가 미간에 심각한 주름을 잡으며 질색했다. 물론 그가 말한 '좋아.'라는 말에는 그 어떠한 이성적인 감정도 없겠지만, 어쨌거나 그에게서 저런 소리를 들었다는 것 자체가 너무나도 소름 끼쳤다.

"무휼, 무휼."

"이리 와. 지금 신왕께서 상태가 좀 안 좋으신 거 같은데."

"저러다 얼결에 끌어안기라도 하시겠어."

이러다 와락 끌어안는 거 아니냐며 묘한 위기의식을 느낀 월비가 본능적으로 무휼에게 피신했다. 그들을 지켜보던 제하는 한숨 섞인 목소리로 중얼거렸다.

"계속 이렇게 좋아하고 싶은데 말이야……."

누구 하나 미워하지 않고, 누구에게도 미움받지 않으면서.

조금 쓸쓸하게 들려오는 그의 목소리에 질색을 하며 달려온 월비를 품에 안아 주고 있던 무휼이 알 수 없는 묘한 눈빛으로 제하를 바라봤다. 마치 모든 것을 꿰뚫는 듯한 그의 시선에 제하는 쓴웃음을 지었다.

"말하지 않으면 안 되겠지."

"뭘요?"

그의 작은 중얼거림에 어느새 그의 손을 잡고 있던 아라가 물었다. 혹시 주설화와의 대화가 아직 끝나지 않았던 거냐 묻자, 그가 작게 고개를 저었다.

말해야만 한다는 건 주설화와의 대화가 아니었다.

"내 결심."

바로 그의 결심이다.

"결심?"

도대체 지금 무슨 말을 하는 거냐며 아라가 답답하다는 듯 살짝 목소리를 높였다. 아까부터 알아들을 수 없는 말을 중얼거리고 있는데, 그보다도 더 신경 쓰이는 건 그의 슬퍼 보이는 눈동자였다.

그녀의 질문에 곧 그가 말했다.

"내가 넘어야만 하는 산."

바로 눈앞에 우뚝 서 있는 어느 산. 너와 함께하기 위해서는 반드시 넘어야만 하는 산.

갑작스러운 그의 산 타령에 나름대로 추측을 해 보던 아라는 고개를 저었다. 머리가 지끈거리는 게 아무래도 안 되겠다. 도통 그의 생각을 읽을 수가 없었다.

"여전히 못 알아듣겠어요."

그러니 제대로 차근차근 설명을 하라는 그녀의 말에 제하는 괜히 말을 흐렸다. 지금 이 상황에서 할 말한 대화는 아니었으니까. 대답을 하는 대신, 그는 아라의 팔을 잡아 그녀를 자신의 품 안으로 잡아당기며 애교 섞인 목소리로 아이처럼 조르기 시작했다.

"나 좀 안아 줘."

"벌써 끌어안고 있네요."

머리 위에서 들려오는 말은 안아 달라는 부탁이 틀림없건만, 이미 제 허리춤에 두른 이 팔은 도대체 뭐냐며 아라가 슬쩍 그를 밀쳐 냈다.

사람들이 다 쳐다보고 있는데, 이 사람이! 가뜩이나 오늘은 개문일이다 보니 외부인도 많단 말이다. 아라가 당장 떨어지라며 그를 밀어냈다. 그러나 제하는 좀처럼 그녀에게서 떨어지지 않았다.

"이러다 또 소문이 돌면 어쩌려고요!"

"돌면 어때?"

"소문이라는 게 워낙 무서운지라."

소문이라는 게 얼마나 대단하고 무서운 것인지는 이미 예전에 몸소 체험한 아라였다. 그때는 며칠 만에 임신에서 출산까지 갔으니, 이번에는 또 둘째가 등장할지도 몰랐다.

"그건 내가 책임질게."

"뭘 어떻게 책임질 건데요."

"어쩌긴 뭘 어째, 당연히 그들의 기대에 부응해야지."

주먹을 곱게 말아 쥔 아라는 잠시 생각에 잠겼다. 지금 이 주먹으로 바로 눈앞에서 능글맞게 웃고 있는 제하를 한 대 쥐어박고 싶었다. 그녀가 이런 폭력적인 생각을 하고 있다는 걸 눈치챈 걸까.

제하가 싱긋 웃으며 다정한 음성으로 그녀의 귓가에 속삭였다.

"웃어. 사람들이 보고 있잖아."

그의 말에 아라는 한숨을 푹푹 내쉬며 꼭 쥐고 있던 손을 폈다.

오늘 운 좋은 줄 알아라. 진짜.

*　　　*　　　*

아, 이를 어쩌면 좋을까?

역시 이 남자를 데리고 오는 게 아니었다며, 아라는 뒤늦게 후회했다. 그나마 다행인 건 주설화와의 마지막 인사가 생각했던 것보다 무난하게 끝이 났다는 것이다.

물론 그 과정에서 그녀가 약간의 난동을 부리기는 했지만 솔직히 어느 정도는 각오를 하고 있던 터라, 오히려 효력 없는 서약서에 의지하는 그 모습이 안타깝고 가여워 보일 정도였다. 그렇게 가장 우려하고 있던 문제도 일단락되었겠다, 더 이상 제하가 서하연에 있을 필요는 없었다. 그러니 이제 가벼운 걸음으로 궐에 돌아가면 될 텐데…….

"……다시 한 번 말할게요."

깊게 숨을 들이쉰 아라가 그나마 남아 있는 인내심을 박박 긁어모으며 말했다.

"당신은 이곳에 머물 수 없어요."

그녀는 아주 단호했다.

"있을 수 있는 건 어디까지나 딱 하루니까."

알아듣겠냐는 그녀의 말에 제하가 고개를 끄덕이며 야무지게 답했다.

"알아. 오늘은 일 년에 딱 하루, 외부인의 출입이 허가된 날이라며."

"그리고 좀 전에 그 하루가 끝이 났지요. 봐요, 하늘 새까만 거 보이죠?"

밝던 하늘에는 어느새 어둠이 내려앉아 별들이 총총 떠 있었다. 아라의 손끝을 따라 하늘을 올려다보던 제하가 자신은 아무것도 보지 못했다는 듯 싱긋 웃으며 고개를 내렸다.

"그래도 조금만 더."

"빨리 돌아가세요."

지금 그들은 문 앞에서 한창 실랑이를 벌이는 중이었다.

늦었으니 이만 돌아가라는 아라와 이곳에 더 남고 싶다며 고집을 부리고 있는 제하, 그리고 그런 그들을 못마땅하게 바라보고 있는 월비와 무휼. 빨리 가라는 아라의 말에 아무런 대꾸를 않고 꼿꼿이 버티고 서 있던 제하의 시선이 대문 옆, 작은 공간에 고정되었다. 그 하나 정도는 양반 다리를 하고 앉을 수 있을 정도의 공간이었다.

"여기 대문 앞에서 노숙을 하면……."

"만약 정말 그랬다가는 가만두지 않겠습니다."

이 사람이 지금 정신이 나갔나. 국서가 궐이 아닌 근처 객주에서 머무른다 해도 말이 많을 텐데, 이런 곳에서 노숙을 했다가는 난리가 날 게 틀림없었다.

"입 돌아가요."

"입 돌아가면 이제 입맞춤도 안 해 주려나?"

"당연한 소릴."

아라가 은근슬쩍 자리를 깔고 앉으려는 제하의 팔을 붙잡았다. 지금 그를 막지 않으면 정말 여기에 남겠다고 고집을 부릴 게 틀림없었다.

"이해해요, 이해해. 내가 다 이해해요."

정말 모든 것을 이해한다는 듯 그녀가 고개를 끄덕이며 그의 등을 밀어냈다. 그러자 순순히 문턱을 넘어서던 제하가 제자리에 우뚝 멈춰 서더니 고개를 갸우뚱 기울이며 물었다.

"이해한다니, 뭘?"

"오늘 꽃구경은 원 없이 하셨잖아요?"

그도 사내인데, 여자들이 한가득 있는 이곳에 왜 미련이 없겠는가. 그러나 다 이해한다는 아라의 말투에 제하는 진심으로 질색했다. 이해하긴 뭘 이해해.

"그런 거 아니야."

"……."

"아니래도?"

자신은 그런 남자가 아니라며 제하가 재차 강조했다.

"꽃이 많으면 뭐하나, 그중에서도 내 꽃이 으뜸인걸."

"……아무래도 돌아간 건 입이 아니라 정신인가 봅니다."

입에 발린 소리에 아라는 헛소리하지 말고 빨리 가기나 하라며 괜히 투덜거렸다. 그러나 질색하는 말투와는 다르게 사실은 내심 기분이 좋았다.

"우리 부인, 능력 있지?"

"암요. 제가 또 한능력 하죠."

괜히 여왕을 하고 있는 게 아니라며 아라가 어깨를 으쓱이며 말하자 제하가 고개를 끄덕였다. 암, 우리 부인이 누구인데. 그럼, 그럼.

"그럼 빨리 끝내고 와."

능력 좋은 부인이니 해야 하는 공부 따위 눈 깜짝할 새에 끝내고 빨리 돌아오라는 그의 말에 아라는 야무지게 고개를 끄덕였다. 사실 빨리 끝낸다고 빨리 돌아갈 수 있는 것도 아니었지만, 그는 이 사실을 모르지 않나. 일단 그를 보내는 것이 급선무였다. 그러나 최대한 빨리 돌아가겠다는 아라의 말에 안심하고 돌아서던 제하가 장난을 치듯 다시금 뱅글 돌아섰다.

"또 뭐요."

"진짜 혼자 돌아가기 싫다."

"등 뒤에서 무휼이 노려보고 있는데, 아무것도 안 느껴지세요?"

그녀가 등 뒤를 가리키며 말했다. 눈빛만으로 사람을 해칠 수 있으면, 그의 등에는 진즉에 커다란 구멍이 났을 것이다. 그제야 뒤에서 도끼눈을 뜨고 있는 무휼을 한 번 힐끔 바라본 제하가 한숨을 푹 내쉬었다. 아라의 말대로, 두 눈을 부릅뜨고 있는 것이 꼭 도깨비 같았다.

"이 야심한 시각에 사내 녀석이랑 손을 꼭 붙잡고 가야 한다니."

"손 같은 건 안 잡을 테니, 그런 걱정일랑 하지 마시고 빨리 오시죠, 신왕?"

무휼이 일부러 과장되게 제 두 손을 등 뒤로 숨겼다.

원하신다면 이 상태에서 멀찍이 뒤떨어져 걸을 수도 있다고 하는 걸 보니, 그는 지금이라도 당장 돌아가고 싶어 안달이 나 있는 게 틀림없었다. 그러나 이러한 그의 절박함 따위, 눈앞의 부인에게 폭 빠져서 정신 못 차리고 있는 제하가 눈치챌 리 없었다.

"우리 부인, 나 없으면 잠도 못 자는데."

"오늘 밤에는 아주 편하게 잘 수 있겠군요. 누가 없어서."

여태껏 당신 없이도 혼자 잘 잤으니 그 점에 대해선 걱정하지 말라며, 아라가 온 힘을 끌어모아 제하를 문밖으로 떠밀었다.

"잠깐, 마지막으로 하나만 더."

"저 진짜 화냅니다?"

애틋함도 좋지만 작작하지 않으면 분노로 되갚아 주겠다는 은근한 협박이었다. 벌써 문 앞에서 이렇게 실랑이를 벌인 지도 시간이 꽤 지났다. 곧 있으면 시작할 저녁반 수업에 대비해 아라도 이제 슬슬 배정받은 처소로 돌아가야 하는데 좀처럼 놓아 주질 않으니 난감했다.

"이제 적당히 하고……!!"

그녀가 적당히 하고 돌아가라는 경고를 하려던 그때였다.

갑자기 둘 사이의 거리가 한 뼘 정도로 가까워졌다. 깜짝 놀란 아라를 바라보며 싱긋 웃던 제하가 고개를 숙이더니 쪽 하고 그녀의 입술에 입을 맞추고는 떨어졌다.

"말했잖아. 그들의 기대에 부응하기 위해 노력하겠다고."

굳이 그 노력을 이렇게 사람들이 다 보는 곳에서 해야겠느냐며 아라가 미간을 찌푸리자, 이를 본 제하가 검지로 그녀의 미간에 잡힌 주름을 꾹꾹 눌러 폈다.

"부부끼리 뭐 어때."

"부부끼리 그만하시고 나오세요, 제발."

더는 못 참겠다며 무휼이 다가와 둘 사이에 끼어들었다.

"적당히 하고 그만 갑시다. 누가 보면 평생 못 만나는 줄 알겠어요. 우리 애들 죽을상하고 있는 거 안 보이세요?"

무휼의 말에 줄 맞춰 서 있던 중앙군의 병사들이 일제히 고개를 끄덕였다.

"이제 정말 가야겠다."

"정말."

"안 그랬다간 돌아가서 죽을지도 모르니."

안 그래도 힘겨운 처가살이 중인데 부인께서 부재중이시니, 이제 제대로 눈칫밥 얻어먹게 생겼다며 그가 한숨을 푹 내쉬었다. 그러길 얼마, 고개를 든 그가 말없이 아라를 뚫어져라 바라봤다. 마치 당분간 못 볼 것을 생각해 미리 눈에 담아 두려는 듯 애틋하게.

"잘 자."

"당신도요."

四花.
사방이 적이었다

"혼자 주무셔도 괜찮으시겠어요?"

"……."

"왜 그런 눈으로 보십니까?"

무휼의 물음에 제하는 아무런 대꾸도 하지 않았다. 잠시 후, 그가 미간을 잔뜩 찌푸리더니 문가에 서 있는 무휼과 그 뒤에 바글바글 모여 있는 궁인들을 흘겨봤다.

무슨 큰일이라도 난 건지 하나같이 걱정 가득한 얼굴로 안절부절못하는 그 모습이 꽤 웃겼지만 지금 그는 웃을 기분이 아니었다.

"아까 유신도 묻고 갔는데, 도대체 너희는 날 얼마나 물로 보고 있는 거야?"

제하가 퉁명스레 대꾸했다. 안 그래도 서하연에서 돌아온 이후 잠이 오지 않아 뜬눈으로 밤을 지새우고 있던 중이었다.

"솔직하게 말해 봐. 너희들 다 짜고 이러는 거지?"

처음에는 김 상궁, 그 다음으로는 유신이 찾아와서 좀 전에 무휼이 했던 것과 정확하게 똑같은 질문을 했으니, 지금 이게 장난하는 게 아니고 뭐란 말인가.

원래부터 넓은 궐이었지만 아라 한 명 없다고 그 궐 크기가 곱절은 넓어진 거 같았다. 게다가 사람이 밤이 되면 감상적으로 바뀐다더니, 괜히 외롭고 쓸쓸하고 그랬다. 그렇게 혼자만의 시간을 보내고 있는데 자꾸만 손님들이 찾아와 그를 방해하고 있었다.

"퇴궐 안 하고 뭐해?"

일을 열심히 하는 건 좋지만 일이 끝났으면 빨리 돌아가라는 그의 말에 무휼이 가만히 고개를 저었다.

"잠이 안 와서요."

"……."

아니, 잠이 안 오면 집에 가서 책을 읽든가, 밖에 나가 술을 마시든가, 친구들과 놀든가 그것도 아니면 그렇게 좋아하는 수련을 하며 시간을 보낼 것이지 왜 저를 찾아왔느냔 말이다. 그것도 이런 야심한 시각에.

잠시 생각에 잠겨 있던 제하가 갑자기 인상을 찌푸리더니 점점 다가오고 있는 무휼을 경계하듯 손을 뻗으며 말했다.

"……난 그런 취미 없다. 나가."

"허, 참."

질색을 하고 있는 제하를 본 무휼이 어이가 없다며 웃었다. 그러길 얼마, 그가 전에 없던 화사한 미소를 지어 보이더니 정중하게 부탁했다.

"술 한 잔만 주시면 안 되겠습니까?"

"술?"

뜬금없는 그의 술타령에 제하의 머릿속이 더욱더 복잡해졌다. 이상한 점이 한두 가지가 아니었다.

우선 무휼은 그렇게 술을 즐기는 사람이 아니었으며, 설령 오늘따라 술이 당긴다고 해도 궐 밖에 있는 주점을 갔지 중앙궁을 찾을 리가 없었다.

"여기가 주점이냐?"

도대체 무슨 꿍꿍이인지 모르겠다며 제하가 두 눈을 가늘게 떴다. 술이 마시고 싶으면 궐 밖에 있는 주점에나 가라며 휘이휘이 손짓을 했지만, 무휼은 꼼짝을 안 했다.

"신왕께서는 툭하면 중앙군에 오셔서 절 방해하시지 않으십니까. 그러니 한 번쯤은 이런 무례, 이해해 주시면 안 될까요?"

어쭈. 나가라는 말도 무시하고 방 안으로 들어온 무휼이 앉으라고 말한 적도 없건만 제하의 앞에 자리를 잡고 앉아 버렸다. 오늘따라 방싯방싯 웃고 있는 표정 역시 신경 쓰였다. 도대체 뭐야, 왜 이러는 건데?

"정말 술 얻어 마시려고 온 겁니다. 그러니 그렇게 긴장 안 하셔도 됩니다."

"어디 믿을 수가 있어야지."

무휼이라고 하면 그야말로 바른생활 사나이의 정석이 아니던가.

그런 그가 이런 무례에 음주라니.

제하는 아라가 돌아오면 오늘의 일을 가장 먼저 이야기해 줘야겠다고 생각했다. 아마 그녀도 놀랄 것이다.

"뭐야, 애인 없다고 오늘 하루는 일탈을 하겠다든가, 뭐 그런 거야?"

제하가 물었다. 그러고 보니 월비와 아라가 서하연에 있다는 것은, 일전에 말했던 대로 무휼에게 있어서는 휴가나 다름없었다. 간만에 쉬는 것이니 어디 제대로 한번 놀아 보겠다는 심산인 건가.

"진짜 안 맞네."

안타깝게도 평소의 제하였다면 잘 어울려 줬겠지만, 오늘의 그는 기분이 별로였다. 아마 이 우울한 기분은 며칠간 계속될 거 같았다.

"밖에 나가서 사 먹으면 될 것을."

순식간에 눈앞에 차려진 주안상을 멀뚱히 바라보던 제하가 중얼거렸다. 무휼이 그에게 술을 권하자 그가 고개를 저었다.

"오늘은 그럴 기분이 아니야."

그 말에 고개를 끄덕인 무휼이 스스로의 잔을 채우며 약간 들떠 있는 목소리로 흥얼거렸다.

"밖에 나가면 사 먹어야 하지만, 여기선 공짜가 아닙니까."

"……소월가의 가세가 그 정도로 기울었나? 그래?"

폭삭 망했다는 소문은 아직 듣지 못했는데, 외동아들 술 한잔 사 마실 돈도 없을 정도인 건가? 아니면 소월가의 가주가 경제적으로 무휼을 압박하고 있다든가…….

제하가 이런저런 추측들을 쏟아 내는데, 이를 듣고 있던 무휼이 하나같이 아니라며 고개와 손을 내저었다.

"공짜 술만큼 맛있는 건 또 없지요."

그냥 한번 얻어먹어 보고 싶었단다.

"아, 그러고 보니까."

혼자서도 무서운 속도로 술잔을 비워 나가던 무휼이 문득 떠오른 게 있다며 말했다. 그가 지금은 닫혀 있는 방문을 손가락으로 가리켰다.

"중앙궁의 궁인들이 신왕을 엄청 걱정하고 있었습니다."

"안 그래도 그것 때문에 지금 기분이 별로야."

서하연에서 돌아오기 무섭게 제하가 가장 많이 들은 말은 다름 아닌 '괜찮으세요?'였다. 마치 집안에 무슨 우환이 있는 사람 취급하듯 하나같이 근심 가득한 얼굴로 묻는데, 그 때문에라도 이제는 괜찮지가 않았다.

아라가 없다고 아무것도 못 하는 사람 취급을 하는 것이 제하는 영 불쾌했다.

"도대체 날 얼마나 불쌍하게 여기는 거야?"

"불쌍하게 여기는 게 아닙니다."

한창 상 위에 올라온 안주를 먹고 있던 무휼이 제하의 말을 바로 잡았다.

"아끼는 거예요."

"누구, 나를?"

"예."

놀라운 말을 들었다며 제하가 반문했다. 그러자 무휼이 가만히 고개를 끄덕이더니 들고 있던 잔을 내려놓는다. 저 혼자 퍼부어 마시더니만 벌써 반을 뚝딱 해치워 버렸다.

"아까 낮에 중앙궁 궁인들이 비상 소집되었답니다. 전하의 부재중에 혹시라도 신왕께서 우울증 같은 것에 걸리지 않게 하기 위한……."

"그만. 더는 듣고 싶지 않아."

어쩐지. 다들 너무 적극적으로 말을 걸어 와서 놀랐다며 제하는 굳게 닫힌 방문을 흘겨봤다. 오늘따라 저 밖에 서 있는 궁인들이 무서웠다.

"그래서, 네 용건은 뭔데?"

"네? 아까 말씀드리지 않았습니까."

방심한 틈을 타 물으면 저도 모르게 사실을 말하지 않을까 싶었지만, 그것에 넘어갈 무휼이 아니었다.

"어차피 술은 핑계잖아? 뭐야, 너 역시 내가 외로워할까 봐 말동무라도 되어 주기 위해 온 거야?"

"그냥 술 한잔 하고 싶었다니까요."

그렇게 말하며 무휼이 제 손에 들려 있는 술잔을 가볍게 흔들어 보였지만 제하는 여전히 그를 믿지 못했다.

"내가 너와 어울린 지 얼마 되지 않았지만 네놈이 술, 돈, 여자, 이런 유혹에 넘어갈 녀석이 아니라는 건 잘 알고 있어."

그러니 빙빙 돌려 말하지 말고 빨리 이곳에 술을 핑계로 찾아온 목적을 말하라는 제하의 재촉에 무휼이 홀짝이던 술잔을 가만히 내려놓았다. 그러고는 제하를 빤히 응시하더니 물었다.

"아라가 없으니 불안하십니까?"

"……그럼 넌 네 애인 못 보는데 좋아?"

굳이 물을 필요가 없지 않느냐며 제하가 반문했다. 무휼과 월비가 물론 공식적으로 연인 관계가 된 것은 아니었지만, 어쨌든 둘 사이에는 꽤나 큰 진전이 있었다. 그런 상황에서 서로 떨어지게 되었으니 얼마나 애틋할까. 그러나 제하의 예상과는 다르게 무휼은 단호히 고개를 저었다.

"저는 차라리 그 녀석이 서하연에 있는 편이 더 안심 됩니다."

"어째서?"

"밖에 돌아다니게 내버려두면 마음이 안 놓여서요."

"왜, 누가 잡아갈까 봐?"

"아뇨, 누굴 잡을까 봐요."

잠시도 가만히 있지 않는 월비를 매번 감시하는 것도 꽤나 힘든 일이라며 무휼이 자신의 고충을 털어놓았다.

"하긴."

가만히 그의 말을 듣고 있던 제하가 고개를 끄덕였다.

"그건 그러네."

월비라는 여인이 어떤 여인이던가. 물론 예전보다야 좀 친해진 감이 없잖아 있기는 했지만 제하로서는 여전히 상대하기 거북한 여인이었다.

"그런 면에서 보면 우리 아라가 훨씬 낫지. 항상 열심이고, 똑 부러지고, 또 예쁘고, 귀엽고, 사랑스럽고……."

"……."

머리를 감싼 채 고개를 풀썩 숙인 제하가 작은 목소리로 중얼거렸다.

"벌써 보고 싶다."

"음. 제가 신왕보다는 나이가 적긴 하지만, 그래도 이쪽 방면에 선 나름대로 선배라 드리는 말씀입니다만……."

제하가 앞에서 떠들든 말든 저 혼자 술잔을 비우고 있던 무휼이 조심스럽게 입을 열었다.

"병입니다, 그거."

선배님께서 말씀하시길, 병에 걸린 거란다.

"제가 그 병에 대해서 꽤 잘 아는데요."

"……."

"어의를 불러도 못 고치는 병입니다."

무휼이 무슨 불치병을 설명하듯 고개를 절레절레 저으며 말했다. 그것은 고칠 방법이 없는 마음의 병으로, 시도 때도 없이 상대방이 보고 싶고 심할 경우에는 환청에 환각 증상까지 보인다며 무휼이 자신의 경험담을 늘어놓기 시작했다. 그러나 이 병에는 드는 약이나 침이 없으니, 정신력으로 어찌어찌 버티는 수밖에 없다는, 별 도움 안 되는 선배님의 조언에 제하는 이를 무시했다.

"하루가 길다."

평소에는 그렇게나 눈 깜짝할 새에 흐르더니만, 오늘부터 이틀 동안은 아주아주 느리게 흘러갈 거 같았다.

"벌써부터 까마득하네."

고개를 돌린 제하가 살짝 열린 창 너머로 보이는 새까만 하늘을 올려다봤다. 깜깜한 하늘에는 새하얀 달이 떠 있는데…….

"어, 그러지 마세요. 청승맞습니다."

"고개를 돌렸는데 마침 달이 저기에 있었던 거야."

달을 보며 님을 생각하는 것 따위, 옛 조상들의 시조에나 나올 법한 이야기라며 제발 우리는 그렇게까지 되지 말자는 무휼의 말에 제하가 발끈해서 외쳤다.

"다 마셨으면 빨리 돌아가!"

"아직 남았습니다."

괜히 민망한 제하가 빨리 돌아가라며 외치자, 무휼은 눈 하나 깜짝하지 않고 술병을 들어 올렸다. 그러더니 굳이 찰랑이는 소리를 들려 주고는 꿋꿋이 자리를 지켰다.

"너 진짜 오늘 왜 이러는 거야?"

원래 이렇게 밉상이 아니었는데 도대체 무슨 일이 있었던 거냐며 제하는 이제 진지하게 무휼을 걱정하기 시작했다. 어쩌면 그 역시도 연인과 떨어져 있다는 불안감 때문에 정신이 어떻게 된 걸지도…….

내내 인상을 찌푸리고 있던 제하를 힐끔 바라본 무휼이 새삼 재미있는 사실을 발견했다며 실실 웃기 시작했다.

"그러고 보니 신왕께서는 아라와 함께 있을 때는 그렇게나 잘 웃으시더니, 어째 한 번도 웃지를 않으시네요?"

웃기는커녕 내내 인상을 찌푸리고 있다며 표정을 좀 푸는 게 어떻겠냐는 무휼의 말에 제하는 다시 한 번 짜증이 확 밀려왔다.

지금 이게 누구 때문인데!

"난 원래 잘 안 웃어. 그동안 꽤 고달픈 삶을 살아오다 보니 웃을 일이 별로 없었거든."

때문에 웃음이 메말라 버렸다는 제하의 말에 무휼이 안쓰럽다는 표정을 지었다. 그러나 그것도 잠시, 마지막 잔을 내려놓은 그가 깊게 숨을 들이쉬더니 제하를 똑바로 응시했다. 제정신이 아닌 사람처럼 실실 웃을 때는 언제고, 웃음기가 싹 빠진 무휼의 두 눈은 술이 한 병이나 들어간 사람이라고는 믿기지 않을 정도로 날카로웠다.

그가 물었다.

"일전에 저에게 물어보셨죠? 만약 신왕께서 아주 큰 죄를 지었다고 할 때, 누구의 편을 들 거냐고요."

"……."

순식간에 대화의 주제와 함께 분위기가 바뀌었다. 한창 씩씩거리며 열을 내고 있던 제하 역시 이를 느끼고는 표정이 어두워졌다.

그럼 그렇지, 그냥 술 한잔 얻어먹겠다고 찾아올 무휼이 아니지.

"돌려 말하지 말고 단도직입적으로 말해."

"그렇게 길게 말하지도 않았는데요?"

"앞으로 그럴 생각이었잖아."

일부러 말을 늘릴 수 있는 한 최대한으로 늘려 정신없게 할 생각이 아니었느냐며 제하가 묻자 무휼이 피식 웃었다.

"저에게도 마음의 준비라는 게 필요해서 말입니다."

"그런 건 필요 없을 테니 빨리해."

"그럼 신왕께서 원하시니 단도직입적으로 묻겠습니다만……."

고개를 끄덕이던 무휼이 물었다.

"아까 서하연에서 주설화와 나누신 대화 말입니다."

"……."

역시나 그럴 줄 알았다는 듯 제하의 표정에는 별다른 변화가 없었다. 아무리 거리를 두고 있었다고는 해도 그렇게 멀리 떨어져 있던 것은 아니었기 때문에, 들으려고 작정을 한다면 얼마든지 들을 수 있었다.

"역시 듣고 있었던 건가."

"제가 귀가 좀 밝아서요."

제하의 물음에 무휼이 부드럽게 눈웃음을 지었다. 그러면서 자신은 듣지 않으려고 했는데, 귀야 항상 열려 있으니 절로 들리는 건 어쩔 수가 없었다며 말도 안 되는 변명을 늘어놓았다.

"그래서."

아주 잠깐 위로 떠올랐던 무휼의 목소리가 다시금 차분하게 바닥에 깔렸다.

"그 말이 사실입니까?"

어머니를 죽인 것이 사실이냐는 그의 물음에 제하는 잠시 대답하길 망설였다. 그다지 말하고 싶지 않은 문제이기도 하고, 대답하기 어려운 문제이기도 했다. 그렇게 잠시 아무런 대답을 않던 제하가 한숨을 푹 내쉬더니 짜증 난다며 무휼을 쏘아봤다.

"역시, 너 술 먹고 싶어서 왔다는 거 거짓말이었지?"

"당연하죠. 억지로 마시느라 죽는 줄 알았습니다."

입에 맞지도 않는 거, 잘 먹는 척 연기하느라 꽤나 고생했다며 그가 쓴웃음을 지었다.

"그래서…… 사실입니까?"

웃음기를 싹 뺀 무휼이 다시 한 번 진지하게 물었다. 이에 제하는 한숨을 푹 내쉬었다. 심장이 쿵쾅거리며 미친 듯이 뛰기 시작했다. 아무래도 눈앞에 있는 호랑이 선생께서는 대답을 듣기 전에는 일어설 생각이 없어 보였다.

"내가 말하면 믿기는 할 거야?"

한동안 아무런 말 없던 제하가 진지하게 물었다. 자신이 무슨 말을 해도 그 말을 곧이곧대로 믿을 수 있겠느냐는 그의 물음에 무휼은 곧장 고개를 끄덕였다.

"당연하죠."

설령 그것이 기대에 어긋나는 대답이라고 해도 조금의 의심도 하지 않을 테니 걱정하지 말라는 그의 말에 제하는 조심스럽게 입을 열었다.

"내가 죽인 거 아니야."

간단명료한 그의 답변에 무휼은 고개를 끄덕였다.

아직 궁금한 게 여러 가지 있었지만, 그래도 약속을 했으니 더는 제하를 의심하거나 무언가를 묻지는 않았다. 그렇게 의심 따위 전혀 없는 무휼의 반응에 제하는 슬쩍 그의 눈치를 봤다.

"하지만 아주 죄가 없는 것도 아니야."

"……."

"내가 죽음으로 몰아넣은 건 사실이니까."

의미심장한 제하의 말에 무휼은 참고 있던 숨을 내뱉었다. 하지만 이것은 걱정이 아닌 안도의 한숨에 가까웠다.

사실 말을 안 해서 그렇지, 신경 쓰이는 게 하나 있었다. 예전에 아라의 부탁으로 구제하에 대해 조사하다가 우연히 보게 된 어떠한 기록이 바로 그것이다.

"사실은 예전에 신왕에 대한 기록을 조사하다가……."

"잠깐."

잠깐, 뭐라고? 기록을 조사해? 그건 또 뭔데?

곧장 인상을 찌푸린 제하가 재빨리 그의 말을 끊었다. 도저히 그냥은 넘어갈 수 없는 말을 들었기 때문에.

"설마 내 뒷조사를 한 거야?"

이크. 날카로운 그의 목소리에 무휼은 자신이 말실수를 했다는 것을 깨달았다.

뒷조사가 괜히 뒷조사인가, 당사자 몰래 하니까 뒷조사지.

"크흠, 그래도 국서를 간택하는 일인데 아무나 앉힐 수는 없지 않습니까."

"……하긴, 그건 그러네."

나름대로 이유가 있었다며 무휼이 재빨리 변명을 늘어놓자, 저 혼자 씩씩대던 제하가 곧 고개를 끄덕이며 그의 말에 수긍했다.

그 말대로, 국서의 자리는 그냥 자리가 아니었다. 한 나라의 정상 곁을 지키는 자리이거늘, 그 자리에 근본도 모르는 사람을 덜컥 앉힐 수는 없을 테니까.

"다시 본론으로 돌아와…… 기록을 봤는데요."

"봐, 봤는데?"

"특별 재판 기록이 있더군요."

"……."

특별 재판이라는 말에 제하는 움찔 떨었다. 그러자 이를 본 무휼은 그럴 줄 알았다며 고개를 끄덕였다. 정말이지 거짓말 같은 건 못 하는 사람이었다. 얼굴에 당황한 기색이 고스란히 드러나 있는 주제에 정작 본인은 이를 감추려 노력하고 있으니, 오히려 눈치 못 챈 척해 주는 것이 더 힘들 정도였다.

"넌 역시 촉이 좋아."

"칭찬 감사합니다."

"칭찬 아니거든."

제하가 재빨리 말했다. 칭찬은 무슨. 그래서 더 열 받는다는 의미에서 한 말이었지만, 어깨를 으쓱이며 뿌듯해하고 있는 무휼을 보니 역효과인 듯했다.

"그때 모친과 함께 재판에 서셨죠? 당시 기록의 대부분이 남아 있지 않지만……."

"그래. 맞아."

"그 중간 생략된 부분이 너무나도 신경 쓰여서요."

이야기를 들려 줄 수 없겠냐고 은근슬쩍 돌려 묻는 그에게 제하는 의외라는 듯 고개를 갸웃거렸다.

"네 능력이라면 충분히 조사할 수 있었을 텐데. 여태 궁금한 걸 참고 있었다니 의외인데?"

아니면 자신이 과대평가를 하고 있었던 거냐며 제하가 빈정대자, 무휼이 눈썹을 씰룩였다. 사실 조사를 하는 것은 일도 아니었다. 하지만 할 수가 없었다.

"아라가 더는 파고들지 말라고 했으니까요."

"……아라도 그걸 봤어?"

"네."

아라도 그 사실을 알고 있었다는 말에 제하는 깜짝 놀랐다. 그것도 꽤 오래전부터 알고 있었다는데, 그럼 지금까지 알고 있으면서도 아무 말도 하지 않았단 말인가?

"왜 지금까지 아무 말도 없었던 거지?"

"글쎄요. 아라의 성격상 기다리면 언젠가 말해 주겠지, 하고 기다렸던 건 아닐까요?"

제하는 가만히 고개를 끄덕였다. 그 말대로 아라는 원래 그런 성격이었다. 애초에 말하지 않은 건 자신이었으니, 왜 아무것도 묻지 않았느냐 발끈할 때가 아니었다.

"그때 있었던 일을 말씀해 주시겠어요?"

제하의 눈치를 보던 무휼이 조심스럽게 물었다. 기록에는 당시 사건이 너무나도 간략하게 적혀 있어 아무것도 알 수가 없었다. 아무리 아이가 관련되어 있기 때문이라고는 해도 그렇지, 너무 과하다 싶을 정도로 많은 부분이 누락되어 있었다.

그렇다는 건…… 뭔가 감출 만한 이야기가 있었다는 건데.

"할 수 없지."

무휼의 고집을 잘 알고 있는 제하는 결국 포기했다.

"그 대신 한 가지 부탁이 있는데."

"무엇입니까?"

"……아라에게는 내가 직접 말할 테니까, 오늘 들은 이야기는 절대 외부에 발설하지 마."

"알겠습니다."

제하의 부탁에 무휼이 흔쾌히 승낙했다.

사실 이렇게 그에게 묻고 있는 건 단순한 호기심 때문이지 딱히 무언가를 조사하기 위함이 아니었으니까.

"당시 재판은……."

발설 걱정은 하지 말라며 무휼이 고개를 끄덕이자, 이를 본 제하는 깊은 한숨을 내쉬었다. 잠시 망설이던 그가 조심스럽게 입을 열었다.

"살인 미수 사건이었어."

살인 미수라는 어마어마한 말에 무휼의 미간이 잔뜩 찌푸려졌다. 생각했던 것보다 훨씬 무거운 죄목이었기 때문이다. 살인죄를 가장 엄하게 처벌하는 천유국에서는 그것을 시도, 모의했다는 것만으로도 엄벌에 처해졌다. 설령 그것이 국서라고 할지라도…….

"긴장 풀어. 내가 그런 거 아니니까."

"참 다행입니다. 이 일을 어떻게 처리해야 하나 머릿속으로 생각하고 있었는데."

무휼이 제 가슴을 쓸어내리며 안도했다.

그 말대로, 만약 구제하가 나쁜 짓을 했다고 한다면 그것을 어떻게 받아들여야 하나. 그 찰나에 정말 수십 가지의 생각이 떠올랐다. 하지만 마냥 안도할 수만도 없는 상황이었다. 그가 가해자가 아니라는 건…….

"그럼……."

무휼은 뒤늦게 후회했다. 그냥 죄의 유무만을 간단하게 듣고 말

걸 그랬다는 후회가 몰려들었다. 너무 깊게 파고 든 것이다.

"맞아. 어머니께서 날 죽이려 하셨지."

역시나!

"당시 내 나이는 여덟 살. 내 목을 있는 힘껏 조르셨어."

굳이 그럴 필요까진 없는데, 제하가 자신의 손을 들어 올리더니 스스로의 목을 조이는 연기를 펼치며 웃었다. 그러나 무휼은 웃을 수가 없었다.

"도대체 왜……?"

"내가 태어났기 때문에 아버지와 이혼을 할 수가 없으니까."

"……."

"부부 사이에 아이가 있으면 이혼을 할 수 없다는 게 이 나라의 우스꽝스러운 법이잖아."

그 말대로, 천유국에서는 이혼이 가능하긴 했지만 아직 몇 가지 제한이 있었다. 그것들 중 하나가 바로 자녀의 유무였다.

부부 사이에 자식이 있을 경우에는 나라에서 이혼을 허가하지 않았다.

"그렇게 어머니는 남은 생을 옥에서 살게 되셨어. 하지만 얼마 가지 않아 상태가 안 좋아지시는 바람에 옥이 아닌 유배형으로 감형되었지."

"그렇군요."

"이후 어머니께선 나에게 용서를 구했지만 난 그걸 받아주지 않았어. 한 번만 자신을 만나러 와 달라고 했지만 안 갔어."

그렇게 말하며 제하는 슬쩍 제 목을 쓸어 보았다. 만날 수가 없었다. 얼굴을 보면 당시 자신을 죽이려 했던 어머니의 모습이 떠오를 거 같아서.

"결국 어머니께선 죄책감에 시달리셨고, 며칠 안 가 스스로 목을 매셨어."

"……."

"그러니까 어떻게 보면 내가 죽음으로 몰아넣은 게 맞아."

제하가 쓴웃음을 지으며 말했다. 그때 어머니를 용서하지 않은 일은 아마 평생의 후회로 남게 되겠지. 그리고 이따금씩 떠올라서는 심장을 콕콕 찔러 댈 것이다.

"하지만 사인은 병사라고……."

"아버지가 가문의 명예를 지키기 위해 돈을 쓴 거지, 뭐. 그 양반은 세상에서 구가가 가장 소중한 사람이니까."

"아아, 그래서 몰랐던 거군요."

그제야 이해가 된다며 무휼은 고개를 끄덕였다. 확실히 구제율이라면 그러고도 남을 사람이었다.

"어머니의 장례는 우안에서 치러졌어. 그곳이 어머니의 고향이거든. 묘 역시 그곳에 있고."

"아, 그건 이미 알고 있습니다."

우안과 제하 사이의 관계에 대해선 이미 알고 있었다. 잠행을 떠나는 곳이 우안이라고 했을 때 그의 낯빛이 어두워진 것이 영 신경 쓰였는데.

"지금은 괜찮으신 건가요?"

"맨정신으로 너에게 이 이야기를 털어놓고 있는 걸 보면, 아무래도 괜찮은 거 같네."

"그렇다면 다행입니다."

무휼은 진심이었다. 혹시라도 자신의 질문이 그의 마음에 남아 있을 상처에 소금을 뿌리는 격이 되지는 않았을까 걱정이 되었던 것이다. 그래도 모든 궁금증이 해결되고 나니 복잡했던 머릿속이 서서히 정리가 되어 갔다.

아버지인 구제율과의 사이가 틀어진 이유 역시 이 때문이겠지. 그리고 주설화에게 꼼짝을 못 했던 것 역시 어머니의 죽음에 자신도 책임이 있다는 죄책감 때문일 테고.

"그러고 보니 신왕께서 국서의 자리를 받아들이신 데에는 몇 가지 이유가 있었죠."

무거워진 분위기를 전환하고자 무휼은 재빨리 다른 이야기를 꺼냈다.

"아버지인 구제율에게 복수하기 위해. 구가를 빼앗은 형님, 구제용에게 복수하기 위해. 구제용에게 떠난 주설화에게 복수를 하기 위해."

"……그렇게 말하니까 내가 정말 몹쓸 인간 같은데."

잠자코 그의 말을 듣고 있던 제하는 눈썹을 찡그리며 말했다. 물론 그 말이 사실이기는 했지만, 막상 이렇게 들으니 생각했던 것 이상으로 최악이었다.

"그런데 구제용은 가주권을 빼앗긴 채 지방으로 쫓겨났고, 주설화는 이혼을 해서 아무것도 아니게 되었죠. 또 구제율은 빈껍데기나 다름없는 그 큰집을 홀로 지키고 있고."

차근차근 말하던 무휼이 싱긋 미소 지었다.

"신왕의 복수는 꽤나 성공적이었네요."

이 정도면 만족스러운 복수가 아니었냐는 무휼의 물음에 제하는 쓸쓸하게 미소 지었다.

"그러네."

확실히, 누가 봐도 성공적인 복수극이 아닐 수 없었다.

"그래서, 만족하시나요?"

"뭐?"

"바랐던 대로 모든 복수를 이루신 소감이 궁금해서요."

순수한 호기심이었다. 복수라는 것이 성공적으로 끝이 났을 때, 그건 도대체 어떤 느낌일까?

"……생각했던 것만큼 기분이 좋지만은 않아."

고민 끝에 제하는 겨우 말했다. 참 이상하지. 복수를 꿈꿨고 그것이 이루어졌으니 당연히 기쁘고 마음이 홀가분해야 할 텐데 놀랍게도 그런 느낌이 전혀 없었다. 물론 예전에, 스스로 구가를 넘기며 저에게 꼼짝을 못 하는 아버지의 모습에 약간의 희열을 느꼈던 거 같은데 그게 전부였다. 지금은 놀라울 정도로 아무렇지 않았다.

"그럼 이제 뭘 하고 싶으세요?"

바랐던 복수도 끝이 났겠다, 이제는 무엇을 하고 싶으냔 무휼의 물음에 제하는 한숨을 푹 내쉬었다. 그러더니 상 위에 '쿵' 하고 고개를 떨궜다.

"……서하연에 가고 싶어."

"그건 안 됩니다."

간절한 목소리에도 불구하고 무휼은 눈 하나 깜짝 안 했다.

"아라가 보고 싶어."

"안 된다고 했습니다."

"같이 담 넘어 볼 생각은 없어?"

"전 신왕을 말릴 겁니다."

다시 한 번 그가 단호하게 말했다. 아무리 자신이 월가의 사람이고 왕의 측근이라고는 해도 그건 어떻게 도와줄 수 없는 일이었다. 물론 긴급 상황에서는 서하연의 문을 강제로 열 수 있겠지만, 지금 이 상황이 긴급 상황은 아니지 않은가. 물론 당장 아라를 보지 못하면 죽을지도 모르는 상황이라면 또 모를까.

"외로워······."

"······."

자신의 소매를 꼭 붙잡고 울먹이는 제하를 본 무휼은 생각했다. 불쌍한 연기로는 아마 이 나라에서 1등일 거야, 분명.

"그럼, 외로움 따위 혼자만의 힘으로 잘 버텨 내시고······."

붙잡혀 있던 팔을 빼낸 무휼은 재빨리 자리에서 일어났다. 더 귀찮은 일에 휘말리기 전에 한시라도 빨리 이곳에서 벗어나야 했다.

"어디 가."

물론 그냥 보내 줄 사람이 아니었지만.

"더 있다 가지. 혼자 있으면 외로우니까."

그렇게 마시자고 할 때는 거절하더니, 무휼이 놓고 간 술병을 집어든 제하가 계속해서 자신의 빈 잔을 채웠다.

말없이 이를 지켜보던 무휼은 고개를 저었다.

"아까 저에게 하신 말씀, 그대로 돌려드리겠습니다."

"뭐?"

"전 그런 취미 없습니다."

좀 전의 제하와 똑같이 무휼은 정색을 하며 말했다.

단호하게 퇴궐 의사를 밝힌 그가 꾸벅 인사를 하고는 매정하게 돌아섰다. 한시라도 빨리 이곳에서 벗어나고 싶다는 생각에 걸음이 점점 빨라졌다.

"소무휼."

"그렇게 부르셔도……."

"아라에게 말할 거야?"

등 뒤에서 들려오는 걱정스러운 목소리에 무휼은 조심스럽게 돌아섰다.

"그건 걱정 안 하셔도 됩니다. 약속했으니까요."

그러니 걱정 말고 두 다리 쭉 펴고 주무시라는 뜻이었다. 그 말을 끝으로 무휼은 방을 나섰다. 그렇게 그가 퇴장하고, 방 안에 홀로 남은 제하는 말없이 술잔을 기울였다.

확실히 청승맞아 보이겠구나. 피식 웃은 그가 들고 있던 잔을 내려놓더니 그 상태로 벌러덩 누워 버렸다.

조용하다. 주위가 너무나도 조용해서 답답할 정도로. 좀 전에 마신 술 때문인지, 서서히 정신이 몽롱해지면서 스르륵 눈이 감겼다. 안 그래도 잠이 오지 않아 미칠 지경이었는데 차라리 다행이었다.

멍하니 천장을 올려다보고 있던 제하가 피식 웃었다.

스스로 생각해도 꼴이 말이 아니었다. 혼자 있는 것에는 꽤 익숙했는데, 어쩌다 이렇게 되었을까? 만약 아라가 이런 모습을 봤다면 한껏 비웃을 게 틀림없었다. 팔짱을 낀 채 어른스러운 척을 하며 한쪽 입꼬리를 슬쩍 올리고 있는 그녀를 생각하니…… 아, 이런.

"보고 싶다. 우리 부인."

그 모습조차 너무나 사랑스럽더라.

*   *   *

"저기, 신왕……."

"그만. 안 그래도 처리할 게 많아서 짜증 나는데 너까지 그러지 마라."

수많은 서류 더미에 파묻혀 있던 제하는 재빨리 무휼의 말을 잘랐다. 그의 시선이 무휼이 들고 있는 문서에 고정되었다. 그러나 그것도 잠시, 그가 애써 못 본 척 고개를 돌렸다.

"나가서 중앙궁 한 바퀴만 돌고 와."

"……한 바퀴 갖고 되시겠어요?"

할 일이 이렇게나 산더미인데?

"둘, 아니 세 바퀴!"

결국 제하가 버럭 외쳤다. 어쨌든 지금은 바쁘니 나중에 다시 오라는 말이었다. 평소 눈치 빠르기로 유명한 무휼이거늘, 왜 이리 말을 못 알아듣는 건지 모르겠다.

"지금도 처리해야 할 게 많단 말이야……."

"이것도 아라가 많이 정리한 건데요."

"시끄러워."

도와주지는 못할망정 자꾸만 앞에서 깐죽거리고 있다니. 원래 이 녀석이 이렇게 얄미운 놈이었나? 아라가 분명 떠나기 전에 아주 쓸모 있는 녀석이니 도움을 받으라 했던 거 같은데. 그러나 도움은 커녕 오히려 방해가 되고 있는 느낌이었다.

"의외네요. 일 처리 속도가 빠르시다고 들었는데."

"……."

"아무래도 과대평가였나 봅니다."

무휼이 웃음을 꾹 참으며 말했다. 아라가 거의 찬양에 가까울 정도로 신왕에 대한 칭찬을 늘어놓기에 내심 기대했는데, 실제로 보니 별거 아니었다. 이렇듯 눈앞에서 무휼이 빈정대고 있었지만 제하는 뭐라 할 말이 없었다.

"나도 나 자신의 의외성에 놀라고 있는 중이니까 괜히 내 성격 건드리지 마."

"예. 그건 죄송합니다. 그리고 하는 김에 한 번 더 죄송합니다만."

죄송하다는 말과 함께 무휼이 싱긋 웃으며 들고 있던 문서를 그에게 내밀었다. 그것을 힐끔 바라본 제하는 날카롭게 그를 쏘아봤다.

"나중에 다시 가지고 오라는 말 못 들었어?"

"저도 그러고 싶지만 꽤 급한 일이라서요."

얼마나 급한 일이기에 자신의 말을 무시할 정도냐며 제하가 문서를 받아 들었다.

"도대체 뭐기에 그러는 거야?"

안에는 지금까지 그가 한창 씨름하고 있던 것과 같은 글이 빼곡하게 적혀 있었다. 다만 한 가지 다른 점이 있다면, 바로 말머리에 적혀 있는 세 글자.

"고발서?"

"예. 수령에 대한 고발서입니다."

어쩐지 눈에 익은 물건이다 했지. 그것은 일전에 우안에 가기 전에도 받았던 것과 비슷한 형식의 문건이었다.

"그런데 이걸 왜? 설마 나보고 다녀오라는 건 아니겠지?"

"아니요. 아무래도 이번에는 따로 감찰관을 보내는 게 나을 거 같습니다."

"그럼 그러든가."

알아들었으니 네가 알아서 처리하라며 고개를 끄덕인 제하는 다시금 책상 위로 시선을 내렸다. 중요한 문제라기에 뭐 대단한 거라도 있는 줄 알았는데 생각보다 별거 아니었다며 제하가 투덜댔다. 그러자 무휼이 한숨을 푹 내쉬더니 고발서의 어느 부분을 손가락으로 가리켰다.

"이 부분 제대로 읽으셨습니까?"

"그게 뭔데?"

"고발 대상에 대한 부분입니다만."

그제야 제하는 무휼이 가리킨 곳을 바라봤다. 종이에 가득 적혀 있는 글자를 읽어 내리던 그의 눈에 익숙한 단어가 들어왔다.

단향의 수령. 구제용.

"……구제용?"

그제야 제하는 사태의 심각성을 느끼고 다시금 고발서를 집어 들었다. 과연 그의 말대로 조사 대상에는 단향의 수령 구제용이라는 이름이 적혀 있었다. 어디 그뿐인가. 뇌물수수 혐의 및 지속적인 수탈과 횡포……. 이놈의 형님이 진짜!

"기껏 자리에서 물러나는 것까지 봐줬더니만, 정신을 못 차리고 또!"

"그때 압수당한 재산을 다시 채울 생각인가 봅니다."

조사 결과에 따르면 전보다 줄기는커녕 배에 달하는 금액을 제 주머니 속에 넣고 있다는 말에 제하는 제 이마를 짚었다. 역시나 두 번은 봐줄 수가 없었다.

"그래서 감찰을 보내야겠는데, 누굴 보내는 게 좋을까요?"

"그동안 누굴 보냈는데?"

"보통은 중앙군을 보냈습니다. 특별 감찰관 자격으로."

감찰관이 따로 있기는 했지만, 이들 대부분이 귀족들과 뒤로 결탁했기 때문에 아라는 이들을 믿지 않았다. 때문에 웬만해서는 직접 두 눈으로 확인하는 방법을 선택했지만, 지금과 같은 피치 못할 사정에 한해서는 어쩔 수 없이 중앙군을 보내고는 했다.

"그럼 이번에도 그렇게 해."

"예. 그럼 제가 알아서 한 명을 선택해 보내겠습니다."

알겠다며 자리에서 일어난 무휼은 그렇게 유유히 방을 나섰다. 아니, 이제 막 나서려고 할 때였다.

"아, 잠깐만."

"네?"

등 뒤에서 들려오는 그의 부름에 무휼이 걸음을 멈추었다. 그리고 아직 지시할 게 더 남아 있느냐며 제하를 돌아본다.

"그 녀석을 보내."

"……."

그 녀석이라는 말에 무휼의 머릿속이 빠르게 움직이기 시작했다. 그러나 그 녀석의 정체에 도달하기까지의 시간은 그리 걸리지 않았으니. 사실 뻔했다.

"시도하를 말씀하시는 겁니까?"

"그래, 잘 아네."

그야 잘 알 수밖에. 툭하면 꼴 보기 싫다며 이따금씩 마주칠 때도 곧장 인상부터 찌푸리던데, 못 알아차리는 게 더 이상하지 않은가.

"혹시 사적인 감정이 개입되어 있습니까?"

"그걸 굳이 확인해야겠나?"

"예. 저는 중앙군의 대장이니까요."

물론 그 역시 시도하라는 존재를 그렇게 마음에 들어 하는 건 아니었지만, 그래도 일단은 자신의 수하이니 다른 이들과 평등하게 대하려고 노력했다. 그러나 적당한 사유가 없어서는 안 된다는 그의 말에 제하가 신경질적으로 답했다.

"그래, 사적인 감정이 아주 듬뿍 들어갔다. 됐나?"

그럼 그렇지. 어련하실까요. 무휼은 이미 예상했다는 듯 고개를 끄덕였다.

"알겠습니다. 시도하를 보내도록 하죠."

결국 무휼이 꼬리를 내렸다. 알았으니까 제발 그렇게 노려보지 말아 달라며 자리에서 일어난 그가 끊임없이 궁시렁대며 밖을 나섰다.

"항상 보면 사정은 윗사람들에게 있고, 욕을 먹고 원망을 듣는 건 아랫사람들이니까요."

"투덜대지 말고 빨리 가서 일이나 해."

"예, 예."

아아, 아라의 응석을 받아주는 일도 만만치 않았는데 신왕의 짜증을 받아주는 일 또한 만만치가 않았다. 이럴 거면 그냥 빨리 관직에서 물러나 월가의 후계자로서 수업을 받는 것이 더 낫지 않을까. 무휼은 새삼 여느 귀족 자제들이 부러워졌다.

그렇게 무휼이 나가고 난 뒤, 홀로 방에 남은 제하는 한숨을 내쉬며 들고 있던 붓을 내려놓았다. 또다시 막히고 만 것이다. 여느 때 같았으면 순식간에 끝냈을 것이 오늘따라 진도가 나가지 않아 저도 답답했다.

"아라는 잘 있으려나……."

결국 책상 위에 한가득 쌓인 문서들을 옆으로 슬쩍 밀쳐 낸 그는 책상에 풀썩하고 쓰러지며 작게 중얼거렸다.

아, 아무것도 하고 싶지 않다.

* * *

"어머. 안녕하세요, 전하."

"안녕하세요."

복도를 걸을 때마다 이곳저곳에서 들려오는 인사 때문에 아라는 정신이 없었다. 지금 이곳은 서하연. 합숙이 시작된 지 하루가 지났다.

"잘하고 있을지 모르겠네."

궐에 놓고 온 사람이 너무나도 신경 쓰였다. 물론 저와는 달라서 혼자서도 잘하는 사람이기는 했지만 그래도, 그 넓은 궐 안에서 잘 버티고 있을지 걱정되었다.

"걱정 마. 무휼도 함께 있는데, 뭐."

"하긴 그건 그러네."

여차하면 무휼이 나서서 도와줄 거라며 아라의 곁을 따르던 월비가 끼어들었다. 아무것도 모르는 제하와는 달리 무휼은 벌써 몇 번째인 빈집 지키기가 아니던가.

물론 그때는 아라를 대신할 사람이 없어 조회나 주요 업무들이 잠시 멈췄지만, 이번에는 경우가 달랐다. 그들에게는 여왕의 빈자리를 대신해 줄 국서가 있었다.

"그나저나, 지금은 신왕을 걱정할 때가 아닌 거 같은데?"

"음……."

하긴, 지금쯤 중앙궁에서 홀로 묵묵히 일을 하고 있을 제하를 걱정할 때가 아니었다. 여기저기에서 느껴지는 이 수많은 시선을 어쩌면 좋을까. 대화를 나눌 때도, 길을 걸을 때도, 심지어는 식당에서 밥을 먹을 때도 수많은 시선들이 그들을 따라붙어 미칠 거 같았다. 지금도 그랬다. 다음 수업 장소인 커다란 교실에 들어서기 무섭게 자리에 앉아 있던 여인들의 시선이 일제히 그들에게로 향했다.

후우. 그들의 부담스러운 시선에 마른침을 삼킨 아라는 재빨리 맨 뒷자리로 향했다. 벌써부터 숨이 턱하고 막히는 것 같았다. 슬쩍 고개만 돌려도 힐끔거리는 시선들로 한가득. 그야 물론 좀처럼 가까이에서 볼 수 없는 여왕과 한 방에 있다는 것이 놀랍기는 하겠지만……

"그래도 너무 쳐다보네."

"그러게."

"네가 엄청 신기한가 보다."

"그야 그렇겠지."

아마 이 나라에서 제일 보기 힘든 사람일 테니 말이야.

그렇다고 해서 계속해서 고개를 숙이고 있을 수도 없는 노릇이었다. 이따위 시선쯤이야. 이제는 꽤 익숙했다.

한숨을 푹 내쉰 아라는 고개를 들었다. 그러자 교실 앞쪽 문가에 서 있는 여인의 모습이 눈에 들어왔다.

월비 역시 그녀를 본 건지, 곧장 미간이 찌푸려졌다.

"뭐야, 주설화도 같은 교실이었어?"

"그러게."

주설화의 등장에 교실 안이 다시 한 번 술렁이기 시작했다. 아무래도 그녀가 난동을 피운 일에 대한 소문이 쫙 퍼진 모양이었다. 그러나 정작 난리를 친 사람은 뭐가 그리 당당한지 고개를 빳빳이 들고 재빠르게 사람들 사이를 지나쳐 오더니 아라의 앞에 섰다.

"안녕하세요, 전하."

"안녕하세요."

어쩜 이리 뻔뻔할 수 있을까?

마치 아무 일도 없었다는 듯 눈웃음을 치며 인사하는 것을 본 아라는 기가 막혔다. 한편으로는 무서웠다.

서로 인사도 했겠다, 그대로 근처의 빈자리에 앉으면 될 텐데 아직 할 말이 남은 건지 그녀는 아라의 곁에서 떨어질 생각을 안 했다. 결국 보다 못한 월비가 목소리를 높였다.

"곧 있으면 수업이 시작합니다. 자리에 앉아 주세요."

"볼일이 끝나면 그럴 겁니다. 그러니 신경 쓰지 말아 주시죠."

"뭐라고요?!"

나름대로 정중한 말이었지만, 월비를 자극시키기에는 충분했다. 자신에게 신경 쓰지 말라는 설화의 말에 아라는 재빨리 홍분한 월비를 붙잡았다. 그렇게 씩씩거리는 그녀를 진정시키기 위해 진땀을 빼고 있는데.

"전하."

설화의 부름에 다시금 주위의 시선들이 모아졌다. 곧 있으면 닥칠 폭풍을 예상한 건지 교실 안에는 묘한 긴장감이 맴돌았다.

"잠시만 저에게 시간을 내주시겠습니까?"

"하지만 곧 있으면 수업이 시작될 텐데……."

"잠깐이면 됩니다."

생글생글 웃는 얼굴로 잠시 대화를 좀 하자는 설화의 말에 아라는 고민에 빠졌다. 옆에서는 월비가 당연히 안 된다며 말렸지만 이미 그녀의 마음은 넘어간 상태였다.

"좋아요."

"아라!"

"괜찮아."

자신을 따라 일어나려는 월비를 눌러 앉힌 아라가 걱정 말라는 말과 함께 설화의 뒤를 따라 교실을 벗어났다. 그들이 나가기 무섭게 다시금 교실 안이 웅성이기 시작했다. 그들 중 몇몇은 호기심을 참지 못하고 자리에 홀로 남은 월비에게로 다가왔다.

"저기, 둘은 어떤 사이입니까?"

"어제 려화의 처소 근처에 있던 애들의 말로는 저 여인이 전하의 약점을 잡고 있다던데, 그게 사실인가요?"

"그래요? 제가 듣기론 주설화가 사실은 국서의 애인……."

"그만!"

끊임없는 질문 공세에 결국 월비는 폭발했다.

"이제 그만들 하세요!"

"…….."

"무슨 말을 들으셨는지 모르겠지만, 그것들은 전부 헛소문입니다. 사실이 아니라고요."

전부 다 헛소문이라는 그녀의 외침에 다른 학생들이 깜짝 놀라더니 슬금슬금 물러났다. 어깨를 축 늘어뜨리고 각자의 자리로 돌아가는 꼴이 왠지 모르게 불쌍해 보였다. 그들에게는 미안했지만 월비는 지금 제정신이 아니었다.

"저 여우 같은 게……."

그녀는 지금 잔뜩 예민한 상태였다. 어쩌면 이 세상에서 가장 위험할지도 모를 여자를 따라나선 아라에 대한 걱정으로 머리가 어떻게 될 것만 같았다.

*　　*　　*

"다시 한 번 말하지만 곧 있으면 수업 시작입니다."

아라 나름대로 설화가 걱정되어 한 말이었다.

수업 한 번 빠지면 감점 2점. 2점이라는 점수는 아라에게 있어서는 별거 아니었지만 설화에게는 이곳에서 퇴출당하기에 충분한 점수였으니, 그것이 신경 쓰였던 것이다.

그러나 정작 본인은 이곳에서 쫓겨나는 것 따위 두렵지 않은 모양이었다.

"그래서 나에게 할 말이 있다고요?"

빨리 끝내고 돌아가고 싶은 아라와는 달리, 설화는 무슨 생각을 그렇게 오래하는지 한동안 아무런 말도 하지 않았다. 그렇게 의미 없는 시간이 흐르길 얼마, 서하연 안에 맑은 종소리가 울려 퍼졌다. 수업의 시작을 알리는 것이었다.

"저기, 수업 시작했는데 우리 이야기는 나중에 다시 하는 거로……."

빨리 교실로 돌아가지 않으면 둘 다 한 소리 들을 거라며 아라가 막 돌아서려던 그때였다.

"우, 우리 협상을 하죠!"

연신 입을 다물고 있던 설화가 다급히 외쳤다. 뜬금없는 그녀의 협상 제안에 아라는 어이가 없었다. 무슨 말을 하려나 했는데 협상이라니, 이제 와서 무슨 소리야?

"협상이라니요."

"그러니까……."

"이미 협상을 하기엔 늦지 않았나요?"

그렇게 먼저 손을 내밀 때는 기고만장하더니만, 자신이 벼랑 끝으로 몰리니 이제야 현실을 돌아본 모양이었다. 그러나 이미 협상이란 걸 하기에는 늦은 상황이었고, 이는 설화 역시 알고 있었다. 자신이 뭐라고 말할 처지가 아니라는 건 잘 알고 있었지만, 그녀는 지금 그런 것을 가릴 때가 아니었다.

제하만 만나면 모든 일이 다 해결될 거라고 생각했는데, 그는 눈앞의 저 조그마한 계집애에게 홀라당 넘어가 버렸으니 이제 그에게 손을 벌릴 수는 없게 되었다.

'도대체 이 꼬맹이가 뭐라고…… 이런 어린 계집이 뭐가 좋다고…….'

여왕에게 최대한 불쌍한 척 연기를 하며 싹싹 비는 방법도 있었지만, 그것은 그녀의 자존심이 허락하지 않았다.

할 수 없지.

"약속대로 서약서에 관한 건 일절 발설하지 않겠습니다."

"……."

"그러니까 최소한의 제 삶을 보장해 주시면……."

손가락을 꼼지락거리며 아라의 눈치를 보던 설화가 조심스레 요구했다. 지금 그녀에게 있어서 가장 중요한 건 살아가는 것이었다.

"아주 넘칠 정도까지는 아니어도 좋으니……."

"그만."

아주 조금만 여유롭게 살 수 있게 도와 달라는 그녀의 말에 아라
는 더는 못 들어주겠다며 말을 잘랐다.

"아, 아무리 서약서를 처리하셨다고 해도! 이 사실이 귀족이나 대
신들의 귀에 들어가면 그들이 가만히 있지 않을 거라고요! 전하께
선 그것이 두렵지 않으신 겁니까?"

"네. 하나도 안 두려워요."

"⋯⋯지금 아무런 증거가 없다고 당당해하시는 거 같은데⋯⋯."

그 말대로, 아라는 아주 당당했다. 물론 설화의 말대로 증거가
없어졌기 때문이기도 했지만, 가장 큰 이유는 그게 아니었다.

"뭔가 오해를 하고 있나 봅니다."

그래, 그녀는 한 가지 오해를 하고 있었다.

"서약서를 없애기로 결심한 건, 당신이 서약서를 들고 가기 전이
에요."

"⋯⋯."

"다만 없어지는 바람에 빨리 없애지 못했던 것뿐."

그 말에 설화의 안색이 창백해졌다. 물론 어제 대충 듣기는 했지
만, 포박당하고 끌려가는 통에 정신이 없어서 미처 확인을 하지 못
했는데.

"그, 그럴 리가 없어요. 제하도 서약서를 없애는 데 동의했다고
요, 그럼?"

"그래요."

어디 동의만 했나. 그가 더 간절하게 원했다는 말을 덧붙이자 설

화는 그럴 리가 없다며 고개를 저었다.

"말도 안 돼요. 분명 제하가 뭔가에 홀린 거예요."

"이제 그만해요. 보기 안쓰러우니까."

"아니야. 이건 뭔가 잘못되었어. 여왕은 제하를 이용하고 있는 것뿐이라고!"

"그렇지 않아요."

물론 처음엔 그랬지만.

"지금은 아니에요. 나 역시 진심으로 그 사람을 사랑하고 있어요."

아마 제하가 곁에 있었다면 아주 난리도 아니었을 것이다. 어떻게든 그녀에게서 '사랑합니다.'라는 말을 듣겠다고 갖은 수를 다 쓰는 그였으니까. 그러나 설화는 지금 이 상황이 믿기지 않는 모양이었다.

"아니야……. 이건 뭔가 잘못된 게 틀림없어!"

창백하게 질린 얼굴의 그녀는 현실을 부정하기 바빴다. 하지만 그런다고 상황이 더 나아지는 것도 아니었다.

아니라는 말만 반복하고 있는 그녀의 모습은 심각했다. 잔뜩 물어뜯은 손톱에 화장은 엉망으로 번진 것이 꼭 정신 나간 여자 같았다.

"그럴 리가 없어! 분명 여왕이 권력으로 제하를 억압하고 있는 거야. 그렇지 않고선 제하가 날…… 제하에게는 나밖에 없다고! 이건 말도 안 되는…….."

"아니요. 그 사람을 붙잡아두고 있는 건 당신이에요."

"뭐야?!"

"더는 과거로 그 사람을 붙잡지 마요. 이제 그만 놓아 달라고요."

"네가 우리 사이에 대해 뭘 안다고!"

발을 구르는 것으로는 분이 삭질 않는지, 제 머리를 쥐어뜯으며 외쳐 대던 설화가 두 눈을 희번덕거렸다. 그 모습이 왠지 모르게 오싹해 아라는 슬금슬금 뒷걸음질을 쳤다.

바로 그때였다.

"동작 그만!"

뒤뜰에 울려 퍼지는 외침에 아라는 물론 설화 역시도 움찔하고 떨었다. 곧이어 어디에서 나타난 건지 모를 사람들이 우르르 몰려오더니 그들의 주변을 둘러쌌다.

어제와 비슷한 상황. 그러나 이번에는 주설화만이 아니라 아라 역시도 사람들에게 붙잡혀 옴짝달싹도 못 하는 상황이었다. 이제는 익숙한 얼굴이 그들의 앞에 섰다.

"무단으로 수업에 빠진 학생들이 있다는 신고를 받고 왔더니……. 또 당신입니까?"

"잠깐, 매번 사람을 이리 죄인 취급을!"

이제는 질린다는 듯 어제도 출동했던 여인이 묻자, 붙잡힌 상태에서도 전혀 꿀리거나 하지 않는 설화가 쏘아 댔다.

"시끄럽습니다."

순간 안 좋은 예감을 느낀 설화가 입을 다물었다. 이를 본 여인이 만족스러운 미소를 짓더니, 큰 목소리로 외쳤다.

"수업을 빠진 두 사람에게는 벌점 2점을 주겠습니다."

"하아아……."

이렇게 될 줄 알았다며 아라는 작게 탄식했다. 그러게 대화는 나중에 하고 빨리 돌아가자니까, 이게 다 그쪽 때문이라며 원망 섞인 눈초리로 씩씩대는 설화를 노려봤다.

그러나 그것도 잠시.

"주설화, 당신은 이번 벌점으로 벌점이 도합 50점이 되었습니다."

"잠깐만요!"

여인의 날카로운 말에 뒤늦게 사태의 심각성을 파악한 설화는 고개를 저었다. 앞으로 자신에게 닥칠 어떠한 일이 예상되었기 때문이다. 그녀의 예상대로 주변을 둘러싸고 있던 여인 중 한 명이 작은 보따리 하나를 성의 없게 툭, 하고 그녀의 앞에 던졌다.

"서하연의 규칙에 의거하여, 주설화를 서하연에서 퇴출시키겠습니다."

"아아, 안 돼요!"

"붙잡으세요."

역시나. 경고를 받은 것이 어제이거늘 하루 만에 퇴출당하는 신세가 되고 만 설화가 발악을 하며 버둥댔지만, 여인들은 눈 하나 깜짝 않고 그녀를 붙잡았다. 질질 끌려가는 것이 보기 안쓰러웠지만 어쩔 수 없었다.

"전하! 전하! 제가 잘못했습니다! 부디 자비를…… 전하!"

이제야 잘못했다고 외쳐 대는 그녀였지만, 아라는 무표정으로 그녀의 마지막 모습을 바라보기만 할 뿐 아무런 대꾸도 하지 않았다. 마음이 불편한 건 사실이었지만 어쩔 수 없는 일이었다. 그녀는 려화와 약속했다. 최악의 경우, 설화를 퇴출하더라도 그 어떤 간섭도 하지 않겠다고 말이다.

"세상에, 어떻게 하루를 못 버티고 또……."

"차라리 저런 학생은 퇴출을 당하는 게 나아요."

"하긴, 괜히 이곳의 물만 흐려 놓으니 말입니다."

구경차 나와 있던 학생들이 수군거렸다. 수많은 사람들이 보는 앞에서 질질 끌려 나가는 것은 설화에게 있어서는 꽤나 큰 굴욕이었다. 말없이 그녀의 퇴장을 지켜보고 있던 아라는 왠지 모르게 찝찝했다.

"음…… 뭔가가 이상한데……."

어떻게 우리가 딱 이곳에 있다는 걸 알고 찾아온 거지? 수업 종이 치기 무섭게 사람들이 들이닥친 것. 또 주설화의 짐을 미리 정리해 들고 온 것도 이상했다. 마치 이 순간을 기다리고 있었다는 듯이 말이다.

이제는 완벽하게 모습이 보이지 않는 설화가 사라진 길을 바라보고 있는데, 그때였다.

"내가 괜한 짓을 했나?"

언제 나온 건지 모를 월비가 팔짱을 낀 채 퉁명스레 물었다.

그럼 그렇지.

"월비…… 네가 일러바친 거지?"

"흥, 난 저 여자가 싫어. 매번 널 괴롭히니까."

"나도 2점 감점당했거든? 그건 알아?"

덕분에 보충 수업을 듣게 되었다는 아라의 말에 월비가 콧소리를 섞어 가며 애교를 부렸다.

"에이…… 대의를 위한 작은 희생이라 생각하자, 응?"

어쩔 수 없는 월비의 애교에 아라는 한숨을 푹 내쉬었다. 이윽고 아라가 이만 돌아가자며 월비의 팔을 붙잡아 돌려 세웠다. 그러자 저 멀리, 구경 나온 학생들 틈에 껴 있는 려화가 보였다. 입가에 슬며시 지어진 미소로 보아하니, 아무래도 꼭 월비가 아니더라도 주설화는 조만간 퇴출을 당할 운명이었던 거 같다.

"그래, 그깟 보충 수업이 뭐라고."

내 남자에게 달라붙는 여자를 완벽하게 떼어 내게 되었으니, 그깟 보충 수업쯤 즐거운 마음으로 받아들일 수 있을 거 같았다.

"그래도 억울하니까 너도 같이 들어."

"윽. 알았어."

그렇게 함께 보충 수업을 듣기로 하며 그들 역시 다른 학생들을 따라 교실로 향했다. 구경을 하기 위해 밖에 나와 있던 사람들이 하나둘씩 돌아가자, 좀 전까지만 해도 소란스럽던 서하연이 다시금 고요해졌다.

그러나 유일하게 평화롭지 않은 곳이 한 곳 있었으니.

"이거 놔! 놓으란 말이야!"

바로 서하연의 정문.

설화는 이제 공포에 질려 있었다. 정말 이대로 쫓겨나면 끝이었다. 어떻게든 버텨 보려고 버둥거렸지만, 그녀를 붙잡고 있는 여인들에게서 벗어나기란 역부족이었다. 결국 꼴사납게 문밖으로 내던져진 그녀는 흙먼지를 일으키며 일어났다. 그러나 이미 대문은 닫힌 뒤였고, 한번 닫힌 문은 아무리 두드리고 발로 차도 열릴 생각을 안 했다.

"문 열어! 이 문 열란 말이야아!"

열리지 않는 문과 씨름하던 설화가 절규했다.

그녀의 외침에 길을 지나가던 사람들이 하나둘 걸음을 그녀를 멈추고 힐끔거렸다. 뒤늦게 주위 시선을 의식한 설화가 재빨리 눈물 맺힌 눈가를 쓱 닦아 내더니 보따리를 집어 들었다. 딱 품에 들어올 크기의 짐이 그녀의 전부였다. 이제 앞으로 어떻게 살아야 하나, 눈앞이 깜깜했다. 어디로 가면 좋을까. 그녀에게는 돌아갈 곳조차 없었다.

"그래, 서신! 서신이 있었지……. 분명 여기 어딘가에……."

그렇게 바들바들 떨리는 손으로 보따리를 안고 있던 설화가 갑자기 무언가에 홀린 사람마냥 다급히 짐을 풀더니 그 안에서 서신 하나를 꺼내 들었다.

"이것마저 소용이 없으면 난 이제 정말……."

꿀꺽. 그녀의 인생이 바닥으로 곤두박질치기 바로 직전이었다.

* * *

"아, 어서 오세요……. 도하 도련님."

잠시 눈치를 보던 하인이 뒤늦게 '도련님'이라는 말을 덧붙였다. 그것이 말을 하는 사람이나 듣는 사람 모두를 어색하게 만들었지만. 문턱을 넘어선 도하는 벌써부터 숨이 턱하고 막혔다. 분명 이곳은 그의 집이건만 너무나도 답답하고 어색했다. 게다가 오늘은 무슨 잔치라도 있는 건지 집 안에는 기름 냄새가 풍겼고, 사람들로 북적거렸다.

"오늘 무슨 날인가?"

"아아, 오늘 회합이 있어서 그렇습니다."

늘 있는 귀족들의 정기 회합이라는 말에 도하는 고개를 끄덕였다. 세력이 줄었다고는 하나, 시건형은 여전히 귀족들의 수장이었으니까.

"그래 봤자 별 쓸데없는 이야기만 나누다 끝나면서."

"……."

저들끼리 싸우고 파르르 분노에 떨다가 마지막에는 아무런 결과나 해결책 따위 내놓지 못한 채 흐지부지 끝나는 이런 모임을 왜 하는 건지.

"한심한 노인네들."

"아……하하."

바로 옆에서 들려오는 하인의 어색한 웃음소리에 도하가 언제 그랬냐는 듯 싱긋 웃었다.

"당연히 이건 못 들은 거로."

"무, 물론입니다. 도련님."

"그래서, 아버님은 어디에 계시지?"

"아, 지금 회합장에…… 잠시만 기다려 주세요."

잠시만 기다리는 말을 남긴 하인은 급하게 집 안으로 들어섰다. 그렇게 도하 혼자 밖에서 멍하니 기다리길 얼마, 주위에서 수군대는 소리가 들려왔다.

"저 아이인가?"

"그래, 저 아이가 바로 시건형 님께서 양자로 들이신 아이라네."

회합에 참석하기 위해 모인 사람들이 하나둘 입을 가리며 킥킥대는 게 보였다. 이제는 이러한 취급이 익숙한 도하가 아무것도 들리지 않는다는 듯, 자연스레 시선을 피했다. 그러자 무시하는 듯한 그의 태도에 빈정이 상한 귀족들이 목소리를 높였다.

"양자면 뭐하나, 어차피 이 집안을 물려받을 수 없을 텐데."

"건율 도련님의 나이가 아직 3살인데 이러다 집안에 무슨 변고라도 생기면……. 쯧쯧."

"졸지에 쓸모없는 애물단지가 되고 말았구만."

"쓸모가 없어진 물건은 제때 잘 처리해야 뒤탈이 없을 텐데……."

"내가 볼 때, 시건형 역시 적절한 시기를 노리고 있는 게 틀림없네."

계속해서 들려오는 그들의 대화 내용에 도하의 주먹이 불끈 쥐어졌다. 안 들으려고 해도 일부러 들으라는 식으로 작정하고 말하는데, 안 들릴 리가 없었다.

"뭐냐, 무슨 일로 온 게냐."

차갑고 딱딱한 목소리가 들려왔다. 고개를 들자, 귀찮아 죽겠다는 얼굴로 방문을 열고 나오고 있는 시건형이 보였다.

"지금은 손님이 많으니 급한 용무가 아니라면 다음에 다시……."

도하를 알아보기 무섭게 인상을 찌푸린 시건형이 주위의 시선을 의식한 듯 재빨리 돌아섰다.

"아, 아버님!"

도하가 재빨리 말했다.

"며칠 동안 단향에 내려가게 되었습니다."

"뭐? 단향?"

"예."

이대로 무시하면 어쩌나 했는데, 다행히 시건형은 걸음을 멈추고는 살짝 돌아섰다. 오늘 도하가 집에 들른 이유는 이 때문이었다. 그는 특별 감찰관의 신분으로 단향에 있는 수령을 조사하기 위해 오늘 당장 떠나게 되었다.

"예. 신왕의 명을 받고 조사를 위해……. 그래서 가기 전에 인사를 드리려고……."

"쯧."

고작 며칠에 불과했지만 그래도 부모인 그에게 통보는 해야 할 것 같아 인사차 들렀던 건데, 도하의 말에 시건형은 조심해서 다녀오란 말 대신 혀를 찼다.

"신왕에게 제대로 찍힌 모양이로구나."

그야 그럴 수밖에. 누가 봐도 제 여인을 노리는 몹쓸 놈으로 보이는데 어떤 남자가 적을 가까이에 두려고 할까.

"어쩌면 널 선택한 건 내 인생 최대의 실수였을지도 모르겠다."

혹시나 싶어 지푸라기라도 잡는 심정으로 도하를 곁에 넣었던 건데, 여왕인 아라는 구제하에게서 헤어날 기미가 없어 보이니 문제였다. 둘 사이에 아무런 감정이 없을 거라고 섣불리 판단한 그의 잘못이다.

그렇게 시건형은 졸지에 애물단지가 되어 버린 도하를 어쩌면 좋을지 모르겠단 눈빛으로 쏘아봤다.

그때였다.

"어어, 시건형 님. 이거 오랜만입니다."

누군가가 그들에게로 다가오며 인사했다. 오늘 회합에 참석하는 귀족 중 하나였다. 시건형과 반갑게 인사를 주고받은 남자가 회합장 안으로 들어서려다 문득 멀뚱히 서 있는 도하를 바라봤다. 곧 재미있는 걸 봤다는 듯 그의 표정이 밝아진다.

"어, 이쪽은…… 아아, 일전에 양자로 들였다는 그 아이입니까?"

"네, 뭐……. 뭐하느냐. 인사드리지 않고."

그냥 가면 참 좋았을 텐데, 남자가 도하에게 관심을 보이자 시건형이 다그쳤다.

"시도하라고 합니다."

"허허. 인물이 아주 훤칠하군요. 이런 장성한 후계자가 있다니, 아주 든든하시겠습니다."

제 딴에는 칭찬이라고 한 말 같았으나, 애써 미소를 지으며 남자의 말에 호응해 주고 있던 시건형의 표정이 단번에 굳어 버렸다.

"후계자라니, 그게 무슨 소립니까."

후계자란 말에 시건형이 정색했다.

"우리 건율이가 있는데 이 녀석에게 집안을 물려줄 리가 없지 않습니까."

"하, 하긴…… 아무래도 친아들에게 물려주는 게…….."

남자는 뒤늦게 자신이 실언을 했다며 고개를 숙여 사과했다. 그리고는 슬금슬금 그의 눈치를 보다가 도망치듯 방 안으로 들어가 버렸다. 씩씩대며 숨을 몰아쉬던 시건형이 도하에게 버럭 외쳤다.

"앞으로 일일이 인사하러 올 필요 없다! 기왕 단향에 내려가는 김에, 아예 거기서 눌러 살아도 상관없고!"

돌아올 필요 없다는 시건형의 말에 도하는 이를 으드득 갈았다. 안 그래도 꾹 참고 있던 짜증이 폭발하고 만 것이다.

"아버님."

"그놈의 아버님이라는 소리도 하지 마라! 누가 네 아버님이야, 누가!"

"그래도 한번 부자지간의 연을 맺었으면, 끝까지 책임을 지셔야 하지 않겠습니까."

"뭐야?! 네놈이 감히……."

지금까지 무슨 말을 들어도 침묵으로 일관하던 도하가 본격적으로 대들기 시작하자 시건형은 두 눈이 뒤집힐 정도로 흥분했다. 그러나 여기서 끝이 아니었으니. 도하도 참을 만큼 참았다며 절대 물러서지 않았다.

"어차피 코흘리개 아우에게 집안을 물려주면 아버님께서도 마음이 편치 않으실 텐데요? 그럴 바에는 차라리 저에게……."

집안을 자신에게 물려주는 편이 나을 거라는 그의 단도직입적인 말에 시건형의 얇은 이성의 끈이 뚝하고 끊겼다.

씩씩대며 버선발로 달려온 그가 무슨 말을 할 새도 없이 다짜고짜 도하의 뺨을 때렸다. 마당 안에 '찰싹'하는 찰진 소리가 울려 퍼짐과 동시에 모두의 시선이 부자에게로 향했다. 그러나 주위 시선 따위 안중에도 없는 시건형은 오히려 발길질까지 하며 도하를 몰아세웠다.

"건방진 놈! 탐낼 걸 탐내야지, 감히 네놈 주제에!"

사태가 오죽 심각하면 주변에 있던 사람들이 황급히 달려와 그를 붙잡고 말릴 정도였다. 그럼에도 불구하고 그는 두 팔을 계속해서 허우적댔고, 이 난동은 한참이 지나서야 진정됐다.

"꼴도 보기 싫으니까 당장 이 집에서 나가라, 썩 나가란 말이야!"

그의 외침에 도하가 터진 입술 새로 흘러나오는 피를 쓱 닦아 내며 일어났다. 눈치껏 빨리 나가라는 귀족들의 말에 꾸벅 인사를 한그가 돌아섰다.

그러나 얼마 못 가 그의 걸음은 다시 멈추었다.

"……형님? 아버지?"

갑작스러운 소동에 놀란 건 귀족들뿐이 아니었나 보다. 별채로 이어지는 문 틈새로 아이의 작은 목소리가 들려왔다. 곧 그 문이 활짝 열리고 아이가 아장아장, 아직은 조금 위태로워 보이는 걸음으로 그들을 향해 다가왔다.

"거, 건율아."

갑작스러운 아이의 등장에 놀란 시건형이 재빨리 자신을 붙들고 있는 이들의 팔을 쳐냈다. 그러고는 두 팔을 뻗어 저에게로 오는 아이를 번쩍 안아 들었다. 그 모습을 말없이 지켜보고 있던 도하는 다시금 쓸쓸히 몸을 돌렸다.

"저놈만 없었으면…… 저놈만 없었으면……."

무언가에 홀리기라도 한 것처럼, 멍하니 같은 말을 중얼거리며.

서서히 멀어져 가는 도하의 뒷모습을 강하게 쏘아보던 시건형은 안고 있던 아이를 내려주었다. 뒤늦게 따라온 유모에게 아이를 맡긴 그가 회합장으로 돌아가기 위해 막 걸음을 떼는데.

"시건형 님."

"또 무슨 일이냐."

가뜩이나 기분도 별로인 데다 오늘은 중요한 회합 날이건만. 또 무슨 일이냐 묻는 그의 목소리에는 짜증이 가득했다.

"밖에 손님이 찾아왔습니다."

"손님?"

가는 날이 장날이라고, 도대체 오늘은 왜 이러는지 모르겠구나.

"오늘은 바쁘니 나중에 다시 오시라 해라."

"그, 그게……."

잠시 망설이던 하인이 제 품 안에서 꾸깃꾸깃한 종이 한 장을 꺼내더니, 그에게 내밀었다.

"이걸 보여 드리면 아실 거라고……. 또 아주 긴히 할 말이 있다고 했습니다."

"이건……."

하인에게서 종이를 받아 든 시건형의 눈빛이 날카롭게 번뜩였다. 그것은 그가 직접 쓴 서신이었다. 그리고 이것을 누구에게 줬는지 역시 또렷하게 기억하고 있었다.

"손님의 이름은? 혹시 들은 게 있나?"

"아, 네."

이름을 묻자 하인이 재빨리 고개를 끄덕였다.

"주설화라는 아가씨였습니다."

역시나!

내내 기분이 안 좋았는데 생각지도 못한 행운이 굴러들어온 격이었다. 일전에 자신이 주었던 서신을 들고 찾아왔다는 게 곧 무엇을 의미하겠는가.

"모셔 오거라."

찌푸려져 있던 시건형의 인상이 풀림과 동시에 그의 입꼬리 역시 슬쩍 올라갔다. 간만에 들려온 기분 좋은 소식이었다.

*　　*　　*

문이 열리고 한 여인이 사뿐사뿐 걸어 들어왔다. 그러자 양옆으로 줄지어 앉아 있던 이들의 시선이 일제히 그녀에게 고정되었다. 여인 역시 이러한 관심이 싫지만은 않은 눈치였다.

"처음 뵙겠습니다. 주설화라고 합니다."

분명 시건형과는 처음 만나는 사이였지만, 그녀는 본능적으로 눈앞의 남자가 시건형이라는 것을 알 수 있었다. 저 혼자 수많은 사람들과 마주 앉아 있는 것으로 보아 틀림없었다.

"잠깐, 주설화?"

"주설화라면 그…… 국서의 연인이 아닙니까."

"아니죠. '전' 연인이죠."

갑작스러운 여인의 등장에 도대체 누구냐며 저들끼리 쑥덕대던 사람들이 '주설화'라는 이름을 듣기 무섭게 눈에 불을 켜곤 수군거렸다.

"지금은 국서의 형수라고 합니다."

"하지만, 최근에 구제용과 이혼했다고 들었습니다."

"그렇다면 이제 둘의 관계는……."

한마디씩 보태던 귀족들의 눈썹이 씰룩였다. 구가와 복잡한 인연을 갖고 있는 여인이 시건형과는 또 무슨 연이 있는 건지는 모르겠으나, 아무래도 재미있는 일이 생길 것만 같았다.

"언제 오나 기다리고 있었는데, 드디어 만나게 되었군."

"예. 바라셨던 대로, 드릴 말씀이 있어서 왔습니다."

그녀의 눈빛에서 약간의 분노를 읽어 낸 시건형은 작게 미소 지었다. 그동안 무슨 일을 겪은 건지는 몰라도 그리 썩 잘 지낸 거 같지는 않아 보였다. 곱상한 얼굴과는 다르게 흙먼지를 뒤집어쓴 차림이라든가 한 손에 꼭 쥐고 있는 꼬질꼬질한 보따리로 보건대, 갈 곳 잃은 부랑자 신세로 전락한 게 틀림없었다. 그 때문인지는 몰라도, 소문만큼 한성격 할 것처럼 보이지는 않았다. 들려오는 소문에 의하면 성격이 아주 까칠하고 심성이 좋지 못하며 독한 여인이라 했던 거 같은데…….

"좀 조용한 곳에서 대화를 나누는 편이 나았으려나?"

지금 그의 눈앞에 있는 여인은 기가 죽어 있었다. 그것이 자신이 처한 상황 때문인지, 아니면 수많은 귀족이 모여 있는 회합장의 분위기에 압도된 탓인지는 모르겠다.

배려 차원에서 장소를 옮길 것을 제안했지만, 설화는 고개를 저었다.

"아니요. 많은 사람이 들으면 들을수록 좋은 이야기입니다."

"그래?"

불안해 죽겠다는 듯 파르르 떨 때는 언제고, 다시금 그녀의 독한 눈빛과 마주한 시건형은 놀라움을 삼켰다. 확실히 만만히 봐서는 안 될 계집이었다.

"우선 그 전에 청이 하나 있습니다."

"청이라……."

당당하게 부탁이 있다는 말에 절로 그의 눈살이 찌푸려졌다. 꼴을 보아하니 아무래도 벼랑 끝까지 내몰린 거 같은데, 그럼에도 이렇게 당당하게 무언가를 요구하는 꼴이 건방졌다.

"그게 무엇이냐."

하지만 그녀가 갖고 온 소식이 여왕을 겨냥할 무기가 될 수도 있었기에 일단 한 번은 꾹 참을 요량이었다. 그렇게 시건형이 한 걸음 물러서자, 마른침을 삼키며 그의 대답을 기다리고 있던 설화의 입술 새로 옅은 안도의 한숨이 내쉬어졌다. 이판사판이라는 생각에 고자세를 취한 것인데, 다행히 잘 먹혔다. 그래, 자신이 여왕의 약점을 손에 쥐고 있으니 저들도 어쩔 수 없는 거겠지.

피식, 만족스러운 미소를 짓던 그녀가 당당하게 말했다.

"저는 전하의 비밀을 알고 있다는 죄목으로 하루아침에 거리에 나앉게 되었습니다. 그러니 남은 생은 편하게 먹고살 수 있도록 제 뒤를 봐 주세요."

"뭐라?"

"약조를 해 주신다면, 전하의 비밀을 알려 드리겠습니다."

전하의 비밀이라는 말에 회합장에 모여 있던 귀족들이 다시금 수군대기 시작했다. '비밀'이라는 말은 그들의 구미를 돋우기에 충분했다.

"전하의 비밀이라니, 정말 그런 게 있기는 한 건가?"

"예. 그것도 국서와 관련된 문제입니다."

"국서?!"

지어낸 이야기가 아니냐며 불신의 눈초리를 보내던 몇몇 귀족들의 귀가 쫑긋 올라갔다. 국서라니, 국서라니!

안 그래도 눈엣가시 같은 구제하를 끌어내리고 싶어 안달이 나 있었지만, 워낙 여왕의 총애가 깊다 보니 감히 손을 댈 수가 없었는데…… 어쩌면 이번 기회에 여왕을 압박하는 것은 물론, 그 꼴도 보기 싫은 구제하의 목을 조이는 것까지도 가능할지 몰랐다.

이렇듯 그녀의 한마디에 귀족들은 잔뜩 신이 났다. 그러나 이 넓은 방 안에서 유일하게 심각한 표정을 짓고 있는 이가 하나 있었으니.

"시건형 님……."

바로 시건형이었다.

뭔가가 미심쩍었다. 그것이 국서와 관련된 이야기라는 말을 들어서인지, 아니면 그 밖의 다른 이유 때문인지는 모르겠지만 찝찝했다.

"좋다, 네 청을 들어주마."

한참 동안의 망설임 끝에 그가 겨우 입을 열었다. 가슴이 수군거리는 것이 영 신경 쓰였지만, 별거 아니겠지.

"감사합니다! 정말 감사합니다!"

금세 얼굴이 활짝 핀 설화는 연신 고개를 조아리며 외쳤다. 하늘이 무너져도 솟아날 구멍은 있다더니, 이렇게 또 하나의 탈출구가

생겨날 줄이야.

"원하는 것을 얻었으니, 이제는 네 차례다."

"그래, 네가 알고 있는 것을 빨리 말하거라."

귀족들의 재촉에 설화는 제 입술을 깨물었다. 마음 같아선 각서 같은 것을 받아내고 싶었지만, 그런 것을 요구할 정도로 여유로운 입장이 아니기는 했다.

할 수 없지. 깊게 숨을 들이쉰 그녀가 말했다.

"전하께서는 귀족들의 눈을 속이기 위해 국서와 거짓 혼인을 하셨습니다."

그녀의 말이 끝나기 무섭게 회합장에는 무거운 침묵이 내려앉았다. 그러나 그것도 잠시.

"뭐라…… 그게 사실이냐!"

"예, 제가 두 눈으로 똑똑히 봤습니다."

"봤다니, 무엇을!"

"두 분이 작성하신 서약서요."

좀 전에 들은 엄청난 이야기에 귀족들이 잔뜩 흥분했다. 이는 시건형도 마찬가지였다. 전혀 생각지도 못한 비밀에 그 역시 크게 놀랐다.

"거기에는 여러 가지 조항들이 적혀 있었습니다. 예를 들면 '1년 후, 구제하는 국서의 자리에서 물러난다.'라든가……."

물론 그 기록은 이제 남아 있지 않았지만, 설화는 일부러 그것까지는 말하지 않았다. 굳이 저에게 불리한 말을 할 필요는 없었으니까. 나중에 귀족들이 이 사실을 알게 되더라도, 그 사이에 여왕이 처분한 거라고 하면 뭐라 할 수 없을 것이다.

"세상에나, 이게 지금 말이 됩니까?"

"전하께서 어찌 그런……."

난리가 난 회합장을 둘러보던 설화의 입가엔 만족스러운 미소가 지어졌다. 자신의 말 한마디에 회합장의 분위기가 떠들썩해진 것이 꽤 마음에 들었다. 그래, 이래야지. 다들 날 무시하지 말란 말이야.

"역시, 뭔가 이상하다고 생각했습니다."

"그래요. 듣도 보도 못한 구가의 차남을 국서로 간택하신 것부터 가 수상했어요."

"처음부터 우릴 속였던 거예요!"

잔뜩 흥분한 귀족들이 큰소리로 외쳤다. 다시금 난장판이 된 회 합장 안. 그러나 이번에도 시건형만은 이 분위기에 어울리지 못하 고 있었으니.

'뭔가 이상한데…….'

들뜬 귀족들과 달리 그는 생각이 많았다.

뭐라고 콕 집어 말할 수는 없었지만, 아까와 마찬가지로 기분이 이상했다. 분명 엄청난 비밀임에도 어째서인지 그것에 혹하지 않았 다. 도대체 왜?

"이는 우리에게 기회입니다."

그렇게 시건형이 생각에 잠겨 있는 사이, 신이 난 귀족들은 벌써 부터 여왕을 몰아세울 방법들을 쏟아내느라 정신이 없었다.

"일단 조회 참석자들을 선발하는 방식부터 바꿉시다."

"그래요. 서하연 합숙이 끝나면 곧바로 이번 달 총회가 있으니,

그 자리에서 건의합시다."

"그런데 듣자 하니 이번에는 귀족 가문에서 여덟 명이나 올라갔다고……."

누군가가 소심하게 끼어들었다. 여덟은 결코 적은 숫자가 아니었다. 그런데 굳이 그 선발 방식을 바꾸자는 위험한 발언을 해도 되는 걸까.

"하지만 그 여덟 명 모두 우리 측 사람이 아니지 않습니까."

"맞아요. 요즘 젊은 귀족들은 우리 말을 안 듣는단 말입니다."

"게다가 대신들과 어울리기나 하고……. 그것들은 귀족의 수치나 다름없어요."

"어린 것들이 뭘 알겠습니까. 연륜이라는 말이 괜히 있겠어요?"

신이 난 귀족들은 저들끼리 깔깔대며 웃기 바빴다. 이 말을 꺼냈을 때 여왕의 얼굴이 새파랗게 질릴 것을 생각하니, 벌써 속이 뻥 뚫리는 거 같았다.

그러나 아직 한 가지 문제가 남아 있었다.

"도대체 무엇을 그리 고민하시는 겁니까?"

생각지도 못한 문제. 도대체 뭐가 문제인 것인지 아까부터 시건형은 꼼짝을 않고 있었다. 이를 본 귀족들은 답답하다는 듯 한숨을 내쉬었다. 눈앞에 엄청난 기회가 뚝 하고 떨어졌는데, 도대체 고민할 게 뭐가 있느냐 말이다. 굴러들어온 이 기회를 어떻게 이용할까 생각하기도 바쁜데.

"아니, 고민이라기보다는……."

그러나 시건형은 여전히 뒤가 찜찜했다.

눈앞의 여인의 말에 따르면 아라와 구제하의 관계는 단순히 계약으로 묶인 사이라고 했다. 그렇다면 평소 둘이 보여 주고 있는 그 다정한 모습도 전부 연기라는 건가? 아니, 연기라고 하기에는 서로를 바라보는 시선이 너무나도 따뜻했다. 맞잡은 두 손에는 언제나 힘이 들어가 있었다. 함께 대화를 나누는 모습은 너무 행복해 보였다.

지금 다른 귀족들은 연륜이니 뭐니 운운하면서도 정작 중요한 것을 보지 못하고 있었으니, 여왕과 신왕의 사이에는 진심이 있었다. 누가 봐도 행복해 보이는 부부의 모습이거늘, 그것을 저 여인의 말만 듣고 의심해도 되는 걸까? 확신이 서질 않았다.

"지금이 기회입니다. 어쩌면 마지막 기회가 될지도 모른다고요!"

"빨리 움직여야 합니다."

"하지만……."

"하지만 따윈 없습니다!"

계속해서 망설이는 듯한 그의 태도에 결국 귀족들이 폭발하고 말았다. 아니, 누가 봐도 저들에게 유리한 상황인데 고민할 필요가 뭐 있느냔 말이야!

"더 이상 왕의 힘이 커지게 둬서는 안 됩니다. 우리가 설 자리가 없어진다고요!"

"그래요, 왕권이 강화되는 것을 막아야 합니다."

"맞습니다!"

"……."

그들의 아우성을 흘려듣고 있던 시건형이 순간 움찔하고 떨더니 고개를 들어 올렸다. 그는 여전히 씩씩거리며 목청껏 제 의견을 외쳐 대는 그들을 바라봤다. 순간 질문 하나가 목구멍까지 차올랐지만, 그는 애써 이 질문을 도로 꿀꺽 삼켰다. 뚝뚝. 식은땀이 흐르기 시작했다.

'나에게도 이러실 겁니까.'

'내가 왕위에 앉은 후에도 다들 이러실 거냔 말입니다.'

미처 입 밖으로 꺼내지 못한 말이 시건형의 머릿속에 가득 울려 퍼졌다. 이 방에 모인 사람들은 모두, 어린 여왕을 끌어내리고 그 자리에 왕가의 일원인 자신을 올리겠다는 뜻을 가진 자들이었다. 지금까지는 아라에게서 자리를 빼앗는 것만 생각하느라 미처 보지 못한 게 하나 있는데, 그럼 그 자리에 앉고 난 다음에는?

왕권이 약해져야 저들이 살 수 있다 주장하는 그들이 왕위의 오른 자신의 말에 순순히 복종할 리가 없었다. 그렇다는 건 그 역시 허수아비나 다름없다는 것.

아, 왜 진작 눈치를 채지 못했던 걸까?

시건형은 방 안을 가득 채우고 있는 이들을 재빨리 둘러봤다. 목에 핏대를 세우며 여왕을 끌어내릴 계획을 세우고 있는 그들의 모습이 더 이상 듬직해 보이지 않았다.

이제는 두려웠다. 지금 눈앞에 있는 이들은 동지가 아니었다. 어쩌면 훗날 그의 앞길을 가로막거나 방해할 적이 될지도 몰랐다. 지금 아라의 모습이 미래 자신의 모습과 겹쳐 보이자, 시건형은 숨이 턱 하고 막혔다. 언젠가 아라가 했던 말이 그의 뇌리를 빠르게 스치고 지나갔다.

'조심하세요, 숙부님.'

'너무 위만 올려다보고 있다가는 주위의 무언가를 놓칠 수
가 있으니.'

아, 그때 그 작은 꼬맹이가 무슨 소리를 하는 건지 몰랐는데 이걸
말하는 거였구나. 그 작은 아이는 내가 아무것도 보지 못하고 있을
때 벌써 모든 것을 꿰뚫고 있었구나.

"시건형 님! 도대체 어쩌실 생각입니까!"

방 안에 앉아 있던 수십 명의 눈이 다시금 그를 향했다. 답답한지
버럭 외쳐 대고 있는 그들을 멍하니 바라보던 시건형이 조심스럽게
입을 열었다.

"생각을…… 할 시간이 좀 필요하군요."

"아니, 총회가 낼모레인데, 생각할 시간이 어디 있습니까?"

"맞아요. 지금 당장 확답을 내려주세요!"

귀족들의 외침에 시건형은 당장에라도 이곳에서 벗어나고 싶었
다. 적어도 이 방만큼은 자신이 군림하고 있는 나라라고 생각했는
데, 그것이 아니었다.

五花.
날사랑한다는 거지?

아침이기는 했지만 계절이 가을을 지나고 있어서 그런지 아직 어두웠다. 그럼에도 불구하고 궐 안은 아침 맞을 준비로 분주했다. 그러나 다른 곳들과 달리 유난히 조용한 곳이 있었으니, 바로 여왕께서 자리를 비운 지 사흘째가 되는 중앙궁이었다. 평소와는 달리 너무나도 조용한 탓에, 오죽하면 밤마다 제 정인을 기다리고 있는 사내의 울음소리가 들려오고 있다는 소문이 돌 정도였다. 그러나 이는 대부분 궁녀들이 만들어 낸 이야기로, 사실상 중앙궁의 궁인들은 풀이 죽은 제하의 모습을 즐기고 있었다.

"......"

중앙궁의 방 안.

끙끙대며 몸을 뒤척이던 제하가 습관적으로 제 옆자리를 향해 손을 뻗었다. 그러고는 툭툭, 무언가를 찾는 듯 손을 쓸어 보지만 잡히는 것은 아무것도 없었으니. 인상을 찌푸린 그가 슬며시 눈을 떴다. 곧 옆자리가 비어 있음을 눈으로 확인한 그는 한숨을 내쉬며 돌아누웠다.

"하아……."

지난 십수 년을 홀로 지내 왔는데, 고작 몇 개월이 사람을 버려 놓았다. 아침에 혼자 눈을 뜬다는 게 이렇게나 쓸쓸한 일일 줄이야.

"밤사이 또 우셨습니까?"

"또라니?"

아침 식사 후, 조회를 끝내고 방으로 돌아온 제하가 자리에 앉기 무섭게 무휼이 들고 온 상소를 집어 들었다. 고작 이틀 했을 뿐인데 벌써 이 생활이 몸에 밴 듯했다.

"모르셨어요? 지금 궐 안에 소문이 파다한데."

"네가 이상한 소문을 낸 건 아니고?"

"제가 왜 그럽니까. 하하."

아니, 충분히 그러고도 남을 놈이야, 너는.

처음 봤을 때는 그래도 어른스러운 녀석인 줄 알았는데 아니었다. 평소엔 아라와 월비가 곁에 있기에 상대적으로 그렇게 보였던 것뿐, 이렇게 따로 놓고 보니 그도 한성격 했다.

"이러다 울보로 정평이 나겠어. 남사스럽게……."

이상한 별명이 생기고 말았다며 제하는 한숨을 푹 내쉬었다.

"아침마다 사람들이 물어봅니다. 소문이 사실이냐고."

"넌 뭐라고 대답하는데?"

"오늘 아침에는 어쩐지 눈이 붉게 충혈되어 있더라, 라고 대답했습니다."

결국, 그 소문을 부추긴 일등공신이 너잖아!

"잘 들어. 난 아침에는 원래 그래."

늦게까지 일하는 아라 때문에 그녀의 생활에 맞추다 보니, 어느샌가부터 밤늦게까지 책을 읽거나 하는 습관이 생겨서 그렇단다. 그러나 이러한 제하의 말에도 불구하고 한번 찌푸려진 무휼의 인상은 퍼질 생각을 안 했다.

"매일 밤 우시는 게 취미십니까?"

"그 말이 아니잖아!"

더는 실랑이할 기운도 없으니 그 입 좀 다물라며 제하가 무휼을 강하게 노려봤다. 아무래도 안 되겠다. 이깟 상소니 뭐니 후딱 정리해 놓고 좀 쉬든가 해야지, 원.

방해하지 말라며 무휼을 한 번 쏘아본 그가 놀라운 집중력을 발휘하며 일을 하나씩 처리하기 시작했다. 그렇게 얼마간의 시간이 흘렀을까. 조용하기만 하던 중앙궁의 밖이 소란스럽다.

"밖에 무슨 일 난 거 아니야?"

"그랬다면 바로 저를 찾았을 텐데…… 잠시만요."

확인하고 오겠다며 자리에서 일어난 무휼이 황급히 방을 나섰다. 그리고 얼마 되지 않아 방으로 돌아온 그는 무슨 일 있냐는 제하의 물음에 고개를 저었다.

"별일 아닙니다."

"중앙궁이 소란스러운 게 별일이 아니야?"

그러나 여전히 문밖에서 들려오는 사람들의 목소리에 제하가 다시 물었다. 왕이 머무는 곳이 별일 아닌 걸로 소란스러울 리가 없지 않은가.

"정말 별일 아닙니다."

"뭔데 그래."

끈질기게 묻는 그에게 무휼은 정말 별일 아니니 신경 끄고 하던 일 하시라며, 얼마 남지 않은 상소와 안건들을 가리켰다.

"그냥 전하께서 돌아오셔서 소란스러운 거니, 신경 안 쓰셔도 됩니다."

"아, 그렇구……."

그 말에 고개를 끄덕이며 '아, 그렇구나.'라고 중얼거리던 제하가 멈칫했다. 천천히 고개를 들어 올린 그의 눈이 짜증으로 이글거리고 있다. 어디 그뿐인가. 그의 손에 꼭 붙들려 있는 상소가 어느새 그 모양을 잃고 잔뜩 구겨져 있는 것을 본 무휼은 재빨리 말했다.

"물건을 던지는 건 좋지 못한 행동입니다, 신왕."

"너야말로 이런 식으로 사람 속 태우는 거 나쁜 거야!"

"어어, 어디 가십니까? 하던 건 마저 끝내고 가셔야죠!"

"시끄러워!"

자리를 박차고 일어난 제하가 황급히 방을 나섰다.

들고 있던 붓을 아무렇게나 내려놓는 바람에 하얀 종이 위에는 검은 흔적들이 뚝뚝. 순식간에 난장판이 된 현장을 응시하던 무휼은 한숨을 내쉬며 재빨리 그의 뒤를 따랐다.

"아, 이럴까 봐 말 안 하려고 했던 건데."

"시끄럽다고 했다."

급하게 중앙궁을 나서던 제하의 걸음이 문득 멈추었다. 저 멀리에서부터 사람들에게 둘러싸인 채 걸어오고 있는 아라가 보였다. 무슨 재미있는 이야기라도 나누는지 궁인들과 꺄르르 웃으며 걸어오는데, 그것이 답답하다는 생각이 들 정도로 너무 느렸다. 할 수 없이 제하는 한달음에 그녀의 앞까지 달려갔다. 그러자 저를 향해 달려오는 그를 본 아라의 입가에 화사한 미소가 번진다.

"헐레벌떡 뛰어오는 것 좀 봐."

그녀가 조금 놀리는 듯한 목소리로 말하며 작게 웃었다.

"나 많이 보고 싶었나 봐요?"

"말이라고."

그의 대답에 아라는 놀랐다. 당연히 '하나도 안 보고 싶었어.' 따위의 삐딱한 답변이 돌아올 줄 알았는데, 지난 사흘이라는 시간이 몇 년은 되는 거 같았다는 기특한 소리를 하다니.

"그러고 보니 좀 전에 들은 건데."

아라의 표정에 즐거움이 두둥실 떠올랐다.

"나 보고 싶어서 울었다던데, 사실이에요?"

그녀의 물음에 제하는 재빨리 무휼을 돌아봤다. 그러나 생각해보니 그는 지금까지 자신과 함께 있었다. 그렇다면 이 말도 안 되는 소문을 아라에게 전한 사람이 도대체 누군가, 하고 앞을 바라보니 중앙궁 여기저기에 있는 궁인들이 저를 힐끔거리며 싱긋 웃는 게 보였다.

"지금 울고 싶다, 내가."

사방이 적이었다.

*　　*　　*

어느 방 안.

비교적 규모가 크지 않고 화려하지도 않았지만, 나름대로 갖출 건 다 갖추고 있는 방 안에 한 남자가 앉아 있다. 눈앞에 한가득 쌓여 있는 은편을 세고 또 세며 만족스럽게 웃고 있는데, 갑자기 닫혀 있던 문이 벌컥 열리더니 한 사내가 숨을 헐떡이며 뛰어 들어왔다.

"아이고, 큰일 났습니다!"

"뭐, 뭐야?"

갑작스러운 사내의 등장에 놀란 제용이 놀란 가슴을 쓸어내리며 두 손에 꼭 쥐고 있던 패물들을 내려놓았다. 그러더니 화들짝 놀랐던 것이 민망했는지 괜히 소리를 쳤다.

"무슨 일인데 그리 소란인 게야!"

"지금 밖에……."

"밖에, 뭐! 또 농민들이 몰려온 건가? 그렇다면 관군들을 풀면 될 것을……."

"아니요. 천유에서 감찰관이 왔습니다!"

"뭐라고?!"

천유에서 감찰관이 왔다니, 그게 무슨 소리냐며 놀란 제용이 자리에서 벌떡 일어났다. 어쩐지 소란스러운 문가를 바라보던 그가 뒤늦게 정신 나간 사람처럼 상 위에 펼쳐진 패물들을 두 팔 가득 긁어모으더니 품에 안는다.

"뭘 멍하니 서 있는 게야! 빨리 돕지 않고!"

"아, 예. 예!"

"잘 챙겨라. 혹시라도 하나라도 잊어버리는 날에는……"

"걱정 마세요. 일일이 세어 볼 필요도 없으실 테니."

등 뒤에서 들려오는 낮은 목소리에 패물들을 자루 안에 쓸어 담던 제용이 멈칫했다. 놀란 그의 시선이 문가로 향했다.

"이미 다 봤거든요."

말끔한 차림의 도하가 싱긋 웃으며 말하자, 제용은 모든 것이 끝난 사람마냥 들고 있던 것들을 툭하고 떨어뜨리고 말았다. 바닥에 떨어진 자루 안에서 엄청난 패물과 은편들이 와르르 쏟아져 내렸다. 제 발 부근까지 굴러온 그것들을 한심하다는 듯 내려다보고 있던 도하는 작게 한숨을 내쉬었다. 안 그래도 떠나기 전 집에서 있었던 일 때문에 그는 기분이 별로 좋지 않은 상태였다.

"제발 부탁드립니다!"

바닥에 바짝 조아린 제용이 다급히 외쳤다.

"이번 한 번만…… 마지막으로 정말 딱 한 번만 눈을 감아 주시면……."

제발 부탁이니 이 일은 눈감아 달라며 두 손을 모아 싹싹 빌었지만, 도하는 꿈쩍도 하지 않았다. 그저 피식 웃을 뿐이었다.

감찰관의 이름 하나 빌렸을 뿐인데 수령씩이나 되는 사람이 제 앞에서 꼼짝도 못 하는 것이 꽤 통쾌하고 기분 좋았다. '이런 게 바로 권력이라는 것이구나.' 하는 생각이 드는 한편, 절대 놓고 싶지 않기도 했다.

"이번에 걸리면 정말 저는……."

그러고 보니 이번이 두 번째였지. 도하가 챙겨온 고발서를 품 안에서 꺼내 들어 재범이라는 붉은 낙인을 확인했다.

"저도 봐 드리고 싶지만, 수령께선 이미 일전에도 같은 죄목으로 신고를 받은 적이 있기 때문에 힘들 거 같군요."

"그러니까 감찰관 나으리께서 이번 딱 한 번만 눈을 감아 주시면……."

제발 어떻게든 한 번만 봐 달라는 제용의 말에도 도하는 단호하게 고개를 저었다.

이를 어쩌면 좋지. 제용은 머릿속이 새하얗게 변하는 것만 같았다. 그나마 있는 거라고는 촌구석의 수령이라는 지위뿐인데, 이것마저 잃게 된다면 더는 그에게 남는 게 없었다. 아버지 제율도 이제는 그에게 등을 돌린 상태였으니 난감했다. 게다가 어머니께서는 그냥 천유에 계실 것이지 걱정이 된다며 따라 내려와서는 제 돈으로 없는 살림에 호의호식하고 있으니, 그나마 남은 돈도 이제는 거의 바닥을 드러내고 있는 상황.

도대체 이를 어쩌면 좋단 말인가. 그러던 제용의 눈에 도하가 허리춤에 차고 있는 작은 나무패 두 개가 눈에 들어왔다. 그중 하나는 감찰관의 신분을 나타내 주는 패였고, 다른 하나는 그가 중앙군에 소속된 병사라는 것을 알려주는 패였다.

"아! 중앙군의 병사시군요. 그렇다면 이야기가 더 빠르겠네."

제용의 머리가 빠르게 돌아갔다.

"아실까 모르겠는데, 제 동생이 이 나라의 국서랍니다. 그러니 이번 한 번만 저를 도와주신다면, 제가 그 녀석에게 잘 말을 해서……."

그저 이 일을 빨리 마무리 짓고 돌아가고 싶다는 생각밖에 들지 않던 도하의 정신이 번쩍 들었다.

"국서? 신왕?"

"맞아요, 신왕! 지금 한창 여왕의 총애를 받고 있습죠."

구제용, 구제용이라. 어쩐지 많이 익숙한 이름이다 싶었지만, 설마 이런 촌구석의 수령이 국서의 형님일 줄이야.

얼굴이 조금이라도 닮았더라면 좀 더 빨리 알아차렸을 텐데, 배다른 형제라는 소문은 사실이었던 건지 닮은 구석이 전혀 없었다. 피가 절반밖에 섞이지 않아서 미움을 받았나 보구나, 싶었다. 그런 그도 이런데 피가 아예 섞이지 않은 자신은 어떨할까.

"……아무리 신왕의 형님이시라고 해도 그건 제가 어떻게 할 수 있는 일이 아닙니다."

"제발!"

"안 됩니다."

도하가 침착하게 말했다. 물론 국서가 마음만 먹으면 뒤로 슬쩍 빼내줄 수도 있겠지만, 지금껏 그가 지켜본 바로는 그럴 거 같지 않았다. 그럴 생각이 조금이라도 있었다면 이번 일에 자신을 보냈을 리가 없지 않겠는가. 게다가 아무리 국서라고 해도 이번 일을 눈감아 줄 수는 없을 거 같았다.

"잠깐…… 이게 뭡니까?"

마지막으로 창고를 뒤지고 있던 그의 눈에 이상한 물건이 들어왔다. 창고 안에는 커다란 나무 상자들이 가득 쌓여 있었는데, 내용물을 보니 전부 다 수분기가 없이 쌉쌀한 향을 내는 것들이었다. 그것을 살짝 집어든 그가 인상을 찌푸렸다.

"이건 약재가 아닙니까?"

설마 약재까지 독점했을 줄이야. 시전에 있는 약재들을 그대로 끌어모은 건지 창고 안에 엄청난 양의 약재들이 켜켜이 쌓여 있는데, 그야말로 장관이었다. 수많은 약재들에 놀라고 있던 도하의 눈에 유난히 눈에 띄는 상자 하나가 들어왔다. 푸른빛을 띠는 옥색의 작은 갑. 제 손바닥 크기만 한 그것은 붉은 실로 묶여 있기까지 했다.

조심스럽게 그것을 열어 본 도하는 미간을 찌푸렸다.

"이건 또 뭡니까?"

"아, 그건……."

한가득 쌓여 있는 것들보다 좀 더 귀한 대접을 받고 있는 가루에 도하가 관심을 갖자, 그의 부름을 받고 온 약재상이 향을 맡더니 답했다.

"독초를 간 것 입니다."

"독초?"

"예. 하지만 천유국에서는 금지된 약초이기 때문에 외국에서 밀수를 했을 것으로 추정됩니다. 소량으로도 목숨을 앗아갈 수 있고, 또 증거도 남지 않아 사정 많은 귀족들 사이에서 종종 찾는 물건이기도 하죠."

아주 가관이로구나.

"전부 다 압수하겠습니다."

그의 말이 떨어지기 무섭게 밖에서 안절부절못하던 하인들이 눈치를 보더니, 재빨리 창고 안에 있는 물건들을 밖의 수레에 나르기 시작했다.

그렇게 하나둘씩 쌓여 가는 물건들과 망연자실하고 있는 구제용을 지켜보길 얼마, 상황을 감독하던 시도하의 시선이 어느 물건에 유독 오래 머물렀다.

*   *   *

"크하!"

쭉 들이컨 잔을 요란하게도 내려놓은 아라가 기분 좋다는 듯 활짝 웃었다. 그러자 말없이 이를 지켜보고 있던 제하가 피식 웃으며 그녀를 막았다.

"이제 그만해."

"이거 놔요. 술을 못 마시게 하니, 기분이라도 내야지."

국화차를 마치 국화주처럼 들이키고 있는 그녀의 엉뚱한 행동에 제하는 그저 큭큭대며 웃었다. 어쩐지 좀 전에 수라상에 올라온 자신의 반주에 유난히 눈독 들이는 거 같더니만.

"사람을 어찌나 정신적으로 몰아세우는지, 술 생각이 간절하더라고요."

"술도 못 마시면서."

"그 정도로 힘들었다, 이겁니다."

잔을 내려놓은 아라는 약간 짜증 섞인 목소리로 말했다. 서하연 합숙에서 돌아오면 꼭 이렇게 진이 빠지는 게 하루 종일 자도 시원치 않았다. 물론 오랜 시간 차근차근 공부하는 다른 학생들과 그녀는 배우는 것도 다르고 단기간에 진도를 따라잡아야 하니 어쩔 수 없다는 건 알겠지만…….

"려화께서는 정말 봐주는 게 없거든요."

궐 밖에 있는 스승님께선 정말 무서운 분이셨다. 물론 그렇게 독한 사람이기에 서하연의 정점까지 버티고 올라설 수 있었던 거겠지만.

아라가 정말 힘들었다며 차라리 수십, 수백 개의 상소문을 읽는 편이 나을 거 같다 투덜대자, 이를 받아주고 있던 제하가 고개를 끄덕이며 그녀의 머리를 쓰다듬었다.

"하긴, 아직은 한창 놀고 싶을 나이지. 그렇지?"

"또 애 취급 하는 거 봐."

더는 꼬맹이로 보이지 않아서 곤란하다고 할 때는 언제고, 그새 또 어린애로 보이기 시작했냐는 그녀의 물음에 제하는 노골적으로 대답을 미루었다. 꼬맹이라는 건 물론 농담. 어리게 보이기는커녕 사흘 만에 보는 얼굴이라 그런지, 전보다 더 곱다는 생각밖에 들지 않았다.

"애처럼 안 보여."

하지만 지금은 예쁘다는 말보단 그저 놀리고 싶었다. 사흘 치 못 한 거 전부 다 몰아서.

"안 본 사이에 아주 폭삭 늙어서 돌아왔네. 어우, 눈가의 주름 봐, 이제 내 누님이라 해도 믿겠어."

"진짜?!"

장난스러운 그의 말에 아라가 화들짝 놀리며 제 눈가를 만져 보았다. 물론 그런다고 그가 말한 눈가 주름이 잡힐 리가 없었지만.

"눈 밑에 새까맣게 내려온 것 좀 봐. 얼굴도 푸석푸석한 게……."

"그만 놀려요."

사태가 심각하니 좀 더 제대로 봐야겠다는 것을 핑계로 양손으로 그녀의 얼굴을 감싸 쥔 제하가 요리조리 고개를 돌리며 이곳저곳에 입을 맞추기 시작했다.

"예쁘다, 내 부인."

늘 그렇듯 예쁘다는 말로 어물쩍 넘어가 보려는 심산이었겠지만, 이를 눈치챈 아라가 그냥 넘어갈 리 없었다.

"그나저나 난 이렇게 힘들었는데."

누가 빨리 끝내고 돌아오라고 하도 성화를 부리기에 평소보다 더 무리했건만, 정작 기다리는 사람은 너무나도 멀쩡해 보이니 괜히 속이 쓰렸다.

"당신은 아주 멀쩡해 보이네요."

"나도 그렇게 편하지만은 않았어."

제하가 반박했다. 오죽하면 궐 안에 자신이 울보라는 소문이 돌 정도일까. 제 마음을 이해 못 하는 그녀가 야속한 제하는 한숨 섞인 목소리로 작게 중얼거렸다. 그러자 이를 눈치챈 아라가 눈을 찡긋거리더니.

"그랬어요? 왜 그랬을까아?"

일부러 말끝을 잔뜩 늘어뜨리며 물었다. 그러자 그녀를 응시하던 제하가 재빨리 늘어지는 입가를 손으로 가렸다.

"'네가 없어서.'라는 말을 꼭 들어야겠다, 이거지?"

"눈치챘으면 그냥 좀 해 주든가."

남자가 어쩜 이렇게 눈치가 없을까.

"그럼 다시 물어보든가."

"그 정도로 자존심이 바닥은 아니라서요."

엎드려 절 받는 것도 아니고, 그렇게까지 해서 듣고 싶은 건 아니었다며 그녀가 자리에서 일어났다.

"자려고?"

"네. 피곤해 죽겠네요."

원래 서하연에서 돌아온 날은 쥐 죽은 듯 잠드는 것이 그녀의 일상이었다. 다만 이번에는 그동안 없었던 남편이라는 것이 있어 마음 편히 쉬지 못했던 것뿐. 아무래도 오늘은 일찍 자야겠다며 무거운 걸음으로 침상에 오른 아라가 풀썩 쓰러졌다. 말없이 그 뒤를 따르던 제하가 침상에 누워 있는 그녀를 바라보더니 슬쩍 물었다.

"삐쳤어?"

"……."

"누가 꼬맹이 아니랄까 봐."

아, 또다. 또. 무시하려 해도 무시할 수 없는 '꼬맹이'라는 말에 결국 아라는 발끈하며 감고 있던 눈을 뜨고 벌떡 일어났다. 간만에 들으니 새롭긴 했다.

"내가 꼬맹이면, 당신은 아저씨인가?"

"뭐?"

'아저씨'라는 말에 제하는 예민하게 반응했다. 아니, 그럴 수밖에. 지금껏 들어 본 적도 없는 말인 데다가 그 말을 아라에게서 듣게 되다니, 꽤 충격이었다.

"스물두 살에 아저씨란 소리는 너무하지 않아?"

"열일곱에 꼬맹이란 소리는 괜찮고요?"

"너 애 맞잖아."

성인식을 기준으로 아이와 어른으로 나눈다는 것이 우습기는 했지만, 어쩌겠는가. 이 나라 법도가 그렇다는데. 설령 마음은 성숙하다 할지라도 그녀는 아직 아이였다.

"언제는 애처럼 안 보인다더니?"

"그날 밤에는 뭔가가 특별했나 보지."

"오늘 밤에는 그렇지 않다는 거예요?"

도대체 '그날 밤'과 '오늘 밤'의 차이가 무엇이냐는 그녀의 물음에 제하는 잠시 아무런 대꾸도 하지 않았다. 구체적으로 설명하기가 조금 복잡한 문제였다.

"어디 나중에 두고 봐요."

"나중이라니?"

그게 무슨 소리냐는 그의 물음에 아라는 눈썹을 씰룩이며 일부러 얄미운 투로 답했다.

"당신 나이가 마흔일 때를 생각해 봐요."

사람이 언제까지고 젊고 아름다울 수는 없지 않은가. 지금은 어리다고 이렇게 무시해도 나중에 더 나이를 먹으면 자신에게 잘 보여야 할 거라는 뜻이었다. 꽤 의기양양하게 말하고 있었지만 제하는 꿈쩍도 안 했다.

"이봐요, 아가씨. 내가 늙으면 당신도 늙습니다만?"

시간의 흐름이라는 게 어찌 한 사람에게만 적용되겠는가. 사람은 다 같이 나이를 먹는 거라며 제하가 말했지만, 아라는 꼭 그런 것만도 아니라며 고개를 저었다.

"그래도 서른다섯과 마흔의 심리적인 차이는 꽤 크죠."

"……."

"얼마 남지도 않았어요."

그래, 얼마 남지도 않았다.

"앞으로 20년 정도 후의 이야기네."

앞으로 20년쯤 후면 그는 마흔, 아라는 서른다섯이었다.

"어디 한번 두고 봅시다."

"그때 가서 다른 남자를 만나겠다는 소리야?"

"모르죠."

어깨를 가볍게 으쓱인 아라가 아주 작정하고 제하의 속을 박박 긁기 시작했다. 효과가 있는지 인상을 찌푸린 그의 호흡이 흐트러졌다. 씩씩대는 것이 아무래도 정말 화가 난 모양인데, 이쯤 놀렸으니 그만하고 농담이었다는 말로 잘 마무리를 지어 보려는 그때였다.

"그 말 취소해."

"싫은데요."

취소하라니 하기 싫어졌다. 그래, 청개구리 같은 심보인건 그녀도 알고 있다.

"진심으로 하는 말은 아니겠지?"

"글쎄요?"

누워 있는 아라의 위로 바짝 다가온 그가 그녀를 내려다보며 계속해서 물었다. 그러나 아라도 고집이 있는지라 한번 내뱉은 말을 철회할 생각 따위 없었다. 그렇게 서로를 강하게 노려보길 얼마, 눈싸움에서 먼저 백기를 든 제하는 한숨을 푹 내쉬었다. 벌러덩 곁에 누운 그가 그녀의 이마를 손가락으로 콕콕 찔렀다.

"아직은 꼬맹이로 있는 편이 좋을 텐데?"

"어째서요."

"후회할 테니까."

"그럴 리가."

정말로 후회하지 않겠느냔 그의 물음에 아라는 여러 번 고개를 끄덕였다. 다른 것들보다도 그에게 꼬맹이라는 소리를 듣는 게 더 싫었다. 야무지게 고개를 끄덕이고 있는 아라를 내려다보던 제하의 눈빛이 짙게 변했다. 아무것도 모르면서 이렇게 덤빌 때마다 정말 괴롭혀 주고 싶다는 생각밖에 들지 않았다. 특히나 오늘은 한동안 떨어져 있다가 만나서 그런지, 더더욱.

"진짜 후회 안 해?"

"네."

도대체 아까부터 뭘 그렇게 후회니 뭐니, 그런 말을 하는 거냐며 아라가 슬쩍 짜증을 냈다. 그렇게 가만히 그를 쏘아보고 있기를 얼마, 순식간에 그녀의 입술 위로 그의 입술이 닿았다. 갑작스러운 입맞춤에 잠시 놀란 아라도 이제는 익숙한 듯 평소와 같은 가벼운 입맞춤이겠거니 하고 슬며시 눈을 감았지만, 이번에는 뭔가가 달랐다.

평소라면 이쯤하고 물러났을 그였지만 이번엔 아니었다. 두 팔로 그녀를 꼼짝 못 하게 가둔 그가 다시금 천천히 고개를 숙이더니 진한 입맞춤을 퍼붓기 시작했다.

어디 그뿐인가, 부드럽게 등을 쓸며 올라온 손은 어느새 그녀의 옷고름에 닿아 그것을 천천히 잡아당기기까지 하고 있으니, 아라는 미칠 거 같았다. 한참이 지나서야 그녀에게서 떨어진 그가 얄미운 미소를 씩 지으며 물었다.

"마지막으로 한 번만 더 기회를 줄게."

숨 막히는 애정 표현 덕분에 정신을 못 차리고 있던 아라가 마지막이라는 소리에 재빨리 말했다.

"내가 잘못했어요."

"좋아."

그제야 만족스러운 미소를 지은 제하가 몸을 일으켜 그녀에게서 떨어지더니 이만 자자며 옆에 누워 이불을 끌어 올렸다.

"피곤하다고 했지? 빨리 자."

서하연 합숙 때문에 지쳤을 텐데 오늘은 일찍 자라며 토닥여 주기까지 했지만 이렇게 잠이 드는 건가 싶기도 잠시, 그녀가 이불을 박차고 벌떡 일어났다.

"아, 잠 다 깼어."

잘 수 있을 리가 없었다.

* * *

"그만 일어나세요, 부인."

귓가에서 들려오는 기분 좋은 목소리에 아라는 슬쩍 눈을 떴다.

창밖이 밝은 걸 보니 아침인 모양이다. 새벽까지 뒤척이다 겨우 잠이 든 거 같은데 벌써 아침이라니, 왠지 모르게 억울했다.

"으으……."

아직 피곤이 가시지 않아 돌아누우려 했지만, 어떤 못된 손이 자꾸만 그것을 방해했다. 마치 장난감을 다루듯 어깨를 붙잡은 손이 이리 굴리고 저리 굴리고 난리도 아니다.

"그만해요."

"잠이 확 깨지?"

"짜증이 확 나려 하는데."

아라가 아침부터 장난을 걸어오고 있는 제하를 쏘아보며 말했다. 본인은 나름대로 진지하게 부인의 잠을 쫓기 위해 그랬다고는 하지만 그의 얼굴에는 미처 지우지 못한 미소가 남아 있었으니, 진짜 이제 그만하라고.

"그만 일어나. 일하러 가야지."

"……원래 이렇게 성실한 사람 아니었잖아요."

일하러 가야 하니 빨리 일어나라 재촉하는 그의 말에 아라는 한숨을 푹 내쉬었다. 평소엔 저보다 더 늦게 일어나고는 하던 사람이 갑자기 무슨 바람이 불었는지 모르겠다. 기특하다는 생각보다는 뭘 잘못 먹었나 하는 걱정이 앞섰다. 이래서 평소 행실을 잘해야 한다고 하나 보다.

혹시 몰라 슬쩍 그의 이마에 손을 얹어 열이 있나 확인했지만, 열은커녕 상태가 너무나도 멀쩡해 보이니 문제였다.

"그렇다면 무휼의 영향인가."

저 혼자 결론을 내린 아라가 몇 번 고개를 끄덕이더니 갑자기 문을 가리켰다.

"나가서 말해 봐요."

"뭘?"

"오늘 하루만 쉴 수 있게. 왜, 저번에 잘 둘러댔잖아요."

이상하게도 오늘은 정말 피곤해서 꼼짝도 못 할 거 같았다. 그러니 일전에 자신이 쓰러졌을 때처럼 알아서 잘 둘러대 달라는 뜻이었다.

"그때는 내가 너 밤새 괴롭혀서 못 일어났다고 했는데."

"그런 거라도 괜찮으니까, 대충 둘러대고 와요."

"너 소문 싫어했잖아."

"계속 가다 보면 이혼에 도달하지 않을까요? 그 소문."

사유가 어떻든 이제 그런 것은 상관없었다. 이미 온갖 소문들이 나돌고 있는 마당에 여기서 몸 사린다고 될 일이 아니었으니까. 그러니 제하는 이러한 아라의 반응이 마음에 들지 않았다. 좀 더 얼굴을 붉힌다거나 부끄러워하는 게 정상이거늘, 이건 너무 재미가 없다.

"내가 또 거짓말은 못 하는 진실된 사람이라."

"……참 거짓말 못 하시네요."

자신은 거짓말 같은 건 해 본 적이 없다 당당하게 거짓말하고 있는 그가 우스웠다. 아침부터 실랑이를 하고 싶은 마음은 추호도 없었지만, 이렇게 된 이상 아무래도 한판 해야 할 듯싶었다. 마음을 굳힌 아라가 다시 한 번 제하에게 협력을 요구하려는데.

"아라야."

"……이름으로 부르니, 또 색다르네요."

"그래? 꽤 여러 번 불렀던 거 같은데."

물론 몇 번인가 있기야 했겠지만, 오늘은 왠지 더 특별하게 들리는 거 같았다. 아침에 눈 뜨기 무섭게 이렇게 얼굴을 마주하고 있어서 그런가?

"이름으로 불리는 게 더 좋아?"

"글쎄요……. 이름으로 불린 게 좋은 건지, 아니면 불러 주고 있는 사람이 좋은 건지."

아라가 슬쩍 그의 눈치를 보며 말했다. 그러자 곧바로 반응이 돌아왔다. 좀 전 그녀의 말이 상당히 마음에 들었던 건지, 맞잡고 있는 제하의 손에 힘이 들어갔다.

"꽤나 예쁜 말을 하네."

씩 웃고 있는 걸 보니 기분도 꽤 괜찮은 모양이었다. 좋아, 그렇다면 이제.

"나가서……."

"오늘 총회야. 그러니까 일어나."

쳇. 다시 한 번 사람들을 설득하고 올 생각이 없느냐 물으려는데, 제하가 한발 더 빨랐다. 물론 그 역시 피곤해하는 그녀를 조금이라도 더 쉽게 해 주고 싶었지만, 안타깝게도 오늘은 총회가 있는 날이었다. 조회야 정말 힘들 때 한두 번 대신 나가 줄 수 있었지만, 총회는 아니었다. 그리고 이런 사실은 저보다 그녀가 더 잘 알고 있을 터.

작게 한숨을 내쉰 그가 힐끔, 문가를 살피더니 여전히 버티고 있는 아라를 제 품에 끌어안았다. 그러자 결국 자신의 꼬임에 넘어온 건가 싶은 아라가 활짝 미소 지었지만 그러기도 잠시.

"안 일어나면 이대로 확 잡아먹는다?"

"……."

귓가에서 나즈막하게 들려오는 그의 목소리에 아라는 정신이 번쩍 들었다. 여느 때라면 짓궂은 장난이라 여기며 넘어가겠는데, 지난밤에 있었던 짙은 입맞춤이 떠오른 것이다.

"아, 진짜!"

"좋아, 일어났군."

얼굴을 붉히며 황급히 그에게서 멀어지는 그녀의 반응에 제하는 만족스러운 미소를 지었다.

"전하께서 기침하셨습니다. 들어오세요."

그의 말이 끝나기 무섭게 닫혀 있던 방문이 활짝 열렸다. 조심스럽게 안으로 들어서던 김 상궁이 이불을 돌돌 만 채 깨어 있는 아라를 보고는 두 눈이 휘둥그레졌다.

"어머, 어떻게 깨우셨어요? 원래 합숙이 끝나면 3일 정도는 잘 안 일어나시는데."

"나만의 비법이랄까요."

비법은 무슨! 어기적거리며 일어난 아라가 한껏 으스대고 있는 제하를 흘겨봤다. 어쩜 사람이 저렇게 능글맞을 수 있지?

"나중에 저희에게도 알려주세요, 신왕."

그 비법, 꼭 좀 알아야겠다며 김 상궁은 두 눈을 반짝였다. 아라를 깨우는 일이 여간 힘든 게 아니었기 때문이다.

"그건 상관없는데……."

비법 전수를 희망하는 김 상궁의 간절한 부탁에 제하가 활짝 웃으며 고개를 끄덕였다. 그 말대로 방법을 알려주는 것은 상관이 없었다. 다만.

"아마 다른 사람들이 하면 소용없을걸요?"

"예? 어째서요?"

이건 자신만이 가능한 방법이라는 그의 말에 김 상궁은 고개를 갸웃거렸다. 도대체 뭐기에 그러느냐 계속해서 묻자 제하가 아라를 바라보며 싱긋 웃었다.

"전하께서 날 너무 좋아하시거든."

아, 짜증 나.

눈앞에 보이는 저 미소가 너무나도 얄미웠지만, 아라는 아무런 대꾸도 하지 못했다. 분하지만 그 말이 사실이었으니까.

*   *   *

"솔직히 말입니다."

대전 안에 울려 퍼지는 '솔직히'라는 말에 아라는 치를 떨었다.

"우리 너무 솔직해지지 맙시다."

그녀의 말에 막 무언가를 말하려던 귀족이 눈치를 보더니 입을 다물었다. 아무래도 아직은 때가 아닌 듯싶었다.

한편, 그들이 적당한 때를 노리고 있다는 것을 진작 눈치챈 아라는 한숨을 내쉬었다. 자꾸만 실실 웃는 것이 지금 무언가를 계획하고 있는 게 틀림없었다. 귀족들을 쏘아보던 아라가 근처에 앉아 있는 이들을 둘러봤다.

한쪽에는 제하가 자리를 지키고 있었고, 반대쪽에는 유월영이 앉아 있었다. 오늘도 사냥감을 찾기 위해 두 눈을 번뜩이며.

"이건 아닌 거 같습니다."

또 다른 귀족이 하는 말에 아라는 고개를 끄덕였다.

"내 생각에도 이건 아닌 거 같군요."

그녀의 대꾸에 이야기를 꺼낸 귀족이 당황했다. 아직 말도 꺼내지 않았는데, 무슨 이야기인 줄 알고 맞장구를 쳐 준단 말인가. 그러나 그의 말을 가로챈 아라는 대전 안을 한 번 쭉 둘러보더니 말했다.

"한 달에 한 번 있는 총회를 두 달에 한 번으로 줄이는 게 좋겠습니다."

"예에?!"

"어차피 중요해 보이는 안건은 두세 개뿐이니 말입니다."

사실 어느샌가부터 조회에서 처리하는 안건의 수가 더 많아졌다. 총회의 대부분은 귀족들의 징징거림과 신세 한탄인데, 왕이 무슨 상담소도 아니고 이런 걸 꼭 한 달에 한 번씩 해야 하나 싶었다. 그녀의 말에 대전 안의 뜨거웠던 공기가 차갑게 식었다. 한 달에 한 번 있는 총회를 두 달에 한 번으로 줄이는 건 귀족들에게 상당히 불리했다.

"아니면 총회 역시 조회처럼 인원 제한을 두려는데, 그건 어떻습니까."

또 하나, 총회 참석자들에 별다른 제한이 없다는 것도 문제였다. 대신들의 경우라면 모르겠지만, 귀족의 경우에는 가문만 있으면 누구나 다 참석할 수 있었다. 때문에 대전 안은 발 디딜 틈이 없을 정도로 포화 상태였다.

"조회와 같은 인원 제한이라면……."

"당연히 성과제입니다."

그 말에 귀족들이 펄쩍 뛰었다. 안 그래도 그것 때문에 이리 온 건데 어쩌다 이야기가 이렇게 되었을까. 조회의 진입 장벽을 낮추려다 총회에서까지 내쫓게 될 줄이야.

"그러니까 그 방식에 문제가 있다는 겁니다!"

"그렇습니다. 그…… 아무래도 성과라는 건 추상적이고……."

"그건 그대들이 눈에 보이는 결과를 못 만들어서 그런 거고."

성과는 전혀 추상적인 것이 아니라는 아라의 말에 귀족들이 조용해졌다. 솔직히 지금까지 두 손 놓고 있었으니, 구체적인 결과물이 없다는 말에 할 말이 없었다.

"어, 어찌 되었든, 그걸 전하께서 판단하시기에는……."

"지금 내 판단력에 문제가 있다는 겁니까? 그대들의 능력이 문제인 게 아니라?"

"아, 아니. 그것이 아니라……."

아라가 인상을 찌푸리며 묻자 귀족들이 다시금 어쩔 줄 몰라 했다. 솔직히 말해 그들은 지금 이 상황이 무서웠다.

과연 무서운 게 눈앞에 있는 어린 여왕인 건지, 아니면 그녀의 옆에 앉아 매서운 눈빛을 보내고 있는 남자 때문인지 잘 모르겠지만.

"분명 이 이야기가 나왔을 때 귀족들은 전원 찬성했던 걸로 기억하는데…… 안 그런가요? 그렇죠, 신왕?"

"그렇습니다, 전하."

아라의 물음에 제하가 장단 맞추듯 고개를 끄덕였다. 싱긋 웃던 그가 당황한 기색이 역력한 귀족들을 향해 고개를 돌리더니 갑자기 정색했다.

"본인들이 내뱉은 말도 기억 못 하다니, 이것 참."

"기억을 못 한다는 게 아니라……."

"그럼 지금 한 입으로 두말하는 겁니까? 더 최악이군요."

"윽……."

그의 말 한 마디, 한 마디에 저들끼리 똘똘 뭉쳐 있던 귀족들의 안색이 바뀌었다. 아무래도 무서웠던 건 여왕의 곁에 찰싹 달라붙어 있는 국서였나 보다.

"저, 전하의 판단을 믿지 못한다는 게 아닙니다. 다만……."

"다만?"

한시라도 빨리 이 의미 없는 입씨름을 끝내고 싶은 아라는 뒷말을 재촉했다. 아니, 하고 싶은 말이 있으면 시원하게 툭툭 꺼내 놓지, 서로 눈치 보며 미루는 꼴이 너무나도 한심했다.

"그 판단에 전하의 사적인 감정이 전혀 개입되어 있지 않다고 확신하실 수 있으십니까?"

"지금 내가 공정한 심사를 하지 않고 있다 말하는 거군요."

우물쭈물거리는 그들이 답답한 아라가 결국 스스로 마무리를 지었다. 쯧쯧, 저들 생각 하나 제대로 말 못 하는 사람들이 조회나 총회에서의 발언권에 왜 이리 집착하는지 모르겠다.

"물론 저희는 전하를 믿고 있습니다만…… 다른 사람들은 그렇게 생각 안 할 수도 있고……."

드디어 말을 마무리 지은 남자가 힐끔 주위를 살폈다. 뭔가가 이상했다. 이쯤 되면 꼬리에 꼬리를 물어 하나둘씩 끼어들어야 할 텐데, 어째서인지 반응이 차가웠다.

"전하."

그때였다. 귀족 대열에 끼어 있던 젊은 사내가 어색한 침묵을 깨고 입을 열었다. 그러자 생각지 못한 반응에 진땀을 흘리고 있던 남자의 얼굴이 밝아졌다. 저를 돕기 위해 나선 것이라 생각했지만, 그것은 착각이었으니.

"그저 한 사람의 의견입니다. 모든 귀족들이 같은 생각을 하고 있는 게 아니라는 점, 알아주시길 바랍니다."

"뭐, 뭐야?! 네가 감히……."

아무리 같은 귀족이라지만 자신들은 그렇게 생각하지 않으니 이점에 대해서는 확실하게 짚고 넘어가야겠다는 그 말에, 먼저 발언

한 귀족은 뒤통수를 맞은 기분이었다.

"물론입니다. 그 점은 걱정 안 해도 됩니다."

그들의 반응을 지켜보고 있던 아라는 고개를 끄덕였다.

"다들 알다시피 내가 또 공정한 사람인지라."

그녀가 싱긋 웃으며 말하자 일부 귀족들이 두 주먹을 꽉 움켜쥐었다. 저들을 비웃고 있는 게 틀림없었다.

'공정? 공정이라. 그래, 언제까지 여유롭게 있을 수 있나 어디 한 번 보자고.'

아라를 쏘아보던 그들이 힐끔, 시건형의 눈치를 살폈다. 그러나 여전히 고집스럽게 입을 다물고 있는 그를 보니 이쪽도 불안하기는 마찬가지였다. 오늘 아침에도 확답을 듣지 못했지만, 이렇게 저들이 열세에 몰려 있는 상황인데 나설 수밖에 없겠지. 여왕을 몰아세우는 일이라면 한 번도 빠지지 않던 사람이니 말이다.

"전하, 저희가 괜히 이런 걱정을 하는 게 아닙니다."

"그래요? 내 눈에는 자리 하나 더 차지해 보겠다고 이러는 거 같은데."

울컥. 심장을 콕콕 찌르는 그녀의 도발에도 귀족들은 마지막 인내심을 끌어모아 꾹 참아냈다. 이제 정말 금방이었다. 고지가 얼마 남지 않았다. 기세등등한 것도 지금뿐이다. 비밀이 밝혀지는 순간 어쩔 줄 몰라 하며 당황할 여왕의 모습을 생각하니 벌써부터 즐거웠다.

"크흠. 최근에 아주 재미있는 이야기를 하나 들었습니다만."

"그것 참, 나도 꼭 듣고 싶군요. 기왕이면 빠른 속도로."

도대체 뭐기에 아까부터 이렇게 말을 끄는 건지. 뭔지는 몰라도 빨리 하고 끝내라는 아라의 재촉에 귀족들의 시선이 시건형을 향했다. 이를 본 아라는 한숨을 내쉬었다. 뭔가 꾸미고 있다는 건 알고 있었지만, 설마 또 시건형과 연관 있는 문제란 말인가. 생각보다 일이 복잡해질 거 같았다.

　하지만.

　"⋯⋯시건형 님?"

　곧장 저들에게 유리한 말을 퍼부을 줄 알았던 그의 상태가 이상했다. 심각한 얼굴로 입을 꾹 다물고 있는데, 오죽하면 주변에 있던 귀족들이 당황해서 그를 톡톡 건드릴 정도였다. 그들은 당황했다. 이래서는 안 됐다. 여왕의 숙부인 시건형이 아닌 다른 귀족들이 이 비밀을 말했다가는 그냥 말도 안 되는 의심 정도로 취급당할 테니 말이다.

　"그러니까⋯⋯ 제가 들은 말은⋯⋯."

　웅얼거리듯 작은 목소리로 말하던 시건형이 고개를 들었다. 그러자 인상을 잔뜩 찌푸린 채 주변을 경계하고 있던 제하와 눈이 마주쳤다. 누가 또 그녀를 괴롭힐까 걱정하는 모양인데, 그렇담 저것도 다 연기란 말인가.

　"계속 말씀해 보세요."

　"⋯⋯."

　아라가 시건형을 재촉했다. 그러고 보니 오늘따라 그의 상태가 이상했다. 총회 내내 입도 뻥끗하지 않고 그저 가만히 땅만 쳐다보고 있었다. 마치 심각한 고민거리라도 있는 것처럼.

"숙부."

숙부라는 말에 시건형은 정신이 번쩍 들었다. 계속해서 입 안에 서만 뱅글뱅글 돌던 어떤 말이 꿀꺽 삼켜질 정도로 놀란 그는 결국 고개를 떨구었다.

"……아무것도 아닙니다."

"네?"

"죄송합니다. 저희끼리 사소한 오해가 있었나 봅니다."

그러나 그의 말과는 달리 난리가 난 귀족들의 반응으로 보건대, 오해라고 하기에는 확실히 뭔가 있는 게 틀림없었다.

그녀의 예상대로, 귀족들의 속은 까맣게 타들어 가고 있었다.

아니, 지금 장난하자는 것도 아니고, 한 달에 한 번 있는 기회이 거늘! 그것은 시건형도 잘 알고 있을 텐데…… 도대체 무슨 생각으 로 일을 망치려는 건지는 몰라도 이렇게 넘어갈 수는 없었다. 바드 득 이를 갈던 귀족 중 한 명이 용기 있게 나섰다. 이판사판이다. 설 령 여왕의 눈 밖에 난다고 하더라도 누군가는 희생해야만 했다.

그렇게 용감하게 앞으로 나서려는데, 옆에 서 있던 시건형이 그 를 막아섰다. 당장 비키라며 난리를 쳤지만 시건형은 가만히 고개 를 저을 뿐. 지금 여기서 문제를 일으켰다간 여왕이 아닌 자신이 가 만두지 않겠다는 눈치였다.

"더는 하실 말씀이 없는 건가요."

"예. 이상입니다."

정말 아무런 문제가 없는 거냐는 아라의 물음에 시건형이 재빨 리 답했다.

"그럼…… 이번 총회는 여기까지 하겠습니다."

아라의 시선이 시건형에게 고정된 채, 그렇게 총회가 끝났다. 드디어 끝났다는 해방감보다도 시건형과 귀족들의 이상 행동에 뭔가 찝찝했다. 도대체 그들은 무슨 말을 하려고 했던 거지? 중간중간 보였던 의기양양한 표정으로 보건대, 그들에게 유리한 무언가가 있는 게 틀림없었다.

잠시 고민하던 아라는 결국 자리에서 일어났다. 그녀가 일어나자 무휼과 월비는 물론, 제하 역시 그럴 줄 알았다며 뒤를 따랐다. 한편, 씁쓸한 표정으로 대전을 빠져나가던 시건형은 무거운 한숨을 내쉬었다. 주위에서 수군대는 소리가 들려왔지만 애써 이를 무시하는 중이었다.

"도대체 뭡니까?"

"뭐겠어요. 정이죠, 정. 쯧."

"그놈의 정이 뭐라고."

"그렇게 안 봤는데……."

언제나 제 뒤를 따르던 이들이건만. 앞에서 대놓고 들으라는 식으로 험담을 하는 그들을 흘겨보던 그가 이내 피식 웃었다.

정, 정이라. 확실히 마음을 정하지 못하고 있던 그때, '숙부'라는 부름에 결심이 설 줄은 꿈에도 몰랐다. 더 이상 남아 있지 않을 줄 알았던 그놈의 정이라는 것이, 아직 한 조각 정도는 어딘가에 박혀 있던 모양이었다. 피곤하구나. 평소보다 더 무거운 걸음으로 최대한 열심히 속도를 내고 있던 그가 집으로 돌아가기 위해 사람들의 뒤를 따라 궐을 빠져나가고 있던 그때였다.

"숙부."

등 뒤에서 들려오는 누군가의 다급한 부름에 그가 멈춰 섰다. 돌아보지 않아도 알 수 있었다. 궐 안에서 자신을 숙부라 부를 사람이 누구겠는가, 뻔하지.

"무슨 일이십니까, 전하."

역시나. 저 멀리에서부터 뛰어오고 있는 아라가 보였다. 어디 그녀뿐인가. 조금 거리를 둔 채 그 뒤를 따르고 있는 삼인방을 본 그는 작게 웃었다.

과연, 든든한 아군들에게 둘러싸여 있다, 이건가.

그중에서도 특히나 제하를 주시하던 시건형이 슬쩍 아라에게 한 걸음 다가갔다. 그러자 그 역시 한 걸음 다가온다. 두 걸음 다가가니 그 역시 두 걸음. 아라를 향해 슬쩍 손을 뻗을 때는 미간에 깊은 주름이 지어졌고, 그 손을 들어 올리자 금방이라도 달려들 것처럼 구는 것이 가관이었다.

자신의 작은 움직임 하나하나에 예민하게 반응하고 있는 제하를 본 시건형은 작게 웃었다. 늘 눈엣가시처럼 여겼고 아직도 그렇기는 하지만, 생각보다 단순한 사내였다.

딱 봐도 알 수 있었다. 구제하가 아라를 얼마나 아끼고 있는지. 이렇게 눈에 딱 보이는데 도대체 다른 사람들은 왜 이것을 보지 못하는 걸까?

"아까 저에게 무슨 말씀을 하려고 하셨죠."

"아까도 말씀드렸다시피, 정말 별거 아닙니다."

"숙부……."

그저 사리분별 못 하는 귀족들이 어떤 계집의 말에 넘어간 것뿐. 하지만 아니 땐 굴뚝에서 연기 날 리가 없다고, 확실히 조심할 필요는 있어 보였다.

"단순한 변덕이다."

"……"

"혹시라도 도와준 거라 착각하지 마라."

"네?"

"항상 긴장 풀지 말고."

도대체 무슨 말을 하는지 알아들을 수가 없다며 아라가 재차 물었다. 그러나 그것을 가만히 지켜보고 있던 시건형이 커다란 손을 들어 올리더니, 어린아이를 대하듯 아라의 머리를 마구 헝클어 놓기 시작했다. 깜짝 놀란 아라가 그 자리에 굳어 버렸다. 저 멀리서 잔뜩 화가 난 듯한 제하가 달려오는 것을 본 시건형은 재빨리 손을 떼고 물러났다.

돌아서기 전, 그는 아라에게 퉁명스레 말했다.

"그렇게 얼빠진 표정 짓지 말아라. 무시당한다."

짜증. 짜증. 자꾸만 이유 모를 짜증이 그의 가슴속에서 솟구쳤다.

*　　*　　*

"네 예상대로야."

"……"

"주설화는 지금 시건형과 함께 있어."

무휼의 말에 아라와 제하는 동시에 한숨을 내쉬었다.

지금 이곳은 궐 밖에 있는 어느 찻집. 2층에 마련되어 있는 별실 중 한 곳이었다.

"그러니까 이제 나머지는 나에게 맡기고 그만 돌아가는 게 어 때?"

무휼이 제발 부탁이라며 아라에게 말했다. 궐 안에 있어야 할 사람이 이렇게 밖을 돌아다니고 있으니 불안해서 뭘 할 수가 있어야 지.

"김 상궁이 알면 난리가 날 거야."

무휼이 어떻게든 그녀를 궐에 돌려보내기 위해 안간힘을 썼지만, 별 소용이 없었다.

"간만의 외출인데 좀 봐주지그래?"

"신왕께도 드리는 말씀입니다. 두 분 다 지금 당장 돌아가세요. 제발."

마지막 인내심을 발휘하며 무휼이 간청했다.

이 나라의 여왕과 국서께서 대낮에 아무렇지 않게 궐 밖을 활보하고 있다니. 물론 예전이었다면 잠행쯤이야 별문제가 되지 않았지만, 요즘 들어 아라의 대외 활동이 잦아져서 조금은 걱정이 되었다.

"그러다 알아보는 사람이라도 생기면 어쩌려고 그래?"

"그건 걱정 마. 알아서 조심할 테니까."

지금은 그것보다 더 중요한 게 있지 않느냐 아라의 말에 무휼은 한숨을 푹 내쉬었다. 정말이지 고집 센 여왕님이셨다.

"그나저나 어떻게 알아차린 거야?"

"총회 때 숙부의 태도가 이상했거든."

주위의 귀족들이 자꾸만 시건형을 부추기던 것으로 보아 유리한 패를 손에 넣은 게 틀림없었다. 그러나 정작 그는 움직이지 않았고, 아라는 그것이 너무나도 신경 쓰였다. 뭔가를 숨기고 있다는 느낌을 지울 수가 없어 무휼에게 알아보라고 했던 건데…….

"주설화라……."

정말 끈질겼다. 더 이상 들을 일이 없을 줄 알았던 그 이름을 이렇게 다시 듣게 될 줄이야. 그것도 시건형과 함께라니.

최악의 상황이었다.

"말했을까?"

"말했겠지."

조심스러운 무휼의 물음에 아라는 확신에 찬 목소리로 답했다. 그녀는 시건형에 대해 꽤 잘 알고 있었다. 그는 쉽게 대가를 치를 사람이 절대 아니었다.

"곁에 두고 있다는 건 그럴 만한 가치가 있다는 뜻일 테니까."

또한 소중한 물건일수록 꽁꽁 숨기기보다는 가까이에 두려고 하는 사람이었다. 설령 그것이 다른 사람들의 눈에 띄는 한이 있더라도.

"아무래도 안 되겠어!!"

웬일로 조용하다 싶었던 월비가 결국 제 성질을 못 이기고 탁자를 '탕!' 하고 내려쳤다.

"나 오늘은 단독 행동 좀 할게."

그녀의 말에 아라가 재빨리 무휼을 흘겨봤다. 어쩔 거야. 이럴까 봐 데리고 오지 말자고 했던 건데, 가려거든 월비도 함께 가야 한다며 고집을 부리는 바람에 결국 이렇게 되었잖아.

"야, 잠깐만!"

자리에서 벌떡 일어난 그녀가 말릴 새도 없이 방을 빠져나갔다. 당황한 무휼이 이러지도 저러지도 못하고 문가에 서서 안절부절못하자 아라가 손을 휘이 저었다.

"갔다 와."

"미안. 금방 올 테니까 여기 가만히 있어. 알았지?"

어디 돌아다니지 말고 잠시만 기다리라는 말을 남긴 무휼이 월비의 뒤를 쫓아가고, 그렇게 떠들썩하던 방 안에 아라와 제하만이 남게 되었다.

"뭐야?"

"네?"

잠깐의 침묵. 생각에 잠겨 있던 아라가 뜬금없는 제하의 물음에 고개를 들었다. 그러자 맞은편에 턱을 괸 채 앉아 있던 제하가 물었다.

"뭐 좋은 일이라도 있었어?"

갑자기 좋은 일이 있었냐니. 다시는 볼 일이 없을 줄 알았던 주설화가 나타났고 지금 시건형과 함께 있단다. 이런 상황에서 물을 법한 질문은 아닌 거 같은데?

"왜요?"

"아까부터 싱글벙글 웃고 있기에."

제하의 말에 아라는 언제 그랬냐는 듯 인상을 찌푸렸다. 그의 입에서 나온 '싱글벙글'이라는 표현이 별로 마음에 들지 않았다.

"왜 남의 얼굴을 그렇게 빤히 쳐다보고 있는 건데요?"

그건 예의가 아니라며 따끔하게 한마디 하려고 했지만.

"웃는 게 예뻐서."

이렇게 또다시 막혀 버렸다.

정말, 그에게는 무슨 말을 할 수가 없었다.

"그래서 왜 웃은 건데?"

재촉하는 듯한 그의 물음에 아라는 피식 웃어 버렸다. 어떻게든 부인께서 웃으신 이유를 듣고야 말겠다 고집 피우는 것이 썩 귀엽게 느껴졌다.

저렇게까지 궁금해하는데 안 알려줄 수가 없지.

"좋은 예감이 들어서요."

"시건형과 좋은 예감이라……."

나란히 놓고 보니 더더욱 어울리지 않는 그 말에 제하는 눈썹을 찡그렸다. 경계심이 없는 건지, 아니면 사람을 잘 믿는 건지. 그것도 아니면 옛정이라는 것에 끌린 걸까. 하지만 확실히, 그녀의 말대로 총회에서 본 시건형의 태도는 여느 때와 달랐다. 이 점은 제하도 인정하는 부분이었다.

뭔가가 바뀌려고 하고 있다.

"저번에 말했잖아요. 노력했다고."

"아."

갑자기 무슨 노력을 말하는 거냐 물으려던 제하가 일전에 그녀가 했던 말을 떠올리고는 고개를 끄덕였다. 분명 무언가를 노력했는데 잘되지 않았다고 한 적이 있었다.

"사실은 그때 내가 숙부에게 먼저 화해하자고 했어요."

"……용감하네."

먼저 손을 내밀었다는 말에 애써 놀란 기색을 지운 제하는 저도 모르게 진심을 내뱉었다. 그리 쉬운 일이 아니었을 텐데 그것을 그녀가 해냈다는 것이 놀라웠다.

"누군가를 미워하고 원망하는 게 그리 좋은 감정이 아니더라고요."

"……"

"그건 양쪽 다 지치는 일이니까."

모두가 상처를 받을 거란 그녀의 말에 제하의 표정이 어두워졌다. 무슨 말인지 이해가 되지 않았다. 그리고 그런 그의 반응은 아라를 답답하게 만들었다.

"우린 영원히 살 수 있는 게 아니잖아요."

"그렇게 말하니까 왠지 슬픈데."

"주어진 시간은 한정되어 있는데, 기왕이면 누군가를 미워할 시간에 누군가를 사랑하는 편이 낫지 않겠어요?"

이래도 이해가 되지 않느냐며 아라는 잠시 동안 그가 생각을 정리할 시간을 주었다. 만약 아직도 모르겠다고 한다면 정말 실망할 거 같았다.

"그러니까 지금……."

"……"

"날 사랑한다는 거지?"

아, 진짜.

"……가만 보면 당신은 듣고 싶은 것만 듣는 버릇이 있어요."

"나쁜 건 아니잖아?"

"그렇다고 좋은 것도 아니죠."

당당한 그의 말에 아라는 말문이 막혔다. 어이가 없어서. 하지만 확실히 그의 말대로 나쁜 것만은 아니었다.

제 욕을 해도 못 알아듣는다는 것이 바보 같기는 했지만, 그래도 자신이 원하는 것만을 들을 수 있다는 건 어찌 보면 축복받은 능력이었으니까.

"한마디로 어른스럽지 못 하다는 거죠."

"그러는 부인께서는 보기와는 다르게 어른스러울 때가 있으세요."

"나이를 헛드셨나."

"애늙은이."

"뭐라고요?!"

잘 참던 아라가 막판 '애늙은이.'라는 말에 발끈했다. '애'와 '늙은이'는 모두 그녀가 싫어하는 말이었다. 그런데 그 두 개를 합쳐서 말하다니, 정말 못됐다.

"차라리 하나만 해요."

"그럼 애로."

둘 중의 하나만 하라는 아라의 말에 제하는 잠시의 망설임도 없이 곧장 '아이'를 선택했다. 선택하란다고 정말 바로 선택하는 것도 마음에 들지 않았다.

"미안하지만 다음 달에 성인식이거든요?"

"성인식 치른다고 다 어른인가."

"언제는 아직 성인식이 안 지났으니까 어린애라고 했으면서."

언젠가 그가 했던 말을 떠올리며 아라가 외치자, 그런 그녀를 여
유롭게 응시하던 제하는 너무나도 얄미운 미소를 지으며 진정하란
말을 했다.

"어른 되는 게 그렇게 쉬운 일이 아니에요. 부인."

이제 와서 말을 바꾸는 그에 아라는 그를 흘겨봤다. 그럼 지금까
지 성인식을 이유로 어린애 취급 받아온 것은 다 뭐란 말인가. 발끈
한 아라가 탁자를 짚고 몸을 일으켰다. 그러자 여전히 여유로운 얼
굴로 씩씩대는 그녀를 관찰 중이던 제하가 싱긋 웃었다. 이를 본 아
라가 불안을 감지하고 재빨리 뒤로 빠지려 했지만 이미 늦었다.

손을 뻗은 그가 눈 깜짝할 새에 그녀의 어깨를 붙잡아 저를 향해
당기더니 인상을 찌푸린 틈을 노려 재빨리 '쪽' 하고 입을 맞췄다.
한 번, 두 번, 세 번……

"아, 그만!"

갑작스러운 입맞춤에 놀란 아라가 황급히 몸을 빼려다 중심을
잃고 쿵 하고 엉덩방아를 찧자, 그것이 웃겼는지 제하가 웃음을 터
트렸다.

"다 큰 어른이 입맞춤 하나에 그렇게 깜짝깜짝 놀라는 거 아니
야."

"……"

"그만 일어나자."

자리에서 벌떡 일어난 그가 아라에게 손을 뻗었다. 그 손을 멍하니 바라보던 그녀는 손을 잡았다. 그나저나 일어나자니 어딜 가려고?

"총회도 끝났겠다 오랜만에 나왔는데……."

언제나 따라붙던 무휼의 감시도 없어졌겠다, 이 좋은 기회를 놓칠 수가 있느냐며 신이 난 제하가 그녀의 손을 잡아 이끌었다.

"조금만 놀다 가자."

그럼 그렇지. 얌전히 있을 사람이 아니지.

무휼이 방을 나설 때부터 어렴풋이 이렇게 되지 않을까 예상하고 있던 아라는 씰룩이는 입술을 꾹 깨물었다. 괜시리 그가 얄미워 퉁명스레 말했다.

"일해야 하는데요."

"능력 있는 남편이 여기 있는데?"

자신이 도와줄 테니 조금만 시간을 내어 달라며 제하가 조르기 시작하자, 아라는 웃음을 참으며 끝까지 곤란하다는 연기를 펼쳤다.

"그래 놓고 또 일하는 거 방해할 거면서."

"아직 못 들었나 봐? 부인께서 안 계신 동안 직무 수행을 완벽하게 해 냈다는 이야기."

"글쎄요."

사실은 김 상궁의 입에 침이 마르도록 그의 칭찬을 들었지만, 아라는 아무것도 듣지 못했다며 어깨를 으쓱여 보이고는 그의 앞을 지나쳐 방을 나섰다.

"계속 울었다는 이야기밖에 못 들었는데요?"

그녀의 말에 제하가 곧장 인상을 썼다.

"그건 이제 머릿속에서 잊어."

이러다 울보란 별명이 생길지도 모르겠다.

＊　　＊　　＊

"죄송합니다. 도하 도련님."

"……."

"자, 잠시만요. 조금만 더 기다리시면……."

문 앞에 서 있던 하인의 입안이 바짝 말랐다.

이제 막 지방 감찰을 끝내고 온 큰아들을 문전박대하고 있는 아버지나, 계속되는 양아버지의 냉대에도 불구하고 다가오려 하는 아들이나. 어느 한쪽도 물러설 생각을 안 하니 중간에 낀 사람만 고생이었다.

"지, 지금 작은 도련님께서 감기에 걸리셔서……."

"건율이가?"

"예. 그 때문에 걱정이 이만저만이 아니세요. 아마 그 때문에 지금도……."

도하의 눈치를 보던 하인이 꾸벅 고개를 조아리며 답했다. 이는 사실이었다. 시건형은 어젯밤부터 작은 아들의 방에서 나오질 않고 있었다.

"저기, 도련님. 피곤하실 텐데 인사는 나중에 하고 일단 좀 쉬시는 게……."

아무래도 안 되겠다 싶은 하인이 큰맘 먹고 그에게 말했다. 이렇게 하염없이 기다린다고 해서 나올 사람이 아니었다. 찾아오는 귀족들도 다 돌려보내고 있는 마당에 양아들을 상대할 리가 없었다. 이쯤 되면 대충 눈치를 채고 물러나 주면 좋으련만 이렇게 고집을 피우고 있으니 난감했다.

"궐에 돌아가는 길에 잠깐 들른 것이다."

한숨을 내쉰 도하는 제 뒤에 세워져 있는 수레를 힐끔 바라봤다.

어차피 궐에 가는 길목에 있어 지나가는 길에 얼굴이나 비추고 갈까 싶어 온 건데, 아무래도 오늘은 날이 아닌 듯싶었다. 하긴, 오늘만 날이 아니었던 것도 아니지만.

잠시 머뭇거리던 도하가 알았다며 고개를 끄덕이자 하인의 표정이 단번에 밝아졌다. 드디어 벗어나게 되었다며 기뻐하는 그를 흘겨보던 도하가 막 돌아서려던 그때였다.

"앞으로 어떻게 되려는지……."

문 안쪽에서 사람들의 목소리가 들려오고 있었다. 연신 한숨을 내뱉던 그들은 시건형을 만나러 온 귀족들로, 현재 도하와 마찬가지로 문전박대를 당해 근처를 서성이는 중이었다.

"아들이 감기에 걸렸다고는 해도 간호나 하고 있을 때가 아닌데……."

"그러게나 말일세. 큰아들이 지방에 내려갈 때는 걱정도 안 하더니만 작은 아들이 감기에 걸렸다고 이 난리니, 쯧쯧."

"친아들이잖나. 까놓고 말해, 큰아들은 객사를 당해도 눈 하나 깜짝 안 할걸?"

"내심 그러길 바라고 있을지도 모르지."

"이보게. 그런 소리는 함부로 하는 게 아닐세."

"흥. 내가 뭐 틀린 말 했나."

누군가의 핀잔에 다른 이들이 발끈하며 말을 덧붙였다.

"시건형이 이번 조회에서 여왕의 편을 들지 않았나. 그렇다면 여왕을 견제하기 위해 들인 양자도 더는 쓸모가 없겠지."

"그럼 시도하는 어떻게 되는……."

"아니, 이런 답답한 사람을 보았나. 척하면 척이잖나."

한 남자의 목소리가 높아졌다. 그것은 그들이 있는 정원은 물론, 도하가 서 있는 문밖에까지 다 들릴 정도로 아주 컸다.

"당연히 쥐도 새도 모르게 없애 버려야지."

"그건 좀 심하지 않은가. 차라리 먼 친척네 집에 보낸다거나……."

"아무리 그래도 신경이 안 쓰일 수는 없겠지."

"하긴, 작은 아들은 아직 나이도 어리고. 심지어 몸까지 약하니, 나중에라도 걸림돌이 될 수도 있겠군. 그럴 바에는 차라리……."

차라리…….

"문제가 되기 전에 아예 싹을 잘라내 버리는 편이……."

"내 말이 그 말일세."

저들끼리 짤막한 토론을 끝낸 그들이 다시금 시건형에게 찾아가 보자며 부랴부랴 걸음을 옮기는 소리까지 들려왔다. 문 앞에 멍하니 서서 그들의 이야기를 듣고 있던 도하는 참고 있던 숨을 토해 내듯 뱉어냈다. 그러자 창백한 얼굴로 그의 눈치를 보고 있던 하인이 땀을 삐질삐질 흘려 가며 어쩔 줄 몰라 했다.

"도, 도련님……."

자신은 아무것도 듣지 못했다는 듯, 그가 최대한 웃으며 도하를 불렀지만 애쓰는 것이 눈에 보일 정도로 미소가 경직되어 있다.

"이만 가 보마."

무언가에 홀린 사람마냥 멍하니 닫힌 문을 바라보던 도하는 힘없이 돌아섰다. 그가 조금 떨어진 곳에서 자신을 기다리고 있는 병사들을 향해 걸어갔다.

말에 오르기 위해 수레의 옆을 지나는데 문득 그의 눈에 어떤 물건 하나가 들어왔다. 일전에도 꽤나 오랫동안 그의 시선이 머물렀던 물건이었다.

'당연히 쥐도 새도 모르게 없애 버려야지.'
'문제가 되기 전에 아예 싹을 잘라내 버리는 편이…….'

좀 전에 들은 말들이 그의 머릿속에서 떠나질 않았다. 조금도 피곤하지 않았지만, 머리가 핑 도는 것이 하늘과 땅이 흔들리는 느낌이 들었다.

결국 말에 오르는 것을 보류하고 헐떡이는 숨을 진정시키기 위해 심호흡을 할 얼마, 수레의 어느 한 곳을 뚫어져라 응시하던 그가 결국 손을 뻗었다.

"감찰관님? 어디 편찮으신 데라도 있으세요?"

무슨 문제가 있는 거냐며 병사 하나가 다가와 묻자, 화들짝 놀란 도하가 황급히 손을 등 뒤로 감추며 고개를 저었다.

"아아, 아무것도 아니야. 그만 출발하지."

그가 아무것도 아니라며 재빨리 말에 올랐다.

뒤이어 병사들이 그를 따라 움직이기 시작했다. 이를 본 도하는 안도의 한숨을 내쉬었다. 심장이 쿵쾅댔다. 꼭 쥐고 있는 왼손은 어찌나 힘을 세게 주었던지, 힘줄이 보일 정도였다.

그가 손에 쥐고 있던 무언가를 재빨리 주머니 안에 넣었다.

                    *   *   *

"왜 이렇게 안 오는 거지……."

기둥에 등을 기댄 채 멍하니 지나가는 사람들을 구경하고 있던 아라가 작게 중얼거렸다. 잔뜩 흥분한 월비가 방에서 뛰쳐나가고, 그녀가 걱정된다며 무휼이 쫓아 나간 지도 벌써 한 시진이었다.

"내가 볼 때는 녀석들 지금 한창 재미있게 놀고 있는 게 틀림없어."

"그럴 리가요."

월비라면 모를까, 무휼은 그럴 리가 없다며 아라가 반박했지만 제하도 이번만큼은 단호했다. 그녀가 서하연에 있는 동안 무휼의 진면목을 본 그이기에 알 수 있었다.

"날 믿어. 그러니까 우리도 지금 이 상황을 좀 즐겨 보자고."

"그래도……."

"그러고 보니 우리 꼬맹이 탄신일도 얼마 안 남았네."

아, 또 꼬맹이란다.

후우. 아라는 숨을 크게 들이쉬었다. 꼬맹이라는 그 한마디에 무휼에 대한 걱정은 이미 저만치 날아간 지 오래였다. 어렸을 때부터 감정을 제어할 줄 알아야 한다는 가르침을 받아 평소 그렇게 발끈하는 성격이 아니었는데, 이상하게도 제하의 앞에서는 감정이 마구 폭발하니 문제였다.

"뭐 갖고 싶은 거 없어?"

"없어요."

결국 그의 꼬임에 넘어간 아라는 어느새 그의 곁을 따르며 시전 안을 구경하기 시작했다. 제하가 한 달 앞으로 다가온 그녀의 탄신일 기념 선물을 사 주겠다는 그럴싸한 목적으로 설득시킨 것이다.

"나 돈 많아."

"나도 많아요."

궐에서 살다 보니 갖고 있는 돈이 쓸모가 없었다. 거기에 구가의 재산 역시 그의 손에 들어왔으니 더더욱.

"진짜 많은데……."

"……."

"집 한 채 얻어줄 정도로 많은데."

"궐 밖에 집을 사서 뭐하게요. 어차피 나한테는 쓸모없을 텐데."

"하긴, 그건 그러네."

곧바로 제 뜻을 굽힌 제하는 고개를 끄덕였다. 궐 밖의 집이라니. 궐이 곧 집인 아라에게는 정말 필요 없는 선물이었다.

"그럼 뭘 사 주는 게 좋을까나……."

"정말 필요 없다니까요?"

"내가 사 주고 싶어서 그래."

까다로운 부인의 마음을 사로잡을 물건을 찾고야 말겠다며 고민에 빠진 제하가 아라의 손을 잡더니 어느 가게로 이끌었다. 반짝이는 장신구들이 가득한 방물가게였다. 왠지 모르게 익숙하다는 느낌이 든다 싶었는데, 알고 보니 이곳은 일전에 그와 함께 온 적 있는 가게였다. 혹시라도 주인장이 저들의 얼굴을 알아볼까 바짝 긴장한 아라와 달리 제하는 너무나도 아무렇지 않게 물건들을 구경했다.

"반지 어때."

"이미 많이 갖고 있어요."

진지하게 물어오는 그에게는 미안했지만 아라는 단호하게 거절했다. 그녀가 갖고 있는 반지의 수만 해도 수십, 수백 개는 되었다. 다만 관심이 없으니 안 할 뿐.

그러나 제하에게 그런 말이 통할 리가 없었다.

"많으면 뭐해."

몇 개를 갖고 있는지 따위는 중요하지 않다며 그가 잡고 있던 아라의 손을 들어 올리더니, 그녀의 허전한 손가락들을 바라봤다.

"정작 손가락은 이렇게 텅 비어 있는데."

다른 아가씨들은 한두 개씩 끼고 있는 반지가 없는 것이 내심 신경 쓰였다. 예쁘고 비싼 거로 하나 사 줄 테니 끼고 다닐 생각 없느

낭 그의 물음에 잠시 고민하던 아라는 역시 되었다며 고개를 저었
다.

"……."

"그럼 반지 말고 팔찌나 목걸이로 사 줘요."

정말 필요 없다는 그녀의 말에 제하가 풀이 죽은 강아지 같은 표
정을 짓자, 아라가 알았다며 차라리 다른 것을 사 달라는 것으로 말
을 바꿨다.

"도대체 반지는 왜 싫은 건데?"

이유나 들어보자며 그가 묻자 아라가 곧장 답했다.

"반지는 붓을 쥘 때 불편하단 말이에요."

손에 거슬리는 느낌이 싫어서 끼지 않는 편이었다.

그녀의 말에 이해가 안 된다던 제하의 투덜거림이 뚝 멈췄다.

"……이유가 너무 분명해서 뭐라 못 하겠네. 알았어."

'할 수 없지…….'란 말을 중얼거리며 반지를 포기한 제하의 시선
이 팔찌를 지나 목걸이가 놓여 있는 곳으로 향했다. 그러자 그의 시
선을 따르던 아라는 고개를 갸웃거렸다. 분명 중간에 팔찌들이 진
열되어 있건만 조금의 미련도 없이 건너뛰어 버리는 것이 신경 쓰
였기 때문이다.

"팔찌는 또 안 돼요?"

"응."

"왜요?"

개인적인 취향? 아니면 팔찌에 대한 안 좋은 추억이라도 갖고 있
는 거냐고 아라가 눈을 빛내며 묻자, 벌써 목걸이 하나를 집어 들고

그녀에게 대어 보던 그가 별거 아니라는 듯 답했다.

"손목 잡을 때 걸리적거리니까."

"……."

얇은 손목을 한 손으로 꽉 쥐는 그 느낌이 좋단다. 도대체 그게 어떤 느낌인지는 모르겠지만, 어쨌든 개인적인 취향으로 인해 팔찌도 아니라니 할 수 없지. 아라는 목걸이를 받기로 했다. 그녀가 마음에 드는 목걸이 하나를 선택하자, 주인장을 부른 제하가 그 목걸이를 주문했다.

"이걸로 두 개."

잠깐, 두 개? 일전에 뒤꽂이 때도 그러더니만, 설마 이 남자는 물건을 두 개씩 사는 버릇이라도 갖고 있단 말인가.

"왜 또 두 개를 사는 거예요? 줄 사람은 한 명 아닌가?"

뒤꽂이야 두 개를 꽂아도 이상할 게 전혀 없었지만, 같은 목걸이를 동시에 걸고 있는 것은 좀 그렇지 않을까. 너무 시대를 앞서간 차림인 거 같다며 아라가 그를 말렸다.

"아니면 혹시 여자 생겼어요?"

그것도 아니면 줄 사람이 늘어난 거냐는 그녀의 물음에 제하는 어이가 없다는 듯 피식 웃었다.

"그럴 리가."

"그럼 이번에도 나한테 두 개 다 주려고요?"

만약 그렇다면 필요 없으니 그러지 말라고 할 생각이었지만, 이미 계산을 끝낸 그의 손에는 두 개의 목걸이가 들려 있었다.

하나를 그녀의 목에 걸어 준 제하가 다른 하나를 들어 보였다.

아라의 시선이 주인 모를 목걸이에 고정되었다.

"목에 이미 하나 걸고 있으면서 이것도 탐내는 거야?"

"아니 그게 아니라……."

"욕심도 많아."

그녀의 눈앞에 줄을 길게 늘어뜨린 그가 웃었다. 네 것이 아니니 욕심내지 말라는 말을 한 제하가 보란 듯이 그것을 제 목에 쏙하고 걸었다.

"하나는 내 거야."

"당신이 하기에는 너무 여성스러운 거 같은데."

"뭐 어때. 의미가 중요하지."

의미라. 확실히 중요했다. 아라 역시 이 점에 대해선 어느 정도 인정했다. 하지만 목걸이가 너무 예뻐서 너무 잘생긴 그와 어울리지 않았다.

"참고로 이건 탄신 선물이 아니야."

"아니었어요?"

겨우겨우 하나를 골랐는데 이게 아니라니. 아라는 한숨을 내쉬었다. 뭔가를 사 달라고 졸라야만 그에게서 벗어날 수 있을 거 같았지만 정말 갖고 싶은 게 없었다. 연신 한숨을 내쉬던 그녀의 시선이 자신을 꼭 잡고 있는 제하의 손으로 떨어졌다.

'이미 갖고 있는걸.'

지금 손에 쥐고 있는 것보다 더 원하는 것은 이 세상에 없을 거 같았다.

*　　*　　*

　　"하여간에 고집은."

　　"누가 할 소릴."

　　아라는 이제 지쳤다. 시전의 양 끝을 오가는 내내, 그녀가 무슨 물건에 눈길만 줬다 하면 '이거 사 줄까?'라는 말부터 하는 제하 때문에 너무 피곤했다. 물욕이 없는 것이 이럴 때는 참으로 안 좋았다. 대충 눈에 보이는 아무거나 붙잡고 갖고 싶다는 연기도 해 봤지만, 아라를 너무나도 잘 알고 있는 제하를 속이기는 힘들었다.

　　"진짜 안 살 거야?"

　　"나중에 살게요."

　　"두 번 다신 오지 않을 기회라는 것만 알아둬."

　　툴툴대는 제하 때문에 아라만 난감한 상황이 되고 말았다. 원래 선물이라는 게 이렇게 마음이 불편한 것이었나. 만약 그렇다면 두 번 다시 받고 싶지 않다는 생각까지 들었다.

　　"나 막 남한테 선물 같은 거 사 주는 그런 사람 아니야. 알겠어?"

　　"네, 네."

　　그렇게 그를 달래고 설득시키며 걷다 보니 어느새 가게들이 모여 있는 거리에서 벗어나 촌락에 들어서고 있었다. 발길이 닫는 대로 걸었는데 이곳은 어디란 말인가.

　　잠시 주위를 두리번거리던 제하는 유난이 익숙한 풍경에 인상을 찌푸렸다. 그러길 얼마, 저 멀리에 보이는 눈에 익은 집 한 채를 발견한 그의 걸음이 우뚝 멈췄다.

"아······."

이런. 별생각 없이 걸었는데 하필이면 이곳으로 올 줄이야. 눈앞에 보이는 집은 그가 너무나도 잘 알고 있는 곳이었다. 물론 마지막으로 봤을 때보다는 훨씬 규모가 커져 있었지만, 단숨에 알아볼 수 있었다.

그도 그럴 것이.

"아, 구가(家)네요."

이곳은 제하가 어린 시절을 보낸 곳이었으니까.

"온 김에 들를래요?"

공식적인 방문은 아니었지만, 기왕 여기까지 온 거 한 번 얼굴이라도 비추지 않겠냐는 아라의 물음에 제하는 고개를 저었다. 어쩌다 이곳으로 온 건지 모르겠지만 그는 여전히 집이 불편했다. 좋은 추억보다는 잊고 싶은 기억들이 더 많은 곳이었으니까.

"안 본 사이 많이도 변했네."

오랜만에 찾은 구가는 전과 달라져 있었다. 여왕의 시부라는 이름을 내세워 빌린 돈과 이것저것 받아 챙긴 뇌물을 팔아서 무리하게 집 크기를 늘려 놓았다. 그러나 이것들을 유지할 능력까지는 되지 않았던 모양인지 군데군데 보수가 덜 끝난 상태로 방치되어 있어 흉물스러울 정도였다.

"진짜 안 들러도 되겠어요?"

"괜찮아."

아주 잠깐이라면 들러도 괜찮다는 그녀의 말에 제하는 다시 한번 단호히 거절했다.

"지금은 아니야."

아직은 아니었다. 이곳에 아무렇지 않게 들어가 아버지 구제율에게 안부를 묻기에는 아직 마음 한편에 응어리 같은 것이 남아 있었다.

"그만 돌아가자."

제하가 미련 없이 돌아섰다. 그렇게 유유히 구가의 문을 지나치려는데, 때마침 '끼이익' 하는 마찰음과 함께 대문이 열리더니 누군가가 걸어 나왔다.

"어어? ……도, 도련님?"

"아……."

제하는 인상을 찌푸렸다. 하필이면 이렇게 마주칠 줄이야.

"오랜만이야."

밖으로 나온 하인이 바로 앞에서 딱 마주친 제하의 얼굴을 알아보고는 화들짝 놀랐다. 그러나 그것도 잠시.

"그럼 이분은……."

뒤늦게 제하의 뒤에 서 있는 아라의 존재가 신경이 쓰였는지, 말을 더듬던 하인이 기겁했다.

"저, 전하……."

"쉿. 조용! 우리 지금 몰래 나온 거니까."

"아, 죄송합니다."

놀란 하인이 황급히 허리 숙여 인사를 올리려는 것을 본 아라는 재빨리 이를 말렸다. 아무리 주변이 조용하다고는 해도 이곳도 일단은 사람 사는 곳. 여기에서 괜히 소란을 피웠다간 잠행의 의미가 없어진다.

"오셨다고 전해 드릴까요?"

죄송하다며 아라를 향해 꾸벅 인사하던 하인이 넌지시 물었다. 그의 얼굴에는 간만에 집에 돌아온 제하에 대한 반가움이 느껴졌다.

하지만.

"아니. 됐어."

문제의 아들에게서는 차가움이 뚝뚝 떨어져 내리고 있었다.

"좋아하실 텐데…… 지금 제용 도련님과 마님께서 안 계시니. 이 넓은 집에서 혼자 지내시다 보니 적적해하시는 거 같고……."

"찾아오는 손님들 많잖아."

이를테면 귀족들 말이다. 듣자하니 시건형을 따르던 이들까지 이제는 구가로 넘어오고 있는 추세라던데.

"그렇기는 한데 최근에는 사람들을 안 만나려고 하시거든요."

그러나 무슨 이유에서인지 구제율은 두 문을 꼭 걸어 잠근 채, 외부와의 교류를 제한하고 있단다. 그 이유가 궁금하기는 했지만 제하는 애써 피어오르려는 호기심을 잠재웠다. 괜히 얽히고 싶지 않았으니까. 이만 가 보겠다는 그의 말에 하인은 아쉬워했다. 그러거나 말거나 등을 돌린 제하는 걸음을 재촉했다. 하지만 아까부터 무언가에 정신이 팔려 있던 아라가 그 자리에서 꿈쩍도 하지 않았다.

"그런데 그것들은 다 뭔가요?"

"아아, 다 장에 내놓을 물건들입니다."

"장?"

그들의 시선이 하인이 끌고 온 수레로 향했다. 힐끔 내용물을 확인하니 수레 안을 가득 채우고 있는 건 다름 아닌 제 자식처럼 여기던 도자기들. 전부 다 최상품이었다.

그런데 이것을 팔겠다고? 도대체 왜?

"제 아들들보다도 아낄 때는 언제고."

"그게……."

갑자기 왜 다 팔라고 내놓은 거냐는 제하의 물음에 하인은 잠시 말을 망설였다.

"증축 공사를 할 때 진 빚을 아직 다 갚지 못해서……."

"한심하군."

도대체 어느 정도이기에 제 목숨과도 같다던 자기들을 내놓은 건지, 참. 답답하다는 생각에 한숨을 푹 내쉬었지만, 한편으로는 그도 마음이 편치 않았다. 잠시 그것들을 바라보던 제하는 이제 그만 돌아가자며 아라를 이끌었다. 그러나 무슨 생각인 건지 제자리에 버티고 선 그녀 때문에 결국 그는 다시금 돌아설 수밖에 없었다.

"나 선물로 받고 싶은 거 생겼어요."

"뭔데?"

이제 와서 갑자기 갖고 싶은 물건이 생겼다는 그녀의 말에 제하의 시선이 자연스레 어느 한 곳을 향했다. 한쪽 눈썹이 비스듬히 올라가더니 그가 비꼬는 투로 말했다.

"우리 부인께서 도자기 같은 것에 관심이 있는 줄은 몰랐는데?"

"가끔씩 충동구매를 하는 편이기는 하죠."

"이건 너무 충동적이잖아."

"그래서, 안 사 줄 거예요?"

한껏 토라진 듯 볼에 바람을 잔뜩 불어넣은 아라가 팔짱까지 끼며 물었다. 자신이 갖고 싶다는데도 정말 안 사 줄 거냐는 그녀의 투정 아닌 투정에 제하는 결국 백기를 들었다.

"설마 전부 다?"

"남자답게, 전부 다."

"알았어."

한숨을 내쉰 그가 어리둥절한 얼굴로 저들을 바라보는 하인을 향해 돌아섰다. 그러더니 그가 끌고 있는 수레를 탁탁 치며 말했다.

"이거 전부 내가 살게."

"예…… 예에?!"

"뭘 놀라? 어차피 장에 내다 팔 생각이었다면서."

"그, 그야 그렇지만."

아무리 좋은 물건들이라지만, 중고인 만큼 장에 내놓으면 가격이 뚝 떨어질 게 뻔했다. 그럴 바에는 차라리 적당한 선에 제하에게 파는 것이 구가에 있어선 더 이득이었다.

"돈은 나중에 사람을 보내서 지불할게."

"아, 예. 예."

"물건들은……."

그나저나, 호기롭게 구매하기는 했지만 문제는 그 다음이었다. 한 수레 가득한 이것들을 어찌하면 좋을지 난감했다.

어쩌면 좋겠냐는 그의 물음에 아라는 명쾌하게 답했다.

"이 수레를 끌고 궐에 돌아갈 수는 없으니까."

안 그래도 몰래 나온 건데 이런 눈에 띄는 것을 끌어 봐라. 궐문을 통과하기도 전에 잠행을 들킬지도 몰랐다. 그러니까……

"일단 구가에 맡겨 놓는 거로 하죠."

"그렇다네."

가져갈 수 없으니 원래 있던 곳에 맡겨 놓고 가겠다는 그녀의 말에 하인의 표정이 밝아졌다.

"예. 알겠습니다, 전하."

연신 고개를 끄덕이는 하인을 바라보며 흐뭇하게 미소 짓던 아라가 얼떨떨한 표정으로 자신을 바라보고 서 있는 제하를 힐끔거리더니, 이번엔 먼저 그의 손을 잡으며 말했다.

"선물 고마워요."

"기분이 이상한데."

제하가 작게 중얼거렸다.

그래. 기분이 이상했다. 꼭 꼬맹이에게 한 방 먹은 것처럼.

이제 정말 돌아가자는 아라의 말에 고개를 끄덕이며 뒤따르던 제하가 잠시 걸음을 멈추고는 구가를 돌아봤다.

여전히 가까이하고 싶은 마음은 없었다. 그러나 계속해서 눈에 밟히는 것은 사실이었다.

六花.
네가 없어야만 해

"안 돼! 결국 여기도 이렇게 끝나는 건가?"

씩씩대며 정신없이 방 안을 왔다 갔다 하던 설화는 좀처럼 진정할 기미를 보이지 않았다.

"이제야 좀 사는가 싶었는데……."

시건형을 뒷배로 둔다는 것은 정말이지 대단한 일이었다. 고위 귀족 가문의 아가씨 못지않은 대접을 받으며 이 생활이 오래가기만을 바라고 또 바랐건만.

"기껏 패를 쥐여 줬더니만 쓰지도 못하고…… 쯧."

예상치 못한 변수가 생기고 만 것이다.

여왕을 등지면서까지 비밀을 일러줬는데, 정작 시건형이 그것을 쓰지 않았단다. 그 때문에 다른 귀족들이 노발대발 화를 내며 결국

엔 대부분이 시건형에게서 등을 돌리는 지경에 이르렀다. 그러나 문제는 이것이 아니었다.

"아악! 그럼 난 이제 어떻게 되는 거냐고!"

그 비밀을 알려주는 조건으로 이곳에 있는 건데, 정작 그 비밀이라는 것이 쓸모가 없게 되었으니 그녀의 처지 역시 위태로운 상황이었다. 아무래도 안 되겠다는 생각에 계속해서 방을 맴돌던 그녀의 귀에 문밖에서 웅성거리는 소리가 들려왔다.

거슬리는 소리에 순간 짜증이 몰려왔다. 시건형을 만나기 위해 모여든 귀족들의 투덜거리는 소리에 안 그래도 진정이 안 되던 마음이 더욱 흐트러졌다.

바람이나 쐬야겠다며 외출복으로 갈아입은 그녀는 슬그머니 뒷문으로 빠져나왔다. 그렇게 멍하니 걸으며 앞으로 어떻게 해야 할지를 고민하고 있는 그때였다.

"거기 앞에 가는 아가씨."

등 뒤에서 들려오는 목소리에 설화는 걸음을 멈추고 돌아섰다. 말끔한 차림의 여인이 서 있는 게 보이는데, 푸근한 인상에 넉살 좋은 미소를 짓고 있는 것이 경계심 따위 들지 않는 분위기였다.

"저요?"

"예에. 아가씨께서 그 유명한 시건형의 수양딸 맞으시죠?"

"수양딸……."

수양딸이라. 물론 그녀의 뒷배가 되어 주기는 했지만 수양딸까지는 아니었다. 그러니 아니라고 솔직하게 말해야 했지만 수양딸이라는 말이 꽤 마음에 든 설화는 입꼬리를 한껏 말아 올리며 고개를 끄덕였다.

"네, 맞아요. 그런데 나한테 무슨 볼일이라도 있나요?"

당당한 그녀의 외침에 살갑게 웃고 있던 여인이 쪼르르 다가오더니, 살살 눈웃음을 치기 시작했다.

"어휴, 멀리서 봤을 때도 생각했지만 가까이서 보니 정말 고우시네요."

"어, 어머. 내가요?"

예쁘다는 말을 싫어할 여인이 어디 있겠는가. 이는 설화 역시 마찬가지였다. 좀 전까지만 해도 짜증이 확 솟구치려 했는데 그것들이 예쁘다는 한 마디에 누그러졌다.

심술이 가득한 두 눈은 언제 그랬냐는 듯 부드럽게 풀리고, 잔뜩 찌푸렸던 인상은 순식간에 쫙 펴졌다. 이때다 싶은 여인이 싱긋 웃으며 말을 이었다.

"아, 제 소개가 늦었군요. 저는 이선이라고 하는 사람이온데……."

"이선?"

잠깐, 이선? 언젠가 들어 본 적 있는 그 이름에 설화의 머리가 빠르게 돌아가기 시작했다.

"설마 그 이선? 중매쟁이 이선?"

"아, 네. 알고 계시는군요! 선남선녀들의 중매를 서는 일을 하고 있지요. 제 입으로 말하기 뭐하지만 나름대로 이 바닥에서 유명한데……."

"알다마다요."

설화가 고개를 끄덕였다. 중매쟁이 이선. 여인들 사이에서 그 이름을 모르는 이는 없었으니, 이는 그녀 역시 마찬가지였다. 주로 대신들이나 고위 귀족 자녀들의 중매를 서는 그녀는 성사시킨 혼사만 해도 수십 건에 달하는 중매의 달인이었다. 애매한 집안의 아가씨들이 신분 상승을 위해 그녀에게 잘 보이려고 갖은 노력을 했지만, 워낙 까다로운 심사 기준 때문에 명단에 이름 한 번 올리는 것조차 하늘의 별 따기였다. 그런데 그런 엄청난 중매쟁이가 자신을 찾아오다니, 이게 무슨 횡재래.

"아가씨께선 혼사 같은 것에 관심이 없으신가요?"

혼인이라. 그것도 나쁜 생각은 아닌 거 같았다.

'아직 시건형이 건재하니, 지금이라면 꽤 괜찮은 집안에 시집을 갈 수 있을 거야.'

설화의 머리가 빠르게 돌아갔다. 다만 한 가지 문제가 있다면 그녀가 이미 구제용과 부부의 연을 맺은 전적이 있다는 것인데…….

"그런데 제가 이미 한 번 이혼을 해서…….."

기어들어 가는 목소리로 그녀가 웅얼대듯 말했다. 그러자 자신을 이선이라 칭한 여인이 넉살 좋게 웃기 시작했다.

"어머, 요즘 시대에 그게 무슨 흠이라고. 세상이 얼마나 많이 바뀌었는데요."

"하, 하긴. 그건 그렇죠?"

걱정 말라는 여인의 말에 풀이 죽어 있던 설화가 금세 또 표정이 밝아졌다. 재혼이나 초혼이나 별거 아니라며 자신만만해하는 여인의 말을 계속해서 들으니 자꾸만 믿음이 갔다.

"특별히 원하는 조건 같은 게 있으신가요?"

조건을 묻는 질문에 설화가 두 눈을 반짝이며 줄줄이 읊기 시작했다.

"그야 당연히 귀족이죠. 돈은 무조건 많고…… 아, 장남이어야 해요. 얼굴도 잘생기면 좋기야 하겠지만 그것까지 바라는 건 욕심이고요."

그녀가 원하는 조건을 빠짐없이 기록하던 여인이 고개를 끄덕였다.

"알겠습니다. 제가 이 조건에 딱 맞는 신랑감을 찾아보겠습니다."

"가능할까요?"

"에이, 이렇게 고운 얼굴에 시건형의 수양딸이기까지 한 분이신데, 이런 완벽한 조건을 마다할 남자가 어디 있겠습니까? 하하. 걱정 말고 기다려 주세요."

오히려 자신의 경력에 도움을 주어 고맙다는 말을 하며 빠른 시일 안에 다시 찾아뵙겠다는 말을 남긴 중매쟁이가 꾸벅 인사를 하곤 자리를 떴다. 그런 그녀의 뒷모습을 멍하니 지켜보는 설화의 표정이 밝다. 세상에나. 자신은 정말이지 너무나도 운이 좋은 사람이 틀림없었다.

한편, 빠르게 자리를 뜬 여인이 돌담을 지나 어느 골목으로 들어섰다. 그곳에는 그녀를 기다리고 있는 남녀가 서 있었으니, 바로 월비와 무휼이었다. 이들을 본 여인이 한숨을 푹 내쉬며 그들에게 다가갔다.

"부탁하신 대로 했습니다."

"정말 고마워요, 이선."

월비가 싱긋 웃으며 말했지만 이선의 표정은 그리 밝지 못했다.

"하아…… 아무리 월비 아가씨의 부탁이라고는 해도 이건 좀……."

"괜찮아요, 괜찮아. 나중에 친구들에게도 제대로 소개시켜 줄게요."

"소개는 됐고, 이참에 아가씨께서 한 번만 나와 주시는 건 어떻습니까? 월비 아가씨를 소개시켜 달라고 찾아오는 간 큰 도련님들이 꽤 계시거든요."

그렇게 말하며 이선의 시선이 힐끔 무휼에게로 향했다. 역시나, 지금 이 이야기가 별로 마음에 안 든다는 듯 인상을 잔뜩 찌푸리고 있다. 사양하겠다는 정중한 거절에는 또 표정이 곧장 풀리는데, 이를 본 이선은 웃음을 참았다. 확실히 눈앞에 서 있는 남녀는 중매쟁이로서 고객 명단에 이름을 올리고 싶을 정도로 매력적이었지만, 이 둘은 건드리고 싶지 않았다. 누군가의 도움 없이 알아서들 예쁜 사랑을 꾸며 갔으면 싶었다.

그럼 볼일도 끝났겠다, 자신은 바쁘니 이만 가 보겠다며 이선이 돌아가고, 담벼락에 바짝 붙은 월비가 저 멀리에서 신이 나 폴짝폴짝 뛰고 있는 설화를 관찰하며 흐뭇하게 미소 지었다.

"후후. 이제 됐어."

"……이래도 되는 건지 모르겠다."

"흥. 인과응보라고."

누가 봐도 지금 이 상황에선 월비가 악역인 거 같았지만, 무휼은 딱히 말리지 않았다. 오히려 정의는 승리한다며 야무지게 주먹을 쥐는 그녀를 흐뭇하게 바라보았다.

* * *

"생각했던 것보다 늦어졌잖아."

어느새 어둑어둑해진 하늘을 올려다보며 아라가 말하자 뒤따르던 무휼이 작은 목소리로 대꾸했다.

"두 분께서 너무 돌아다니시는 바람에……."

"너희가 안 오니까 그렇지!"

아라가 빽하고 소리를 지르자 무휼이 움찔하더니 입을 다물었다. 그래, 저도 할 말이 없을 것이다. 간만에 여가 시간이라고 들떠 있던 게 틀림없었다. 아무리 그래도 너무 오래 밖에 있어서는 안 됐다. 분명 지금쯤 김 상궁이 잔뜩 벼르고 있을 텐데 이를 어쩌면 좋으냐 말이다.

연신 투덜대던 아라가 슬쩍 제하를 바라봤다. 평소라면 이런 상황에서 한 마디씩 툭툭 던졌을 그이건만, 입을 꾹 다물고 있는 것이 어째 기분이 별로인 거 같았다.

"피곤해요?"

"아니."

피곤한 것도 아니라면 도대체 이 사람이 왜 이러는 걸까. 아라는 잠시 생각에 잠겼다. 분명 시전을 돌아다니며 제 탄신일을 기념하는 선물을 사 주겠다 들떠 있을 때까지는 괜찮았다. 문제는 그 다음. 본의 아니게 구가에 들렀다 오고서부터 계속 이 상태였다.

최대한 눈에 띄지 않게 궐문을 지나 곧장 중앙궁으로 향하는데, 저 멀리 중앙궁 바로 앞에 누군가가 서 있는 게 보였다.

"아, 대장."

언제부터 기다리고 있던 건지 모를 시도하가 그들을 알아보고는 빠르게 걸어와 인사했다.

"아, 돌아왔나."

"네. 오늘 막 돌아왔습니다."

그의 등 뒤로 보이는 커다란 수레를 바라보던 아라와 제하는 기가 차다는 듯 헛웃음을 지었다. 그녀가 서하연에 있는 동안 제하가 도하를 단향에 보냈다는 이야기는 이미 들어 알고 있었기에 저것들이 무엇인지 그녀 역시 알고 있었다. 분명 일전의 소탕이 끝난 지 얼마 되지도 않았는데, 그 짧은 시간 동안 수레가 넘칠 정도라니.

"더는 못 봐주겠네."

"그러게요."

"끌어내려야 안 되겠어."

"어머, 의견이 일치하네요. 신왕."

가족이라고는 해도 봐주는 게 없었다. 물론 제하와 제용 사이에는 끈끈한 가족애보다도 깊은 골짜기가 존재했지만, 만약에 그놈의 정이 있었다고는 해도 같은 선택을 했을 것이다.

"그리고 보니 감찰 임무는 처음이었을 텐데, 수고했어."

"아닙니다."

도하에게서 목록을 받아 든 무휼이 내역을 확인했다.

장신구, 서책, 약재 등등 종류며 가짓수가 깜짝 놀랄 정도로 다양했다. 헤아릴 수 없는 가짓수에 그는 한숨을 푹 내쉬었다.

"전 그만 일하러 가 보겠습니다."

척 보니 오늘은 밤을 새야 할 분위기였다.

"그러게 적당히 놀고 돌아왔으면 좋았을 것을."

제하가 참으로 안 됐다며 고개를 저으며 말하자 옆에 서 있던 아라가 말했다.

"당신이 할 말은 아닌 거 같은데요."

놀자고 꼬시던 사람이 누구더라.

*　　　*　　　*

궐 안에는 여러 개의 궁이 있다.

그중에서도 대표적인 궁 몇 개만 꼽자면 왕이 기거하는 곳인 중앙궁, 그리고 왕후가 기거하는 곳인 희수궁, 후궁들이 기거하는 희안궁, 마지막으로 아무도 쓰지 않는 영희궁. 하지만 언젠가부터 희안궁 역시 쓰지 않는 궁이 되어 그곳 역시 지금은 비어 있었고, 그렇게 궐 안에는 사용하지 않는 궁이 두 개가 되었다.

"여기서 뭐해요?"

그중의 한 곳인 영희궁 안. 중앙궁에서 가장 멀리에 떨어져 있기 때문에 아라 역시 웬만해선 걸음하지 않는 곳이었다. 그럼에도 아라가 이곳에 온 이유는 어떤 남자를 찾기 위함이었다. 바로 지금 그녀의 눈앞에 대자로 누워 있는 남자를 말이다.

"무휼이 찾고 있던데."

"안 그래도 무휼을 피해 숨어 있는 중."

"아주 꼭꼭 숨으셨네요."

숨기는. 정원 한복판에 아무렇지 않게 누워 있는 것을 비꼬는 아라의 말에 제하는 그저 웃어넘기려 했다.

어제부터 이 남자의 상태가 이상했다. 그 흔한 장난질 한 번을 안 치는데, 막상 당할 때는 짜증이 나다가도 아무 짓도 안 하니 괜히 섭섭하고 그랬다. 이러한 마음을 솔직하게 털어놓으면 그는 분명 기뻐하겠지만, 그랬다간 앞으로도 찍소리 못 하고 잡혀 살아야 할 테니 굳이 제 발로 호랑이 굴에 들어갈 필요는 없겠지.

잠시 망설이던 아라는 누워 있는 그의 곁에 털썩 앉았다.

"나 여기에 있는 건 어떻게 알았어?"

"감이죠."

"감이라……."

아라가 당당하게 말했지만 제하는 믿지 않는 눈치였다.

"사실은 궁녀들이 말해 줬어요."

조회가 끝난 후 보이지 않기에 찾아다니다가 궁녀들의 도움을 받은 것이다. 그렇게 물어물어 도착한 곳이 바로 이곳이었다.

"말하지 말랬는데."

"궁녀들은 전부 다 내 편이거든요."

어디에 있는지 말하지 않기로 약속을 했다는데, 어느 누가 감히 왕의 앞에서 거짓을 고할까.

"거짓말쟁이들이랑 친하게 지내지 마."

"툭하면 다른 사람들이랑 친하게 지내지 말래."

"내가 언제 또 누구랑 놀지 말라고 했나?"

"오라버니랑도 가까이 지내지 말라고 했잖아요."

오라버니라는 말에 곧장 머릿속에 누군가를 떠올린 제하가 인상을 찌푸렸다.

"그건 진심이었어."

진심이다 뿐인가. 앞으로도 계속해서 유월영과는 친하게 지내지 말라는 그의 말에 아라는 어이가 없어서 피식 웃어 버렸다.

그러길 잠시, 다시금 시선을 내려 제하를 바라봤다. 역시나, 웃고 있기는 했지만 뭔가 이상했다. 평소 웃을 때는 좀 더 눈꼬리가 위로 올라가곤 했는데 지금은 경직되어 있기만 하니, 무슨 일이 있는 게 틀림없었다. 말없이 그를 바라보던 아라는 한숨을 내쉬었다. 도대체 무슨 일인지는 모르겠지만 남편께서 기분이 별로이시니 풀어줘야 하지 않겠는가.

"뭐하는 거야?"

가만히 있어 보라며, 그의 한쪽 팔을 붙잡은 그녀가 제하의 팔을 옆으로 펼치더니 그의 팔에 머리를 기대며 옆에 누웠다.

"이렇게 하면 당신 기분이 좀 나아질지도 모른다고 하던데."

"누가?"

"궁녀들이요."

신왕께서 오늘 하루 종일 기분이 별로인 거 같으니 좀 달래주는 게 어떻겠느냐며 중앙궁의 궁녀들이 그녀에게 알려준 나름대로의 비법이었다. 그리고 그것은 의외로 효과가 있는 거 같았다.

"궁녀들이랑 친하게 지내. 배울 점이 많을 거 같으니."

좀 전까지만 해도 친하게 지내지 말래 놓고, 지금은 또 친하게 지내란다. 어이가 없어서.

"그래서 왜 기분이 별로인데요."

"음……."

더 이상 아니라고 발뺌은 못 하겠는지, 제하도 결국 인정했다.

"오늘 아침에 서신이 왔는데……."

"서신?"

부스럭거리며 그가 제 품 안에서 서신 하나를 꺼내 들자, 그것을 올려다보던 아라가 손을 뻗었다.

"뭐예요. 연서?"

"내가 너 말고 또 연서 받을 데가 어디 있다고."

"그건 모르는 일이죠."

말은 그렇게 해도, 이 궐 안에 궁녀들이 얼마나 많은데. 그중에 눈길이 가는 여인이 한 명쯤 있을지도 모르는 일이 아니던가.

"그래. 연서다, 연서."

"정말?"

그렇다고 순순히 인정을 하니 기분이 나쁠 수밖에. 날카롭게 반응하고 만 아라가 조금 성급하게 봉투를 열고 내용물을 꺼냈다. 심장이 쿵쾅댔다. 이런 게 질투라는 감정이로구나, 하며 편지를 읽는데 '아들에게.'로 시작하는 문장을 본 아라는 곧장 인상을 찌푸리고 그를 흘겨봤다.

"왜? 마지막에 봐. '사랑한다.'라고 쓰여 있잖아."

"분명히 쓰여 있기는 한데……."

사랑한다는 문장이 포함되었으니 연서라 우기고 있는데, 열심히 그를 흘겨보던 아라는 그의 옆구리를 쿡 한 번 찔러 주곤 벌떡 일어 났다. 그러나 그것도 잠시, 어깨에 팔을 둘러 잡아당긴 제하 때문에 그녀는 다시 그의 품 안에 안기는 꼴이 되었다.

"내가 읽어 봐도 돼요?"

"그러라고 준 거니까."

도대체 무엇이 그의 기분을 상하게 한 건지 알아내야 했다. '아들 에게.'로 시작하는 문장만 봐도 벌써 딱 느낌이 오지 않는가.

"어제 집에 들렀던 거 말하지 말라고 했는데 기어이 말했나 봐."

"아. 그래서……."

분명 그 사실을 말하지 말라고 신신당부했는데, 어제 보았던 하 인은 그 약속을 어기고 구제율에게 말했단다.

아라의 시선이 편지로 향했다. 연서라고 하기에는 다정함 따위 느껴지지 않았고 그저 무미건조했다. 무뚝뚝함이 흘러넘치는 서 신. 평범한 안부 인사에 불과했다.

"중간에 '보고 싶다.'라는 말 있지."

제하의 말에 아라의 눈동자가 바쁘게 움직였다. 이윽고 수많은 문장들 틈에 숨어 있는 '보고 싶다.'라는 네 글자를 발견한 그녀가 고개를 끄덕였다.

"아버지한테서 처음 들어보는 말이야."

"……."

"그래서 어떤 반응을 보여야 할지 난감해하고 있는 중이고."

솔직한 그의 말에 아라는 할 말을 잃었다. 이건 자신이 어떻게 해 줄 수 있는 게 아니었다.

"하긴, 외로우시겠죠. 그래도 아들인데."

모두가 떠나고 홀로 그 집을 지키고 있는 것이 마음 편할 리 없었다. 찾아오는 귀족들이야 많겠지만 그들의 입에 발린 아첨에 기분이 좋을 리가 없다.

"여기에 구제용이 수령 자리에서 물러날 거란 소식까지 듣게 되면⋯⋯."

"상심이 크시겠네요."

아라가 맞장구를 쳐 주자 제하는 한숨을 내쉬며 돌아누웠다. 팔을 들어 두 눈을 가리고는 그렇게 멍하니 누워 있기를 얼마.

"이런 기분 정말 싫어."

마음속에서 피어나는 갈등에 어떻게 해야 할지 몰라 하는 그를 바라보던 아라는 다시금 들고 있던 서신으로 시선을 옮겼다. 그의 말대로 맨 아래에 적혀 있는 한 문장이 유난히 거슬렸다.

사랑한다.

확실히 그의 말대로 연서라고 한다면 연서였다.

정원 바닥을 굴러다니며 짜증을 삭이던 제하가 갑자기 벌떡 일어나더니, 이번엔 한층 진지한 분위기를 뿜어내며 생각에 잠겼다. 그러길 얼마, 힘겹게 생각 정리를 끝낸 그가 여전히 연서에 빠져 있는 아라의 곁으로 다가왔다.

"국서의 지위가 어느 정도 돼?"

"왕 바로 밑이죠."

"그러니까 그게 어느 정도야?"

뜬금없는 그의 질문에 아라는 잠시 망설였다. 국서란 왕의 다음으로 지위가 높기는 했지만, 그걸 구체적으로 딱 어느 정도라고 말하기에는 조금 애매했다.

"도대체 뭐가 하고 싶은 건데요?"

꿍꿍대지 말고 속 시원하게 말해 보라는 그녀의 말에 제하가 작은 목소리로 속삭이듯 말했다. 그의 이야기를 들은 아라는 곧 두 눈이 커졌다.

"그 정도면 할 수 있기는 한데…… 정말 괜찮겠어요?"

"뭐가?"

"후회하지 않겠느냐고요."

지금 당신이 한 이 선택을 나중에라도 후회하지 않겠느냔 아라의 물음에 제하는 덤덤한 표정으로 고개를 끄덕였다. 후회 따윈 두렵지 않았다.

"이제 괜찮을 거 같아."

그래. 이제 괜찮을 거 같았다.

"나한테는 네가 있으니까."

싱긋 웃으며 말하는 제하를 바라보던 아라 역시 흐뭇하게 웃었다.

*　　　*　　　*

"도하 도련님, 다녀오셨습니까."

고요한 밤. 시건형의 집 대문이 열리더니 도하가 안으로 들어섰다. 피곤하니 저녁은 필요 없다는 그의 말에 알겠다고 대답한 하인이 간단한 인사를 하고는 재빨리 물러갔다.

"……."

슬쩍 눈치를 보던 그가 저에게서 멀어져 가는 하인의 뒷모습을 말없이 지켜봤다. 그러길 얼마, 자신의 방이 있는 별채로 향하던 그의 걸음이 빙글 돌려졌다.

"어머, 도련님! 이곳에는 어쩐 일로……."

"건율이가 아프다고 들어서 말이야."

아무리 배다른 동생이라지만 그래도 가족. 진심으로 그를 걱정하는 듯한 도하의 표정과 말이 유모의 마음을 쩡하고 울렸다.

"아, 네. 이제 걱정 안 하셔도 될 거 같습니다. 다행히 열도 내렸고. 좀 전에는 죽도 제대로 드셨으니까요."

"그것참 다행이네."

자랑스레 빈 그릇을 들어 보이던 유모가 싱긋 웃었다. 도하 역시 웃으며 그렇게 잠시 동안 서로 아무 말도 하지 않은 채 어색한 시간이 흐르는데.

"잠깐만 보고 가도 될까?"

이어지는 그의 물음에 유모는 바짝 긴장했다. 어쩌지? 시건형 님께서 이 사실을 아시면 노발대발하실 게 분명한데…… 그렇다고 이유도 없이 무작정 안 된다고 막기도 뭐했다.

"동생이잖아. 평소에 신경을 많이 못 쓴 게 마음에 걸려서……."

"……."

곤란하다는 듯 어쩔 줄 모르던 유모의 눈에 시무룩해진 도하가 들어왔다. 가만히 있어도 아름다운 남자가 기가 죽은 것을 보니 심장이 두근댔다.

"그, 그럼 잠시만……."

아주 잠깐이라면 괜찮지 않을까?

차곡차곡 쌓아 올렸던 마음의 경계심이 와르르 무너지고 말았다. 빈 그릇을 정리하고 올 테니 그때까지만 잠깐 있어 달라는 말을 남긴 유모가 유유히 자리를 떠났다. 웃는 얼굴로 고개를 끄덕인 도하가 조심스럽게 방 안으로 들어섰다. 자신의 방의 두 배는 될 정도로 널찍한 방 안에 조그마한 아이가 누워 있다.

살금살금. 최대한 조용히 아이에게로 향한 그가 걸음을 멈추고 가만히 제 동생을 내려다봤다. 아프다더니 조막만 한 얼굴이 붉게 달아오른 것이 안쓰러워 보였다. 그러나 그것도 잠시, 무언가를 심각하게 고심하는 듯한 그의 표정이 좀 전의 유모를 대할 때와는 다르게 짙고 어두웠다.

"……형님?"

"……그래."

잠이 든 줄 알았던 건율이 인기척을 느낀 건지 부스럭거리며 눈을 떴다. 나지막하게 들려오는 '형님'이라는 말에 도하가 움찔했다. 몇 번 본 적도 없건만 꼬박꼬박 형님이라 부르는 이 작은 아이가 너무나도 눈에 거슬렸다.

"넌 잘못한 거 없어."

건율을 내려다보던 그가 희미하게 미소 지었다.

무릎을 굽히고 곁에 앉아 저보다 훨씬 작은 아이의 이마를 매만지던 그가 자신의 주머니 안에서 청색의 작은 갑을 꺼내 들며 중얼거렸다.

"하지만 네가 없어야만 해."

그래야 내가 살 수 있을 테니까.

*　　　*　　　*

"어머, 이선! 기다리고 있었어요."

"오랜만에 뵙습니다."

문 앞에 서 있는 여인을 알아본 설화가 한달음에 다가가며 반갑게 인사했다. 중매쟁이로 유명한 이선은 최근 그녀의 유일한 관심거리였다. 그녀에게 어울리는 맞선 상대를 찾아주겠다고 호언장담을 한 지도 어느새 나흘. 그동안 연락이 없기에 역시나 실패한 건가, 하며 포기하고 있었는데 오늘 아침에 연락이 온 것이다.

"알아봤나요?"

"예, 물론이죠. 아마 아가씨의 마음에 꼭 드실 겁니다."

"그래요?"

설화의 표정이 한층 밝아졌다. 그런 그녀에게 기대해도 좋을 거라며 잔뜩 바람을 불어넣던 이선이 재빨리 들고 있던 족자를 펼쳤다.

"이분입니다."

족자 안에는 한 사내의 흉상이 그려져 있었다. 그것을 들여다본 설화는 재빨리 남자의 얼굴을 확인했다. 일단 나이는 이십 대 후반…… 아니, 삼십 대려나? 눈에 띄게 훤칠한 사내는 아니었지만 그래도 이 정도면 봐줄 만했다. 특히나 구제용보다는 확실하게 잘생겼다는 게 마음에 쏙 들었다.

"괜찮네요."

"그렇죠? 중앙 귀족이 아닌 지방 귀족이라는 게 약간의 흠이기는 하지만, 그 지방도 천유에서 그리 멀지도 않고요. 또 요즘엔 중앙의 하위 귀족보다는 지방에서 이름 날리는 귀족이 더 인기랍니다."

"그래요?"

청산유수와도 같은 이선의 말에 설화의 마음이 기울었다.

"그런데 한 가지 문제가……."

"문제?"

어쩐지 술술 풀린다 싶었지. 신뢰가 팍팍 느껴지는 미소를 짓고 있던 이선이 갑자기 곤란하다는 표정을 짓자 설화는 그럴 줄 알았다며 한숨을 내쉬었다. 그 문제라는 게 도대체 무엇이냐는 설화의 재촉에 이선이 잠시 머뭇거렸다.

"그쪽에서도 지금 급하게 혼처를 구하고 있어서요."

그 말에 설화의 미간이 찌푸려졌다. 급하게 혼처를 구하고 있다는 말이 왠지 모르게 부정적으로 다가왔기 때문이다.

"상대에게 무슨 문제가 있는 건가요?"

"아아, 그런 건 아니고요. 남자의 부모님께서 지금 당장 결혼을 하지 않으면 집안을 물려주지 않겠다고 했다나 뭐라나……."

날카로운 설화의 질문에 이선이 재빨리 답했다. 꽤나 진부한 이야기이기는 했지만 있을 법한 이야기였기에 설화는 조금도 의심하지 않았다.

"그래서 혼인신고를 먼저 했으면 하던데……."

여태껏 열심히 고개를 끄덕이던 설화의 머리가 꼼짝을 안 했다. 이를 본 이선은 힐끔거리며 그녀의 눈치를 보더니 재빨리 덧붙였다.

"아, 혼사에 대한 모든 준비는 그쪽에서 알아서 한다고 했습니다. 그러니 만약 이 혼담을 받아들이신다면 아가씨께서는 혼례식까지 마음 편히 기다리시면 됩니다."

"하지만……."

설화는 고민에 빠졌다. 상대를 직접 만나 보기도 전에 혼약부터 맺는 건 좀 그렇지 않나? 하지만 이혼녀인 그녀에게 있어서 놓치기 아까운 기회인 것만은 확실했다.

"으음……."

그러나 쉽게 결정할 수 없는 문제이기도 했다.

이를 어쩌면 좋지? 고민에 빠진 설화가 대답을 망설였다. 그러자 그녀를 힐끔거리던 이선이 눈을 빛내더니 아쉽다는 듯 한숨을 푹 내쉬었다.

"뭐, 싫으시다면 어쩔 수 없지요. 그럼 이 혼담은 다른 아가씨에게 넘기겠습니다."

"네?"

"사실 이 혼담을 노리고 계시는 분들이 줄을 섰거든요."

이선이 슬쩍 눈웃음을 지으며 말했다. 망설이는 그녀를 위한 마지막 한마디였다. 한 가지 문제가 있긴 하지만, 상대의 조건이 너무나도 좋아서 지금 이 혼담을 노리는 여인이 한둘이 아니라는 말에 설화는 곧장 반응을 보였다.

좋아. 거의 다 넘어왔으니 이제는 살살 구슬리기만 하면…….

"원래는 차례로 순서를 지키는 게 관례이지만 그래도 시건형 님의 양녀이시니 특별히 먼저 기회를 드리려고 했던 건데……."

이것 참 아쉽게 되었다며 이선이 물러났다. 더 설득하거나 하지 않고 미련 없이 떠나려는 그녀의 태도에 설화는 마음이 급해졌다.

"이보다 더 나은 상대가 있을지는 모르겠지만, 일단 찾아보겠습니다."

"자, 잠깐만요!"

조만간 다른 혼담을 가지고 올 테니 기다려 달라는 이선의 말에 설화는 다급히 그녀를 붙잡았다. 지금 이것저것 가릴 때가 아니었다. 이런 기회가 또 언제 올지 모르는데!

"알았어요, 알았다고요!"

마음이 급한 그녀가 버럭 외쳤다.

"정말 확실한 거 맞겠죠?"

"그럼요! 제가 누굽니까. 이선입니다, 이선."

도성에서 가장 유명한 중매쟁이인 자신을 못 믿는 거냐며 그녀가 웃자, 설화는 재빨리 고개를 저었다. 가만 생각해 보니 못 믿을 이유도 없었다. 만약 이번 혼담이 잘못되었다가는 그녀의 경력에도 좋을 게 하나 없었으니까.

"좋아요. 그럼."

큰 결심을 한 사람처럼 고개를 크게 한 번 끄덕인 설화가 이선의 손에 들려 있던 족자를 거칠게 낚아챘다.

"이 혼담, 받아들이기로 하죠."

"탁월한 선택이십니다."

정말 잘 생각한 거라며 이선이 능숙하게 그녀를 부추겨 세우자, 그 말에 홀라당 넘어간 설화가 한껏 으스대기 시작했다.

그런 그녀를 지켜보던 이선은 속으로 생각했다.

'생각보다 간단하군.'

*   *   *

"가기 싫어."

"다녀오세요."

"내가 빨리 갔으면 좋겠어?"

"네. 제발."

제발 부탁이니 빨리 나가 달라는 아라의 말에 그녀에게 기대어 있던 제하가 한숨을 푹 내쉬며 몸을 일으켰다.

지금은 오후. 한창 아라가 업무에 몰두하고 있을 시간대이다 보니 제하는 심심해서 돌아가실 지경이었다. 물론 일을 함께할 수도 있었지만, 그에게는 선약이 있었다.

"슬슬 도착했을 텐데 빨리 만나고 오라고요."

"하아…….'

"본인이 불러 놓고 웬 한숨?"

"그러게. 내가 왜 그랬을까."

뒤늦게 자신의 행동을 후회하던 제하가 제 앞에 놓여 있는 두루마리를 응시했다. 좀 전에 완성된 따끈따끈한 교지였다.

"힘내요."

"힘이 안 나."

"……."

"이럴 땐 '그럼 어떻게 해야 힘이 날 거 같아요?'라고 물어보는 거라고 궁녀들이 안 가르쳐줬어?"

최근 들어 궁녀들에게 연애 방법을 배우고 있는 아라였다.

"가르쳐줬죠."

연애 경험은 전무해도 갖고 있는 지식만큼은 풍부한 그들이 안 가르쳐줬을 리가 없지 않은가. 하지만.

"그런데 그 방법이라는 것들이 썩 마음에 들지 않더라고요."

사랑에 목말라하고 있는 여인들에게 사랑을 배운다는 것은 어찌 보면 조금은 위험한 일이기도 했다. 종종 고수위를 넘나드는 이야기도 아무렇지도 않게 하는 궁녀들 때문에 아라의 고생이 이만저만이 아니었다.

"할 수 없지."

마음에 안 든다니 할 수 없다며 한숨을 푹 내쉰 그가 아라의 얼굴을 감싸더니 저에게로 빙글 돌려 입을 맞추고는 자리에서 일어났다.

"알아서 챙길 수밖에."

애정 표현에 박한 부인을 두었으니, 필요하면 그때그때 알아서 챙겨야지 어쩌겠나.

"이제 해 달라고 조르는 건 포기했거든."

"남자가 포기가 너무 빠른 거 아니에요?"

"……."

등 뒤에서 들려오는 아라의 말에 이제 막 문을 나서려던 제하가 멈칫했다.

또 저런다, 또. 사람 잔뜩 기대하게 만드는 말을 내뱉어 놓고는 아무것도 모른다는 듯 눈을 말똥말똥 뜨고 있다니. 치사하게.

"흥. 하나도 안 예뻐."

자꾸만 제 마음을 들쑤셔 놓는 꼬맹이 따위, 하나도 안 예쁘다며 그렇게 방을 나섰다. 밖에 나가서까지 들려오는 그의 흥흥대는 콧방귀 소리에 자리에 앉아 있던 아라는 피식 웃어 버렸다.

"귀여워라."

전세역전이다.

＊　　　＊　　　＊

"신왕."

"……."

자신을 부르는 목소리에 고개를 돌린 제하는 곧장 인상을 찌푸렸다. 안 그래도 조용조용 가려고 했는데 인상 사나운 남자에게 딱 걸리고 만 것이다.

"혹시 나 감시하나?"

"그럴 리가요."

"그런데 왜 매번 이럴 때마다 내 앞에 나타나는 거지?"

"그냥 신왕께서 항상 제 눈에 띄어서 그럽니다."

언제 어디에 있든, 수많은 인파 속에 숨어 있다고 한들 눈에 띈다는 그 말에 제하는 왠지 모르게 오싹했다.

"그건 연인에게 하는 말 같은데?"

지금 저 말을 아라에게서 들었다면 조금은 기뻤을지도 모르겠지만, 상대가 무휼이니 썩 좋지만은 않더라. 아니, 나빴다. 꼭 감시받고 있다는 느낌이 들어서.

"그래서, 무슨 일인데?"

"아아, 별일은 아니고⋯⋯."

"별일 아니면 말 시키지 마."

안 그래도 지금 한창 예민한 상태이기 때문에 웬만해서는 건드리지 않는 게 좋을 거란 그의 충고에 무휼이 고개를 끄덕였다.

"전하라면 지금 집무실에 계신다고 알려 드리려고요."

"알아. 안 그래도 거기 들렀다가 나오는 길이니까."

제하의 목소리에 짜증이 가득했다. 벌써 몇 번째 듣는 소리인지 모르겠다. 여기까지 오는 내내 지나치는 궁인들마다 저를 붙잡고는 아라의 위치를 알려줬기 때문이다.

"그걸 아시는 분이 왜 밖에 나와 계시는 겁니까?"

"누구를 좀 만나려고."

"……."

대답하기 귀찮아 대충 선약이 있다는 말과 함께 걸음을 옮기려는데, 졸졸 쫓아오는 그가 너무 신경 쓰였다. 도대체 뭐란 말이냐.

"왜 또."

"혹시 제가 남녀의 밀회 장면을 목격하고 만 건가요?"

"그럴 리가 없잖아!"

혹시라도 아라를 뒤로하고 만날 상대가 궁녀이거나 귀족 가문의 아가씨인 건 아니냐 그의 물음에 제하는 버럭 외쳤다.

"만약 그렇다면 신왕이라고 해도 절대 용서하지 않을 겁니다."

"네놈의 용서보다도 아라에게 용서받지 못할까 두려워서 꿈도 못 꾸니 염려 마라."

쓸데없는 걱정 할 필요 없다며 제하가 씩씩댔다. 도대체 자신을 뭐로 보고 이러는지 모르겠다며 투덜대길 얼마, 저 멀리에서 한 명의 내관이 종종걸음으로 달려와 그의 앞에 섰다.

"도착하셨습니다."

"알았다."

누군가의 도착을 알리는 내관의 말에 무휼의 눈이 더욱더 반짝였다. 선약 상대가 누구인지 신경 쓰인다는 눈치를 팍팍 주고 있자, 더는 이를 무시하지 못하고 제하가 한숨을 내쉬며 돌아섰다.

"……미리 말하는데, 아라에게 보고하고 가는 거야."

"누가 뭐라고 했습니까?"

"뭐라고는 안 했지만, 눈빛이 사납기는 했지."

심지어는 지금까지도.

"전 신왕을 믿고 있습니다."

"믿는다면서 왜 자꾸 따라오는 건데?"

결국, 참다못한 제하가 물었다.

아니, 따라오고 싶으면 당당하게 호위로서 따라오든가. 관심 없는 척 한 걸음 걸으면 한 걸음 쫓아오고, 두 걸음 걸으면 두 걸음 쫓아오고. 도대체 이게 뭐하는 짓인지 모르겠다.

"혹시라도 신왕의 신변에 무슨 문제라도 생기면 어쩌나, 염려가 되어서 말입니다."

"흥. 궐 안인데 무슨 일이 생길까."

"그래도 모르지 않습니까."

"그 정도야? 우리 천유국의 치안이? 궐 안의 보안이?"

도대체 얼마나 보안이 나쁘기에 궐 안 한복판에서 무슨 일이 일어날까 걱정하는 거지? 다른 의미로 걱정이 된 제하는 무휼을 쏘아봤다. 물가에 내놓은 아이 취급하는 것이 영 마음에 안 들었다. 그야 검술은 물론 무예에 있어서도 무휼이 저보다 훨씬 월등하기는 했지만 그래도 연상이거늘.

"소중한 분이시니까요."

"누가, 내가?"

"예."

"너에게 소중하게 여겨지고 있는 줄은 몰랐는걸?"

물론 월비보다 호의적이기는 했지만 설마 '소중'하게까지 여겨지고 있었을 줄이야. 분명 약간의 꼬인 듯한 느낌은 있었지만, 기분이 썩 나쁘지만은 않았다.

"신왕께서 잘못되시면 전하께서 우세요. 그 때문에라도 별로 내키지는 않지만, 전 신왕도 지켜야만 합니다."

"……."

"그런 의미에서 묻는 건데, 누굴 만나러 가시는 건지 여쭤 봐도 되겠습니까?"

그럴 줄 알았어.

"역시 그게 목적이었던 거지?"

처음부터 누굴 만나러 가는 거냐 물었다면 곧장 알려줬을 것이고, 그랬으면 굳이 이렇게까지 길게 대화를 나눌 필요도 없었을 텐데 말이다.

"아버지를 만나러 가는 거야."

"네?"

"오늘 입궐하라고 말했거든."

며칠 전에 받은 서신에 대한 답장으로 오늘 이 시간에 궐에서 보자는 답장을 보냈다.

"왜요?"

무휼의 시선이 제하의 손에 들려 있는 두루마리로 향했다. 한눈에 봐도 고급스러운 비단 안에 어떤 내용이 담겨 있을지 궁금했다. 제 손에 고정되어 있는 그의 시선을 눈치챈 제하가 싱긋 웃었다.

"화해하려고."

*   *   *

"일전에 집에 들렀다고 하던데."

"정확하게는 지나친 거죠."

의도치 않게 그곳에 가게 되었고, 뒤늦게 깨달은 이후 유유히 지나치려 했으나 때마침 문을 열고 나오던 하인과 맞닥뜨린 것뿐이라며 제하가 수정했다.

"온 김에 얼굴 좀 비추고 가지."

"언제는 꼴도 보기 싫다더니만."

"……."

한 번씩 주고받기식의 대화가 뚝 하고 끊겼다. 제하가 이겼다. 그러나 기분이 썩 좋지만은 않았다. 갑작스레 찾아온 침묵에 어쩔 줄 몰라 하길 얼마, 결국 보다 못한 무휼이 그에게만 들릴 정도의 아주 작은 목소리로 물었다.

"화해하러 오신 거 맞습니까?"

누가 보면 싸우러 온 줄 알겠다.

"그게 내 마음대로 안 되네."

그러나 제하도 제하 나름대로 노력하는 중이었다.

머리로는 어젯밤부터 수십 번도 넘게 지금 이 상황을 상상하고 연습도 해 봤지만, 막상 이렇게 직접 얼굴을 마주하고 앉으니 생각해 두었던 말들이 입 밖으로 나오지 않았다.

'그 꼬맹이는 이걸 어떻게 해냈대…….'

다시금 아라가 존경스러웠다. 십수 년이라는 기나긴 시간 동안 미워하고 경계만 하던 이를 용서한다는 건 이토록 어려운 일이건만.

"그냥 하지 말까?"

"여기까지 와서 물러서시겠다고요?"

"여기까지 온 것만으로도 꽤 노력했다고 생각하는데."

"전하께서는 그렇게 생각 안 하실걸요."

"그건 그렇겠지……."

"돌아가서 어떻게 말씀하시게요."

정곡을 찌르는 무휼의 말에 제하는 힘겹게 고개를 끄덕였다. 기껏 모든 것을 갖췄는데 막판에 포용력이 부족해서 돌아왔다고 하면 아라가 실망하겠지.

"그러네. 해야겠네. 그래야 칭찬이라도 받지."

"……."

"기분 좋으면, 꼭 끌어안아 줄지도 몰라."

"희망 사항이 너무 작으신 거 아닙니까?"

어깨를 축 늘어뜨린 제하가 다시금 제율을 바라봤다. 그 역시도 지금 이 상황이 어색한 듯 조금은 불편해하는 것처럼 보였다. 과연 누가 지금 이 광경을 아버지와 아들의 대화로 볼까. 차라리 처음 만나는 사이라고 설명하는 게 이 서먹함을 이해하기 훨씬 쉬울 거 같았다.

한숨을 내쉰 그가 결국 들고 있던 두루마리를 아버지, 제율 앞에 내려놓았다.

"이게 뭐냐."

"아버지를 구가의 가주로 임명하겠다는 교지입니다."

"뭐?"

그게 무슨 소리냐며 재빨리 문서를 집어 든 제율의 눈동자에는 혼란이 가득했다. 지금 자신이 들은 말이 이해가 안 간다는 듯 교지에 적힌 내용 한 번, 제하 한 번, 번갈아 보는 것이 정신이 없고 꽤나 우습다.

"이걸 왜……."

"난 더 이상 구가가 필요 없으니까. 다시 돌려드리겠다는 뜻입니다."

국서의 일만으로도 너무 바빠서 가주의 역할까지는 할 수가 없기 때문이라고는 했지만, 여전히 제율은 그의 말을 곧이곧대로 믿는 눈치가 아니었다. 그도 그럴 것이 가주의 역할을 할 수 없다면 지금처럼 대리인을 세우면 될 일, 굳이 가문을 돌려줄 필요까지는 없었으니까.

"물론 아버지가 어머니를 배신한 건 아직 용서 못 해요."

"……."

"하지만 나도 어느 정도는 책임이 있으니까."

어머니를 그 지경까지 몰고 간 것에 대한 죄는 아버지, 제율에게 있었지만 자신이 어머니의 죽음에 직접적인 영향을 끼친 것은 사실이었다.

"만약 내가 그때 어머니를 용서했더라면, 어머니께서도 그런 극단적인 선택은 하지 않으셨을 테고……."

제하의 목소리가 점점 작아졌다. 만약 그때, 자신이 어머니를 용서했다면 아마 지금까지도 살아 계셨겠지. 아라에게 어머니를 소개했을 테고 어머니도 그녀를 자신의 딸처럼 대해 주셨을 텐데…….

"잠깐."

극단적인 선택이란 말에 의아해하던 제율이 제하의 팔을 덥석 붙잡았다. 그의 표정은 아주 창백했다.

"그게 무슨 소리냐."

순간 멈칫. 방 안에는 이상한 기류가 흘렀다.

"그게…… 무슨 소리냐고요?"

제율의 물음에 제하는 곧장 미간을 찌푸렸다.

"지금 모르는 척을 하실 생각이십니까?"

"아니, 모르는 척이 아니라……."

제하의 질타에도 불구하고 제율은 여전히 영문을 모르겠다는 얼굴이었다. 끓어오르는 감정을 주체 못 하고 '펑!' 터져 버린 제하가 매정하게 그 팔을 쳐 냈다.

"그만하세요! 나도 다 알고 있다고요! 내가 어머니를 용서하지 않았기 때문에 어머니께서 그 죄책감으로 스스로 목숨을 끊으신 거잖아요!"

"뭐라고……?"

"잘 감췄다고 생각한 모양인데, 아닙니다. 아버지의 그 어설픈 연기가 나한테 통했을 거라고 생각했나요?"

"잠깐, 그게 아니야. 틀렸다. 넌 뭔가 잘못 알고 있어……."

제율의 목소리가 한층 더 다급해졌다. 새파랗게 질린 그의 표정이 무언가 잘못되었음을 알려주고 있었다.

"물론 네 어미가 극단적인 선택을 한 건 맞지만, 그건 너 때문이아니다."

"그게 무슨……."

"원래부터 병을 앓고 있었어. 수많은 의원을 불렀지만 모두가 고칠 수 없다고 했지. 살날이 얼마 남지 않았으니 마음의 준비를 하는 게 좋을 거라고 말이야."

다시금 제하의 팔을 붙잡은 제율의 손에 힘이 들어갔다. 지금껏 스스로에게 상처를 내며 무거운 짐을 짊어진 채 살아왔을 제 아들을 포기할 수 없다는 듯, 아주 꽉.

"그래도 희망이 있으니 계속해서 치료를 받아 보자고 했지만, 네 어미가 그것을 거부했다. 그래서 나는 온 인맥을 동원해 형량을 감형받을 수 있게 했고, 고향인 우안으로 유배를 갈 수 있게 조치를 취했던 거란 말이다!"

제하는 순간 숨이 멎었다. 뭐라고? 지금 이게 무슨 소리래? 지금까지 자신이 알고 있던 이야기와는 사뭇 다른 이야기에 그는 정신이 없었다.

"그럴 리가 없는데…… 분명히 나 때문에 돌아가셨다고 했는데……."

"뭐라고?!"

어디서 그런 말도 안 되는 소릴 듣고 왔느냐며 제율이 버럭 외쳤다. 연기일 수도 있었지만 제하는 알 수 있었다. 저건 진짜다. 진짜라는 생각이 들기 무섭게 그의 머릿속이 새하얗게 물들기 시작했다. 아니었다고? 그게 사실이 아니었단 말이야? 그럼 나는 지금까지 왜…….

"도대체 누가 너한테 그런 말을 한 거야, 누가!"

"그때 형수님께서 분명······."

늘 그랬듯 어머니의 서신을 자신에게 전해 주는 일은 형수인 설화가 도맡아했다. 그리고 그날 그녀가 갖고 온 것은 서신이 아닌 어머니의 부고 소식.

자살이라고 했다. 뭘 더 묻겠어. 스스로 지은 죄가 있기에 함부로 입에 올릴 수가 없었다. 그래서 진실은 마음속 깊은 곳에 혼자만 간직한 채 슬퍼하기로 했다.

"허."

몰려드는 회의감에 제하는 고개를 떨구기까지 했다. 한창 뜨겁게 달아올랐던 머릿속이 차갑게 식다 못해 꽁꽁 얼어붙어 쨍한 기분이었다.

"주설화, 그년이 감히!"

화가 난 제율이 자리를 박차고 일어났다. 오죽 흥분했으면 그들의 앞에 있던 낮은 책상이 덜컹거리며, 소중하디소중한 교지가 바닥으로 굴러떨어질 정도로.

"잠깐, 일단 진정을 하고······."

"지금 진정하게 생겼느냐! 감히 내 아들들을 농락해?!"

물론 쉽게 진정할 일이 아니기는 했다. 하지만 너무 철렁 내려앉았기 때문일까, 오히려 아무런 생각도 안 드는 것이 분노, 배신, 허탈감 따위의 감정은 없고 이성만이 남았다.

자신을 꽁꽁 묶고 있던 속박에서 풀려난 거 같은 알 수 없는 해방감. 온몸을 짓누르던 무거운 짐이 조금이나마 덜어진 거 같은 느낌이 들었다.

하아, 이제야 겨우 폐부 깊숙이까지 숨이 들어오는 거 같다.

"내가 이 계집을 그냥……."

"그래서, 이번에도 사람들에게 암살을 지시하실 겁니까?"

"네가 그걸 어떻게……."

제하의 입에서 암살이라는 말이 나오기 무섭게 펄펄 날뛰던 제율이 멈칫했다. 그가 조금 놀란 얼굴로 제하를 바라봤다.

"그러지 마세요."

"……."

"아무리 화가 나도 그렇게까지는 하지 마요."

아무리 화가 나도, 아무리 미워도, 절대 기어 나올 수 없는 저 깊은 밑바닥까지는 추락하지 말자며 제하가 제율을 설득했다. 그의 말에 한껏 흥분해 있던 머릿속 열이 식었는지, 제율이 한숨을 푹 내쉬며 다시 자리에 앉았다. 이를 본 무휼은 뒤에서 안도의 한숨을 내쉬었다.

만약 제하가 그를 말리지 않고, 구제율이 정말 사람을 시켜서 주설화를 살해하라고 시켰다면 그것은 범죄. 중앙군의 대장으로서 묵인할 수는 없었기 때문이다.

물론 이미 그러한 시도가 한 번 있기는 했지만.

"애초에, 네가 나한테 말을 했으면 이렇게 되지도 않았을 거 아니냐."

"우리가 언제 대화라는 걸 나누는 사이였나요."

제율의 말에 제하가 투덜대듯 대꾸했다.

먼저 사실을 말하지 않은 사람에게도 문제가 있었지만, 그 사실을 확인하지 않은 그에게도 문제가 있었다. 그러나 아버지에게는 언제나 큰아들 제용이 있었고 그는 눈에 들어오지도 않았다. 때문에 아예 벗어나기로 결심했고, 떠났다.

"하아…… 형님을 다시 부르세요."

"뭐?"

"어차피 수령직도 잘렸는데, 계속 거기에 있을 필요는 없잖아요. 아버지가 부르면 당장이라도 올라올 거예요."

누군가 불러 주는 사람이 있다면 당장이라도 기쁜 마음으로 올라올 터. 제하 역시 그랬다.

아라가 불러 주었기 때문에 지금 이곳에 있는 것이다.

"거기서 엄한 사람들 등골 빼먹지 말고, 차라리 집안의 재산을 탕진하라고 해요."

"크흠, 신왕."

뒤에서 잠자코 있던 무휼이 헛기침을 하며 주의를 줬다. 서슴지 않고 술술 내뱉는 말이 저주나 다름없었다. 그러나 말을 좀 곱게 하라는 그의 충고 따위, 제하의 귀에는 들리지 않았다.

"이걸로, 그냥 처음으로 돌아가는 거로 해요. 우리."

어머니가 살아 계시던 때, 두 분 사이에 사랑이라는 감정은 없었지만 그래도 서로 으르렁거리지 않았던 순간이라면 한 번쯤은 있었을 테니까.

많은 것을 바라는 게 아니다. 그냥 딱 그 정도만. 만나도 얼굴 붉히지 않고 언성을 높이지 않으며, 아무렇지 않게 안부를 물을 수 있을 정도까지만 바랐다.

"그리고 더이상, 날 아버지의 뜻을 이루기 위한 도구라고 생각하지 마세요."

어차피 들어주지도 않을 거고 지금까지도 듣지 않기는 했지만.

"제가 드릴 말씀은 이게 다입니다. 그럼 조심해서 돌아가세요."

그럼 볼일도 끝났겠다, 이만 가 보겠다며 제하가 자리에서 일어나자 제율의 얼굴에 약간의 아쉬움이 맴돌았다.

"가끔 연말이나 그럴 때, 한 번씩 안부 전할게요."

"이 녀석아, 그건 가끔이 아니잖아."

은근슬쩍 일 년에 한 번 연락하는 사이로 지내자는 제하의 속뜻을 알아차린 제율이 재빨리 지적했다. 연말이라니. 일 년에 딱 한 번이라니!

"넌 손주가 태어나도 나한테 안 보여 줄 생각인 게냐?"

갑작스러운 손주 타령에 이제 막 방을 나서려던 제하가 조금 의외라는 듯 제율을 바라봤다.

"꽤 멀리까지 내다보고 계시네요?"

"뭐야, 그 전에 내가 죽기라도 한단 말이야?!"

"그런 건 아니지만."

물론 그런 건 아니지만 애초에 이 국혼에 자신이나 아라나, 누구 하나 진심으로 시작하지 않았다는 건 그 역시 잘 알고 있을 터.

울컥. 갑자기 무언가가 치밀어 오르는 느낌이 들었다. 설마 아직까지도 '여왕이 아들을 낳아야 네 위치가 안정적이게 된다.' 따위의 말을 하려는 건 아니겠지?

"난 여자아이가 좋다."

"아니, 무슨……."

"알았지? 여자아이다. 손. 녀."

콕 집어 손녀를 원한다는 제율의 말에 제하는 기가 막힌다는 듯
피식 웃었다. 그러거나 말거나 제율은 꿋꿋이 제 할 말을 하느라 정
신이 없다.

"아들 두 놈 키워 보니 알겠더라. 정이 없어. 영 살갑지가 않단 말
이야. 그러니 손녀가 백번 낫다. 기왕이면 네가 아닌 전하를 닮은
아이로."

"신기하게도 그건 또 의견이 일치하네요."

자신 역시 아들보다는 아라를 닮은 딸이 더 좋다며 제하가 고개
를 끄덕였다.

"한번 노력해 보겠습니다."

그 말을 끝으로 제하는 정말 방을 나섰다. 그래도 궐을 나서는
것까지는 보고 갈까 잠시 고민했지만, 아직 거기까지는 힘들 거 같
았다.

뭐든 차근차근, 천천히 하는 게 옳으리라.

"노력이라……."

"……."

"……그게 노력한다고 될 일이 아니라는 거 알고 계시지 않습니
까."

밖에 나와 문이 닫히기 무섭게 무휼이 작게 중얼거렸다.

"그리고 아마 아라는 아들을 원할 겁니다."

"어째서?"

어째서냐니. 제하의 물음에 무휼은 어이가 없었다. 뻔하지 않은가.

"그 자리가 여인에게는 꽤나 고달픈 자리라는 걸 본인이 너무나도 잘 알고 있으니까요."

직접 겪어 봤기 때문에 그 누구보다도 잘 알고 있을 것이다. 때문에 자신의 자식에게 자신과 같은 가시밭길을 걷게 하고 싶지는 않겠지. 편하게 갈 수 있는 길을 굳이 힘들게 갈 필요가 있을까.

"그럼 그 고정관념을 바꿔 주기 위해서라도 더더욱 딸이 좋겠네."

"하지만……."

"긴장해."

또 무엇을?

"다음 대에도 이 나라는 여왕이 통치하게 될 테니까."

어디서 나오는지 모를 확신에 찬 제하의 목소리에 무휼은 그냥 피식 웃어 버렸다. 아무래도 다음 대 자신의 자식들 역시도 고단한 길을 걷게 될 것만 같았다.

"그것참 심심할 틈이 없겠네요."

그러나 말과는 다르게 무휼은 한숨을 푹푹 내쉬었다. 노년에는 좀 편하게 지낼 수 있을까 기대했건만 단념해야겠구나.

약속 장소를 벗어난 그들은 곧장 중앙궁으로 향했다.

한창 일하는 중일 아라를 위해 최대한 조용히 궐 안으로 진입하던 그들은 제자리에 멈춰 섰다. 무언가를 본 것이다. 저 멀리 궁의 문 앞에서 정신없이 왔다 갔다 하는 한 무리의 사람들을.

그들의 선두에는 심각한 얼굴을 한 아라가 서 있었고, 궁녀들이
불안하다는 눈빛으로 그 뒤를 따르고 있었다.

멀리서 보니 장관이었다. 도대체 뭐하는 거래?

"아, 신왕!"

한참을 그러길 얼마, 자신을 향해 걸어오고 있는 제하를 발견한
아라가 활짝 미소 지으며 쏜살같이 그의 앞으로 달려왔다.

"왜 밖에 나와 있는 거야?"

"그야 당신이 걱정되니까 그렇죠."

"다들 왜 이리 과보호야."

아라를 따라 줄줄이 따라오는 궁인들의 눈빛에서조차 안도를 읽
어 낸 제하는 한숨을 내쉬었다. 그저 오랜만에 아버지를 만나고 왔
을 뿐인데 큰일은 당하지 않았느냐, 어디 다친 데는 없느냐 묻는 이
상황이 어이없고 웃겼다.

"뭐예요."

"응?"

"뭐 좋은 일이라도 있었어요?"

"갑자기 왜?"

"아까부터 싱글벙글 웃고 있기에."

언젠가 나눈 적 있던 대화와 정반대의 상황. 이를 눈치챈 제하는
잠시 아무런 대꾸도 하지 않았다. 평소 보이지 않던 아라의 보조개
가 살짝 들어가 있는 것으로 보아, 필시 일부러 이러는 것이다.

살짝 고개를 숙인 그가 그녀의 입술선을 매만지며 중얼거렸다.

"좋은 일이라……."

확실히 있었다. 분명히 있다. 꽝꽝 얼어 있던 심장 한편이 녹았으니까.

"오늘은 뺨 한 대를 맞는다고 하더라도 몹쓸 짓을 해야 할 거 같아."

"도대체 무슨 일이 있었던 거예요?!"

구타를 각오하고서라도 남들 다 보는 앞에서 부인의 입술을 찐하게 훔치고 싶다는 그의 말에 아라가 펄쩍 뛰며 물었다. 도대체 구제율과 무슨 일이 있었기에 사람이 이렇게 되었나. 얼마나 충격을 받았기에!

"무슨 일이 있기는 했지."

"슬픈 일이에요, 기쁜 일이에요?"

"조금 기쁜 일?"

조금 기쁜 일이라니. 그나마 다행이로구나.

"괜찮아요?"

"괜찮냐니?"

"꽤 소중한 걸 잃었잖아요."

'꽤 소중한 것'이라는 말에 제하는 시선을 내렸다. 그녀의 말대로 분명 중앙궁을 나설 때만 해도 손에 무언가가 쥐어져 있었는데 지금은 빈손이었다.

"정확하게 말하면 잃은 게 아니라, 놓은 거지."

"그건 그렇지만……."

"오히려 마음이 한결 가벼워진 느낌이야."

제하가 비어 있는 손에 힘을 주어 주먹을 꼭 쥐었다.

"손에 쥐고 있어 봤자 나한테는 필요 없었으니까. 그리고 정말 소중한 건 따로 있거든."

"어머, 그게 뭘까나?"

복수나 가문을 되찾는 일보다 더 소중한 것을 발견했다는 제하의 말에 아라가 일부러 말꼬리를 길게 늘여 가며 물었다. 그 모습이 마치 꼬리를 살랑이며 애교 부리는 강아지처럼 보여 제하는 작게 웃었다.

"꼭 '너'라는 말이 듣고 싶어서 이러…… 아, 이렇게 말하면 또 눈치 없다는 소리를 듣겠구나."

다행히 이번에는 도중에 알아차린 그가 재빨리 제 입을 막았다. 그러나 이미 늦었다.

"됐어요. 당신한테 눈치라는 걸 바란 내가 잘못이지."

벌써 다 뱉어놓고 뒤늦게 그래 봤자 소용이 없었다. 게다가 슬프지만, 애초부터 별 기대도 하지 않았기 때문에 실망할 일 따위는 더더욱 없었다.

이만 들어가자며 아라가 빙글 돌아섰다. 그러자 그 뒷모습을 뚫어져라 바라보던 제하가 갑자기 그녀를 와락 끌어안더니 찰싹 달라붙었다. 등에 얼굴을 비비적거리는 그 느낌이 너무나도 생소해 아라는 소름이 돋았다. 다 큰 남자가 도대체 애처럼 뭐하는 거래.

"보는 눈이 많은데 왜 이러실까."

"그럼 보는 눈이 없는 곳에서는 뭘 해도 상관없다는 뜻이야?"

지금 당장 무슨 일을 낼 것처럼 그녀의 턱을 붙잡은 그가 얼굴을 빙글 돌리며 묻자, 아라가 기겁하며 그의 손을 쳐냈다.

"자기 좋을 대로 해석하지 말라고 했죠!"

"부인께서 솔직하지 않으시니 내가 알아서 해석해야지 어쩌겠어."

평소 입을 꾹 다물고 마음으로 말을 전하는 부인 때문에 스스로 터득한 방법이라며, 그가 말도 안 되는 변명을 놓았다. 그러길 얼마.

"나 이제 빈털터리야."

"……."

아라가 매정하게 돌아서자 갑자기 두 어깨는 물론 눈과 입꼬리까지 축 늘어뜨린 그가 불쌍한 척 연기를 펼치기 시작했다.

"걱정 마요. 당신 먹여 살릴 능력 정도는 있으니까."

이래 봬도 이 나라의 왕인데, 제 남자 하나 못 먹여 살릴까.

"혼수 같은 거 필요 없으니까 그냥 몸만 와요."

자신만 믿으라며 아라가 큰 소리로 말했다.

장난삼아 어딘가에서 본 적 있는 진부한 대사를 끄집어냈을 뿐인데, 벌써 저만치 물러난 그는 방어하듯 두 팔로 제 몸을 감싸고 난리도 아니다.

"몸이라니. 아직 해가 중천에 떠 있는데, 어떻게 그런 야한 소리를."

"그 입 다무세요."

이제 제하의 장난에 어느 정도 익숙해진 아라는 대처하는 태도 역시 자연스러웠다. 그녀가 더는 그를 상대하기 싫다며 먼저 중앙궁에 들어서려던 그때였다.

"전하!!"

중앙궁 안에 아라의 또 다른 이름이 울려 퍼졌다.

깜짝 놀란 그녀가 이제 막 한 걸음 옮기려다 멈칫했다. 고개를 돌린 그녀의 눈에 황급히 궁 안으로 들어서고 있는 내관 몇 명이 들어왔다.

"전하, 큰일 났습니다!"

호들갑을 떨며 달려오는 그들의 두 다리는 보는 사람들이 불안할 정도로 떨리고 있었다. 표정 역시 무언가에 식겁한 듯 창백하기까지 했다. 이를 본 아라는 심상치 않은 일이 벌어졌음을 짐작할 수 있었다.

"도대체 무슨 일이야."

무슨 일이기에 다들 이 난리란 말인가.

七花.
도대체 이게 무슨 일이야?

"아이고, 이게 무슨 일이래……."

"그러게나 말이야."

시건형의 저택 안. 최근 들어 귀족들의 걸음이 뜸했지만, 오늘은 달랐다. 집 앞에는 소식을 듣고 몰려온 사람들이 가득했고, 그들의 표정은 그리 밝지 않았다. 그리고 주위에서는 저마다 주워들은 이야기를 늘어놓기 바빴다.

"어떻게 할까요, 전하."

시건형의 집에서 조금 떨어진 어느 커다란 나무 아래. 기회를 보고 있던 무휼이 묻자 옆에 있던 가마의 작은 창이 열리더니 너울을 쓴 아라가 고개를 내밀어 밖의 상태를 살폈다. 가마가 지날 수 없을 정도로 사람들로 바글바글한 걸 보니, 아무래도 앞문으로 진입을 시도하는 것은 무리가 있어 보였다. 설령 힘으로 뚫고 지나간다고 하더라도 정체를 안 들킬 자신이 없었다.

"뒷문으로 가자."

"네."

뒷문에도 사람이 많겠지만 이 정도까지는 아니겠지. 그리고 아라의 예상대로 뒤로 난 작은 쪽문에는 몇 사람 없었다.

똑똑. 문을 두드리자 꼭 닫혀 있던 문 너머로 하인 한 명이 걸어 나오더니, 무휼의 얼굴을 알아보기 무섭게 화들짝 놀라며 순순히 문을 열었다. 그제야 가마에서 내린 아라는 주위의 시선을 신경 쓰며 집 안으로 들어섰다. 그 뒤를 조금 불안한 얼굴을 한 무휼과 유신이 따랐다.

"숙부."

하인의 안내를 받으며 들어선 어느 방 안. 주인의 나이를 짐작할 수 있게끔 방 안에는 꽤 많은 놀이도구들이 가득했다. 또한 그 넓은 방 안에는 흰색의 천을 머리끝까지 드리운 작은 아이가 누워 있다. 그 곁에 넋이 나간 듯 앉아 있던 시건형이 망연자실한 얼굴로 고개를 돌렸다.

"……전하?"

"도대체 이게 무슨 일입니까."

대전 안에서 언제나 저를 상대하던 숙부의 모습은 이렇지 않았다. 얼굴에는 핏기가 없고 전체적으로 생기를 잃은 것이 누가 죽은 자인지 구별이 가지 않을 정도였다.

그럼에도 아라의 등장에 조금 놀란 듯 붉게 충혈된 두 눈이 아주 살짝 파르르 떨리고, 바짝 마른 입술이 힘겹게 떨어졌다.

"돌아가세요."

얼마나 목 놓아 울었는지 목이 꽉 잠겨 제대로 소리가 나오지 않고 있다.

"이렇게 궐 밖에 나오시면 곤란합니다. 그러다 무슨 일이라도 생기면 어쩌시려고요. 지금 당장 궐로 돌아⋯⋯."

"가만히 있을 수가 없잖아요."

"이럴 때일수록 전하께서 자리를 지키고 있으셔야지요."

신경 쓰지 말고 돌아가라는 그의 말에도 불구하고 아라는 성큼 성큼 방 안으로 들어섰다. 이럴 때조차 왕의 자리를 지키라고 말하고 있는 숙부가 대단하다는 생각이 들었다.

"돌아가시라고 했습니다. 이곳 일은 신경 쓰지 마시고⋯⋯."

"가족인데 신경이 안 쓰일 리가 없잖아요!!"

결국 참다못한 아라가 버럭 외쳤다. 그녀의 외침에 시건형이 삐걱거리며 고개를 돌리자 퉁퉁 부은 눈과 마주쳤다.

"건율이는 내 사촌 동생이기도 합니다. 그러니 더는 숙부의 잔소리를 듣지 않겠어요."

"그래도 업무는⋯⋯."

"신왕에게 맡기고 왔습니다."

"⋯⋯."

"그 사람, 숙부님께서 생각하시는 것보다 훨씬 유능하거든요."

궐 안의 일은 자신에게 맡기고 가 보라며 등을 밀어 주는 그의 손이 너무나도 믿음직스럽더라. 한풀 꺾인 건형의 목소리에 안도의 한숨을 내쉰 아라가 쓰고 있던 너울을 벗었다.

"도대체 어떻게 된 거예요."

지금 자신이 궐 밖에 나온 것이 문제가 아니라며 아라가 본론으로 들어갔다.

"건율이가……."

아라는 차마 뒷말을 끝내지 못했다. 좀 전의 상황을 떠올리는 것만으로도 식은땀이 흘렀다.

'전하, 건율 도련님이 누군가에게 살해를 당했다고 합니다.'

내관들이 갖고 온 소식은 너무나도 충격적이었던 것이다. 손끝부터 머리카락 끝까지 찌릿하고 오싹한 기운이 들더니 순식간에 싸하게 식었다.

"어떻게 된 거지?"

아라를 따라 방 안에 들어선 무휼이 아이의 머리맡에 앉아 검시 중이던 검관에게 물었다.

"독살입니다."

"독살?"

"예."

독살이라는 말에 무휼이 재빨리 검관의 곁으로 다가갔다. 미간을 잔뜩 찌푸린 채 하얀 천을 걷어보던 그가 고개를 갸웃거린다.

"독살이라고 하기에는 너무 멀쩡한데, 정말 독살이 확실한 건가?"

보통 독살이라고 하면 피부가 검푸르게 변한다거나, 혀가 딱딱하게 굳는 등 눈에 띄는 변화가 있을 텐데 전혀 그렇지 않았다.

"예."

독살이 확실하다는 말에 방 안에 있던 모든 이들이 민감하게 반응했다. 숨을 토해 낸 건형이 떨리는 손으로 조심스레 아이가 덮고 있던 이불 끝자락을 붙잡았다.

"······아직 세 살밖에 안 됐는데······ 이런 애가 뭘 잘못했다고······."

목소리에 물기가 묻어 있다. 분위기는 깊은 바닷속에 침전된 것처럼 가라앉았다. 독살이라는 말을 들었을 때부터 표정이 그리 좋지 않아보이던 무휼이 그 밖에 다른 검사를 진행하고 있던 검관에게 물었다.

"하지만······ 그건 어디까지 의심일 뿐, 독살이 아닐 가능성도 있는 거겠지? 그렇지?"

그는 독살이라는 사인에 특히 예민하게 반응했다. 아무리 궐 밖이라고는 해도 시건형의 아들인 시건율 역시 따지자면 왕족이었다. 그런데 왕족을 독살하려 들다니, 이는 중죄였다.

"아닙니다. 독살이 확실합니다."

독살은 그냥 많고 많은 가능성 중 하나가 아니냐는 그의 물음에 검시관은 단호히 고개를 저었다. 그는 여전히 확신하고 있었다. 그도 그럴 것이.

"시신의 곁에서 이런 게 발견되었거든요."

검관이 작은 갑 하나를 건넸다. 청색의 그것 안에는 수상쩍은 하안 가루가 들어 있었다. 벌써부터 안 좋은 예감이 팍팍 느껴져 무휼은 자연히 미간을 모았다.

"이걸 놓고 갔다고?"

"예. 범인이 미처 챙기지 못한 것 같습니다."

무휼은 이해가 되지 않았다. 자신의 손에 들려 있는 이것이 독살에 사용된 독약으로 추정되는 상황.

범행에 사용한 물건을 갖고 가서 처분하기는커녕 곁에 두고 가다니……. 아주 덜렁대는 사람이거나 그것이 아니라면…… 일부러 두고 간 건가?

하지만 그렇다면 왜?

"이 약물에 대한 조사는?"

"지금 하는 중입니다."

안 그래도 알아보는 중이라며 검관이 손을 뻗자 무휼이 그에게 갑을 넘겼다.

"현재 조사한 바로는 국내에서는 생산되지 않는 약초인 듯합니다."

"그럼 밀수라는 건가?"

"예."

특정 기후 조건에서만 자라는 약초로, 천유국에서는 구할 수 없는 특이한 약물이라는 말에 무휼의 귀가 쫑긋 올라갔다.

"그럼 그쪽 업자에게 물어보면 쉽게 찾을 수 있겠군."

밀수품이라니, 생각보다 간단하게 범인을 잡을 수 있을 거 같았다. 구하기 어려운 물건일수록 유통 경로가 좁으니 조금만 파 보면 꼬리를 잡을 수 있을 터.

"알아내는 대로 말해 줘."

"알겠습니다."

굳은 얼굴의 검관이 당차게 고개를 끄덕이며 물러났다.

독살, 독살이라. 도대체 누가 감히 시건형의 아들을 살해한 걸까? 아라는 잠시 생각에 잠겼다. 시건형의 집은 전부터 사람들의 왕래가 잦은 곳으로 특정인을 색출해 내기가 어려웠다. 물론 짐작가는 사람이 한 사람 있기는 했지만, 아무런 증거 없이 의심해서는 안 되니까.

"아직 한참 어린 아이인데. 해 보지도 못한 게 많은데. 아버지란 소리도 얼마 못 들었는데……."

떨리는 목소리의 시건형이 조심스럽게 손을 뻗더니 하얀 천으로 감싸여진 아이를 품에 안았다.

"나 때문이야……. 나 때문에 건율이가……. 내가 너무 욕심을 부려서 이 아이가……."

이내 고개를 묻고 흐느끼기 시작하는데, 그 소리를 꿀꺽 삼키고 목 안에서만 울리고 있음에도 불구하고 구슬프게 들려와 아라의 눈가 역시 시큰해졌다.

사촌 동생이라고는 해도 돌 때 선물을 보낸 것을 제외하면 그녀와는 그다지 교류가 없었다. 아무래도 친하게 지내기보다는 경계의 대상 중 하나였으니까. 사촌이라는 것도 알고 보면 허울과도 같아서, 사실은 타인이라고 해도 무방할 정도였다. 그런데 어째서일까. 이렇게 심장이 콕콕 쑤시는 이유는.

"내가 어떻게 도와줄까요."

아라의 물음에 품에 안고 있던 아이에게 얼굴을 묻고 있던 건형이 조심스레 고개를 들어 올렸다.

"정말…… 정말 절 도와주실 겁니까?"

"네. 그러기 위해 온 거니까요."

비장한 얼굴로 고개를 끄덕이는 아라를 응시하던 시건형의 눈가에 힘이 풀렸다. 일전에 그녀가 내민 화해의 손을 거절하는 순간, 그걸로 이 관계가 끝이 났다고 생각했다. 분명 그랬는데…….

"제발, 제발 부탁드립니다. 전하."

"……."

"……아들을 이렇게 만든 그 범인을 잡아 주세요. 제 평생의 소원입니다, 제발……."

이마가 바닥에 닿을 정도로 고개를 숙인 그가 간곡히 부탁하고 또 했다. 만약 전혀 다른 상황이고 대전 안이었다면 조금은 통쾌했겠지만, 지금은 전혀 그렇지 않았다.

"알겠습니다."

오히려 마음이 더 무섭고 짠하다.

시건형처럼 슬프다는 감정을 느낄 정도로 친근한 사이가 아니기는 했지만, 지금 그녀가 느끼고 있는 이 감정도 슬픔의 한 종류인 게 틀림없었다.

"무휼, 너는 어떻게 생각해?"

무거운 걸음으로 방에서 나온 아라가 가마에 오르며 묻자, 그 뒤를 따르던 무휼이 잠시 생각에 잠겼다.

"귀족들의 수장이니까, 분명 적도 많겠지."

"그렇겠지……."

"그래도 아직 어린애인데……."

다른 사람들의 이야기를 들어 보니 그들 역시 시건형에게 원한이 있는 자들의 소행으로 추측하고 있는 거 같았다.

가마에 오른 아라가 머리를 기대며 중얼거렸다. 아직도 충격이 가시질 않았다. 그 공기, 그 분위기, 모든 것들이 그냥 충격적이었다.

"괜찮아?"

그녀가 걱정된 무휼이 가마 옆에 서며 묻자, 자그맣게 난 창으로 그를 힐끔거리던 아라가 작게 고개를 저었다.

괜찮을 리가 없었다. 누군가의 죽음을 보는 건 이번이 두 번째이다. 열일곱이라는 나이가 그리 적은 숫자는 아니었지만, 누군가를 떠나보내는 것은 여전히 익숙하지 않았다. 머리끝까지 뒤덮인 하얀 천을 보기 무섭게 돌아가신 아버지의 마지막이 떠올랐다. 모두가 예상했던 결과였지만, 역시나 슬펐다.

"괜찮아. 괜찮아야지."

지금은 이런저런 생각들로 침울해 있을 때가 아니었다.

"어떤 놈인지 몰라도 가만 안 둬."

"당연하지."

번뜩이는 아라의 눈을 본 무휼이 고개를 끄덕였다.

여왕님께서 지금 매우 화가 나셨다.

*   *   *

"미치겠네."

월영이 다급한 걸음으로 궐문을 넘었다. 빠른 걸음으로 궐 안을 가로지른 그가 곧장 중앙궁으로 향했다.

"도대체 이게 다 무슨 일이야?"

갑자기 궐에서 급한 호출이 왔다. 도대체 무슨 일인지는 모르겠으나 일각을 다투는 일이라고 하니 바삐 올 수밖에. 그렇게 집을 나선 그는 그제야 한창 천유를 떠들썩하게 만들고 있는 소문 하나와 마주하게 되었다. 시건형의 장남이 숨을 거두었다. 그것도 누군가에 의해.

물론 그들의 입장에서 볼 때 시건율이라는 존재는 신경 쓰이는 장애물이기는 했지만, 그래도 이건 아니었다.

"아아, 분명 아라가 가만 안 있을 텐데……."

이미 자신을 급히 찾고 있다는 것만 봐도 그랬다. 천하의 시아라가 이런 일을 가만히 두고 볼 리가 없었다. 자신이 왕이라는 것을 망각하고서라도 펄쩍 날뛰려 할 게 틀림없었다. 그리고 그것을 무흘과 월비…… 아, 또 한 명, 구제하도 달려들어 막으려 들겠지. 하지만 그들의 힘으로는 그 고집불통 여왕을 막는 것이 힘들 테니 저의 힘이 필요할 것이다. 빠른 걸음으로 중앙궁에 도착한 월영이 한숨을 내쉬며 문턱을 넘어섰다. 바로 그때였다.

"그 소문 들으셨습니까?"

"무슨 소문 말입니까."

"시건형의 아들 말입니다."

"아아, 들었습니다. 그 집 둘째 아들이 누군가에 의해 살해를 당했다면서요? 어이구, 세상 무서워서 원……."

근처에서 수군대는 소리가 들려왔다. 궐 안에서도 시건율의 살해 사건은 단연 화젯거리였다. 흥미롭기는 했지만 한시가 급한 상황에 그들의 이야기를 엿들을 여유가 없으니 그렇게 그냥 가던 길을 가려는데.

"그런데 그것을 사주한 자가 누군지 알고 계십니까?"

들려온 질문에 순간 월영은 가던 걸음을 멈추었다. 그러더니 재빨리 담벼락에 바짝 붙어 귀를 쫑긋 세우고는 그 너머에서 이루어지고 있는 대화에 집중했다.

"범인이요? 지금 전하께서도 중앙군을 동원해 찾고 있는 범인을 내가 어찌 안답니까."

범인의 정체가 궁금하기는 하지만 알 방법이 없다는 남자의 말에, 또 다른 남자가 혀를 차는 소리가 들려왔다. 목소리에 여유가 가득하다. 뭔가 알고 있는 것이다.

그것이 진실이든 거짓이든.

"그 범인의 정체에 대해 지금 궐 밖에 소문이 파다합니다."

"범인의 정체라니…… 누굽니까, 그게?"

궁금해 죽겠다며 남자가 재촉하자 괜히 필요 이상으로 시간을 끌던 또 다른 남자가 마른침을 꿀꺽 삼키더니 아주 작은 목소리로 말했다.

"시건형의 아들을 살해하라고 지시한 사람이 바로 신왕이라고 합니다."

"예에?! 그, 그게 정말입니까?"

화들짝 놀란 남자 못지않게 담벼락에 귀를 바짝 붙이고 있던 월영 역시 기겁할 정도로 놀랐다. 범인이 신왕이라니.

"아니, 이건 또 무슨 소리야?"

*　　*　　*

"지금 궐 안이 떠들썩해요."

"……."

"모두가 이 일의 배후에 신왕이 있다고 말한다고요."

월영의 말에 아라는 한숨을 푹 내쉬었다. 안 그래도 범인을 찾는 일로 정신이 없는데 이건 또 무슨 난리란 말인가.

"허, 참. 어이가 없어서."

가만히 이야기를 듣고 있던 제하는 어이가 없다는 듯 콧방귀를 뀌었다. 그도 그럴 것이 시건율의 존재는 아라에게 들어 알고 있었지만, 실제로 만나기는커녕 얼굴 한 번 본 적이 없었다.

"그냥 무시하세요."

"내 말이."

무휼의 말에 인상을 찌푸린 아라가 고개를 끄덕였다.

"어차피 귀족들이 흘린 헛소문일 테니까."

증거 하나 없는 주제에 무작정 눈엣가시인 신왕에게 혐의를 씌워 보려는 심산이 분명했다. 뭐 하나만 걸려 봐라, 이런 생각으로 말이다.

"내 생각에는 시도하야."

"……."

"시도하의 짓이 틀림없어."

생각에 잠겨 있던 월비가 진지하게 말하자 모두의 입이 다물어졌다. 사실은 모두 그를 의심하고 있었다. 이는 아라 역시 마찬가지였다. 그동안 몇 번인가 봤던 시도하의 알 수 없는 눈빛이 지금은 너무나도 신경 쓰였다. 항상 생글생글 웃고 있기는 했지만, 이따금씩 시건형을 보는 그의 표정은 너무나도 차가웠다.

"하지만……."

후계자가 있는 집안의 양자. 시도하가 처한 상황 역시 그가 범인이라는 것을 뒷받침하기에 충분했지만, 이는 어디까지나 추측에 불과했다.

"증거가 없는걸."

"그래도……."

증거가 없으니 그를 범인으로 몰아갈 수 없었다. 씩씩대던 월비도 아라의 말에 동의하는지 자리에 풀썩 주저앉으며 한숨을 내쉬었다.

"아, 왜 나는 자꾸 시도하가 범인인 거 같지? 무휼, 너는 어떻게 생각해?"

"물론 나도 의심하고 있기는 한데……."

빠르게 제 옆으로 다가온 월비의 물음에 무휼은 작은 목소리로 대꾸했다.

충분히 의심할 만했지만 석연치 않은 부분이 하나 있었다.

"만약 시도하가 범인이라면 현장에 독이 든 갑을 놓고 갔을 리가 없잖아."

"음……."

바로 이것이다.

조사에 따르면 문제의 독약은 무색무취에 그 어떤 흔적도 남기지 않는, 지금껏 알려진 독약 중 가장 효과가 좋은 물건이란다. 만약 그 방 안에 범행에 쓰인 독약 갑이 놓여 있지 않았더라면 사인이 독살이라는 것을 눈치채지 못했을 정도로. 그렇게 된다면 완벽한 살인이었을 텐데 도대체 왜, 무슨 이유로 범인은 결정적 증거인 갑을 그곳에 두고 간 거란 말인가.

일부러?

아니면 우발적인 살인에 스스로 놀라 당황한 나머지 실수로?

무엇이든 간에 말이 되지 않았다. 시도하가 범인이라는 것은 확신하고 있었지만, 이를 뒷받침할 증거가 없으니 그들도 섣불리 나설 수가 없었다.

"어쨌든, 뭐 하나 명확하게 밝혀진 게 없으니 심증만으로 수사를 진행할 수는 없어."

설령 시도하가 범인이라고 해도 지금 당장 그를 조사할 수가 없다는 뜻이다. 무휼의 말에 아라는 고개를 끄덕였다. 답답하기는 하지만 어쩔 수 없다. 빨리 이 문제를 해결하기 위해서는 결정적인 증거를 찾아내야 했다.

"아무래도 다시 한 번 숙부의 저택을 조사해 보는 게 좋겠어. 그렇게 하면 시도하의 방도 조사할 수 있을 테니까."

아라는 사건 현장 조사라는 명목하에 시도하의 개인적인 공간을 조사해 볼 요량이었다. 그녀의 말에 무휼이 그게 가장 좋은 방법인 거 같다며 고개를 끄덕이던 그때였다.

"크, 큰일 났습니다!"

밖에서 요란한 소리가 들려오더니 문이 벌컥 열리고 유신이 들이닥쳤다. 아무리 집무실이기는 하지만 문 앞을 지키고 있을 궁인들을 뿌리치고 들어서다니.

"뭐야, 무슨 일인데 그렇게 호들갑이야?"

중요한 일이 아니면 가만두지 않겠다며 제하가 으름장을 놓았다. 하지만 그럼에도 불구하고 유신이 물러서지 않는 것으로 보아 아무래도 정말 큰일인 모양이었다.

"지금 포청에서 구가의 가주와 그의 아들, 구제용을 체포했다고 합니다!"

"……뭐?"

지금 그게 무슨 소리냐며 놀란 아라가 물었다.

"아니, 설마 그 말도 안 되는 소문만을 믿고 체포 명령을 내린 거야? 지금 당장 수사관을 불러……."

그냥 흘러가는 소문이겠거니 하고 무시하고 있었는데, 설마 그 바보 같은 소문만을 믿고 구가를 용의자로 본 거냐는 그녀의 질문에 유신이 고개를 저었다.

"그게, 소문 때문이 아니라……."

"소문 때문이 아니라니. 그럼 대체 무슨 근거로 그들을 체포했다는 건데?"

"어…… 모르셨습니까?"

놀란 유신이 동그랗게 커진 눈으로 집무실 안에 있는 그들을 둘러봤다. 유신을 제외한 이들은 하나같이 지금 무슨 이야기를 하고 있냐는 반응이다.

지금 궐 밖이 얼마나 시끄러운데, 아직도 이 이야기를 듣지 못했다니. 유신이 심각한 얼굴로 말했다.

"증거가 나왔답니다."

"뭐? 무슨 증거?"

"구가가 이번 사건에 직접적으로 연관되어 있다는 증거가 나왔답니다."

유신의 말에 놀란 아라는 제하를 바라봤다. 그러나 그 역시도 금시초문이라는 듯 놀란 얼굴로 그녀를 바라본다.

"말도 안 돼."

말이 안 됐다.

"그럴 리가 없어."

그럴 리가 없었다.

이게 무슨 일이래.

*　　　*　　　*

"사건에 사용된 독약이 밀수품이고, 그것을 밀수한 게 단향의 수령인 구제용이라는 것이 밝혀졌습니다."

갑작스레 열린 긴급 총회임에도 불구하고 대전 안은 수많은 귀족들과 대신들로 넘쳐났다. 한동안 이러한 광경을 보는 일이 없어 좋았는데. 아라는 자신을 향하고 있는 저 날카로운 눈빛들이 마음에 들지 않았다. 숨이 막혔다. 쉴 틈 없이 떠들어 대는 그들 때문에 정신이 없었다.

그러나 지금 이 상황에서 그녀를 가장 괴롭히고 있는 건, 좀 전에 밝혀진 어떤 사실이었다.

"단향에서 발견된 비밀 장부입니다. 구제용이 지난달, 천유국을 오가는 밀수업자에게 고액을 지불하고 독약을 구매했다는 것이 기록되어 있습니다."

"……."

그의 말대로. 수사관이 내민 장부 안에는 그가 횡령한 금품들은 물론, 문제의 독약을 구매한 것 역시 기록되어 있었다. 어디 장부뿐이랴. 제용의 지시를 받고 그 장부를 직접 작성했다는 수령 보좌관이 증인으로 나서서 이 사실을 인정하기까지 했다.

빼도 박도 못 하는 상황이 되고 만 것이다.

"세상에나, 이게 무슨 일이랍니까?"

"제 말이요. 왕가의 사람이 죽었는데, 그게 국서의 가문에서 벌인 일이라니……."

귀족들이 하나같이 목소리를 높여 가며 술렁이기 시작했다. 그러자 그 맞은편에서 조용히 상황을 지켜보고 있던 대신들이 발끈하며 외쳤다.

"아직 속단하기는 이릅니다!"

"속단이라니요! 증거가 이리도 분명하거늘!"

"구제용이 약을 구매한 건 사실일지 몰라도, 그 약을 먹였다는 증거는 없잖습니까!"

"맞습니다!"

"홍! 사람을 시켰을 수도 있지요!"

"그래요. 직접 손을 쓰지 않아도 방법은 많습니다!"

또다시 시작된 귀족과 대신들의 입씨름에 아라는 미간을 찌푸렸다. 오랜만이라 그런지 더 괴로웠다. 거기에 다뤄지고 있는 문제가 신왕과 관련된 문제이니 더더욱.

"혹시……."

그때였다. 잠자코 이를 구경하던 귀족 중 몇 명이 서로 의미심장한 시선을 주고받더니 입을 열었다.

"신왕께서 지시하신 거 아닙니까?"

그 작은 목소리에 목청껏 떠들어 대던 사람들의 입이 일제히 다물어졌다. 대전 안에 맴도는 무거운 침묵. 거기에 매서워진 여왕의 눈초리.

"지금 뭐라고……."

놀란 가슴을 쓸어내린 아라가 침착하게 물었다. 날이 선 그녀의 목소리에 신왕을 범인으로 몰아가려던 일부 귀족들이 마른침을 삼켰다.

"아니…… 최근 들리는 소문에 의하면 신왕께서 지시하셨다는 말이 있던데……."

"저도 그 소문 들었습니다."

"아니 땐 굴뚝에 연기가 날 리도 없고, 또 이런 증거들이 발견되고 있으니……."

슬금슬금. 귀족들은 아라의 눈치를 보면서도 결국엔 제 할 말을 다 했다. 대놓고 신왕을 저격하는 그 말에 대전 안이 다시금 웅성거리기 시작했다.

"지금 무슨 소리를 하시는 겁니까! 신왕께서 그럴 리가 없잖아요!"

"그러니까, 시건형의 아들이 왕위를 위협하고 있으니까 미리 제거하려고……."

"농이 지나치십니다!"

"아니면 달리 떠오르는 범인이라도 있으신 겁니까?"

"……."

누군가의 말에 대신들은 입을 다물었다. 속이 답답했지만 할 말이 없었다. 물론 그들은 신왕이 범인이 아니라는 것은 철석같이 믿고 있었지만, 귀족들의 주장대로 그 밖에 달리 떠오르는 용의자가 없으니 난감한 상황이었다.

대신들이 당황했다는 것을 눈치챈 귀족들이 이때다 싶어 득달같이 달려들었다.

"그러고 보니 사건이 있기 며칠 전, 구제율이 궐에 방문하지 않았습니까. 듣자 하니 그것도 신왕께서 부르신 거라고요."

"그건……."

"그리고 뒤이어 구제용이 다시 천유로 돌아왔죠. 과연 이 모든 것이 그저 우연일까요?"

제하는 인상을 썼다. 물론 그때 아버지 구제율을 부른 것은 다른 의도에서였지만, 스스로 생각해도 모든 정황들이 자신이 주모자라고 말하고 있었다.

최악이다. 상황이 좋지 않다.

"신왕께서 그럴 리가 없습니다. 이는 모함입니다!"

"그렇다면 진범을 잡아 오시든가요!"

"용의자는 구제율과 구제용, 그리고…… 신왕밖에 없지 않습니까."

"어허, 은근슬쩍 신왕을 왜 넣는 겁니까? 신왕께서는 무관하십니다!"

"그걸 어떻게 확신하십니까?"

다시 한 번 대전 안이 떠들썩해졌다. 좀처럼 식을 생각을 안 하는 분위기에 좀처럼 끼어들 틈을 찾지 못하던 아라가 결국 목소리를 높였다.

"그만! 다들 그만하세요!!"

"하지만…….'

"지금부터 남이 이야기할 때 말을 자르고 끼어드는 사람은 대전에서 내쫓아버릴 겁니다."

"…….'

말이 끝나기 무섭게 열을 올리던 귀족들이 조용해졌다. 기껏 저들에게 유리한 상황인데 괜히 여기에서 내쫓겨 봤자 뭐 하나 좋을 게 없었기 때문이다.

한숨을 푹 내쉬던 아라가 눈을 번뜩이며 말했다.

"물론 정황상 구가가 의심되기는 하지만, 대신들의 말대로 아직 그들을 범인으로 몰기에는 부족한 부분이 있는 것도 사실."

"하지만……."

제 뜻에 맞지 않는 답변이 들려오자 안달이 난 귀족 중 한 명이 입을 열었다. 그러자 아라가 곧장 문을 가리켰다.

"나가세요."

"전하!"

"스스로 나가겠습니까, 아니면 꼴사납게 끌려 나가겠습니까."

"……."

좀 전에 말했던 대로, 진짜 나가라는 뜻이었다. 이에 그녀의 말을 자른 귀족이 억울하다며 발을 동동 굴렀지만 먹히지 않았다.

"일단 아직 뭐 하나 확실하게 밝혀진 게 없으니, 좀 더 수사를 진행하는 것으로 하겠습니다."

"전하."

"말씀해 보세요."

아라의 말이 끝나기 무섭게 말을 걸려던 귀족들이 그녀의 눈치를 보기 시작했다. 자칫 잘못했다간 이곳에서 쫓겨날 테니 신중하게 때를 노려야 했다.

"수사를 진행한다는 것은 이 사건이 마무리될 때까지 구가의 가주와 그의 아들을 용의자로서 취급한다는 말씀이신지요."

"……."

예리한 질문이었다. 과연 여왕께서 정말 제대로 수사를 할 생각인지, 아니면 그냥 지금 이 순간을 모면하려고 하는 건지, 확인할 필요가 있었다.

"그래도 혐의만을 가지고 옥에 가둬 두는 건……."

"어허, 무슨 말씀이십니까? 중요한 용의자이니 철저하게 감시를 하는 건 당연합니다."

귀족들이 다시 한 번 주장했다. 사실 그들은 되도록 이번 총회에서 신왕을 확실하게 범인으로 몰고 싶었지만, 예상치 못한 복병인 대신들이 신왕의 편을 들고 있었다. 그래도 당장은 저들이 유리한 상황이었다. 그러니 일단 물러서기는 하지만, 구가의 가주와 그의 아들까지 놓아줄 수는 없었다.

"전하, 부디 올바른 판단을 내리시길 바랍니다."

사사로운 감정에 치우치지 말라는 가시 돋친 그 말에 아라는 잠시 생각에 잠겼다. 이를 어쩌면 좋지?

곤란한 듯 대답하길 망설이던 그녀가 슬쩍 제하를 바라봤다. 무표정으로 앉아 있기는 하지만 분명 지금 머릿속은 수많은 생각들로 복잡할 터. 아라의 시선을 알아차린 제하가 고개를 돌렸다. 당황한 그녀의 얼굴을 빤히 바라보던 그가 슬며시 미소를 지으며 고개를 끄덕이자, 이를 본 아라 역시 고개를 끄덕였다.

"알겠습니다. 구가의 가주와 그 아들의 구금은 풀지 않는 거로 하죠."

"예. 전하."

그녀의 말에 귀족들이 회심의 미소를 지으며 큰 목소리로 답했다.

"그리고 이번 일은 내가 직접 개입하도록 하겠습니다."

"예, 전하."

이번에는 대신들의 목소리가 더 컸다.

*   *   *

"도대체 어떻게 된 거야?!"

"난 모른다. 정말이다, 제하야."

제하의 목소리가 옥 안에 쩌렁쩌렁 울렸다. 그러자 그의 앞에 보이는 좁은 옥에 갇혀 있던 제용은 식겁한 얼굴로 창살에 매달렸다. 도대체 이게 무슨 날벼락인지 모르겠다. 다시 천유로 돌아오라는 아버지 제율의 부름에 신이 나서 올라왔더니, 다짜고짜 들이닥친 병사들에 의해 투옥되고 말았다. 심지어 죄목은 왕족 살해 혐의란다. 자칫하다가는 목이 날아갈지도 몰랐다.

"그 독약을 사들였다는 게 사실이야?"

"……."

"바른대로 말하지 못해?!"

"그, 그건……."

독약 이야기가 나오기 무섭게 연신 고개를 저으며 모른다는 말만을 반복하던 제용의 안색이 창백해졌다. 이를 본 제하는 한숨을 내쉬며 창살에 머리를 꽁 박았다.

말꼬리를 흐리는 것으로 보아 틀림없다. 설마설마했는데 설마가 사람을 잡은 것이다.

"제용아, 사실대로 말해라. 우리한테까지 거짓말해 봤자 좋을 게

도대체 이게 무슨 일이야?   355

하나 없어!"

함께 투옥되어 있던 제율까지 제용을 설득하기 시작했다. 아버지의 재촉에 제용은 울먹이며 푹 떨구었던 고개를 들어 제하를 바라봤다.

"그러니까…… 귀족들 사이에서 비싼 가격에 팔린다기에 기회가 있을 때 구매해 둔 건데……."

"구제용!!"

제용이 독약을 구매한 것을 인정하자 화를 참지 못한 제하는 소리를 빽 지르며 창살을 주먹으로 내려쳤다.

정말이지 도움이 안 되는 형님이었다.

"하, 하지만 난 아니다. 난 누군가를 죽이지 않았어! 정말이야, 난 아니라고!"

"그럼 어떻게 단향에 있던 독약이 시건형네 집에서 발견된 건데?!"

"나도 몰라. 정말이야! 분명 그때 다른 물건들과 함께 빼앗겼는데……."

자신은 정말 모르는 일이라며 창백한 얼굴로 고개를 젓던 제용이 정신 나간 사람처럼 중얼거렸다. 그러자 제하가 이를 놓치지 않고 물었다.

"잠깐. 빼앗겼다고? 그게 무슨 소리야."

"그래, 빼앗겼어. 분명 내가 구매한 건 맞는데…… 그 사람이 갖고 갔단 말이야!"

"그 사람이라니, 그게 누군데?"

"감찰관 말이야!"

"……뭐?"

감찰관이라는 말에 제하는 순간 정신이 멍해졌다. 감찰관이란 다. 자신이 못난 형님 정신 좀 차리라고 보낸 사람이었다. 한편 저 혼자 바들바들 떨던 제용이 조금은 진정이 된 건지 숨을 삼키며 말을 이었다.

"그래, 분명 중앙군의 병사였어! 그자가 모든 물건들을 싹 다 가져갔다고! 정말이야!"

감찰관. 중앙군의 병사. 자신이 눈엣가시라 여기며 이번 기회에 멀리 보냈던 사람. 답은 하나밖에 나오지 않았다.

"……시도하?"

제하의 낯빛이 어두워졌다.

역시나. 네놈이었구나.

"시도하! 역시 그놈의 짓이었던 거야!"

시도하의 이름을 벌써 몇 번이나 중얼거리던 제하가 낮게 으르렁거렸다. 어느 정도 의심을 하기는 했지만, 막상 사실이라는 것을 확인하니 참을 수가 없었다. 하늘이 무섭지도 않은가. 그런 끔찍한 짓을 저지른 것으로도 모자라 그걸 전부 구가에 뒤집어씌우다니! 머릿속이 뜨겁게 달아올랐다. 어디 머리뿐이랴, 입이 바짝바짝 마르고 속은 시커멓게 타들어 가기 시작했다. 미치겠다.

"제하야. 구제하."

좀처럼 제 감정을 주체 못 하고 있는 제하를 지켜보던 제율이 차분한 음성으로 그를 불렀다. 그제야 퍼뜩 정신을 차린 제하가 아버지 제율을 돌아봤다. 미처 눈치채지 못했는데, 손등의 살갗이 벗겨져 핏기가 보이고 있었다.

"우리는 괜찮다."

창살 틈으로 여윈 손을 뻗은 제율이 그의 손등을 감싸며 말했다.

"정말이야. 괜찮아. 그러니까 너는 이 일과 상관없다고 해라. 알았지?"

"……지금 그게 무슨 소리예요."

뜬금없는 제율의 말에 제하는 미간을 찌푸렸다. 도대체 지금 무슨 말을 하는 건지 모르겠다. 그것도 저렇게나 어울리지 않는, 아들을 걱정하는 아버지의 얼굴로.

"불리한 상황이라는 거 알고 있다."

"잠깐만요."

"우리 때문에 네가 너무 노력하지 않아도 돼……."

차분한 제율과 달리 그 옆에 있던 제용은 펄쩍 뛰었다.

"아버지, 지금 무슨 소리를 하시는 거예요! 이대로 있다가는 우리 다 죽는다고요! 그것도 누명을 쓰고요!"

"시끄럽다, 이놈아!"

제율이 버럭 외쳤다. 애초에 이 모든 게 다 제용 때문이었다. 그리고 아들을 제대로 가르치지 못한 자신의 잘못이기도 했다. 그러나 제하의 잘못은 아니다.

"알겠느냐, 제하야. 넌 절대 우리와 상관없는 거야. 모르는 일이라고 해."

"……"

"전하를 진심으로 사랑하는 거지?"

그야 물론이다.

"이대로면 너는 전하의 곁에 있지 못하게 된다. 그래도 좋으냐?"

아니, 당연히. 좋을 리가 없었다.

하지만 제율의 말대로, 만약 구가의 혐의가 확정된다면 그 역시 화를 피하기는 어려울 터. 신왕을 못마땅하게 여기는 일부 귀족들이 이 기회를 놓칠 리가 없었다.

어떻게든 그를 폐위로 몰고 가려 하겠지. 그리되면 아라의 곁에 있을 수가 없게 된다.

두 번 다시 우리 꼬맹이를 꼬맹이라 부를 수 없게 된다.

제하는 한숨을 내쉬었다.

아라와 헤어질 생각을 하니 좀 전까지만 해도 끓어올랐던 시도하에 대한 분노라든가, 아버지에 대한 복잡한 감정 등이 순식간에 날아가 버렸다. 남은 것은 오직 그녀를 잃게 될지도 모른다는 걱정뿐. 그녀가 없는 삶을 생각하기 무섭게 머릿속은 새하얗게 변했고, 눈앞은 깜깜해졌다.

"우리는 괜찮아."

"……."

"이제 와서 도와 달라고 할 정도로 뻔뻔하지는 않다."

제하는 아무런 대꾸도 하지 않았다. 그저 그 자리에 서서, 괜찮다며 싱긋 미소 짓고 있는 아버지, 제율을 멍하니 바라보고 있을 뿐이었다.

"하지만……."

제하가 입을 열자 제율이 붙잡고 있던 그의 손을 놓았다.

"나 때문에 사랑하는 사람이 상처받는 건, 두 번 다시 보고 싶지 않단다."

＊　　　＊　　　＊

"만나고 왔어요?"

"응."

터덜터덜. 기세 좋게 나갈 때와는 달리 기운이 없어 보이는 제하를 응시하던 아라는 목구멍까지 차올랐던 어떤 질문을 되삼켰다.

굳이 물어 뭐하나, 어두운 그의 얼굴이 다 말해 주고 있는데. 독약 이야기가 사실인지, 본인에게 직접 확인하고 오겠다며 옥으로 향한 그가 저렇게나 허탈한 표정으로 돌아왔다는 것은 그 말이 사실이라는 뜻이었다. 설령 독살은 사실이 아니라고 해도 그것의 주인이 구제용이라는 것은 확실해졌으니, 여전히 그들에게는 불리한 상황이었다.

"괜찮……아요?"

"그럼. 괜찮고말고."

조심스러운 아라의 물음에 제하가 씁쓸한 미소를 지으며 답했다. 입으로는 그녀에게 걱정하지 말라고 말하고 있지만 괜찮을 리가 없었다.

아무리 미워했어도 가족은 가족이다. 가족이 옥에 갇히는 모습을 보는 것이 그리 썩 유쾌한 기분은 아니었다. 게다가 최근에서야 겨우 마음이 통한 거 같았는데.

"정말 괜찮아. 그리고 지금은 슬퍼할 때가 아니잖아?"

"옳으신 말씀."

뒤늦게 방으로 들어선 무휼이 대뜸 그들의 대화에 끼어들었다. 아라의 시선이 그의 손에 들려 있는 어떠한 서책에 고정되었다.

"그거야?"

"응."

좀 전에 제하를 따라 옥에 갔다가 제용의 말을 듣고 오는 길에 찾아온 물건이었다. 그것은 시도하가 단향에 갔을 때 회수한 물건들을 기록한 것으로, 만약 제용의 말대로 독약 역시 다른 물품들과 함께 압수당했다고 한다면 당연히 이 목록에 포함되어 있어야 했다.

"세 번을 정독했는데."

"그런데?"

"역시나 없었어."

무휼은 고개를 저었다. 수많은 품목 중에서도 단연 눈에 띌 그 독약이라는 것이 아무리 눈을 씻고 봐도 찾을 수가 없었다.

"그리고 오는 길에 단향의 수령 대리인에게 확인한 결과……."

"……."

"창고에 있던 물건들은 하나도 남기지 않고 전부 다 압수당했대."

그 말은 즉, 제용이 일부러 독약을 숨긴 게 아니고서는 압수품 목록에서 빠질 리가 없다는 뜻이었다.

"일부러 목록에서 뺀 거야."

그런 일을 할 수 있는 사람은 당시 감찰관이었던 시도하밖에 없었다. 아라는 잠시 생각에 잠겼다. 예전부터 시도하에게 두려움을 느끼고는 했는데 설마 이렇게까지 할 줄이야. 주먹을 불끈 쥔 아라가 씩씩 숨을 내뱉으며 끓어오르는 화를 애써 진정시켰다. 감히 이런 일을 벌이다니, 사람으로서 할 짓이 아니었다.

"그래서, 지금 시도하는?"

"지금쯤 집에서 상을 치르고 있겠지."

시도하의 행방을 묻는 아라의 물음에 무휼이 재빨리 답했다. 혹시 어딘가로 도주해 버리면 어쩌나 걱정했는데 다행히도 그는 꼼짝도 하지 않았다.

모두가 그를 범인이라 생각하고 있지만 이렇다 할 증거가 없는 데다가 현재 그 범인으로 구가가 지목되고 있으니 얼마나 즐거울까? 자신이 죽음으로 몰고 간 아이의 죽음을 애도하는 척, 엉망진창이 되어 버린 그 장소에서 속으로는 웃고 있을 것을 생각하니 머리 끝까지 화가 치밀어 올랐다.

"시도하를 불러와."

"상 치르는 중인데?"

"한시가 급한 일이니까."

아무리 그래도 그건 아니지 않으냐며 무휼이 물었지만 아라는 단호했다. 굳은 그녀의 얼굴을 본 무휼은 한숨을 내쉬며 결국 자리에서 일어났다.

"알았어."

저렇게까지 말하는 아라를 막을 방법은 없었으니까.

그는 무언가를 각오한 듯한 얼굴로 방을 나섰다. 아무리 시급한 상황이라고는 해도 초상집에 병사를 보낼 생각을 하니 마음이 편치 않았다. 그렇게 그가 나가고 무거운 침묵만이 내려앉은 방 안. 항상 아쉬워했던 둘만의 시간이었건만 둘 사이에는 묘한 적막만이 흘렀다. 제하의 눈치를 보며 무언가를 망설이던 아라가 먼저 입을 열었다.

"미안해요."

"응?"

아라와 마찬가지로 아직 정신적인 충격에서 벗어나오지 못하고 있던 제하가 갑작스러운 그녀의 사과에 흠칫 놀라며 고개를 들었다.

"아버님과 형님을 꺼내 주지 못해서."

좀 전의 긴급 총회에서 있었던 일을 말하는 것이었다. 어명이라는 말로 한바탕 호통을 치며 그들을 풀어줄 수도 있었겠지만, 아라는 그러지 않았다.

결백하다는 것을 알면서도 자신의 입으로 그들의 투옥을 명했고, 그렇게 그들은 죄를 짓지 않았음에도 억울하게 감옥에 갇히는 꼴이 되어 버렸다.

이것이 마음 쓰였던 것이다.

"아니야, 잘했어."

그녀의 입장에서는 어쩔 수 없는 일이었다. 이는 모두가 알고 있는 사실. 그럼에도 미안하다. 사과를 하고 있는 아라를 바라보던 제하가 작게 미소 지었다. 어쩐지 시무룩한 얼굴로 저와 눈을 못 맞추고 있더니만, 쓸데없는 죄책감 때문에 마음고생을 하게 만들어 버렸구나.

"넌 잘한 거야."

"맞아, 아라. 잘했어."

계속되는 제하의 '잘했다.'라는 칭찬에도 불구하고 아라의 기분은 나아질 생각을 안 했다. 그러자 중앙군에게 시도하의 포박을 명령하고 돌아온 무휼이 자리에 앉으며 거들었다.

"만약 거기에서 네가 신왕의 편을 들었다면 너도 위험해졌을 거야."

"그래, 분하지만 저 녀석의 말이 맞아."

"하지만……."

"여왕이 눈엣가시인 친척을 제거하기 위해 국서와 손을 잡았다며 함부로 지껄여 댔겠지."

"사악한 국서가 여왕을 살살 꼬셨다는 이야기도 나왔을걸요?"

왜, 역사 속에 한 명쯤은 꼭 등장하지 않는가. 예쁘고 여우 같은 첩에게 푹 빠져, 제대로 국정을 돌보지 않아 나라를 말아먹은 무능력한 왕이.

"뭐, 반쯤은 맞는 말이네."

"어째서?"

"그쪽이 꼬셨고, 난 넘어갔으니까."

아라가 싱긋 웃으며 말하자 그게 무슨 말이냐며 어리둥절해하던 제하 역시 피식 웃어 버렸다. 웃음이 터질 정도로 웃기는 이야기도 아니었다. 그저 그녀가 웃으니 좋아서 같이 웃는 거다.

그냥 이렇게 바라만 보고 있어도 좋은데…… 문득 아까 감옥에서 아버지와 주고받은 이야기가 떠올랐다.

'이대로면 너는 전하의 곁에 있지 못하게 된다. 그래도 좋으냐?'

함께할 수 없다고 생각하니, 상상만 했을 뿐인데 벌써부터 눈앞이 깜깜했다.

"그런데 이건……."

"아아, 별거 아니에요."

문득 제하의 시선이 아라의 책상 옆에 쌓여 있는 문서로 향했다. 그의 시선이 머물자 그녀가 황급히 별거 아니라며 그것들을 옆으로 치워 버렸다.

"그냥 이때다 싶은 귀족들이 심통 부리는 것뿐."

그 찰나를 못 참고 귀족들이 올린 상소문과 탄원서였다. 내용은 하나같이 국서의 자질을 문제 삼는 것으로, 폐위를 요청하는 글이었다. 아라는 싱긋 웃고 있었지만 제하는 차마 그녀를 따라 웃을 수가 없었다.

함께할 수 없는 것보다 더 끔찍한 일은 없을 줄 알았다. 하지만 있더라. 그보다 더 견딜 수 없는 무언가가.

그녀가 자신으로 인해 상처받는 것이 싫었다. 자신 때문에 그녀가 피해를 보는 것이 싫었다. 그래도 멀리 떨어져 있으면 그녀를 그리워하면서도 어찌어찌 살아갈 수 있을 거 같았지만, 바로 옆에서 그녀가 상처를 받는 것은 보지 못하겠다.

아무래도 안 되겠다. 나는 네가 다치는 것을 보고 싶지 않다.

"이번 기회에 부인께 미리 말해 두고 싶은 게 있는데."

황급히 탄원서를 치우던 아라가 갑자기 무게감이 느껴지는 제하의 목소리에 멈칫했다. 안 좋은 예감이 들었다. 그를 보고 싶지가 않았다.

"혹시라도 말이야. 최악의 경우에는……."

"최악의 경우는 말하고 싶지 않네요."

"……."

뭐든지 긍정적으로 생각해야지, 최악의 경우부터 생각해서야 되겠느냐며 아라가 단호하게 말했다. 하지만 그녀보다도 제하가 한층 더 단호했다.

제 시선을 피하기 바쁜 아라를 응시하던 그가 한숨을 내쉬더니 두 손으로 그녀의 얼굴을 붙잡았다. 그러고는 저를 바라보게 딱 고정했다. 옴짝달싹도 할 수 없게 된 아라는 결국 눈을 질끈 감았다. 다음으로 올 이야기를 절대 듣지 않겠다는 필사의 노력이었다.

"눈 감지 마세요, 전하."

"……."

"자꾸 이렇게 틈을 보이시면 확 입을 맞춰 버릴 겁니다. 그것도 아주 진하게."

"등 뒤에 무휼이 있다는 거 잊지 마세요."

뒤에서 무섭게 바라보는 사람이 있는데 어디 할 수 있겠느냐는 아라 나름의 협박이었다.

"음…… 잠시 자리를 비워 드릴까요?"

"무휼!"

그러나 그 역시 남자였다.

"가서 중앙궁 한 열다섯 바퀴만 돌고 와."

"그렇게 오래요?"

나름대로 배려심을 발휘하여 반쯤 자리에서 일어나던 무휼이 그건 좀 너무하지 않느냐며 눈살을 찌푸렸다. 지금이 어떤 상황인데 속 편히 애정 행각을 하겠다는 건지…….

"아, 진짜……."

정말 무휼을 내보낼 것만 같은 상황에 결국 아라는 눈을 떴다. 그러자 바로 코앞에 싱긋 웃고 있는 제하가 보인다. 저를 똑바로 바라보는 아라의 눈동자를 말없이 지켜보던 그가 그녀의 콧등에 짧게 입을 맞추었다.

"착한 어린이니까 오라버니 말 들어."

"언제는 못된 꼬맹이라더니."

"그러니까 이번만큼은 착한 꼬맹이가 되어 주라."

제발이라는 말이 뒤에 붙지는 않았지만, 그의 말에는 간절함이 가득했다. 더 이상 아라는 그의 말을 무시할 수가 없었다.

"잘 들어. 만약 최악의 경우가 오거든……."

자신을 바라보도록 고정했던 두 손에서 힘을 푼 그가 어느새 부드럽게 그녀의 얼굴을 감싸 쥐고는 낮은 목소리로 작게 말했다.

"너는 날 버려야 해."

"……."

"네 손으로 직접."

제하가 말했다. 좀 전에 옥에서 아버지인 제율이 그에게 했던 말과 비슷했다.

당시 이 이야기를 듣고 있을 때는 이게 무슨 소리인가 했는데, 막상 이렇게 닥치니 그 마음을 알 거 같았다.

"그래야만 해."

자신 때문에 사랑하는 사람이 상처를 입는다는 건, 너무나도 고통스러운 일이었으니까.

"그건 싫은데요."

그러나 순순히 받아들일 아라가 아니었다. 한 번으로는 모자랐는지 다시 한 번 목소리에 힘을 잔뜩 실은 그녀가 단호하게 말했다.

"싫다고요."

"싫어도 어쩔 수 없어."

하지만 어쩔 수 없다. 이는 그들의 대화를 묵묵히 듣고 있던 무휼 역시도 같은 생각이었다.

슬프지만 어쩔 수 없는 일이었다.

"기껏 여기까지 왔는데, 네가 다시 괴롭힘을 당하는 꼴은 못 봐."

귀족과 대신들 사이에서 갈팡질팡하던 그녀가 기껏 자리를 잡아가고 있는데, 괜히 자신 때문에 모든 일을 수포가 되게 할 수는 없었다.

아마 이번에 놓치면 다시는 잡기 어려울 것이다.

"……알겠다. 지금 새장가 가려고 그러는 거죠."

"……."

"뭐야, 살아 보니 여왕도 별거 아니더라, 이런 거예요?"

최악의 경우에는 자신은 버리라는 그의 말에 연신 '싫다.'라는 말을 반복하던 아라가 두 눈을 가늘게 뜨고는 물었다. 폐위된 이후 이 여자, 저 여자랑 놀러 다니는 한량이 되려고 그러는 거냐는 그녀의 어이없는 질투에 제하는 웃음을 꾹 참았다.

"그럴 리가. 우리 여왕께서는 평생을 함께해도 질리지 않을 매력을 갖고 계시는데."

"그럼 다른 생각하지 말고, 평생 내 곁에 있어요."

자신의 곁을 떠날 생각일랑 하지 말라는 그녀의 말에 제하는 입을 다물었다. 그의 침묵이 길어지면 길어질수록 아라는 슬슬 안달이 나기 시작했다.

"미안."

그러나 그는 끝까지 그녀가 원하는 대답을 하지 않았다. 부드럽게 눈웃음을 지으며 미안하다 말하는 그에게 아라는 울먹이기 시작했다.

"울지 마."

그것이 그녀를 지킬 수 있는 유일한 방법이라고 한다면 어쩔 수 없었다. 손을 뻗은 제하가 아라의 눈가를 쓱 훑었다. 그러나 그것도 잠시, 그래도 조금은 진지하다고 생각했는데 금세 또 특유의 짓궂은 미소를 지은 그가 그녀의 볼을 꼬집었다.

"나도 이 못생긴 얼굴 계속 보고 싶으니까."

그러니 우리 최악의 경우까지는 가지 않도록 하자.

내가 널 먼저 놓는 일이 없도록.

*   *   *

"전 아닙니다."

"⋯⋯."

"애초에 제가 그랬다는 증거도 없지 않습니까."

표정 하나 변하지 않고 말하는 시도하를 바라보던 아라는 미간을 찌푸렸다. 만약 진실을 몰랐다면 저 말에 깜빡 속아 넘어갈 정도였다.

그런 끔찍한 짓을 저지르고도 어쩜 저리 태연하게 있을 수 있는 거지?

제 앞에서 아무렇지도 않은 시도하를 응시하던 아라는 크게 심호흡했다. 떨리는 마음을 애써 진정하고 다시 그를 바라봤다. 지금은 이렇게 동요하고 있을 때가 아니었다.

"듣자 하니 건율이의 처소에 마지막으로 들른 사람이 당신이라던데."

이는 시도하의 집을 찾았을 당시, 건율의 유모에게서 확인한 내용이었다. 지금껏 한 번도 걸음한 적 없던 그가 그날은 웬일로 동생이 걱정된다고 찾아왔단다.

"아우가 아프다는 말을 듣고 걱정이 되어 찾아간 것뿐입니다."

"⋯⋯."

그의 말에 아라는 잠시 아무 말도 하지 못했다. 확실히 다른 사람이 건율이를 만났다면 충분히 의심할 수 있는 상황이었지만, 시도하의 경우는 달랐다. 그는 시건형과 한 지붕 아래에서 살고 있는 가족으로, 아우인 건율의 방에 출입하는 것이 전혀 이상할 게 없었기 때문이다.

"좋습니다. 그럼 다음 질문."

요리조리 빠져나가는 것이 꼭 미꾸라지 같았다. 그러면서도 얼굴에 가득한 저 여유로운 미소가 너무나도 꼴 보기 싫었다. 동시에 두렵다. 어쩜 사람이 저렇게 뻔뻔할 수 있을까.

"단향의 수령, 구제용의 말에 따르면 독약은 감찰관인 그대가 가져갔다고 하던데…… 회수 목록에는 그것이 누락되어 있더군요. 이게 어떻게 된 거죠?"

"글쎄요. 그것에 대해서는 저도 잘 모르겠습니다."

"……."

"전 사실대로 적었습니다."

참으로 능청스럽구나. 자신은 결백하다는 그의 주장에 아라는 가만히 입술을 깨물었다. 본인이 저렇게까지 말하는데 아무런 증거도 없이 추궁할 수는 없었다.

"그럼 감찰 때 그 밀수품을 찾아내지 못했던 건가요?"

"예. 아무래도 제가 쉽게 찾을 수 없게 꽁꽁 숨겨 놨다가 사용했나 봅니다."

"……구제용의 말과는 다른데요."

밀수 사실을 인정한 구제용의 말에 따르면, 갑자기 들이닥친 감찰관이 창고 안에 있던 모든 물건을 싹 쓸어갔다고 했다. 이는 그의 보좌관 역시 진술한 부분이었다.

"그자들의 말은 믿으시면서, 제 말은 믿지 않으시는 겁니까?"

"……."

"그자들의 말이나 지금 제 말이나, 확실한 증거가 없는 건 마찬가지이지 않습니까."

맞는 말이었다. 한숨을 내쉰 아라가 힐끔 무휼을 바라봤다. 그러나 그 역시도 어쩔 수 없었다는 듯 고개를 작게 저었다. 양쪽 모두 확실한 증거가 없는 이상, 여왕은 언제나 중립을 지켜야만 했다. 그녀도 잘 알고 있다. 그러나 자꾸만 마음이 기우는 건 어쩔 수가 없다.

"지금 어느 안전이라고 거짓을! 당장 바른대로 말하지 않으면……."

"그만."

결국 참다못한 월비가 발끈해서 외쳤지만 아라가 이를 재빨리 막았다. 그러자 그녀가 왜 막느냐며 두 눈을 부릅뜨고 노려본다. 잠시 생각에 잠긴 아라는 한숨을 푹 내쉬었다. 아무래도 안 되겠구나. 고개를 든 그녀가 대전 안을 빠르게 둘러보며 말했다.

"다들 잠깐만 나가 있어."

"예?"

"얼른."

단둘이 할 이야기가 있다며 그녀가 대전 안에 있는 사람들을 모두 밖으로 물렸다. 아니, 물리려 했다. 궁녀들과 함께 순순히 자리를 뜨는 월비와 달리 꼼짝 않는 무휼을 제외하고는.

문가에 딱 자리를 잡고 선 그는 여기까지가 최선이라는 듯 그 자리에 꼿꼿이 섰다. 하여간에 고집 센 녀석. 저렇게 버티고 있는 걸 보니 아무래도 내쫓는 건 불가능해 보였다.

"자, 이제 우리 둘밖에 없습니다."

"……"

아라의 말에 도하가 힐끔 뒤를 돌아봤다. 저렇게 두 눈을 시퍼렇게 뜨고 있는 무휼이 바로 등 뒤에 있는데 둘밖에 없다니, 참.

"전하, 다시 한 번 말씀드리지만 저는……."

"역시나 시건형에 대한 원한인가요?"

시건형의 이름이 나오기 무섭게 도하의 눈빛이 날카롭게 번뜩였다. 이를 본 아라는 확신했다. 물론 아주 이해를 못 하는 건 아니었지만 그래도 그렇지.

"지금 자신이 무슨 죄를 저질렀는지는 알고 있나요?"

"……"

"아직 세 살밖에 안 된 아이였어요. 지은 죄도 없고, 앞날이 창창한 아이였다고요."

그래도 사람이라면 이 정도 하면 양심이 찔린다거나 동요를 했을 텐데, 그럼에도 불구하고 시도하는 꼼짝도 하지 않았다. 마치 자신은 정말 아무 짓도 하지 않았다는 듯.

아라는 할 말을 잃었다. 종종 보았던 그의 텅 빈 눈동자에서 분노를 읽을 수 있었다. 오싹하고 소름이 돋을 정도의 강한 살기였건만, 도대체 숙부는 왜 이를 눈치채지 못했던 걸까.

때문에 경고했다. 주위를 둘러보라고. 하지만 그는 그녀의 충고를 진지하게 받아들이지 않았고, 결국 이렇게 되고 말았다.

"그 말씀을 하시려고 주위를 다 무르신 건가요?"

"아니요. 아직 본론은 꺼내지도 않았어요."

하실 말씀이 끝났다면 이만 물러가도 되겠느냐 도하의 말에 아니라는 고개를 저었다. 사실 시도하만을 남긴 이유는 따로 있었다.

"조사한 바에 의하면 범행에 사용된 독약은 특수한 것으로, 아무런 증거도 남지 않는다 하더군요."

"……."

"때문에 만약 현장에 쓰고 남은 독약 갑이 없었더라면 사인이 독살인 줄도 몰랐을 거라고요."

"그렇군요."

"그렇다면 도대체…… 도대체 왜 범인은 그 갑을 두고 간 걸까요?"

시도하만을 남긴 이유는 다른 게 아니었다. 단순히 그 이유가 궁금하기 때문이었다. 물론 이렇게 주위를 물린다고 해서 그가 사실대로 털어놓으리란 보장도 없었지만 그래도.

"글쎄요……. 제가 어찌 범인의 생각을 알 수 있겠습니까."

시도하가 매우 능숙하게 질문을 피해 갔다. 아라는 그럴 줄 알았다며 한숨과 함께 왕좌에 깊숙이 몸을 기대앉았다. 끝까지 이렇게 나온다 이건가. 어떻게 하면 저 입을 열게 할 수 있을까 고민하던 그때였다.

"다만 제가 만약 범인이라면……."

"……."

"전하께서도 아시다시피 제가 미운 털이 단단히 박혀서요."

'만약 자신이 범인이라면'의 전제를 둔 도하가 싱긋 웃으며 말했다.

"어차피 의심을 피해 갈 수는 없었을 겁니다."

"그러니까……."

대충 무슨 의미인지 알아들은 아라는 인상을 찌푸렸다.

어차피 의심을 받을 거라면 증거 하나 남기지 않고 완벽하게 처리하기보다, 눈에 띄는 증거를 남겨 다른 사람을 범인으로 몰아가는 것이 나을 터. 그리고 이에 구가가 이용된 것이다.

생각을 정리한 아라가 나름대로 위협적인 목소리로 말했다.

"자백하세요."

"전 모르는 일입니다."

"마지막 기회입니다."

"전 정말 모르는 일입니다, 전하."

끝까지 시치미를 떼겠다 이건가?

"이미 본인이 혐의를 받고 있다는 건 알고 있을 텐데요?"

아무리 형제지간이라고는 하나, 건율이 죽기 바로 전날 마지막으로 그를 만난 사람이 시도하라는 사실은 그를 의심하게 하기에 충분했다.

"체포할 겁니다. 그리고 제대로 된 조사가 시작되겠죠."

"절 조사하신다고 해도 아무것도 안 나올 겁니다."

"……."

"전 절대 입을 열지 않을 테니까요."

죽어도 입을 다물겠다는 그의 의지가 고스란히 전해져 왔다. 어떻게든 저 입을 열어야 할 텐데 큰일이다. 시도하가 입을 다물어 손해를 보는 건 구가였다.

"무휼!"

"포박해라."

아라의 부름에 앞으로 나선 무휼이 큰 소리로 외쳤다. 그러자 문이 벌컥 열리며 밖에서 대기 중이던 병사들이 우르르 몰려오더니 일제히 도하의 주위를 감쌌다.

"시도하, 당신을 시건율 살인 사건의 용의자로 체포하겠습니다."

포박을 당하는 와중에도 도하는 여유가 넘쳤다.

"전하께선 절대 제 입을 열지 못하실 겁니다."

"어째서?"

절대라는 말에서 꽤 큰 확신이 느껴졌다. 아라의 물음에 여태껏 온화한 미소를 뽐내던 시도하가 삐딱한 미소를 지으며 그녀를 쏘아보더니 대답했다.

"전하께서는 상냥하시니까요."

상냥해서 자신의 입을 열 수 없을 거란다.

도하의 말을 들은 아라는 그가 그랬던 것처럼 싱긋 웃는 얼굴로 화답했다.

"어디 한번 두고 봅시다."

*　　　*　　　*

"듣자 하니 시도하를 체포하셨다고요."

"소문이 빠르네요."

벌써 몇 번째인지 모를 긴급 총회에 아라는 서서히 지쳐 가고 있었다. 물론 긴급이라는 말이 걸맞은 상황이기는 했지만, 이를 단순한 구실로 삼으려는 그들의 속셈을 아라가 모를 리 없었다. 문제는 알면서도 막을 수가 없다는 것. 그리고 걱정되는 건 이러다 모든 것이 예전으로 돌아가는 게 아닐까 하는 두려움.

아라의 시선이 오늘도 공석인 제하의 자리를 바라봤다.

눈앞에 싸워야 하는 상대는 늘었는데, 몇 안 되는 아군의 수는 줄어 버렸다. 그것도 전체 전력의 대부분에 해당하는 아주 소중한 사람이.

"그가 범인일 수도 있다는 판단을 했습니다. 시도하에게는 동기도 있고, 한 집에 살고 있으며, 또 구제용의 주장대로 그가 최근 단향의 감찰관으로 파견되어 밀수품을 압수했다는 것이 확인되었으니까요."

아라의 똑 부러지는 말에 대신들은 작게 혀를 찼다. 쳇, 기껏 잘되고 있었는데 갑자기 툭 튀어나온 시도하라는 녀석이 저들을 방해하고 있으니.

"말씀을 들어 보니 확실히 그럴 수도 있다는 생각이 들기는 합니다만……."

"합니다만?"

아라는 괜히 초조해졌다. 왜, 또 무슨 말을 하려고 일부러 이러는 것인가.

"다만…… 지금 전하께서는 구가의 죄를 전부 시도하에게 뒤집어씌우려는 것처럼 보입니다."

"내가요?"

"마침 그는 딱 좋은 희생양이니까요."

"그게 무슨 말씀이십니까!"

잠자코 있던 대신들이 아라를 대신해 발끈했다.

"그 말은 지금 전하께서 무고한 자에게 죄를 뒤집어씌우려 하고 있다는 겁니까?"

"아니, 뭐어…… 그럴 수도 있다, 이거 아닙니까. 왜 화를 내십니까?"

"그러는 그대들이야말로, 지금 구가를 범인으로 몰고 갈 속셈이 아닙니까!"

노골적인 비판에 대전 안이 술렁였다. 이 모든 소동이 구제하를 끌어내리려는 계략이라는 것을 모르는 이가 없었다. 다만 말을 안 할 뿐이다.

"소, 속셈은 무슨. 우린 그저 지금까지 밝혀진 증거와 진술들로 판단했을 때 구가가 범인인 거 같다, 이 말입니다."

"예. 그리고 그 배후에는 신왕이 있지 않을까 조심스레 추측을 해 보는 것뿐……."

"그것 역시 어디까지나 심증일 뿐입니다!"

"다시 한 번 말씀드리지만 이는 지금까지 밝혀진 증거와 진술들로 판단하여……."

대신들은 계속해서 같은 말을 반복하는 귀족들이 답답했다. 그

러나 그런 그들에게 꼼짝 못 하고 있는 이유는 그들이 주장하고 있
는 그 '밝혀진 증거와 진술'이라는 것이 너무나도 명확했기 때문이
다.

물론 신왕이 그랬을 리 없지만, 만약 정말 구가가 범인이면 어쩌
지? 계속해서 구가의 편을 들었다가는 나중에 저들까지도 위험해
질지 몰랐다.

"지금 중요한 건 구가와 시도하 중 누가 진범이냐가 아닙니다."

"아뇨. 누가 봐도 그게 가장 중요한 문제인 거 같은데요. 물론 그
대들은 별 관심 없겠지만."

"지금 시비 거시는 겁니까?"

또다시 한바탕 폭풍이 몰아칠 기세가 보이자 아라는 고개를 뒤
로 젖혔다. 뒷목이 뻐근했다. 그나마 다행인 건 그래도 대신들은 제
하의 편을 들어주고 있다는 것 정도.

그동안 부딪치고 싸우면서도 꽤나 구제하가 마음에 들었던 모양
이다. 다만 어디까지나 그들이 편을 들고 있는 건 구제하뿐. 구가는
아니었다.

지금은 제하 때문에 어쩔 수 없이 구가의 편을 들어 주는 입장이
었지만, 언제 또 마음이 바뀔지 몰랐다.

"에잇…… 어쨌든 살해 혐의가 의심되는 자를 전하의 곁에 둘 수
는 없습니다!"

귀족 중 한 사람이 큰 소리로 외쳤다. 그의 외침에 서로를 향해
질타를 퍼붓던 귀족과 대신들의 입이 딱 다물어졌다. 특히나 지금
까지 귀족들의 발언에 반박하기 바빴던 대신들 역시 이번만큼은 아

무런 말을 할 수가 없었다. 좀 전의 그 말은 일리가 있었기 때문이다.

"둘 모두를 천유에서 추방시켜야 한다고 봅니다!"

"그렇습니다, 전하. 이는 곧 천유국의 미래를 위한 일이기도 합니다. 만약 전하의 신변에 무슨 일이라도 생겼다가는……."

주절주절. 미래를 위한 일이라고 말하는 그들이 너무나 뻔뻔했지만, 어쨌든 바른 소리인 것은 사실이었다.

할 수 없지. 무거운 한숨을 내쉰 아라가 이제 지쳤다는 듯 자리에서 일어났다.

"고려해 보도록 하겠습니다."

지금은 일단 한발 물러설 수밖에 없었다.

*   *   *

"아무래도 장기전으로 가야 할 거 같아."

총회가 끝난 뒤, 대책 의논을 위해 집무실에 모인 이들을 둘러보던 아라가 중얼거렸다. 지금 당장 시도하가 범인이라는 것을 밝히기에는 무리가 있었다. 때문에 자백이든 확실한 증거든, 그의 죄를 입증할 만한 무언가가 나오기 전까지는 이 수사를 끌 필요가 있었다.

"하지만 신왕이 문제야."

그래. 무휼의 말대로 국서가 문제였다.

"국서를 옆에 두고 장기전으로 가 봤자, 다른 사람들의 눈에는 시도하를 범인으로 몰기 위한 시간 벌이로밖에 보이지 않을 테니까."

"그럼 어떻게 하라는 건데?"

"저들의 목적은 진범을 찾는 게 아니야. 이 기회에 눈엣가시인 구가를 제거할 셈인 거지."

진범을 찾는 것을 방해하면 방해했지, 절대 협조를 하지는 않을 것이다.

만약 시도하가 진범이라는 게 밝혀지면 구가는 혐의에서 벗어나는 것이고 그리되면 오히려 저들에게는 낭패이니, 최대한 빨리 이 사건을 마무리 지으려 하겠지.

"역시, 내가……."

"그만."

잠자코 앉아 있던 제하가 먼저 입을 열었다. 그러자 뒤에 올 말을 미리 예상한 아라가 재빨리 그의 말을 끊으며 단호하게 말했다.

"폐위의 '폐' 자라도 꺼내기만 해요. 한 대 때리고 싶은 거 넘쳐나는 이성과 넓은 아량으로 봐주고 있는 거니까."

"……때리면 내가 맞아 주기는 할 거 같아?"

"……."

"물론 네가 때린다면야 가만히 맞고 있기야 하겠지. 기쁜 마음으로."

그것도 아주 기쁜 마음으로 맞겠다는 그의 말에 아라는 어이가 없어서 피식 웃어 버렸다. 그러나 간만의 웃음도 잠시.

"나날이 목소리가 높아지고 있어. 그들은 날 노리고 있다고."

"……."

"나만 없으면 네가 피해받을 일도 없어."

"그래도 폐위는 안 돼요."

한번 폐위를 당한 사람을 다시 불러들이는 것은 쉬운 일이 아니었다. 그것도 이런 불미스러운 일에 엮어 떠밀리듯 물러난다면 더더욱 그랬다.

"너는 감정에 치우치지 않고 공정하게 판단해야 해."

"……."

"날 지키다가 네가 다치면 아무런 의미가 없어."

곁에서 그걸 지켜보는 자신도 행복할 리가 없었다.

"그래도 난 같이 있는 게 좋아요."

"네가 그래도 저자들은 계속 폐위를 주장할 거야. 어차피 당할 일이라면 네 손으로 하는 게 나아."

괜히 버텨 보겠다고 미루고 미루다 결국 그들의 뜻대로 어쩔 수 없는 폐위가 이루어지게 될 경우, 기세는 그쪽으로 기울고 만다.

"하려거든 선수를 쳐야 해."

"……."

"그래야 저들도 더는 너에게 뭐라고 하지 않을 테니까."

끊길 생각을 않는 두 사람의 신경전에 이를 지켜보고 있던 무휼과 월비는 속이 타들어 가는 것 같았다. 정말 뭐 하나 쉬운 게 없었다.

"시도하가 자백을 한다면 이야기가 달라질 텐데."

"내 말이."

"하지만 안 하겠다고 버티고 있으니."

"으으, 어떻게든 하게끔 만들어야지!"

무휼의 말에 월비가 답답하다는 듯 씩씩대며 외쳤다.

"그럼 왕명이라 소리치며 겁박이라도 할까?"

"그거 좋은 생각이네!"

"아니, 그렇게 했다가는 소용없을뿐더러, 폭군이라는 낙인이 찍힐 게 뻔하잖아."

어디 폭군이라는 말만 따라붙을까. 죄를 짓지도 않은 사람을 죄인으로 만들었다는 말이 궐 밖에 나돌기라도 하면 백성들의 신뢰까지 바닥으로 뚝 떨어질 게 틀림없었다.

"제 동생까지 죽인 녀석이야. 그놈은 제정신이 아니라고."

"더 짜증 나는 건, 시도하가 날 만만하게 보고 있다는 거지."

한참 동안 제하와 눈싸움을 벌이던 아라가 지친 듯 먼저 고개를 돌리며 말했다. 이는 곧 자신이 만만하다는 뜻이었다.

아라 역시 어느 정도는 인정했다.

구제하가 나설 수 없는 이상, 그녀는 혼자의 힘으로 어떻게든 그와 귀족들, 그리고 언제 변심할지 모르는 대신들을 상대해야만 했다.

아아, 머리가 깨질 것만 같다.

범인은 자신을 만만하게 보고 있고, 사랑하는 사람은 자꾸만 폐위밖에 답이 없다며 곁을 떠나려 한다. 거기에 한 친우는 그냥 왕명으로 밀어붙이며 겁박하라 부추기고 있고, 또 다른 친우는 폭군이라는 오명을 쓰고 싶지 않으면 자제하라고만 말하고 있으니.

도움 되는 게 하나도 없네.

속이 답답했다. 뭔가 좋은 생각이 없을까를 고민하길 얼마, 문득 그녀의 머릿속에 어떠한 생각이 빠르게 스치고 지나갔다.

"난 여왕이야. 그러니 나는 언제나 올바른 판단을 해야 하지."

"그래, 맞아."

아라의 작은 중얼거림에 제하가 드디어 자신의 마음을 이해해 주는 거냐며, 슬프지만 조금 밝아진 얼굴로 그녀를 바라봤다. 그러나 그것도 잠시, 아라의 반짝이는 두 눈동자를 본 그는 미간을 찌푸렸다.

"잠깐, 뭔가 좋은 생각이 난 모양인데 난 안 물어볼래."

"왜요?"

"그다지 좋은 생각은 아닌 거 같아서."

그의 말에 아라는 활짝 웃었다.

"맞아요."

그렇다. 그다지 정상적인 생각은 아니었다.

八花.
곧 다시 만날 것을 알고 있기에

이튿날 아침. 여왕께서 급히 할 말이 있으니 다들 대전으로 모이라는 전갈 때문에 요 며칠 소란스럽던 궐 안은 한층 더 소란스러워졌다.

어디 궐뿐이랴, 급하게 입궐 준비를 하느라 정신없는 대신들과 귀족들의 집안 역시 한바탕 난리가 났다.

"그게 정말인가?!"

"글쎄, 그렇대도 그러네!"

이는 지금 궐 안에 은밀하게 돌고 있는 어떠한 소문 때문이었다.

"전하께서 신왕을 폐위시키기로 하셨다는 게 사실인가!"

너무 놀라 제대로 갖춰 입지 못한 옷자락을 흩날리며 대전 안에 들어선 사람들이 벌써 와 있던 무리에 끼어 묻고 또 물었다. 그러나 돌아오는 대답은 한결같았으니.

"그렇다고 들었습니다."

모두가 믿기지 않는다는 표정이었다. 아니, 그렇게나 서로 애틋하더니만 이렇게 쉽게 잘라 낼 수 있는 정도밖에 안 되는 애정이었단 말인가?

"일전의 그 주설화라는 여인의 말대로, 그저 계약으로 맺어진 관계였던 걸지도……."

"확실히 일리가 있습니다."

과거 시건형의 밑에서 아첨을 떨던 귀족들이 회심의 미소를 지었다. 어쨌든 참으로 잘된 일이 아닐 수 없다. 그 꼴도 보기 싫은 구가는 물론 구제하까지 내몰다니.

"그런데 진범은 역시……."

"쉿, 그게 뭐가 중요합니까?"

일부 귀족들은 진범이 누군지 궁금한 눈치였으나, 다른 사람들이 이를 말렸다. 기껏 자신들이 원하는 대로 흘러가고 있는데 괜한 호기심 때문에 일을 그르칠 수는 없었다. 그럼에도 저들끼리는 뒤에서 진범에 대한 추리를 펼쳐 가고 있던 그때였다.

"이런, 이런. 저게 누굽니까."

누군가의 등장에 대전 안이 다시금 술렁였다.

"시건형?"

대전 안에 모여 있던 이들의 시선이 일제히 문가로 향했다. 활짝 열린 문틈으로 요 며칠 코빼기도 보이지 않던 이의 얼굴이 보였다. 수척해진 얼굴은 무표정했지만, 지울 수 없는 슬픔이 깃들어 있다.

하루아침에 지옥을 맛본 시건형의 등장에 그를 따랐던 귀족들이 일제히 등을 돌리며 저들끼리 수군대기 시작했다.

"소문에 의하면 아들을 잃고 실성했다던데."

"아니, 아무리 총회라고 해도 그렇지 아들을 잃은 지 며칠이나 지났다고 벌써 얼굴을 내밀다니…… 쯧쯧."

"시건형도 이제 별 볼 일 없어졌습니다. 후계자가 없는 이상, 더는 이용 가치가 없어요."

얼마 전까지만 해도 그의 주변에 모여들어 꼬리를 살랑거리던 귀족들이 이제는 대놓고 그를 무시하기 시작했다. 그러나 시건형은 이들의 반응 따위는 관심 없다는 듯 유유히 그들을 지나쳐 자신의 자리로 향했다.

"오랜만입니다."

한 남자가 생글생글 웃는 얼굴로 그에게 다가갔다. 비꼬는 듯한 말투에 멍하니 서 있던 시건형이 힐끔 남자를 바라보더니 다시금 정면을 바라본다. 노골적인 무시에 자존심이 상한 남자가 인상을 쓰더니 다시금 이죽거리기 시작했다.

"벌써 나오셔도 되는 겁니까? 아직 마음 추스르기에도 바쁘실 듯한데."

"……."

"이참에 귀족들의 수장이라는 그 자리도 다른 사람에게 넘기시는 게 어떻습니까?"

"그러네요. 어차피 물려줄 자식도 없으신데 괜한 욕심 부리지 말고 말입니다."

개념 없는 인간들. 맞은편에서 지켜보고 있던 대신들은 물론 소수의 귀족들까지도 눈살을 찌푸렸다. 귀족 이전에 인간으로서 실격이었다. 한바탕 싸움이 벌어져도 이상할 게 없는 상황. 그러나 시건형은 그를 강하게 쏘아보기만 할 뿐, 그 이외의 행동은 취하지 않았다. 시건형의 등장으로 술렁이던 대전 안이 순식간에 살얼음판이 되었다. 그런 무거운 침묵만이 맴도는 가운데 아라가 들어섰다.

"전하께서 납시었습니다."

그래, 오늘은 국서가 폐위를 당하는 아주 좋은 날이니 시건형을 괴롭히는 것은 나중에 하자며 귀족들은 재빨리 고개를 숙였다. 그러나 그 기쁨도 잠시. 아라의 뒤를 따라 대전 안에 들어서고 있는 제하를 본 그들은 그 상태로 굳어 버렸다. 누가 봐도 폐위를 선포할 분위기는 아니었다.

하지만 분명 그런 소문이 돌았는데, 그것은 거짓이었나? 이게 어떻게 된 거지?

한편, 옆에 서 있던 시건형과 눈이 마주친 아라는 고개를 끄덕이는 것으로 인사를 대신하고는 자리에 앉았다.

"오늘 여러분을 부른 건, 다들 예상하셨듯 이번에 일어난 불미스러운 사건 때문입니다."

"예, 전하."

"끌고 오세요."

그녀의 말이 끝나기 무섭게 닫혀 있던 대전의 문이 벌컥 열렸다. 그러고는 무휼의 인도하에 구제율과 구제용, 시도하가 나란히 끌려왔다.

별다른 표정 변화 없이 대전에 들어서던 시도하는 정면에 서 있는 시건형을 보더니 순간 아주 잠깐 걸음을 멈췄다.

"오늘은 두 용의자를 앞에 두고 이야기를 하도록 하죠."

아라의 말에 귀족들이 술렁이기 시작했다.

도대체 여왕께서는 무슨 꿍꿍이인 거지? 분명 국서의 폐위는 이미 결정되었다고 들었는데……. 어쩌면 폐위를 공표하기 전, 마지막으로 한 번 더 찔러 볼 생각인 건가? 그렇다면!

"살인은 엄히 다스려야 하는 중죄. 그러니 모두 참수를 시켜야 한다고 생각합니다."

"그렇습니다. 더군다나 그냥 살인도 아니고 왕족을 살해하지 않았습니까."

"하지만 이들 중에는 억울하게 누명을 쓴 사람도 있을 겁니다! 그런데 모두 참수라니……."

대신들의 외침에 귀족들은 미간을 찌푸렸다.

범인으로 의심되는 용의자가 하나면 모를까, 여럿이니 문제가 됐다. 이 중의 한 명, 또는 두 명은 무죄일 테니 모두를 참수하라는 것은 확실히 말이 안 됐다.

독약을 구매한 것은 사실이지만 이를 감찰관으로 온 시도하에게 몰수당했다는 게 구제용의 주장이다. 하지만 몰수 기록에는 이것이 남아 있지 않았고 시도하 역시 이들의 주장이 거짓이라며 버티고 있는 상황. 둘 중 하나는 확실하게 거짓말을 하고 있는데, 그게 누구인지는 알 수가 없었다. 누구 하나 명쾌한 답을 내놓지 못하자 이를 본 시도하는 작게 미소 지었다.

여왕이 먼저 국서의 손을 놓을 리가 없었다. 물론 그런 소문이 돌고 있는 모양이었지만 그건 어디까지나 소문에 불과했다. 구가의 죄를 인정하는 것은 곧 국서의 죄를 인정하는 것. 때문에 앞으로 여왕이 할 수 있는 선택은 양쪽 모두의 죄를 사면시키거나 자신만을 범인으로 몰고 가는 것이다. 그러나 후자의 경우, 귀족들이 가만히 두고 볼 리가 없었다.

어쨌거나 자신은 죽을 때까지 입을 다물고 있기만 하면 된다. 그렇게 하면 자신은 이 일에서 벗어날 수가 있을 것이다. 분명 그렇게 생각했는데…….

"장기전으로 가겠습니다."

"……네?"

"지금 당장 진범을 가릴 수 없으니, 확실한 증거가 나오거나 누군가가 자백을 할 때까지 처벌을 미루겠다는 겁니다."

아라의 말에 귀족들은 물론 도하 역시 속으로 웃음을 꾹 참았다. 결국 여왕이 선택한 게 장기전이라니. 이렇게까지 어리석을 줄이야!

"전하…… 송구하지만 저희 눈에는 그저 버티시겠다는 걸로밖에 보이지 않습니다."

"버티다니?"

"크흠, 솔직히 그렇지 않습니까."

구가의 무죄를 증명할 방법을 찾거나 시도하의 자백을 받아낼 때까지 시간을 끌어 보겠다는 심산이 아닌가. 그렇게 되도록 두고만 볼 수는 없었다.

"혹시라도 시간을 두고 누군가에게서 강제적인 자백을 받아내실 생각이라면…….”

“내 말, 아직 안 끝났습니다만.”

아직 할 말이 남았다는 아라의 말에 떠들어 대던 귀족들의 입이 딱 다물어졌다. 그래, 도대체 무슨 말을 하려는 건지 모르겠지만 어디 한번 들어 보자.

“당장의 섣부른 판단과 처벌을 미루고 좀 더 이 사건을 조사하겠다고 했지만, 여러분의 의견대로 그 죄목이 왕족 살해 혐의인 만큼 가만두어서는 안 된다고 판단했습니다.”

“예, 그렇죠.”

“때문에 진범이 밝혀질 때까지 저들은 모두 죄가 있다는 것으로 보고, 조사 기간 동안에는 죄인으로서 취급하기로 했습니다.”

죄를 짓지 않은 누군가에게는 미안하지만, 죄목이 너무 크다 보니 모두를 무죄로 볼 수는 없었다.

“물론 나중에 범인이 밝혀진 뒤, 무고한 사람에게는 제대로 사죄하고 이를 보상하도록 하겠습니다.”

아라의 말에 제율이 고개를 살짝 끄덕였다. 분명 여왕께서 무슨 생각이 있으니 저런 말을 하는 거겠지. 그러나 그와 달리 다른 귀족들은 안달이 났다. 일단 그들이 원하는 대로 그 꼴도 보기 싫은 구가가 유죄 판결을 받은 것은 매우 만족스러웠지만, 그들은 좀 더 큰 무언가를 원하고 있었다.

“저기, 구가가 유죄라면 국서 역시…….”

“내 말은 여전히 안 끝났습니다.”

“죄송합니다.”

그들은 마음이 급했다. 여왕이 어떤 선택을 내리느냐에 따라 저들이 들고일어나야 할지도 몰랐으니 말이다.

"국서는……."

혹시 모르니 마음의 준비를 해 두자며 귀족들은 잔뜩 벼르고 있었다. 구가를 버리는 대신 국서만을 지키려고 해도 소용없다. 만약 여왕이 그렇게 나온다면 곧장 목소리를 높일 생각이었다.

"국서는 폐위시키도록 하겠습니다."

"……네, 네?!"

갑작스러운 아라의 폭탄선언에 대전 안이 발칵 뒤집어졌다. 지금 저들이 제대로 들은 거 맞지? 분명 여왕이 스스로 국서를 폐위시키겠다고 한 거 맞지, 그렇지?

너무 놀라 순간 할 말을 잃은 귀족들의 표정이 단번에 밝아졌다. 그래도 여왕 앞이니 표정 관리를 해야 할 텐데 그것이 불가능할 정도였다.

"귀족들의 주장대로 사건이 일어나기 전 국서가 구가의 가주와 은밀한 만남을 가지고 시기적절하게 형인 구제용을 천유로 불러들인 것 등은 사실이고, 우연의 일치일 수도 있으나 만약 구가가 범인일 경우 신왕에게도 어느 정도의 혐의가 있음이 의심되는바."

"바로 그것입니다!"

"역시, 전하이십니다."

신이 난 귀족들이 목소리를 높여 가며 맞장구를 쳤다. 폐위시키기 싫다고 버틸 줄 알았는데 이게 무슨 일이래. 딱 저들이 원하는 말을 하고 있는 여왕이 오늘따라 너무 예뻐 보였다.

"따라서 그런 사람을 더는 내 곁에 둘 수 없다고 판단하여, 신왕에게는 폐위를 명합니다."

"참으로 공정한 판단이십니다!"

귀족들이 손뼉을 치기까지 하며 기뻐했다. 국서와 구가를 편애하고 있다고 생각했는데 아무래도 저들이 오해를 하고 있었나 보다. 이렇게나 말이 잘 통하는 분이신데 왜 여태 몰랐을까? 그러나 웃고 있는 건 귀족들뿐만이 아니었다. 죄인의 신분으로 그녀의 앞에 포박되어 있는 시도하 역시 희미한 미소를 지었다.

설마 국서를 버리면서까지 자신을 죄인의 신분으로 묶어 둘 줄은 상상도 못 했다. 그러나 그렇다고 해서 끝난 것도 아니었다. 여전히 입을 다물고 있으면 되는 문제였다.

"이의 있습니까?"

"없습니다, 전하."

왕좌에서 내려온 아라가 제율에게 물었다. 그러자 그가 고개를 끄덕이며 답했다. 다음으로 시도하의 앞에 선 그녀가 고개를 쭉 빼고는 똑같이 물었다.

"그쪽은 이의 있습니까?"

"없습니다."

있을 리가 없었다. 물론 여왕은 국서를 다시 불러들이기 위해 그의 자백을 받아내려 온갖 수를 쓰겠지만, 이에 넘어갈 그가 아니었다. 도하에게는 평생 죽을 때까지 이 사건의 진실을 마음속에 묻어 둘 자신이 있었다.

차라리 잘되었다. 그 집에 있으면 어쩔 수 없이 시건형과 마주치

곧 다시 만날 것을 알고 있기에 393

는 일이 많았기 때문에 안 그래도 이번 일이 잠잠해지면 집을 나갈 생각이었는데.

그의 눈빛이 말하고 있다. '너 따위 어린 여왕은 내 상대가 안 돼.'라고. 대놓고 자신을 무시하는구나, 싶은 아라의 입가에 미소가 번졌다. 이를 본 도하는 눈을 찌푸렸다. 왠지 모르게 불안했다.

뭐지? 여왕은 왜 웃고 있는 거지?

"내가 만만해 보이나요."

아라가 그에게만 들릴 정도의 작은 목소리로 속삭였다.

"확실히, 좀 전에 든든한 아군 한 명을 잃은 나로서는 당신을 상대하는 게 힘들기는 해요."

"……."

"그래서, 누구보다도 당신을 원망하고 저주하는 사람을 찾아왔어요."

"……네?"

그게 무슨 소리냐며 도하가 놀란 듯 물었다. 그의 놀란 표정에 아라는 그제야 만족스럽다는 듯 씩 미소를 지으며 뒤로 물러났다. 그러고는 대신들과 귀족들을 둘러보았다.

"내 오늘 여러분들을 부른 건, 이 외에도 아주 중요히 할 말이 있기 때문입니다."

애써 기쁨을 억누르던 귀족들과 여왕의 선택에 정신이 반쯤은 가출한 대신들이 다시금 아라의 말에 집중했다. 중요히 할 말이라니, 국서의 폐위가 끝이 아니었단 말인가.

"일전에 그대들이 그랬죠."

"무슨 말씀을 하시려는 건지……."

"내가 아직 성년이 아니기 때문에 숙부인 시건형이 섭정을 해야 한다고 말입니다."

이제는 거의 잊혀 가는, 한때 시건형을 왕위에 올리기 위해 귀족들이 작당하고 아라를 몰아세웠을 때의 일이었다.

"때문에 나는 국서를 간택해, 그와 함께 나라를 통치하겠다는 조건으로 섭정을 물렀습니다. 다들 기억하죠?"

"예, 물론입니다. 그래서 전하께서 신왕을 국서로 들이셨고……."

"그런데 그 국서가 방금 전 폐위를 당했죠."

"……."

귀족들은 왠지 모르게 불안해졌다. 여왕께서는 도대체 무슨 말을 하려고 이러시는 거지? 잔뜩 굳은 이들의 표정을 여유롭게 감상하던 아라가 재빨리 말을 이었다.

"나는 여전히 성인식을 치르지 않은, 그대들의 말을 빌리자면 어린 여왕입니다. 게다가 조건으로 내걸었던 국서까지 잃고 말았으니."

"……."

"그때 그대들이 해 주신 충언을 이제야 따르려고 합니다."

"하, 하시고픈 말씀이……?"

서서히 이야기의 윤곽이 드러나기 시작하자 귀족들의 안색이 창백해졌다. 잠깐, 여왕께서 지금 하시려는 말씀이 설마!

"하여, 나는 어엿한 성인이 되기 전까지 여기에 있는 숙부를 섭정 승으로 임명하는 바입니다."

"네?!"

"이는 국서를 폐위한 이 시간부로 적용됩니다."

그녀의 말이 끝나기 무섭게 모두의 시선이 시건형을 향했다. 갑자기 왜 나타났나 했더니만 다 이유가 있었다. 설마 여왕과는 사전에 미리 말이 되어 있었단 말인가. 귀족들은 낭패라는 듯 허망한 눈길로 시건형을 바라봤다.

그들은 늘 시건형과 구가로 나뉘어 대립해 왔다. 거기에 최근에는 시건형을 지지하던 이들까지 돌아섰으니 귀족들 전체가 그에게서 등을 돌린 것이나 마찬가지였다. 이제 자신들이 찬밥 신세가 되는 건 불 보듯 뻔한 일이었다. 아니, 찬밥이면 그나마 낫게. 분명 가만두지 않을 것이다. 끈질기게 괴롭힐 거란 말이다.

구제하를 잃은 어린 여왕을 잘 구슬려 다시금 제 아들들을 국서로 간택하도록 부추길 생각이었는데 예상치도 못한 복병이 나타나고 말았다.

이를 어쩌면 좋아, 어쩌면 좋으냔 말이야!

"다들 기뻐하는 거 같으니, 나도 좋습니다."

창백한 그들의 얼굴을 둘러보던 아라가 씩 웃으며 말했다. 기뻐하기는, 전혀 아니었다. 뭔가가 잘못되어도 단단히 잘못되었다. 그러나 안 된다고 말할 수도 없는 노릇이었다. 그녀의 말대로 이를 제안한 것은 다름 아닌 자신들이었으니까.

"전하!"

"이제 공주마마입니다."

난리가 난 귀족들을 바라보던 아라의 시선이 앞에 있는 도하에게로 떨어졌다. 좀 전의 여유로운 미소는 온데간데없고 창백하게 질려 있는 그를 빤히 내려다보던 그녀가 다시금 고개를 숙이며 말했다.

"어떻습니까. 내 선택."

"……."

"깜짝 놀랐죠."

약간 빈정대는 듯한 그녀의 말에 도하의 시선이 아라의 뒤에 서 있는 시건형에게로 향했다. 이내 그의 표정은 귀신이라도 본 듯 공포에 질려 창백해지기까지 했다.

"내 주변에는 아주 좋은 측근들이 많아요."

"……."

"사랑하는 사람은 자꾸만 폐위밖에 답이 없다며 곁을 떠나겠다고 하고, 한 친우는 그냥 왕명으로 밀어붙이며 겁박하라 부추기고, 또 다른 친우는 폭군이라는 오명을 쓰고 싶지 않으면 자제하라고 하니."

"……."

"뭐 하나 놓치기 아까운 의견인 거 같아서 결국 다 들어주기로 했어요. 간단하더라고요."

"……."

"그냥 내가 갖고 있는 것 중에서 딱 하나만 버리면 되는 일이었거든."

아라가 씩 웃었다. 그래서 실의에 빠진 시건형에게 한 가지 제안을 했다. 아들의 복수를 할 수 있는 힘을 빌려줄 테니 자신을 도와달라고 말이다.

'힘을 빌려 드릴게요. 그 대신.'

'그 대신?'

'날 위해 허수아비 왕이 되어 주세요.'

허수아비 왕이 되어 달라는 그녀의 말에 시건형은 어이가 없다는 듯 웃었다. 몇 달 전까지만 해도 반대의 상황이었건만, 사람 일이란 참 모르는 것이었다.

"내가 상냥하기 때문에 안 될 거라고 했던가요."

그녀가 만만하게 보인다는 뜻이었지만, 이상하게도 마냥 기분이 나쁘지만은 않았다. 상냥한 왕이라. 이는 자신이 되고 싶은 왕이었다. 상대가 시도하이기는 했지만, 그에게라도 그렇게 보였다는 건 어찌 보면 기쁜 일이었다.

"고작 당신의 입을 열겠다고 그것을 버릴 수는 없겠더라고요."

때문에 선택했다.

"난 상냥한 왕이 될 거예요."

"……."

"하지만 지금은 상냥한 왕보다는 모두가 두려워하는 왕이 필요한 거 같으니까."

"저, 전하……."

"숙부에게 이기적인 부탁을 좀 드려 봤어요."

죄인이나 귀족들이나 모두가 저를 만만하게 생각하니, 그녀 역시도 이 싸움에 적합한 허수아비를 준비했다.

물론 무휼과 월비는 이를 반대했지만, 뜻밖에도 구제하가 그녀의 편을 들고 또 사건사고 일으키는 데에는 빠지지 않는 월영의 전폭적인 지지하에 결국 일을 벌일 수 있었다. 그러다 나중에 숙부가 자리를 돌려주지 않으면 어쩔 거냐는 물음에 아라는 그저 웃어넘겼다. 그런 일이 없을 거라는 건 그녀가 누구보다도 잘 알고 있었다.

믿는다. 눈물을 흘리며 아들을 죽인 범인을 잡아 달라 저에게 도움의 손길을 내밀었으니까. 그리고 자신은 이를 잡았으니까. 설령 또다시 그가 나쁜 마음을 품는다고 해도 상관없었다. 시건형을 상대하는 데에는 이제 도가 터서 어떻게든 되찾아올 자신이 있었다.

"아들로 살아 봤으니 대충 알겠죠? 숙부 성격, 나보다 더 화끈하신 거."

이건 입을 열고 말고의 문제가 아니었다. 아들을 잃은 아버지의 분노를 어찌 감당할까. 자칫하다가는 목숨을 잃게 될지도 몰랐다. 아니, 입을 열지 않는다면 분명 그리될 것이다.

"죽은 자는 말이 없다."

"……."

"숙부께서 하신 말씀입니다."

"저, 전하…… 저는……."

"난 이제 전하가 아니에요. 따라해 봐요. 공. 주. 마. 마."

저에게 목숨을 구걸해도 소용없으니 포기하라며 아라는 싱긋 웃었다.

"숙부께서 알아서 하시겠지만 되도록 적당히 버티는 게 좋을 거예요."

"……."

"그래야 내가 우리 임을 다시 되찾아 오지."

도하 역시 시건형을 원망하고 있었지만, 지금의 건형보다 그 원망이 큰 사람은 없을 것이다. 아무래도 입을 여는 데에는 그리 오래 걸리지도 않을 거 같았다.

난리가 난 주위를 둘러보던 아라가 얼빠진 사람들의 얼굴을 보고는 웃음을 터트렸다. 한참이나 만족스러운 반응을 구경하던 그녀는 저를 붙잡는 사람들을 뿌리치고는 대전을 빠져나왔다.

"선왕께서 이 소식을 들으시면 무덤에서 벌떡 일어나실 거야."

"어차피 혼인도 눈속임이었는데 폐위도 눈속임이면 어때서."

"하지만 혼인은 결국 눈속임이 아니었잖아."

"그야 그렇지만."

말은 바로 하자며 제하가 끼어들었다. 이에 아라는 고개를 끄덕이며 순순히 인정했다. 그 말대로, 눈속임으로 시작한 혼인은 속임수가 아니게 되었다.

"귀족이고 대신이고 겁 잔뜩 먹었던데."

"이참에 호되게 당했으면 좋겠다."

기왕 이렇게 된 거 좋은 쪽으로 흘렀으면 좋겠다며 월비가 말했다. 반대는 했지만, 그녀도 한성격 하는 시건형을 상대로 그들이 얼마나 버틸 수 있을지 궁금하기도 했다.

"아아, 내가 또 정신 바짝 차리고 있어야겠네."

당분간 중앙궁의 새로운 주인이 되실 분께서 헛된 생각을 하지 않도록 그곳을 지키는 중앙군이 곧 감시자 역할이 되어야 했으니, 무휼은 군기가 바짝 들어갔다.

"꼭 무슨 일을 벌이는 건 너희들이고, 뒤처리는 나더라."

"그래서 내가 항상 고마워."

자신의 곁에 있어 줘서 정말 고맙다는 아라의 말에 무휼은 그냥 웃어 버렸다. 저렇게 말하는데 어쩌나. 당연히 지켜 줄 수밖에 없지 않은가.

*　　　*　　　*

문제의 일이 있고서부터 벌써 사흘이라는 시간이 흘렀다. 그동안 궐 안은 조용할 날이 없었다.

툭하면 '어린 여왕'이라며 아라를 무시하고 '통촉하여 주시옵소서.' 따위의 공격을 퍼붓던 귀족 및 대신들은 최근 들어 그녀의 비위를 맞추느라 정신이 없었다. 그러거나 말거나, 아라는 처음으로 얻은 자유로움을 그녀 나름대로 만족스럽게 만끽하는 중이었다.

"그거 다 상소문이야?"

"그럼 연서일까요."

제하의 물음에 아라는 퉁명스레 답했다. 분명 더는 받지 않겠다고 했는데 오가는 궁녀들의 손에, 무휼의 손에, 월비의 손에 어떻게든 기어이 쥐여 주고 있으니 난감했다.

"나한테 보내도 이제 소용없다니까 말을 안 듣네요."

"대단하다, 대단해."

상소문은 일전의 그 결정을 거두어 달라는 내용이었다. 자존심 센 귀족들 역시 과거 저들이 내뱉은 말이 잘못되었음을 인정하기까지 하며 그녀의 복귀를 바랐다.

"이거 다 어쩔 거야?"

"불쏘시개로 사용할 건데요."

"세상에. 누구한테 그렇게 나쁜 걸 배운 거야?"

"글쎄요. 누굴까."

윗사람 무시하는 데에는 도가 텄다는 어떤 스승의 가르침이라는 말에 제하가 만족스러운 미소를 지었다.

"가르친 보람이 있군."

보람은 무슨.

"보람이라고 하니까 말인데, 이른 아침부터 조회에 참석한 보람 역시 아주 크더라."

쌓여 있는 상소문들로 저만의 놀이를 하고 있던 월영이 구경차 오늘 있던 조회에 참석하고 와서는 생생한 감상을 늘어놓았다.

"투견장에 심판 대신, 또 다른 사냥개를 집어넣은 기분이랄까?"

"……."

"개판이었다는 뜻이야."

그도 그럴 것이 시건형은 아라와 매우 달랐다. 이야기를 들어 주는 사람을 만만히 볼 게 아니라 존경해야 한다는 것을 새삼 깨닫고 있는 그들이었다.

"서로가 서로에 대해 너무나도 잘 알고 있을 테니까. 약점 같은 것도 많이 알고 있겠지."

마치 작정이라도 한듯 시건형은 벌써부터 자신에게 등을 돌린 귀족들을 대놓고 공격하고 있었다. 수년간 귀족들의 우두머리였던 그에게는 식은 죽 먹기였다. 때문에 귀족들은 아라의 복귀를 간절히 바라고 있고, 아라는 이를 무시하고 있는 상황.

아, 지금쯤 얼마나 애가 타고 있을까?

아마 구제하보다도 더 간절하게 여왕의 탄신일을 기다리고 있을 것이다.

"준비는 다 끝난 거예요?"

"응."

최대한 아무렇지 않게 물은 아라의 질문에 제하 역시 아무렇지 않게 대답했다.

"……어디로 갈 거예요?"

"종종 찾아오려고?"

"그럴 틈이 있을지 모르겠네요."

왕의 신분보다는 공주라는 신분이 훨씬 속 편하기는 했지만, 공주란 혼인을 하기 전까지는 궐에서 생활해야만 했다. 궐을 나서는 일은 눈치가 보일 수밖에 없었다.

"어차피 한가하면서."

"알아봤는데, 공주의 삶도 나름대로 바쁘더라고요."

"바느질을 하거나 책을 읽으며 시간을 보내는 게 전부일 텐데."

공부야 충분하다 못해 넘칠 정도로 해 왔으니, 덜하면 덜했지 더 하지는 않을 터.

"남편이 있었나 싶을 정도로 정신없이 놀 겁니다."

어렸을 때 못했던 소꿉장난이나 인형놀이 따위를 하며 있는 힘껏 시간을 낭비할 거라는 말에 제하는 작게 웃었다. 그런 놀이를 하기에는 나이가 너무 많은 듯한데, 놀이조차 진지한 얼굴로 할 것만 같아 이를 떠올리고는 웃음이 나온 것이다.

그럼에도 보고 싶다. 그조차 사랑스러울 거 같으니.

"그래도 날 아주 잊지는 마."

"……농담인데 그렇게 진지하게 받아들이면 내가 뭐가 돼요?"

"숨 쉴 때마다 한 번씩 떠올려 줘."

"계속 생각하라 이거죠?"

계속해서 떠올려 달라는 그의 말에 아라가 걱정하지 말라며 재빨리 손을 잡아 주었다. 그러자 이를 본 제하가 작게 한숨을 내쉬며 중얼거리길.

"이제 겨우 아무렇지 않게 손도 먼저 잡을 수 있는 어린애가 되었는데."

"……."

"다시 처음부터 시작해야 할 걸 생각하니 눈앞이 깜깜하다."

어떻게 여기까지 왔는데, 그것들이 전부 백지가 되는 거냐며 제하는 진심으로 안타까워했다. 그러자 아라가 재빨리 그의 손을 놓았다.

"당신을 되찾는 건 내가 성인이 되고 난 후가 되겠네요."

"얼마 안 남았어."

"그래도 바로는 못 갈 거예요."

바로는 못 갈 것이다. 성인식 이전에 시도하가 입을 열 거라는 보장도 없거니와 다시 왕좌에 오르면 어느 정도 상황이 정리될 때까지 기다려야 할 테니 말이다.

"기다리지, 뭐."

"그래요. 잠깐만 기다리고 있어요."

괜히 또 부인을 기다리다 지쳐 새장가 들었다가는 가만히 있지 않을 거라고 아라가 두 눈을 번쩍이며 경고했다.

"반드시 맞이하러 갈 테니까."

"응. 기다릴게."

기다리고 기다리고 또 기다릴 것이다.

"아주 잠깐만 헤어지는 거예요."

아주 잠깐의 이별. 기약할 수는 없지만 그리 오래 걸리지는 않을 것이다.

이튿날 아침. 국서는 폐위 교지를 받고 성문을 나섰다.

그동안 정이 들었던 중앙궁의 궁인들이 배웅하고자 했으나, 본인이 이를 거절하는 바람에 그들은 궁 안에서 마음으로 배웅할 수밖에 없었다. 물론 그의 부탁에도 불구하고 끝까지 성문까지 따라나선 다섯 명을 제외하고는.

그들의 표정은 모두 이별이라고 하기엔 밝았다.

곧 다시 만날 것을 알고 있기에.

九花.
또다시 봄이

6개월 후.

유난히 길었던 겨울이 끝나고 봄기운이 물씬 맴도는 궐 안. 매일같이 전쟁을 치르고 있는 중앙궁의 바로 옆, 희수궁은 오늘도 조용했다.

정원이 한눈에 들어오는 자리에 앉아 가지마다 매달려 있는 꽃망울을 지켜보던 아라가 들고 있던 작은 나무패를 내려놓았다. 그러자 잔뜩 숨을 죽인 채 그녀의 맞은편에 앉아 있던 무휼이 한숨을 푹 내쉰다.

"이제 그만하자."

"왜 그래, 재미없게."

참다못한 무휼은 결국 그들 사이에 놓인 자그마한 판을 '쿵' 하고 내려쳤다. 덕분에 옹기종기 모여 있던 장기말들이 뿔뿔이 흩어져 버렸다. 벌써 몇 번째인지 모르겠다. 열심히 여유를 즐겨 보리라 다짐했던 공주님의 심심풀이 상대가 되어 주는 것도 하루 이틀이지, 더는 못하겠다.

"이런 건 즐기라고 하는 거야. 죽기 살기로 덤비는 게 아니라!"

"월비……."

"제발, 아라."

내리 세 판을 진 것이 분했던 건지 씩씩대는 무휼을 바라보던 아라가 월비를 찾았다. 그러나 그녀 역시 더는 못 하겠다며 손사래를 쳤다.

"월영 오라버니는 왜 안 보여? 그나마 상대가 됐는데."

"너한테 질까 봐 안 온단다."

"거짓말. 연애하더니 사람이 변했어."

최근 한 여자와 진지한 사랑에 빠진 유월영이었다. 과연 그 사랑이 끝까지 갈 수 있을지는 모르겠지만, 방랑벽이 있는 그를 몇 달째 천유에 묶어 두고 있으니 다들 기대를 하고 있었다. 어쨌든 동생들을 저버리고 제 여인을 선택하다니, 이런 배신자가 또 있을까.

할 수 없이 저 혼자 장기말을 늘어놓으며 지루함을 달래고 있는데, 문밖이 소란스러워졌다. 이에 아라는 한숨을 푹 내쉬었다. 또 시작이로군.

"전…… 공주마마."

역시나. 문밖에서 김 상궁의 목소리가 들려왔다.

"대신들과 귀족들이 뵙기를 청하고 있습니다."

"또?"

"예. 질리지 않고, 또."

김 상궁 역시 지금 이 상황이 달갑지 않은지, 대꾸하는 목소리에 짜증이 가득했다. 뒤이어 헛기침하는 소리들이 들려오는 것으로 보아, 지금쯤 엄청난 눈빛으로 그들을 쏘아보고 있겠지.

"들여보내요."

하루에도 몇 번씩 제 얼굴 한번 보겠다고 찾아오는 그들을 매번 내치는 것도 일이었다. 그렇게 중앙궁에 들어가는 것보다 더 힘들다는 희수궁의 문이 열렸다.

"오랜만에 뵙습니다, 공주마마!"

"어제도 봤습니다."

"그렇다면 하루 새에 더 예뻐지셨군요."

입에 발린 말도 매일 듣다 보니 이제는 식상했다. 좀 전에 일렬로 세워 둔 장기말들을 차례로 쓰러뜨리고 있던 아라는 퉁명스레 대꾸했다.

"역시 과도한 업무는 미용의 적인가 봅니다. 자리에서 물러났다고 나날이 예뻐지다니."

"……그, 그게 아니라……."

이런. 사람들이 재빨리 그를 노려보기 시작했다. 제 딴에는 그녀의 기분을 풀어 주려고 했던 건데, 쓸데없는 말을 하고 말았구나.

"고, 공주마마, 성년이 되신 지도 벌써 몇 달이 지났습니다. 슬슬 다시 자리에 오르심이……."

"왜요, 난 지금 이 생활을 즐기고 있는데."

그 말에 옆에 서 있던 무휼과 월비가 발끈했다. 지금 이 생활을 즐기고 있다니, 누가?! 몰려드는 따분함에 모두가 고통받고 있거늘. 차라리 정신없이 바쁜 게 나을 정도였다.

"하, 하지만 아무래도 적통 후계자는 공주님이시고……."

"계집보다는 역시 사내가 왕위에 오르는 게 맞는 거 같다고 하신 분들이 누구더라."

"……."

귀족들은 고개를 들지 못했다. 과거에 자신들이 한 발언이 이런 식으로 돌아와 걸림돌이 될 줄이야. 미치고 환장할 노릇이었다.

"공주마마, 제발요!"

"섭정께서 얼마 전에 또 귀족 가문 하나를 강등했습니다. 단순히 마음에 안 든다는 이유만으로요!"

결국 그들은 고개를 조아리기까지 하며 부탁하고 또 부탁했다. 귀족이건 대신이건 한마음 한뜻으로 부탁하는 꼴이 꽤 아름다워 보였다.

"공주마마, 이제 구가의 사건도 해결되지 않았습니까."

"저희가 잘못했습니다. 그러니 제발……."

그들의 말대로. 구가의 사건은 이제 해결되었다.

생각보다 오래 버티기는 했지만 시건형이 무슨 수를 썼는지 몰라도 시도하는 결국 입을 열었고, 그의 자백으로 인해 모든 범행 과정이 밝혀지며 구가는 누명을 벗을 수 있었다.

사건 종결 소식을 듣고 누구보다도 기뻐한 건 대신과 귀족들이었다. 성인식도 치렀고 구가의 결백도 증명이 되었으니 이제 다시 공주마마께서 자리에 즉위하시겠지, 했는데 이럴 수가.

분명 모든 것이 끝났음에도 불구하고 그녀가 꼼짝을 안 하자 슬슬 안달이 나기 시작한 것이다.

"한번 생각해 볼게요."

"그 말씀만 벌써 수십 번째……."

"……."

말로만 그러지 말고 행동으로 보여 달라는 그들의 재촉에 아라가 차가운 시선으로 그들을 흘겨봤다. 그 눈빛 하나에 모두가 움찔. 이놈의 입이 문제로구나.

"죄송합니다. 정말 죄송합니다. 그런데……."

정말 죄송하고 송구했지만 그래도 더는 참을 수가 없었다. 할 말은 해야 했다.

"제발 저희 좀 살려주세요!"

그들의 외침에 아라는 작게 웃었다.

사실 오늘은 그 끔찍한 자리에 돌아갈 준비가 끝났다는 것을 일러 줄 생각이었는데, 아무래도 나중으로 미뤄야 할 듯싶었다. 울먹이며 저에게 매달리는 저 낯짝들을 좀 더 오래오래 구경하고 싶었으니까.

*   *   *

"언제까지 이 놀음을 할 셈이냐."

오늘따라 희수궁을 찾는 이들이 많았다. 오전에 몰려왔던 손님들이 물러간 지 얼마 되지도 않았건만 아라를 찾아온 두 번째 손님께서는 무덤덤한 얼굴로 물었다.

"간 큰 녀석. 왕위가 무슨 애들 장난인 줄 알지?"

"죄송합니다, 숙부."

"숙부라 부르지 마라. 너 같은 건방진 조카를 둔 기억이 없다."

"그럼…… 아저씨?"

아라는 웃었다. 설마 시건형과 이렇게 마주 앉아 아무렇지 않게
이야기를 나누게 되는 날이 올 줄이야. 예전이었다면 상상도 못 했
을 그림이었다.

"난 이제 힘들다. 시골로 내려가서 조용히 살고 싶어."

"왜요, 계속 이곳에 계시지. 한때는 이곳에 뼈를 묻고 싶어 하셨
잖습니까."

"어른 놀리는 거 아니다."

어른이라는 말에 아라는 재빨리 명패를 들어 올렸다. 그것은 탄
신일에 받은 일종의 신분증으로, 그녀가 더 이상 어린애가 아니라
는 증거였다.

"시도하는 어쩌실 생각이십니까?"

"걱정 마라. 죽이진 않을 거니까."

"……."

"그렇다고 용서할 생각도 없지만."

시건형은 말을 아꼈다. 그 부분에 있어서는 자신에게 권리를 넘
겨주기로 했으니, 어떻게 처리를 하든 약속한 대로 신경 쓰지 말라
는 뜻이었다.

"네 말대로 그동안 괜한 누명을 쓴 구가에는 사과하고 충분한 보

상도 해 주었다. 아, 물론 그 후계자는 밀수를 했다는 것에 대해서는 벌을 받게 되겠지만."

"감사합니다. 잘하셨어요."

특히나 구제용에게 밀수 건에 대해서는 제대로 벌을 내렸다는 부분이 아주 마음에 든다며 아라가 고개를 끄덕였다.

"그러고 보니 이런 서신이 왔더구나."

"서신이요?"

뭔가 보여 줄 게 있다며 그가 서신 하나를 내밀었다. 그것을 펼친 아라는 눈살을 찌푸렸다. 마구 흘겨 쓴 글씨는 거의 암호 수준이었다.

"주설화에게서 온 거다."

"주설화요?"

간만에 들어보는 이름에 깜짝 놀란 아라가 되묻자 시건형이 고개를 끄덕였다.

"나한테 무언가를 도와 달라는구나."

그렇게 말하며 시건형이 서신의 아래쪽에 있는 어느 부분을 가리켰다. 그 '무언가'의 부분은 모르겠지만 맨 마지막 문장은 확실히 '도와주세요.'인 거 같았다.

"그래서 답신은 보내셨나요?"

"그럴 리가. 멋대로 집을 나갔으니 이제는 나와 상관없는 사람인 걸."

한때 그가 주설화의 든든한 후원자가 되어 주기로 한 것은 사실이지만, 어느샌가 쥐도 새도 모르게 사라졌단다. 사라지며 집안의 창고에 있던 패물도 한 움큼 사라진 것으로 보아 아무래도 시건형의 몰락을 염려해 미리 도망친 듯싶었다. 그런데 이제 와서 서신이라니.

"어디에서 온 거예요?"

"이림에 있는 진가(家)의 하인이 가지고 왔다더구나. 본가로 말이야."

궐 밖에 있는 시건형네 집으로 온 서신을 그곳에서 맡아 두었다가 오늘 궐에 전달한 것이었다.

"마침 잘됐네요. 이번 잠행길에 한번 들러야겠어요."

잠행이라는 말에 시건형의 눈썹이 삐딱하게 씰룩였다. 공주의 신분이 된 이후로도 아라는 종종 궁을 비우고는 했다. 그놈의 잠행이라는 것 때문에. 위험하니 가지 말라 말려도 말을 듣지 않으니 문제였다. 처음에는 신왕이 그리워 그곳으로 가는 줄 알았는데 그것도 아니었다.

"언제 출발하는데."

"내일이요."

내일?! 내일이라는 말에 시건형의 표정이 굳었다. 가지 말라 말려도 기어이 갈 테니, 하다못해 병사라도 준비할 수 있게 미리 좀 말하라고 그렇게나 언질을 주었건만.

"너무 성급한 거 아니냐."

"안 그러면 꽃이 져 버리거든요."

"꽃?"

그 말에 시건형의 시선이 창밖을 향했다. 물론 봄기운이 풍기기는 했지만 꽃이 피려거든 아직 며칠은 더 있어야 할 듯싶었다. 그런데 꽃이 져 버린다니, 도대체 무슨 말이지?

이해가 안 간다는 그의 표정을 읽은 아라가 웃었다.

"거기는 여기보다 꽃이 빨리 피는 곳이라서요."

그들이 가려는 곳이 천유국에서 가장 먼저 봄이 찾아오는 곳이라 그렇다.

"이번에는 또 무슨 일로 가는 건데."

도대체 어디로 가는 건지 모르겠지만 그곳에는 또 어떤 문제가 있기에 잠행을 가려는 거냐는 그의 물음에 아라가 해맑게 답했다.

"남편이 기다리고 있어요."

남편? 이것이 무슨 뜻인지 모를 그가 아니었다. 푹 숙이고 있던 고개가 그제야 들어지며 눈부시게 웃고 있는 아라와 눈을 맞추었다. 잠시 그 미소에 넋을 놓고 있던 시건형은 그녀를 따라 작게 미소 지었다. 어깨에 잔뜩 들어간 힘이 단번에 풀리면서 기운이 쭉 빠졌다.

"드디어 이 놀음을 끝낼 때가 된 거구나."

"그동안 수고하셨어요."

수고했다는 말이 끝나기 무섭게 건형은 한숨 섞인 미소를 지었다. 시원섭섭한 느낌이 들었다.

"늘 원하던 자리에 앉아 보시니 어떠셨어요?"

"부질없더라."

탐할 때는 그저 욕심이 났는데, 막상 가져 보니 별거 아니었다. 오히려 자신에게 맞지 않는 거 같았다. 아래에서 다른 이들과 함께 위를 향해 소리칠 때는 그저 만만해 보였는데, 위에 올라 그들의 외침을 상대하려니 벅차고 힘들었다.

"빨리 도로 가져가라, 인석아."

해맑게 웃고 있는 아라가 얄미워 괜히 한 번 더 으름장을 놓은 시건형이 자리에서 일어났다.

"죄송하지만 이틀만 더 부탁드릴게요."

"흥, 하루라도 늦기만 해 봐라. 그냥 확 이 자리 차지하고 앉을 테니."

"하하. 그럴 마음도 없으시면서."

그래. 시건형은 그럴 마음이 안 드는 것이 스스로도 신기했다.

* * *

"이건 말도 안 돼!"

허름한 차림을 한 설화가 큰 소리로 외치며 방을 나섰다. 쓸데없이 커다랗기만 한 집구석을 헤집고 다니던 그녀가 손님방에 다소곳이 앉아 있는 한 여인을 발견하고는 곧장 달려들었다.

"이게 어떻게 된 겁니까! 말과는 다르잖아요!!"

"아아, 혼례 축하드립니다."

발악하는 설화가 무섭지도 않은지 그저 인상을 한 번 찌푸리는 것으로 끝난 이선이 미소를 잃지 않으며 그녀에게 축하 인사를 건넸다. 이에 설화는 기가 막힌다는 듯 타들어 가는 제 가슴을 탕탕치며 눈앞의 여인을 매서운 눈빛으로 쏘아봤다.

"아이고. 진정하세요, 마님."

끓어오르는 분노에 그녀가 휘청이기까지 하자 뒤에서 지켜보고 있던 하인들이 재빨리 달려와 그녀를 부축했다.

"뭐, 마님? 지금 누구한테 마님이라는 거야?!"

"누구긴요, 당연히 설화 님이시죠. 가주님과 혼인을 하셨으니, 이제 진가의 안주인이시지 않습니까."

"아니야!"

설화의 양팔을 붙잡은 하인들이 진땀을 빼며 그녀를 어르고 달래기 시작했다. 그러나 그럼에도 불구하고 그녀는 지금 이 상황을 부정했다.

"이건 사기야! 난 사기를 당했다고! 그러니 이 혼인은 무효야! 이선! 이자가 사기꾼이라고!"

"어머. 사기꾼이라니요, 마님. 어떻게 그런 말씀을…… 저, 이선입니다."

너무나도 침착한 이선의 대꾸에 흥분한 설화가 버럭 외쳤다. 얼마나 분하고 원통한지 펑펑 울어서 눈시울이 붉어지다 못해 퉁퉁 부었다.

"상대 나이가 삼십 대라 해 놓고, 노망난 노인네에게 시집을 가게 한 게 사기가 아니면 뭔데!!"

설레는 마음으로 혼례를 기다리던 그녀는 식전에 만난 신랑의 얼굴을 보고는 하마터면 까무러칠 뻔했다. 젊고 잘생긴 사내를 기대했건만 놀랍게도 그녀의 상대는 머리가 새하얗고 얼굴에는 검버섯이 가득한 할아버지뻘의 노인이었다.

"전 나이를 말씀드린 적이 없습니다. 그저 흉상만을 보고 마님께서 그렇게 추측하신 것뿐."

"뭐?!"

설화가 비쩍 말라 다 일어난 제 입술을 깨물었다. 분하지만 맞는 말이었다. 그러고 보니 이선은 상대의 나이를 구체적으로 직접 말하지는 않았다.

"지방에서 이름을 날리는 귀족이라며! 빚밖에 안 남은 몰락 귀족이라는 말은 없었잖아!"

"이름을 날린다고만 했지, 그것이 좋은 의미에서 명성이 높다는 뜻은 아니었습니다. 마님께서 그리 추측하신 것뿐이죠."

"으윽……. 홀아비라는 건! 내 또래의 아들이 셋이나 딸려 있다는 것도 말하지 않았어!"

"하지만 분명 마님께서 말씀하시지 않으셨습니까."

"뭐? 내가?"

그게 무슨 소리냐는 그녀의 물음에 이선이 고개를 끄덕이며 차분히 설명했다.

"귀족이고, 돈 많고, 장남이면 된다고 하시기에 자녀의 유무나 사별을 했다는 것은 상관없는 줄 알았는데요? 아, 돈 때문에 그러시는 거라면, 누가 그러덥니다. 빚도 재산이라고."

그렇게 말하며 이선이 쾌활하게 웃기 시작했다. 그러나 웃지 못할 상황에 빠져 버린 설화는 세상이 끝나기라도 한 것처럼 허망한 얼굴로 털썩 주저앉았다.

"이, 이건 말도 안 돼. 이 혼인은 무효야, 무효라고!"

"벌써 혼인 신고서를 작성하셨습니다."

"그깟 혼인 신고서……."

"그깟이 아닙니다. 잊으셨나요? 마님께서는 이미 한 번 이혼을 하셨죠?"

"……."

생글생글 웃으며 이선이 말을 이어 갔다. 그러자 어느새 잊고 있던 구제용과의 이혼을 떠올린 설화의 안색이 창백하게 변했다.

"천유에서는 두 번의 이혼이 불가능하다는 거, 알고 계시죠?"

"……."

"아마 첫 번째 이혼을 하실 때 누군가가 친절하게 설명을 해 줬을 텐데요."

그 말에 설화의 머릿속에 어떠한 기억이 떠올랐다.

'단, 한 번 이혼하고 나면, 다음은 안 된다는 거 알고 있겠지 요?'

'예, 물론입니다. 전하.'

그러고 보니 그 어린 여왕이 경고했다.

끝이다. 정말 끝인 거다. 설화는 절망에 빠졌다. 돈 많은 귀족 집 안에 시집을 가 팔자 좀 고쳐 보려 했는데, 이런 다 쓰러져 가는 집 안의 노망난 노인네의 어린 부인으로 살게 될 줄이야. 성격은 개차 반이더라도 구제용이 백번 천번 만번 나았다. 그러나 이제 와서 후회한다고 해도 돌이킬 수 없는 일이었다.

"으아아아아! 말도 안 돼!!"

그녀의 외침이 다 허물어져 가는 담장을 타 넘어 거리에까지 널

리 울려 퍼졌다. 그러자 말에 올라 담장 안을 들여다보고 있던 이들이 화들짝 놀랐다.

"윽. 무섭다, 무서워."

"그러게. 간만에 들으니 더욱더 소름 끼치는 고함 소리야."

"아니, 나는 네가 무섭다고."

아라의 말에 고개를 끄덕이던 월비가 그게 무슨 소리냐는 듯 그녀를 돌아봤다. 눈앞에 보이는 결과와는 달리 너무나도 맑은 눈동자로.

"애초에 시건형의 양딸인 줄 알았으면 집안의 어른에게 혼담을 넣지, 본인에게 직접 혼담을 넣을 리가 없잖아. 바보 아니야?"

속아 넘어간 사람이 바보라며 월비가 생글생글 웃었다.

"빨리 가자. 이러다 해가 중천에 뜨겠어. 이제 얼마 안 남았지?"

보고 싶은 광경을 봤으니 만족한다며 씩 웃은 월비가 출발을 재촉했다. 이를 지켜보던 아라는 애써 오싹한 기운을 지워 내며 그 뒤를 따랐다. 여자가 한을 품으면 오뉴월에도 서리가 내린다더니, 딱 그 짝이었다.

* * *

예로부터 예서는 신선이 사는 곳에 빗댈 정도로 아름답기로 유명했다. 그런 예서에는 딱 한 가지 고민거리가 있었으니, 무슨 저주에라도 걸린 것처럼 부임하는 수령마다 비리와 사치에 물들어 있다는 것이었다.

"제하 님, 제하 님!"

때문에 늘 고생하는 건 그 수령을 보좌하는 수령 대리인들이었다.

커다란 저택 안으로 뛰어 들어온 사내 한 명이 다급히 어느 방으로 향했다. 그는 애타게 누군가를 찾으며 방문을 두드렸지만, 아무런 기척이 없었다. 발을 동동 구르던 그는 결국 방문을 열고 안으로 들어섰다. 혹시나 싶어 들어가니 역시나, 기척 없던 방 안에는 한 남자가 누워 있다.

"제하 님! 지금 이러고 계실 때가 아니세요!"

"……잠깐, 나 오늘 휴일이야. 그러니까 이러고 계셔도 되는…….."

"일어나세요. 지금 당장 관아에 가 보셔야 합니다."

어떻게든 버텨 보려 했지만 소용없었다. 결국 끙끙대며 이불에서 기어 나온 제하는 한숨을 푹 내쉬며 사내를 쏘아봤다.

"수령은."

"당연히 행방불명되셨죠."

"이번엔 어느 쪽이야. 기방이야, 도박장이야."

"둘 다가 아닐까요."

당연한 거 아니냐는 그의 말에 제하는 어기적거리며 자리에서 일어났다. 이 세상의 기방과 도박장들이 몽땅 망해 버렸으면 싶었다.

"어째 내 삶은 예전이랑 별반 달라진 게 없는 거 같은데."

그렇게나 많은 일들을 겪었음에도 그의 삶은 여전히 똑같았다. 사실 이는 아라의 배려였다. 그래도 익숙한 곳에서 생활하는 게 나을 거 같다 판단하고 그를 예서로 보낸 것이다. 그러나 과도한 배려였다. 인상을 찌푸리며 집을 나선 제하가 걸음을 재촉했다. 집이 관아에서 꽤 멀리 떨어진 곳에 위치해 있다 보니 서둘러야 했다.

"일부러 가장 멀리 떨어진 곳으로 구해 달라 했는데, 실수였군."

관아로 가기 위해서는 꽤 오랜 시간이 걸릴 정도로 멀었다. 바로 코앞에 있을 때도 나름대로 불편하긴 했지만, 차라리 그것이 나았다.

"어머, 제하 님. 안녕하세요."

"아아. 안녕하세요."

제하를 알아본 시전 상인들이 꾸벅 인사를 하기 시작했다. 사람들의 인사를 받아 주며 걸음을 재촉하던 그의 시선이 문득 작은 방물 가게 앞에 진열되어 있는 꽃 비녀로 향했다. 어느새 걸음까지 멈추고 뚫어져라 바라보고 있기를 얼마, 제하가 그걸 집어 들었다.

"이거 하나 살까."

"머리에 꽂으시게요? 아무리 봄이라도 그렇지, 그건 좀."

"그럴 리가 없잖아. 너도 하나 사 줄 테니 네 머리에 꽂는 건 어떠냐."

헛소리도 작작하라며 제하가 자신의 새로운 심복, 윤에게 날카롭게 말했다. 정말이지, 어째 유신보다도 더 엉뚱한 사내였다. 이럴 줄 알았으면 유신이라도 데리고 올걸.

"어머, 제하 님. 애인에게 선물하시게요?"

방물 가게 주인이 활짝 웃으며 묻자, 잘못했다며 싹싹 빌고 있는 윤의 머리에 여러 꽃 비녀들을 대 보고 있던 제하가 고개를 저었다.

"아니, 우리 부인."

"아아…… 벌써 장가가셨구나. 아쉽네요. 내가 한 20년만 젊었더라도~"

애인이 아니라 부인에게 줄 거라는 말에 여주인이 진심으로 아까워했다. 비녀를 받아 든 제하가 다시금 유유히 길을 나서자, 옆에 있던 다른 가게 주인이 고개를 빼꼼 내밀더니 여주인의 어깨를 톡톡 쳤다.

"언니, 그 소문 못 들었수?"

"소문?"

"저분, 여왕의 국서였다가 폐위당했다는 소문 말이야."

"뭐, 국서?"

"그래!"

꽤 유명한 소문인데 아직도 모르냐며 여인이 여주인을 타박하듯 말했다. 세상에, 그럼 폐위를 당했는데도 여전히 여왕을 못 잊고 있다는 건가? 그리 생각하니 괜히 눈물이 팽 돌았다.

"얼굴만 잘생긴 게 아니라 순정파구나."

"그러니 한때라도 여왕의 마음을 사로잡은 거겠지."

누가 될지는 몰라도 저 사내의 마음을 흔들 여인은 대단한 여인일 거라며, 그들이 수군대기 시작했다. 문제는 당사자에게까지 들릴 정도로 아주 크다는 것.

"……나 왠지 버림받은 비운의 사내로 소문이 난 거 같은데."

"마을 여인들 사이에서도 인기가 꽤 많으시던데요."

"아라가 알면 화내겠어."

앞으로 더더욱 행실을 조심해야겠다며 한숨을 내쉰 그의 걸음이 드디어 관아에 닿았다. 그가 안으로 들어서자, 늘 그랬듯 사람들이 우르르 몰려들었다.

또다시 봄이 423

"이번에는 또 무슨 일인데?"

"손님이 오셨습니다."

"손님? 누구?"

"글쎄요. 뭐라더라……."

어차피 비어 있을 집무실로 향하던 제하의 물음에 그 뒤를 따르던 하인들이 고개를 갸웃거리더니 이내 모두가 입을 모아 크게 외쳤다.

"아, 맞다! 역술가! 천유에서 유명한 역술가 선생님이라고 했습니다."

도대체 역술가가 이곳에는 무슨 볼일이 있어 온 건지 모르겠다는 하인들과 달리, 제하의 걸음은 우뚝 멈추었다. 이내 서서히 밝아지는 그의 표정을 본 하인들이 물었다.

"혹시 아시는 분이세요?"

"알다마다."

제하는 정신이 번쩍 들었다. 드디어 그녀가 온 건가? 집무실을 향하는 그의 걸음이 빨라졌다.

곧 방 앞에 도착한 그가 문을 벌컥 열고 안으로 들어섰다. 그러자 역시나, 그녀가 보인다.

"안녕하세요."

"안녕 못 해."

반년 만에 보는 아라는 눈에 띄게 달라진 것은 없었지만, 그의 기억 속에 남아 있던 모습보다 조금 더 많이, 심각하게 예뻤다.

"이번에는 또 무슨 제안을 하려고 오셨나?"

재빨리 반가움을 지워 낸 제하가 최대한 덤덤하게 물었다.

"예상하신 대로."

"좋아. 들어 보고 마음에 안 들면 거절해야지."

물론 거절할 마음 따위 눈곱만큼도 없었지만, 저를 너무 오래 방치한 그녀를 향한 작은 투정이었다. 조금은 너도 안달을 내 보라는 의미에서 한 작은 반항이었는데.

"아, 당신에게는 거절할 권리가 없답니다."

"어째서?"

"그야 난 여왕이니까요. 어명입니다."

단호한 아라의 말에 제하의 얼굴에 즐거운 미소가 지어졌다. 안 본 사이 기가 세진 거 같다고 해야 하나, 말솜씨가 늘었다고 해야 하나. 아니면 자신이 지금 너무나도 큰 반가움에 정신을 못 차리고 있는 걸지도 모르겠다. 어쨌든 이 중에 답이 있다면 아무래도 세 번째가 정답인 듯했다.

"좋아. 그래도 고민하는 척은 할 거야."

"왜 또 굳이."

"내 마지막 자존심이라고 해 두자."

너무 쉽게 수락하면 재미가 없다는 그의 말에 아라는 귀찮게 왜 또 저러나 싶었지만, 저 얄미운 말투를 들으니 정말 그가 눈앞에 있다는 것이 실감이 났다.

"단도직입적으로 말할게요."

"그래."

"국서 해 볼 생각 없어요? 마침 자리가 비었는데."

"……."

질문을 한 지 꽤 시간이 지났음에도 불구하고 제하는 아무런 대
답을 하지 않았다. 그러자 그의 바람대로 안달이 나기 시작한 아라
가 넌지시 물었다.

"아, 혹시 지금 이게 '고민하는 척'이에요?"

"척이 아니라 진짜. 국서라는 게 극한 직업이라는 걸 알아 버렸거
든."

국서라는 것이 마냥 호의호식할 수 있는 자리인 줄 알았는데 막
상 해 보니 아니었다며 그가 우울한 목소리로 말했다.

"게다가 꼬맹이 보모 역도 해야 하고……."

"그 꼬맹이 이제 어른이 되었는데요."

"그랬어?"

"딱 보면 모르나요."

어떻게 모를 수가 있냐며 자리에서 일어난 아라가 두 팔을 펼치
며 제자리에서 세 바퀴 정도 뱅글뱅글 돌았다. 그 귀여운 행동에 제
하는 웃음을 참아내기 위해 안간힘을 써야만 했다.

자세히 보니 전보다 더 예뻐졌다. 선이 더 고와진 거 같기도 했
다. 저와 눈을 마주치는 시간이 좀 더 길어졌다. 슬며시 미소 짓는
것이 전에는 사랑스러웠다면, 지금은 눈이 부셨다. 슬슬 눈웃음도
칠 수 있게 된 것이 이제는 꽤나 여우 같은 짓도 할 수 있을 거 같은
데, 만약 그녀가 작정한다면 제 심장이 남아나질 않을 거 같았다.

"전혀 모르겠는데."

"그럴 리가."

그의 장난에 아라가 다시 한 번 보라며 두 팔을 파닥거렸다. 그

작은 움직임에 제하가 다시금 웃음을 꾹 참으며 정말 심각한 표정을 지었다.

"그러고 보니 머리가 좀 자란 거 같기도 하네."

"그거 말고요."

"키도 좀 컸나……."

"그러니까, 그런 거 말고."

"그럼 뭐, 안 본 새 더 예뻐졌다는 거?"

"요즘 다들 그러더라고요."

능청맞게 예쁘다는 칭찬을 받아들이는 태도 하며, 하는 짓이 더욱 사랑스러워져서 어쩔 줄을 모르겠다. 미치겠다. 지금이라도 당장 품에 안고 정신을 못 차릴 정도로 입을 맞추고 싶었다. 이는 아라도 마찬가지였다. 단숨에 말을 타고 달려왔건만, 빨리 꼭 끌어안아 주지는 않고 이렇게 마주 앉아서 점잖게 대화나 나누고 있다니.

"좋아. 적어도 애 돌보기는 아니라 이거지. 그럼 다음 질문."

"또 있어요?"

"계약직이야?"

이것만큼은 확실히 하고 넘어가야겠다며 제하가 물었다. 이번에도 전처럼 딱 일 년짜리 국서를 하라는 거냐는 질문에 아라는 고개를 저었다.

"이번에는 종신 계약이에요."

"평생?"

"숨이 다하는 날까지, 내 곁에서."

"그건 좀……."

그건 좀?

"구미가 당기네."

그것 참 마음에 드는 조건이라며 제하가 씩 웃었다. 그럼 이제 국서 제안을 받아들일 거냐는 아라의 재촉과도 같은 질문에 제하가 다시금 망설이기 시작했다.

"딱 하나만 더."

왜, 또. 뭐가 또 남았는데.

"나랑 너랑 닮은 아이도 낳아 줄 거야?"

"……거기까진 미처 생각해 보지 못했는데."

제하의 물음에 아라가 조심스레 시선을 피하며 기어들어 가는 목소리로 답했다. 그저 다시 만날 생각만 했지 거기까지는 생각을 안 하고 왔다.

"이참에 해 보면 되겠네."

한번 생각해 보라는 말에 아라가 정말 두 눈을 지그시 감고 생각에 잠겼다. 곧 그녀의 두 눈이 번쩍 하고 떠졌다.

"노력해 볼게요. 난 하면 되는 사람이거든."

당당하게 말하는 그녀에 제하는 웃음을 터트렸다. 저렇게까지 말해 주는데 이제 그만 심술 부려야겠다.

"보고 싶었어."

"그 말 한 번 듣기가 이렇게나 어렵네요."

이제야 그녀를 향해 두 팔 벌리며 활짝 웃는 제하를 본 아라는 못 이기는 척 그의 품에 안겨 들며 투덜거렸다. 그러자 머리를 맞대고 비비적거리던 제하가 슬쩍 고개를 기울여 그녀를 바라봤다.

"나도 아직 못 들었는데."

"그래요, 그래. 나도 보고 싶었어요."

그녀를 안은 두 팔에 힘이 들어갔다. 머리를 감싸 안은 그가 그대로 고개를 내려 입을 맞추었다. 맞닿은 입술에서 서로를 향한 애틋함이 느껴진다. 간만에 느끼는 따뜻한 체온이 심장에까지 닿았다. 유난히 길었던 겨울이 끝나고 드디어 봄이 찾아온 것이다. 눈부시게 아름다운 봄이.

그들의 심장이 서로에게 말하고 있었다.

사랑해.

[完]

一話.
시아라 · 구제하 이야기

"신왕!"

여기저기에서 울려 퍼지는 외침에 제하는 빠른 걸음으로 복도를 지났다. 그의 걸음이 빨라지면 빨라질수록 뒤를 따르는 사람들은 더더욱 애가 탔다.

"신왕, 잠시만요!"

한숨밖에 안 나오는 상황. 아침부터 중앙궁은 난리가 났다.

"전하께서……."

"나도 알아요."

저도 귀가 있고, 이미 들었다며 제하는 바쁜 걸음으로 중앙궁을 나섰다. 중앙궁의 주인께서 사라지신 지도 어느새 반 시진째. 덕분에 궁인들은 난리가 났다.

"신왕! 전하께서는……."

"신왕!!"

덕분에 여왕의 대리인인 그 역시, 지금 정신이 하나도 없었다. 지방 수령의 대리를 맡았을 때도 그랬는데 여왕의 대리인이라니. 제하는 한숨을 내쉬었다. 아무래도 이번 생은 누군가에게 봉사하고 뒤치다꺼리하는 인생인가 보다. 하지만 대리로 사는 인생이라 할지라도 그는 별다른 불만이 없었다. 사랑하는 사람의 곁에 있을 수 있다는 건 매우 큰 행복이었으니까.

그의 걸음이 희수궁에 있는 뒤뜰로 향했다.

말이 행방불명이지, 분명 또 어딘가에 숨어 있을 것이다. 그녀를 너무나도 잘 알고 있는 제하의 걸음이 바쁘게 움직였다. 이제는 휑한 희수궁을 가로질러 작은 문을 하나 지나니, 초록빛 정원이 보인다. 그리고 그 정원 안에는 궁 안 사람들이 찾고 있는 한 여인이 있었다.

"찾았다."

지금은 안 쓰는 곳이라 입구를 막아 놓기는 했지만 이곳에 출입할 수 있는 사람들이 몇 있었으니, 예를 들자면 이곳의 전 주인인 제하, 그리고 저기 보이는 궐의 주인인 여왕이 그러했다.

"아라."

제하의 부름에 멍하니 앉아 있던 아라가 고개를 돌렸다. 곧 자신을 향해 다가오는 그를 본 그녀의 얼굴에는 환한 미소가 떠올랐다.

"어, 무슨 일이에요?"

무슨 일이에요? 나, 참. 기가 막혀서.

"지금 너 때문에 궐 안이 한바탕 뒤집혔어."

한숨을 푹 내쉰 그가 그녀의 곁으로 다가가며 작게 투덜댔다. 그러자 본인의 잘못을 아는지 모르는지 생글생글 웃고 있던 아라가 그를 꼭 끌어안았다.

"애교 부려도 어림없어."

"쳇."

소용없다는 그의 말이 끝나기 무섭게 아라는 혀를 차며 두 팔을 풀었다. 여느 때라면 먼저 제 품에 안겨 드는 그녀를 꼭 안아 줬겠지만, 지금은 아니었다. 제하는 이미 토라질 대로 토라진 상태였다.

"이러려고 나 데리고 온 거야?"

한숨을 푹 내쉰 그가 그녀의 곁으로 다가가며 작게 투덜댔다. 예전에는 안 그랬는데 요즘 들어 자꾸만 사라지는 버릇이 생겨, 모두를 당황하게 하는 작은 여왕이었다.

"혼자만 도망가고."

저도 좀 데리고 가라는 그의 투정에 아라는 그저 웃었다.

"웃지 마, 하나도 안 예쁘니까."

"거짓말."

"그래, 거짓말이야."

안 예쁘다는 말에 그녀가 곧장 미간을 찌푸리며 반응하자, 이를 본 제하가 순순히 백기를 들었다. 최근 들어 점점 더 예뻐지고 있는 아라 때문에 그는 미칠 거 같았다. 물론 무휼은 그저 콩깍지에 불과하다며 웃었지만, 제하는 심각했다. 특히 요즘은 언젠가 거론되었던 남첩 이야기를 신료들이 은근슬쩍 흘리는 것이 영 불안했다.

그가 국서의 자리에 앉게 되었을 무렵 들었던, 일단 애부터 낳으라던 아버지의 조언이 이렇게나 마음에 와 닿을 수가 없었다. 자리를 지키기 위해서가 아니라 그녀를 지키기 위해서라도, 그는 조만간 그 조언을 받아들일 생각이었다. 물론 그러기 위해서는 이 꼬맹이 먼저 설득해야겠지만. 오늘 밤은 어르고 달래서라도 제 뜻을 이루고야 말리라, 그는 굳게 다짐했다.

"그래서, 뭐하고 있었는데?"

"꽃구경."

꽃구경이라는 말에 제하의 시선이 뜰로 향했다. 한창 아라가 올려다보고 있던 꽃나무를 힐끔거리던 그의 표정이 애매하게 일그러진다. 꽃구경이라고 하기에는 너무나도 빈약한 가지. 예서보다 한 발 늦게 도착한 봄이, 벌써 떠날 채비를 하고 있었다.

"그러고 보니 작년에 그랬지."

이제는 한두 송이밖에 남지 않은 가지를 바라보던 제하가 문득 입을 열었다.

"올해도 같이 꽃놀이에 가자고."

아라는 고개를 끄덕였다. 그녀가 역박사인 척 제하와 단둘이 꽃놀이를 갔을 때의 이야기이다. 그때는 한 해가 바뀌고서도 이렇게 그와 함께 있으리라고는 상상도 못 했다. 설마 이 남자를 사랑하게 될 줄이야.

"그런데 일이 너무 바빠서 못 갔네요."

한숨을 내쉰 아라는 그대로 몸을 갸우뚱 기울여 그의 어깨에 머리를 기댔다.

모든 것이 원래의 자리를 되찾은 지도 어느새 한 달.

그동안 정신이 하나도 없다 보니 꽃이 피었는지, 지는지도 모르는 채 시간이 흘러 버렸다.

"내년에 가면 되지, 뭐."

아쉬움이 가득한 그녀의 목소리에 제하가 웃으며 말했다. 저들에게는 이제 시간이 많았다. 내년, 내후년, 또 그 다음 해에도.

"둘이서?"

무휼과 월비를 떼어놓고 단둘이 오붓하게 다녀오자고?

"글쎄?"

아라의 물음에 제하는 고개를 기울였다. 곁으로 바짝 달라붙은 그가 그녀의 이마에 제 이마를 꽁하고 부딪치더니, 그녀가 인상을 찌푸리는 것을 보고는 웃는다.

"기왕이면 셋이서?"

그 말의 뜻을 알아들은 아라의 얼굴이 단번에 붉어졌다. 반년 동안 보지 못한, 그리고 보고 싶었던 익숙한 반응이 나오자 제하는 씩 웃으며 그녀의 뺨을 쓸었다.

"얼굴이 왜 이리 빨개지실까."

"빠, 빨개지긴 누가!"

"말도 더듬고. 하아……."

여전히 사랑스러운 제 부인의 반응에 제하는 일부러 한숨을 푹 내쉬었다. 곤란하다는 듯 턱을 괴고 괜히 다른 곳으로 시선을 피하는 것도 잊지 않았다.

"꼬맹이 아니라더니."

"……."

"나 그 말에 혹해서 온 건데."

여전히 꼬맹이인데 속았다며 놀리는 말투에 아라의 입술이 삐죽 나왔다.

"그럼 지금이라도 돌아가든가요."

아, 이게 아닌데. 너무 놀랐나? 좀 더 색다른 반응을 기대하고 있던 제하가 화들짝 놀라며 그녀를 바라봤다.

"나 꼬맹이 좋아해. 엄청 좋아해, 아주 환장해."

"그 발언은 좀 아니지 않나요."

아라의 미간에 깊은 주름이 그어졌다. '농담이야, 너 꼬맹이 아니야.'라면 모를까, 곧 죽어도 자신이 꼬맹이라는 소리가 아닌가.

"가고 싶으면 언제든지 가요, 안 붙잡을 테니까."

"안 간다니까 그러네."

꼬맹이랑 사는 게 싫으면 지금이라도 늦지 않았다는 말에 제하는 고개를 저었다.

"이미 내 사람인데."

어떻게 널 여기에 두고 가느냐는 말에 아라의 표정이 단번에 풀렸다.

"그만 가자."

자리에서 일어난 제하가 그녀에게 손을 뻗었다.

"여왕님께서 안 계시니, 다들 난리라고."

그 말에 아라는 한숨을 푹 내쉬며 그의 손을 잡고 자리에서 일어났다. 조금만 개인적인 시간을 가지려고 하면 이 난리이니 미칠 거 같았다.

"하아…… 왜 이리 날 찾는 사람이 많은 건지."

반년이라고는 하지만 공주의 느긋한 생활에 익숙해진 탓일까?

아직은 여왕의 빡빡한 일정이 어색했다. 물론 계속해서 해 왔던 일이라고는 하지만 한번 휴식의 달콤한 맛을 알아 버린 그녀는 어린아이가 되었다.

하지만 지금은 다시 여왕으로 돌아가야 하는 시간.

"다들 널 좋아해서 그래."

"글쎄, 과연 좋아하는 걸까나……."

오히려 싫어해서 괴롭히는 게 아니라?!

아라는 고개를 저었다. 툭하면 '통촉하여 주십시오!'를 외쳐 대는 탓에 자신이 받는 스트레스가 얼마인데. 그것은 절대 애정 표현이 아니었다.

"그중에서도 특히나 내가 많이 좋아해."

툭하면 제하가 속삭이는 달콤한 말들과는 확연히 차이가 있었다. 지금도 은근슬쩍 제 마음을 고백하는 그. 이를 놓칠 리 없는 아라가 그를 돌아보며 화답했다.

"나도요."

"꼭 앞부분만 이야기해. 치사하게."

"좋아한다고요."

"어린애도 아니고, 좋아한다가 뭐야?"

"예, 예. 사랑합니다."

"건성이네. 좀 더 성의를 보이란……."

아아, 오늘따라 왜 이러실까. 제대로 토라진 제하를 빤히 바라보던 그녀가 한 걸음 크게 내디뎌 그의 품에 안겼다. 그가 늘 그러는 것처럼 허리에 두 팔을 둘러 와락 끌어안고는 슬쩍 고개를 들어 그를 올려다보았다. 궁녀들이 가르쳐준 새로운 방법이었다. 이렇게만 하면 열이면 열 신왕께서 꼼짝을 못 할 거라며 목소리를 높이던 그들이 떠올랐다. 그리고 역시나, 궁녀들의 조언은 언제나 적중했다. 책으로 배운 지식도 무시할 수 없었다. 투덜대던 입이 어느샌가 꾹 닫혀 있다 못해, 아파 보일 정도로 이를 악물고 있다. 두 팔은 허공에 어색하게 멈춰 있는 상태. 한마디로 그는 지금 얼어 있다.

"뭐야, 지금. 유혹하는 거야? 여기서?"

유혹은 무슨.

"성의."

기껏 그렇게 보여 달라던 성의를 보여 주었건만 반응이 왜 이리 싱겁냐며 아라가 떨어졌다. 자신의 허리를 감싸고 있던 그녀의 팔이 풀리자 제하는 그제야 아쉬운 듯 한숨을 내쉬었다.

"사랑한다는 말은 정말이에요."

그러면서 다시 한 번 그의 심장을 덜컹하게 하는 것도 잊지 않고. 한동안 떨어져 있었기 때문일까? 전과 달리 좋아한다, 사랑한다는 말에 있어 거부감이 줄어든 그녀였다. 덕분에 제하는 매일매일 날아갈 거 같았다. 하지만 그것도 잠시.

"실력보고 뽑은 유능한 국서거든요."

"잠깐, 나 실력만 보고 뽑은 거야?"

팔랑팔랑 날아올랐던 기분은 다시금 지면을 향해 곤두박질쳤다. 솔직해진 것만큼이나 한층 더 앙큼해졌다. 툭하면 그를 쥐락펴락

하는 것이 밀당의 고수가 따로 없었다. 이놈의 궁녀들이 도대체 뭘 가르쳐 놓은 건지!

"어머, 기뻐해야죠. 부정부패 없이 당당히 실력으로 뽑힌 건데."

"실력이라……. 난 사적인 감정이 팍팍 들어간 게 더 좋은데."

"사적인 마음, 뭐요?"

"글쎄, 예를 들면……."

아라가 큰 눈을 깜빡이며 물었다. 자신은 어린애라 정확하게 말하지 않으면 못 알아듣는다는 말과 함께. 그녀의 반응에 다시금 안달이 난 제하가 슬쩍 미소 지으며 답했다.

"밤에도 보고 싶은 사람?"

그냥 항상 보고 싶은 사람이라 말하면 되지, 굳이 밤을 강조하는 그의 눈빛이 반짝이고 있다. 이를 본 아라가 그의 어깨를 툭툭 치며 뭐라뭐라 대꾸하려는데, 그때였다.

"저기요."

희수궁 뒤뜰에 울려 퍼지는 누군가의 목소리에 그들은 동시에 움찔, 마치 밀회 장면을 들킨 남녀처럼 화들짝 놀라며 목소리가 들린 곳으로 고개를 돌렸다. 그러자 저 멀리, 화가 난 듯 씩씩대며 저들을 향해 다가오고 있는 무휼이 보였다.

"전하를 찾으러 가신다는 분마저 함흥차사가 되시면 어쩌냔 말입니다."

"알잖아, 나 아라한테 약한 거."

무휼의 말에 제하는 뜨끔했다. 그러고 보니 자신은 아라를 데리러 온 거였는데, 몇 마디 주고받다 보니 어느새 수다를 떨고 있었다. 그리고 그녀와의 이 시간을 방해한 무휼이 방해꾼으로 보였다. 하여간에 짜증 나는 놈.

"두 분 다 빨리 오세요! 일 안 하실 겁니까? 일?"

"일 중독."

"일 벌레."

"……."

제하와 아라가 그를 일에 환장한 사람 취급을 하자, 무휼이 곧장 매서운 눈빛으로 쏘아봤다. 그러자 곧장 꼬리는 내리는 그들.

멀리서 이 광경을 지켜보고 있던 궁인들은 너 나 할 거 없이 웃음을 삼켰다. 둘이 또 도망쳤다가 무휼에게 한 바탕 잔소리를 들었다는 이야기는 금방 궐 안에 퍼졌다. 혼나면서도 둘이 손을 꼭 붙잡고 있더라는 이야기는 궁녀들을 흐뭇하게 했다.

여왕이 보이면 늘 그 곁에는 신왕이 있는 게 당연한 일이 되어 버렸다. 그들은 언제나 항상 함께였고, 같이 다녔다. 시선은 늘 서로를 바라봤으며 사랑이 가득했으니.

"두 분 너무 보기 좋으시다~"

"내 말이."

그들은 어느새 천유국 공식 잉꼬부부가 되었다.

"무휼 님께서는 언제 장가를 가시나……."

"그러게. 그래야 전하와 신왕을 방해할 시간이 없을 텐데……."

그리고 무휼은 천유국 공식 방해꾼이 되어 버렸다.

二話.
유월비 · 소무휼 이야기

또다, 또.

활짝 열린 서하연의 문 앞. 유난히 검은색이 많이 들어간 옷차림의 사내가 수많은 꽃들에게 둘러싸여 어쩔 줄 몰라 하고 있다. 먼발치에서 이 광경을 지켜보고 있던 월비는 미간을 잔뜩 찌푸렸다.

'마음에 안 들어.'

어렸을 때부터 무휼에게 관심을 보이는 여자들은 많았지만, 정작 그는 조금도 관심을 보이지 않았다. 언제나 요령껏 뿌리치고는 하던 그이건만.

"……."

아까부터 곁눈질로 제 주변의 여인들을 힐끔거리는 꼴이 너무나도 마음에 안 들었다.

결국 보다 못한 월비가 버럭 외쳤다.

"무휼! 배웅은 이제 됐으니까 그만 돌아가."

오늘은 정기적으로 있는 서하연 합숙의 날.

그들은 여느 때와 마찬가지로 아라의 경호를 위해 동행한 참이었다. 그런데 문제의 여왕님께서는 저기 구석에서 국서와 알콩달콩한 작별 인사를 나누고 있으니, 이를 방해할 수는 없지 않은가. 할수 없이 뻘쭘하게 서서 그들의 기나긴 작별이 빨리 끝나기만을 기다리는 수밖에.

"둘이 아주 좋아 죽는구나."

찰싹 달라붙어 있는 아라와 제하를 흘겨보던 월비가 다시금 무휼에게로 시선을 옮겼다. 그의 나이 올해로 스물. 성인의 기준을 훌쩍 지났음에도 불구하고 아직 장가를 들지 않은 건 다른 여인들에게 있어서는 기회였다. 물론 유월비라는 장벽이 있기는 했지만 둘은 아직 혼례를 올리기는커녕 그럴 기미조차 보이지 않고 있으니, 마음 놓고 있다가는 빼앗기는 것이다. 누가 그러지 않았던가. 사랑은 원래 쟁취하는 거라고. 뺏기는 놈이 바보였다.

"공부 열심히 해."

"……."

"데리러 올 테니까."

국서와의 유난스럽게 기나긴 인사가 드디어 끝난 건지, 이제야 서하연의 꽃들에게서 벗어난 무휼이 싱긋 웃으며 말했다. 3일 후에 보자는 그의 인사에도 불구하고 월비는 불만이 많았다. 입안에 공기를 잔뜩 머금은 채 그를 쏘아보길 얼마, 월비가 확 하는 소리와 함께 바람을 일으키며 돌아섰다.

왜 또 저럴까. 늘상 있는 일이었지만, 오늘따라 더 이상하네. 고개를 갸웃거리며 월비를 바라보던 무휼은 제하의 재촉에 그제야 그녀에게서 시선을 떼고 돌아섰다.

하긴, 뭐. 하루 이틀 이상한 연인이던가.

＊　　　＊　　　＊

"마음에 안 들어."

월비가 중얼거렸다. 3일 후의 아침도 그녀의 마음은 여전히 우중충했다. 하필이면 오늘은 일 년에 한 번 있는 개문일. 두꺼운 서하연의 문이 열리고 한 남자가 문턱을 넘어선 게 화근이었다. 평소의 배는 되는 꽃들에게 둘러싸여 있는 무휼이 영 마음에 들지 않았다. 어떤 여자의 손이 그의 어깨에 닿기라도 하면 입안이 바짝바짝 마르고 속은 까맣게 타들어가니…….

아아, 미치겠다.

"무휼!"

결국 월비가 다시 한 번 소리를 빽 질렀다. 그러자 그의 주변을 둘러싸고 있던 여인들이 팩 하고 고개를 돌리더니 특유의 질투심 가득한 매서운 눈빛으로 월비를 바라본다.

뭐. 뭐. 뭐. 그렇게 노려보면 어쩔 거냐는 눈빛으로 월비 역시 그들에게 응수했다.

"지금 근무 중 아니야?"

"맞는데."

"근무 중에 누가 이렇게 놀래? 정신 바짝 차려야지."

웬일로 옳은 소리를 다하는 월비의 말에 무휼은 어리둥절해졌다. 맞는 말이기는 하나 그 말이 그녀의 입에서 나오고 있으니 어쩐지 어색했다. 그러자 무휼의 곁에 찰싹 붙어 있던 여인 중 하나가 입을 삐죽이더니, 한껏 간드러지는 목소리로 월비에게 한마디 했다.

"어머, 그렇게까지 말할 건 없잖아요~"

"그러니까요. 계속 듣고 있으니 조금 거슬리는데……."

"정말…… 툭하면 시비를 걸지 않나……."

한 명이 말을 꺼내니 다른 여인들까지 고개를 끄덕이며 맞장구를 쳤다. 여느 때라면 월비에게 꼼짝 못 하던 아가씨들이었지만, 숫자로 밀어붙이면 해볼 만하다고 판단을 한 건지 그들의 목소리는 점점 더 높아졌다.

월비는 월가의 아가씨였고 여왕의 측근이기까지 했다. 또한 또 다른 월가의 안주인이 될 사람으로도 유력했으니, 이러한 이유로 각 집안에서도 그녀의 눈 밖에 나는 일 없이 친하게 지내라는 말을 수없이 들어왔을 정도였다.

하지만 유월비라는 여인을 돋보이게 하는 그 세 가지 중 하나가 흔들리고 있었다. 그것은 바로 '소월가의 안주인'이라는 위치. 무휼과 월비가 연인도 친구도 아닌 애매한 관계로 지낸 지도 십수 년. 그들이 혼인을 할 기미가 보이지 않으니, 다른 여식들도 슬슬 소월가의 안주인 자리를 본격적으로 노리기 시작한 것이다.

"혹시 따로 마음에 둔 사내가 있으신 건 아닙니까?"

"……."

"아니면 태도를 좀 확실히 보이셨으면 좋겠네요. 지금 저울질 하는 것도 아니고, 무휼 님께 민폐니까요."

한 여자가 피식 미소 지었다. 유월비의 성격상 슬슬 인내심에 한계가 올 것이다. 참지 못하고 불쾌하다면서 소리를 빽 지르겠지.

이렇게 많은 사람들이 보는 곳에서 유월가의 유월비를 무너뜨릴 수 있다면, 뭐든 다 할 수 있을 것만 같았다.

고작 좋은 집안에서 태어났는 것 하나만으로 고개 빳빳이 들고 다니는 꼴을 볼 때면 늘 배가 아팠으니까. 하지만 그녀의 바람과는 달리, 아까부터 여러 여인들에게 둘러싸여 온갖 소리를 듣고 있는 월비는 여전히 무표정으로 꿈쩍도 하지 않았다.

"하아……."

다만 한숨만 푹푹 내쉴 뿐. 그러나 그것은 끓어오르는 화를 진정시키기 위한 한숨이 아니었다. 지금 이 상황이 너무나도 웃기고 한심하다는 의미로, 자신을 공격하는 이들을 무시하는 느낌이 강했다.

지금 이게 뭐 하는 짓인가. 여자들 여럿이 모여서 한 사람을 괴롭히고 있으니. 이를 알아챈 여인들이 얼굴이 빨개져서는 주위를 살폈다. 무슨 싸움이라도 난 건가 하고 어느새 사람들이 몰려 있었다. 그리고 그들의 눈에도 대여섯 명쯤 되는 여자들이 한 명을 상대하고 있는 것으로 보였으리라.

"저기, 저는 괜찮습니다."

잠자코 지켜보고 있던 무휼이 그들 사이를 가로막았다.

정확히는 월비의 앞을 가로막고, 그녀를 비난하고 있는 이들을 응시했다. 누가 봐도 제 연인을 지키는 남자처럼.

"하, 하지만 아가씨께서 너무 모난 말들을 하시니까……."

"그게 다 이 녀석 나름의 애정 표현이라서요."

"……."

그 말에 여인들의 입이 딱 다물어졌다.

무슨 말을 더하랴. 잔소리마저 애정 표현이라 받아들이는 이 남자의 마음에 저들이 끼어들 틈은 조금도 없어 보였다.

정작 월비는 한 마디도 하지 않았지만, 그녀에게 패배한 기분이었다. 좋은 집안. 여왕의 신뢰. 거기에 이렇게 괜찮은 남자에게까지 사랑받고 있다니. 부러워서 어떻게 되어 버릴 거 같았다. 결국 제 질투심에 못 이겨 씩씩대던 여인은 파르르 떨며 돌아섰다.

"하여간에, 넌 혼자 두면 안 된다니까?"

여인들이 물러가고 모여 있던 사람들 역시 해산하기 무섭게 월비의 잔소리가 시작되었다. 내버려 두면 금세 여인들이 꼬이는 바람에 혼자 내버려둘 수가 없다는 말과 함께 무휼의 손을 잡은 월비가 아라나 찾으러 가자며 그를 이끌었다. 그 뒤를 말없이 따르던 무휼이 피식하고 웃었다. 그 작은 웃음소리에 월비의 걸음이 우뚝 멈추더니 재빨리 뒤를 돌아 그를 쏘아봤다. 왜 웃는 거냐는 그녀의 매서운 눈빛에 무휼은 황급히 웃음을 지웠다.

그러나 입가에 걸린 미소는 남겨둔 채 그가 물었다.

"지금 질투하는 거야?"

"……뜬금없이 무슨 소리래."

그래도 아니라고는 안 하는구나.

"아, 맞다. 줄 거 있는데."

좋게 받아들이기로 한 무휼이 깜빡한 게 있다며 아까부터 손에 들고 있던 네모난 무언가를 그녀에게 내밀었다.

"이게 뭐야?"

"글쎄."

굳이 열어서 확인해 보라는 수고스러움을 안겨 준 그를 흘겨보던 월비가 무덤덤한 얼굴로 천을 풀었다. 그러자 네모난 상자가 나오더니, 그 안에서는 꽃 비녀가 나왔다.

지나치게 화려하지는 않았지만 그렇다고 너무 투박하지도 않은, 누가 봐도 무난한 느낌의 비녀였다.

"보니까 요즘 유행하는 거 같더라고."

"나 이런 거 잘 안 하는데."

"그러니까 내가 챙겨 주는 거잖아."

물론 장신구를 좋아하기는 했지만, 월비는 주로 반지나 팔찌, 목걸이를 좋아했지 머리 장식은 귀찮고 번거롭다는 이유로 하지 않았다. 무휼 역시 이를 모를 리가 없을 텐데?

"서하연에서 할 수 있는 유일한 장신구잖아."

"……."

"혹시라도 기죽을까 봐……."

무휼의 목소리가 기어들어 갔다. 뭔가 잘못됐나? 하지만 아라가 그랬다. 여인들에겐 여인들끼리의 세계가 있고, 그곳에서는 끊임없이 사소한 것들로 경쟁하고 부딪치고 승자와 패자가 갈린다고! 그런데 그들을 배웅해 주기 위해 서하연에 와 보니, 이곳에도 무슨 유행이라는 게 존재하는지 하나같이 머리에 꽂고 있는 꽃 비녀들이 눈에 띄었던 것이다. 분명 저런 것을 챙겨 왔을 리가 없는 월비였다. 혹시라도 기가 죽으면 어쩌나 걱정했던 건데.

"역시 쓸데없는 걱정이었나."

천하의 월비가 이런 것에 굴욕감을 느낄 리가 없는데 말이다.

"그래도 일단 너 주려고 산 거니까 나중에라도 쓰든가."

그 말에 월비는 아무런 대꾸 없이 비녀를 만지작거렸다.

"예쁘기는 하네……."

기분이 이상했다. 가슴 한편이 간질간질한 게, 여느 때보다 강렬했다. 그런 그녀를 빤히 바라보던 무휼이 잠시 생각에 잠긴 듯 괜히 다른 곳을 바라보길 얼마, 곧 무언가 굳은 결심을 한 사람처럼 진지한 얼굴로 입을 열었다.

"아까 봤지."

"뭘."

"내 주변에 여자들 엄청 꼬이는 거."

"지금 자랑하는 거야?"

저를 원하는 여자들이 이렇게나 많다는 것을 으스대는, 그런 몹쓸 사내가 된 거냐는 월비의 질색하는 반응에도 아랑곳없이 무휼은 제 할 말을 이었다.

"요즘 들어 혼담도 많이 들어오는 거 알고 있지?"

"그래, 그래. 인기 많아서 좋으시겠어요."

"좋기는. 너무 많이 들어와서 곤란할 정도인데."

"아, 그러서요?"

도대체 무슨 말이 하고 싶은 건데!

결국 더는 못 들어주겠다며 앞서가던 월비가 이를 악물고 매서운 바람을 일으키며 돌아섰다. 그러자 의미심장한 미소를 띠고 있는 무휼이 보인다.

곧 그가 말하길.

"그러니까 네가 나 좀 데리고 가 주라."

"……."

순간 놀란 월비는 아무 말도 못 하고 멍하니 자리에 섰다. 지금 애가 무슨 말을 하는 거지?

공부는 별로 좋아하지 않았지만, 그렇다고 머리가 나쁜 건 아니었다. 어렸을 때부터 수재란 소리를 듣고 자란 아버지의 영향인지 딱히 노력하지 않아도 남들 하는 만큼은 따라갈 수 있는 명석한 두뇌를 가지고 있었으니까. 하지만 지금 눈앞에 맞닥뜨린 문제는 그녀의 좋은 머리를 멍하게 만들었다.

그렇게 인상을 찌푸리며 머리를 굴리고 또 굴리길 얼마, 어떠한 결론에 도달한 월비는 단번에 얼굴이 붉게 달아오르더니 뒤로 두어 걸음 물러서며 말까지 더듬었다.

"지, 지금 그러니까……."

그때였다.

"저기, 미안한데."

어디서 튀어 나온 건지 모를 제하가 웃음을 꾹 참으며 둘 사이에 끼어들었다.

"이런, 내가 방해했나?"

"……방해라는 걸 알고 계시니 그나마 다행입니다."

무휼은 애써 미소를 지었지만, 이빨을 드러내고 있는 것으로 보아 지금 최대한의 인내심을 발휘하고 있는 중인 게 틀림없었다.

"아라 어디 있어?"

"좀 전까지만 해도 같이 있으셨잖아요. 부탁이니 의도적인 방해는 하지 말아 주실래요?"

자신의 인생에 있어 아주 중요한 순간이니 지금만큼은 제발 눈치껏 방해 말아 달라며 무휼이 나름대로 정중하지만 위협적인 부탁을 했다.

저는 사랑을 이루었다고 이러는 거지?

"아, 진짜. 이리 오라고요."

그때였다. 누가 부부 아니랄까 봐, 남편을 따라 툭 튀어나온 아라가 황급히 제하의 옷자락을 붙잡더니 그를 끌어당겼다.

"잠깐만. 딱 재미있을 때 온 거 같은데 좀 더 구경……."

"아, 그러니까 저기서 몰래 구경하자니까요! 갑자기 뛰쳐나가면 어떡해요?"

"아, 그런 거였어? 미안."

큰 소리로 엿들을 계획을 밝히고 있는 그들. 이에 무휼과 월비는 어이가 없었다. 사랑을 하면 바보가 된다더니 그 말 하나 틀린 게 없다. 적어도 이 둘만 놓고 보면.

"우린 신경 쓰지 말고 계속해."

"주변에 있는 나무라고 생각해, 그냥."

그게 말이 돼?!

"후우…… 신왕."

무휼이 한숨을 푹 내쉬었다. 아무리 인내심이 많기로 유명한 그라도 이런 순간까지 방해를 받으면 화가 날 수밖에 없었다.

"이따가 무술 시간에 진검 승부 한번 해 볼까요? 예?"

그 말에 제하가 움찔. 종종 분풀이 혹은 복수심이 담긴 무휼의 칼을 받아 본 적이 있는 그로서는 절대 피하고 싶은 순간이었다. 겁먹은 제하를 힐끔거리던 아라가 잽싸게 그의 앞을 가로막고 섰다.

"우리 남편 몸에 상처라도 하나 내기만 해 봐, 무휼."

"맞아. 내가 다치면 우리 부인의 눈에서 눈물을 뽑아내는 것과 같다는 걸 잊지 마."

아라가 제 편을 들자 신이 난 제하가 뒤에서 소심하게 외쳤다. 그러자 죽이 잘 맞는 부부를 노려보고 있던 무휼이 싱긋 웃으며 대꾸했다.

"가끔씩은 눈물도 흘려 주는 게 좋다고, 의학 서적에서 읽은 거 같은데."

기어이 응징을 가하겠다는 뜻이다.

"그래? 네 눈에서도 뽑아내 볼까, 눈물."

"허, 하실 수만 있으시다면 얼마든지."

분명 달달한 고백 현장이 갑자기 싸움판이 되어 버렸다. 그것도 2대 1. 사랑 안 하는 사람은 서러워서 어디 살겠나. 부부라고 둘이 찰싹 붙어서는 공격하는데 무휼이 상대가 될 리가 없었다. 더군다나 둘은 여왕과 국서라는 바보 연인들의 대명사가 아니던가.

"아, 진짜! 그만해! 무휼 괴롭히면 내가 가만 안 둬!"

그들의 중간에 딱 끼어든 월비가 매서운 눈빛으로, 특히나 둘 중에서도 제하를 쏘아보며 경고했다. 첫 만남에서부터 그랬지만 여전히 월비가 불편한 제하는 결국 꼬리를 내리고 말았다. 한 사람의 개입으로 상황 종료. 제 앞에서 아무런 소리도 못 하는 아라와 제하를 본 월비가 만족스러운 미소를 씩 짓더니 무휼을 돌아봤다.

"넌 내가 없으면 아무것도 못 한단 말이야."

"맞아."

"그렇다면 할 수 없지!"

"잠깐, 그런데."

제하가 문득 뭔가가 생각났다는 듯 다시금 그들의 말을 잘랐다.

"근무 중에 잡담은 안 되는 거 아니었나?"

다시 한 번 찬물을 확 끼얹는 그의 말에 무휼의 손을 잡고 있던 월비가 두 눈에 불을 켜고 그를 노려보기 시작했다. 제발 부탁이니 그 입 좀 다물라고.

"죄송합니다."

아무리 여왕의 측근이라고는 해도 국서를 저렇게 죽일 듯 노려보다니. 무휼이 재빨리 손으로 월비의 눈을 가리며 어색하게 웃었다.

"놓쳐서는 안 되는 일생일대의 기회라서요."

20년을 기다려 온 순간이라 그러니 한 번만 봐 달라는 그의 말에 제하는 씩 미소 지었다. 아무래도 저 바보 연인들의 답답한 사랑 이야기가 이제야 비로소 제대로 시작되려는 모양이었다.

三話.
시아라 · 구제하 이야기 2

"찾았다."

허리를 숙여 낮은 교각 밑을 들여다보고 있던 제하가 구석에 쭈그려 앉아 있는 작은 아이를 발견하고는 손을 뻗었다.

"이리 와, 공주님."

"흥!"

그러나 정작 아이는 그의 손을 힐끔하고 한 번 바라보기만 할 뿐, 다가오지도 손을 잡지도 않았다. 이따금씩 '흥. 흥.' 하는 소리만이 들려오는 냉담한 반응에 제하는 작게 한숨을 내쉬었다.

아무래도 안 되겠다 싶은 그가 교각 앞에 자리를 잡고 앉아서는 가만히 아이를 바라본다. 그러자 아무 말 않는 그가 오히려 신경 쓰이는지, 제하를 힐끔거리던 아이가 대뜸 두 손에 주먹을 꼭 말아 쥐고는 당차게 외쳤다.

"나 공주 안 할래요!"

"뭐야, 이 아바마마 딸 안 하겠다는 거야?"

"으으……."

곧장 자신이 내뱉은 말을 후회하는 공주의 모습은 너무나도 사랑스러웠다. 제 엄마를 쏙 빼닮아서 그런지 어려서부터 외모가 출중한 것은 물론, 이런 작은 반응 하나하나까지 모두 사랑스러웠다.

"아바마마 딸만 할래! 어마마마 딸은 안 할 거야!"

제대로 토라진 건지 빽 소리치는 아이를 바라보던 제하는 한숨을 푹 내쉬었다.

"그건 좀 곤란한데. 이 아바마마가 어마마마거라."

"……."

그러니 너는 엄마 딸이 될 수밖에 없다는 말에 아이의 눈에는 다시금 눈물이 차올랐다.

아, 이런.

"어마마마 싫어……."

엄마를 싫어하는 이 아이를 어쩌면 좋으냐 말이다.

일단 울먹이는 아이를 품에 안은 제하가 등을 토닥이며 달래기 시작했다.

그의 품에 안겨 훌쩍이고 있는 꼬맹이의 이름은 시유은. 제하와 아라 사이에서 태어난 올해 다섯 살짜리 아가씨이자, 장차 이 나라를 통치할 여왕이 될 후계자이기도 했다.

"흐어엉. 어마마마 너무 무서워……."

"그래? 내 눈에는 여전히 꼬맹이로 보이는데."

매일을 딸 걱정으로 살고 있는 아라는 그녀가 자신과 같은 고생을 하지 않기를 바라며 벌써부터 강도 높은 후계자 수업을 시켰고, 이에 유은과 대립하는 일이 종종 있겼다.

"다 널 위해서 그러는 거야."

가끔은 제하가 봐도 너무한 거 같다는 생각이 들 때가 있었지만, 아라가 지금의 자리까지 오르는 과정을 곁에서 지켜본 사람으로서 그 마음을 잘 알고 있기에 뭐라 하지는 못했다. 그 대신 이렇게 아이를 달래는 일은 어느샌가부터 그의 일이 되었다.

"소홍이랑 놀고 싶어."

"어제도 불러서 놀았잖아."

"오늘도, 내일도! 난 매일 소홍이랑 놀고 싶어. 나중에 커서 소홍한테 시집갈 거야!"

"아, 그 집 아들내미는 안 되는데."

벌써부터 다른 남자를 찾는 딸내미의 말에 제하가 서운하다는 투로 말했다 소홍은 무휼과 월비 사이에서 태어난 쌍둥이 아들 중 하나였다. 나이대가 비슷해 어려서부터 자주 놀더니, 어느샌가 그 집 아들내미에게 폭 빠진 딸께선 아바마마보다도 그 아이를 찾을 때가 더 많았다.

"왜요?"

"그 꼬맹이는 소월가의 후계자니까."

공주란 시집을 가면 남편을 따라 궐 밖으로 나가는 게 보통이었지만, 그는 죽을 때까지 유은을 곁에 둘 거라며 유난을 떨었다. 때문에 소월가의 가주 후계자는 사윗감으로 받아들일 수가 없었다. 이러한 아버지의 마음을 알 리가 없는 어린 공주는 두 눈을 또르르 굴리며 생각에 잠겼다. 잠시 뒤, 다시금 해맑은 미소를 짓더니 말한다.

"그럼 소홍 말고 소현한테 시집갈래."

"소홍이 좋은 거 아니었어? 소현으로도 괜찮은 거야?"

"어차피 둘이 똑같이 생겼는걸."

"아니, 그래도 그렇지……."

물론 둘이 쌍둥이 형제이다 보니 얼굴이 똑같기는 하지만 말이야.

"우리 따님께선 지조가 너무 없으시네."

다른 놈에게 시집간다고 할 때는 서운하다더니, 이번에는 또 지조가 너무 없다며 그래서는 안 된다 지적하고 있는 제하였다.

"아니면 소한이랑!"

"그만하세요, 따님."

소한은 얼마 전에 태어난 소월가의 막내아들이었다. 도대체 애를 몇이나 낳을 생각이냐는 아라의 물음에 그들은 그저 웃기만 했다. 가족이 늘어날수록 기뻐하는 한편, 이에 비례해서 무휼의 걱정도 늘어만 갔다.

이번 기회에 소월가와 인연을 맺어 보려는 이들이 그의 소중한 아들들을 벌써부터 사윗감으로 점찍어 두고 있었기 때문이다. 틈만 나면 제 딸과, 혹은 손녀딸과 약혼을 시키는 게 어떻겠느냐는 요청에 무휼은 단호히 거절했다. 아직 꼬물이들을 상대로 뭘 하는 거냐며. 그러나 그의 거절에도 불구하고 이러한 요청은 계속해서 들어왔다.

"아바마마까지 그 대열에 끼게 만들지 말아 주라."

제하는 소월가의 형제 쟁탈전에 끼고 싶지 않았다.

"자, 자. 따님께서는 아직 시집가려면 한참 멀었어요."

일단은 성인식부터 치른 다음에 결정하라며 제하가 유은을 설득했다. 그러나 아직 그러한 개념이 없는 유은은 막무가내였다. 할 수 없지. 제하가 더는 듣지 않겠다며 유은을 번쩍 안아 들고 중앙궁으로 향했다.

갑자기 사라진 딸 때문에 걱정이 이만저만이 아닐 부인에게 꼬맹이가 무사한 모습을 보여 주기 위해서라도 서둘러야 했다. 자신의 부인께서는 겉보기에만 어른스러운 왕이지, 내면에는 아직도 꼬맹이 같은 겁이 조금은 남아 있었으니까. 그러나 중앙궁으로 향하는 길목이라는 걸 눈치챈 똑똑한 꼬맹이께선 그의 어깨에 매달린 채 다시금 울음을 터트리기 시작했다.

"으아아앙. 아바마마 미워!"

"그래, 그래. 차라리 이 아바마마를 미워해라."

유은의 등을 토닥이며 재빨리 중앙궁에 들어선 제하의 눈에 문 앞에서 안절부절못하고 있는 여인이 보였다. 누구겠는가, 뻔하지.

"전하."

그의 연인이자 이 나라의 여왕. 그리고 지금 그가 들쳐 메고 있는 이 작은 꼬맹이의 어머니.

"시유은!"

어쩔 줄 모르며 발을 동동 구르던 아라가 그들을 발견하고는 버럭 외쳤다. 뒤이어 치맛자락을 휘날리며 부리나케 달려온 그녀가 제하에게서 아이를 받아 안았다.

"걱정했잖아!"

아라가 울먹였다. 아침 공부 시간에 갑자기 사라졌다는 대선의 말을 듣고 어찌나 철렁했는지. 어차피 숨어 봤자 궐 안에 있을 테니 걱정 말라고 하기는 했지만.

"공부하기 싫다고 도망을 쳐? 어? 잘못했어, 안 했어."

"우으…… 잘못했어요……."

싫다고 그렇게 소리를 지르더니만, 아라의 품에 안기니 그래도 엄마라고 꼭 끌어안겨 얼굴을 비비적거리는 작은 아이의 행동에 제하의 입가에는 미소가 번졌다. 엄마가 싫기는, 아직도 밤만 되면 제 방에서 안 자고 어마마마랑 자겠다고 조르는 바람에 얄미울 때가 얼마나 많은데.

"도망이라니, 그러고 보니 아라도 종종 그랬지……."

"……."

언제 온 건지 옆에서 불쑥 끼어든 목소리에 아라의 고개가 팩 돌아갔다. 꼬맹이를 찾았다는 말을 듣고 이제 막 중앙궁에 돌아온 무휼이었다.

"잠깐, 난 도망은 안 쳤어."

아라가 그게 무슨 소리냐며 자신은 그런 적이 없노라 정정을 요구했다.

"물론 도망치고 싶다는 말은 입에 달고 살았지만."

그러자 무휼은 고개를 끄덕이며 순순히 정정 요구에 응했다.

"하긴. 아라는 어른들 말 잘 듣는 아이었지, 참. 매번 말로만 도망친다, 도망친다 해 놓고 간이 콩알만 해서 정작 도망은 못 치는……."

"지금 시비 거는 거야?"

"시비라니. 그런 점에서는 우리 공주님께서 더 대담한 성격인 거 같다는 거지."

무휼이 싱긋 웃으며, 아라의 품에서 저를 향해 손을 흔드는 아이의 머리를 쓱쓱 쓰다듬었다. 유난히 그를 잘 따르는 딸을 지켜보는 제하의 마음속에서는 질투가 새록새록 피어올랐다.

"인상 펴세요, 신왕. 공주님께서 저를 좋아하시는 게 그렇게 싫으십니까?"

"좋을 리가 있나."

아라를 쏙 빼닮은 유은은 무휼을 좋아하는 것 역시 닮은 건지, 어려서부터 무휼과 월비를 좋아했다. 때문에 제하는 그들을 질투했고. 이를 알고 있는 무휼은 종종 이런 식으로 그를 놀려먹었다.

"공주님, 진짜 우리 집 며느리로 안 오실래요?"

"갈래!"

그러면서 자신에게는 아들이 셋이 있으니 취향대로 골라 보라는 농담까지 하는 그였다.

"저는 환영이니, 신왕께 졸라 보세요."

"절대 안 돼."

아직 다섯 살밖에 안 된 딸을 놓고 둘이 뭐하는 짓인지, 참. 제 품에 안겨 있는 딸을 내려다보던 아라는 한숨을 내쉬었다. 그럼 우린 이만 들어가서 못 다 한 일이나 하자는 그녀의 말에 유은이 다시 한 번 기겁했다.

아이의 눈동자가 바쁘게 움직였다. 또다시 도망칠 구멍을 찾고 있는 것이다. 이를 본 제하는 한창 투닥대던 무휼과의 신경전조차 무시한 채 아이에게로 다가갔다. 정확히는 아이를 안고 있는 여인에게로.

"잠깐, 왜 이러는 거예요."

아라가 갑자기 저에게 달라붙는 제하에게 물었다. 그러거나 말거나 그는 특유의 환한 미소를 지으며 그녀의 허리에 팔을 둘렀다.

"우리 부인께서는 오랜만에 나랑 둘이 놀까요?"

"……."

"너무 오랜만이다, 그렇지?"

제하의 약점이 아라이듯, 아라의 약점 역시 제하였다.

오늘 저에게 시간을 내어 달라 조르고 있는 그에게서는 아내를 향한 구애보다도 아이를 위한 부심이 느껴졌다. 이를 눈치챈 아라의 시선이 두 눈을 반짝이고 있는 유은에게로 향했다. 곧 그녀가 한숨을 푹 내쉬었다.

"오늘 하루만이에요."

허락이 떨어지자 유은이 폴짝폴짝 뛰더니 그대로 뒤에서 대기 중인 보모상궁의 손을 잡고 중앙궁을 빠져나갔다.

"그래서, 우리는 뭐하고 놀까?"

"놀기는 무슨, 일이 산더미예요."

제하의 물음에 아라가 곧장 답했다.

놀 시간이 어디 있느냐는 그녀의 말에 제하는 기가 팍 죽었다. 사실 유은을 위해서라고는 해도, 반 이상은 순전히 자신을 위해 이러는 거였다. 그도 그 나름대로 아라와 둘만의 시간이 너무나도 간절했으니까.

유은이 태어나고서부터 저보다 딸에게 더 신경 쓰는 아라 때문에 부부의 오붓한 시간은 현저히 줄어들었다. 이대로는 안 되겠다는 생각이 제하의 머릿속에 스쳤다.

"일단 내일 조회에서⋯⋯."

그러거나 말거나 눈치 없는 부인께서는 방으로 돌아가는 중에도 여전히 일 이야기로 바빴다.

"⋯⋯."

그녀의 뒤를 따르며 야속하다는 눈빛을 쏘아대던 제하의 걸음이 방 안에 들어서기 무섭게 우뚝 멈췄다.

"왜요?"

불안한 분위기를 감지한 아라가 그를 돌아보며 조심스레 물었다. 그러자 제하가 싱긋 웃었다. 때마침 방문이 닫히는 소리가 '탁' 하고 유난히 크게 들려왔다.

"우리도 셋째 낳을까? 응?"

"아직 둘째도 없거든요?"

저들에게는 외동인 유은이 전부이건만, 둘째는 그냥 뛰어넘고 덜컥 셋째부터 욕심내고 있는 그의 말에 아라는 피식 웃었다. 그러나 그것도 잠시.

"그럼 부인 말씀대로 둘째부터 서둘러야겠네."

아라의 시선이 그를 향했다. 어느샌가 곁으로 다가온 제하가 그녀의 손을 꼭 잡고 있다. 그 의미심장한 눈빛을 너무나도 잘 알고 있는 그녀가 눈썹을 삐딱하게 세우더니 퉁명스럽게 말했다.

"대낮부터 뭐하자는 건데요."

밖은 환한 대낮이었다. 그것도 해가 가장 높게 뜨는 시간, 정오였다. 해야 하는 일이 산더미라는 것도 거짓이 아니었다. 지금도 방한구석에 가득 쌓여 있는 저것들이 보이지 않는단 말인가.

"그건 내가 나중에 도와주면 되지, 응?"

"……."

물론 제하가 도와주면 일이 수월하기는 했다. 일당백, 아니, 십…… 일당오 정도는 됐으니까.

"그러니까 나랑 놀자."

저와 놀자는 그의 은근한 유혹에 아라의 마음이 흔들렸다. 밝은 대낮, 다른 사람들은 뼈 빠지게 일하고 있을 이 시간에 정작 여왕께서는 자신과 놀아 달라 조르는 국서 때문에 난감했다.

"솔직히 말해 봐요."

"응?"

"이러려고 유은이 보낸 거죠."

"……."

아라의 물음에 제하는 곧장 대답하지 못했다.

"그 질문에 대해서는 묵비권을 행사하겠습니다."

나른하게 말아 올린 입술로 아라의 입술을 덮으며 그가 그녀를 바짝 끌어안았다.

"안 그럼 우리 딸이 삐칠 테니까."

역시. 그럴 줄 알았다며 아라는 툴툴댔다. 그러거나 말거나 이미 그녀에게 닿은 제하의 손은 분주히 움직이고 있었다.

"우리, 둘째도 딸 낳을까? 응? 유은이가 혼자 공부하려니까 힘들어서 저러는 거 같은데, 동생이 있으면 더 좋을 거 아니야."

"딸 핑계 대지 마세요. 아버님."

아버지가 되어 가지고 딸을 그렇게 팔아먹는 거냐며 아라는 핀잔을 늘어놓았지만, 그녀의 표정 역시 그 못지않게 밝았다.

"맞아, 사실은 핑계야."

제하는 순순히 인정했다. 아라를 번쩍 안아 든 그가 그녀를 침상 위에 눕히더니 품에 안았다. 그러고는 너무나도 사랑하는 제 여인을 하염없이 바라보고 있다.

"사랑해."

그의 말에 아라는 환하게 웃었다.

"나도 사랑해요."